LE CRÉPUSCULE DES GÉANTS

Né en 1951, Bernard Simonay a déjà fait voyager ses lecteurs à travers de nombreux romans, thrillers, romans historiques ou fantastiques, parmi lesquels *Les Tigres de Tasmanie*, *Phénix* (qui a reçu en 1987 le prix Cosmos 2000 et le prix Julia Verlanger), *Moïse et le pharaon rebelle*, *Le Secret interdit*, *La Première Pyramide*, *Antilia*, *Les Enfants de l'Atlantide*, *La Fille du Diable*.

Bernard Simonay

LE CRÉPUSCULE DES GÉANTS

Les Enfants de l'Atlantide III

ROMAN

Éditions du Rocher

COLLECTION DIRIGÉE PAR FABRICE COLIN

TEXTE INTÉGRAL

ISBN 2-7578-0165-1
ISBN 2-02-086371-5, n° général
(ISBN 2-268-02087-8, 1re publication)

Avis au lecteur

Le Crépuscule des Géants est le troisième tome de la série des *Enfants de l'Atlantide*, commencée avec *Le Prince déchu.*

Au cours du deuxième tome, *L'Archipel du Soleil*, le héros, Astyan, plongé dans une transe mystérieuse, a redécouvert son passé de Titan, prince de Poséidonia, et fils des dieux venus de l'Espace. Il a ainsi retrouvé le souvenir du monde fascinant des Atlantes, où régnait un art de vivre fondé sur l'Amour universel. Un monde paradisiaque voulu par les dieux pour amener l'homme à évoluer vers un état supérieur.

Cependant, après six millénaires d'un règne paisible, des divinités malfaisantes, peut-être engendrées par l'esprit humain lui-même, se sont opposées aux Titans pour détruire la civilisation atlante. Les Géants, incarnations des forces du mal conduites par le terrible Ophius et la perverse Ashertari, ont été vaincus et détruits.

Pourtant, à peine douze années après la victoire des Titans, Astyan meurt dans des circonstances inexplicables, pour renaître dans un monde étrange, dans lequel il ne reconnaît plus rien. Il n'a plus alors qu'une idée en tête : retourner dans son royaume merveilleux de

Poséidonia, et retrouver la femme qu'il aime depuis que les dieux lui ont offert la vie : la très belle Anéa.

Les dieux eux-mêmes affirment qu'il existe une puissance plus grande encore que la leur : le Destin, impitoyable et aveugle, qui se joue de la vie et des sentiments des hommes. Mais est-il assez fort pour interdire à l'amour de réunir deux êtres enchaînés par des liens que la mort elle-même ne peut détruire ?

La quête d'Astyan sera longue et semée d'embûches. Cependant, cette quête désespérée n'est-elle pas le reflet de celle de tout être humain : la recherche de l'amour et de l'absolu, dans un monde d'où aura disparu toute trace de haine, de violence et d'injustice ?

Bernard Simonay

Liste des personnages

ALPHEROS : Prêtre de Leoness
ANTHÉE : Roi des Lusites
ASTYAN : Titan, prince de Poséidonia
ATTALANTE : Jeune chasseresse
BAALDER : Marin thuléen
BALASHA : Sorcière, chef de la tribu de Varestan
BASÉRÈS : *Phareïs* (roi) de Leoness
BHORLÉE : Prince des Lusites, frère d'Anthée
CALLISTO : Reine de Thulea
DIEKAARD : Capitaine thuléen
FAERKOS : Grand-prêtre de Leoness
FEHRON : Maître de nage thuléen
FRAHDEN : Noble leonessien
GANYHM : Capitaine leonessien
HALDREAN : Grand Initié de Leoness
HAYORQ : Grand-maître de la Marine de Leoness
JOSSEM : *Kommassir* (responsable) du port de Leoness
KERWYNN : Marin thuléen
LARKHOS : Capitaine leonessien

LYUKHAS : Prince leonessien

MAALDRED : Capitaine leonessien

MARASTHOS : Bandit des Fravennes

MARKREEN : Accoucheuse thuléenne

MARKUS : Fils et disciple du Grand Initié Haldrean

MÉRÉE : Esclave d'Attalante

MEROHÜS : Capitaine leonessien

MYSKHAOS : Patron d'auberge, à Leoness

NYNA : Jeune Leonessienne

PALHAR : Chef des Guanachos

PYRHEOS : Plongeur

PHERNAÏM : Architecte naval leonessien

SIKKY LA CREVETTE : Gamine des Fravennes

STOLFIOS : Bandit des Fravennes, serviteur d'Attalante

TYFFOS : Grand-maître (gouverneur) de la Couronne de Leoness

ROYAUME DE LÉONESS

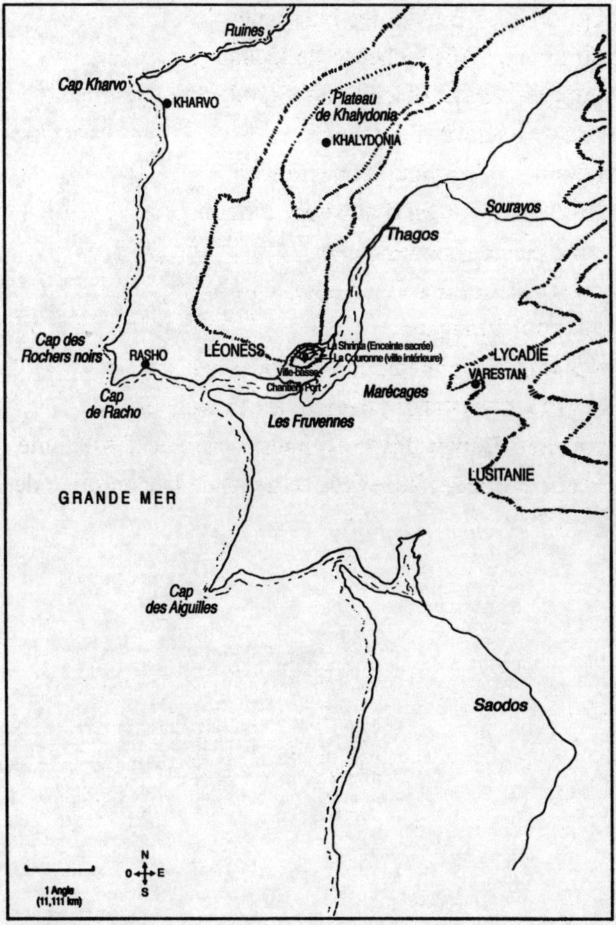

Prologue

Bien qu'il le connût déjà, le phénomène intriguait Astyan, pour une raison qu'il ne s'expliquait pas.

Installé à la proue du *Galea'ch*, le navire que lui avait offert la reine Callisto, il contemplait l'horizon marin. Il était arrivé à Thulea neuf lunes auparavant, au début de l'été. Une lumière étincelante inondait alors le paysage surprenant de la petite cité, oasis de douceur égarée au cœur de l'Océan polaire.

Aujourd'hui, le monde s'était couvert d'un manteau de froid pénétrant, à l'image du désarroi qui occupait l'esprit du Titan. Des nuages d'un gris métallique, lourds de pluies imminentes, remontaient du sud. Au loin, des vagues monstrueuses, couronnées d'écume, venaient exploser sur les rochers sombres qui gardaient l'entrée du port. Des nuées d'oiseaux de mer griffaient le ciel bas de leurs vols majestueux, parfois déséquilibrés par une bourrasque brutale. De temps à autre, l'un d'eux plongeait dans l'enfer bouillonnant pour y saisir adroitement une proie, puis revenait vers les nids abrités dans les replis de la roche.

Mais ce n'étaient pas les oiseaux qui attiraient l'attention du demi-dieu. Bien au-delà du port, à demi noyé dans les brumes froides, glissait la silhouette gigantesque et fantomatique d'une montagne de glace flottante. Les icebergs, géants aveugles détachés de la banquise par le dégel, constituaient la terreur des marins. La masse émergée ne représentait que le dixième de celle du colosse, et il arrivait qu'un navire soit éventré par les éperons de glace invisibles cernant le léviathan.

Le phénomène n'avait rien de surprenant en lui-même. Pourtant Astyan ne parvenait pas à comprendre la présence d'un iceberg sous cette latitude. Depuis qu'il avait retrouvé la mémoire de ses vies passées, il avait étudié les déplacements des étoiles et des astres. Il en avait conclu que Thulea se situait bien loin au nord de l'Atlantide, elle-même proche des tropiques. Cela expliquait peut-être que personne ici n'eût entendu parler de l'Archipel. Cette petite cité des glaces avait dû être fondée bien longtemps auparavant par des colons qui, pour une raison inconnue, avaient rompu tout lien avec l'Empire. Sans doute l'éloignement... C'était tout au moins une hypothèse à laquelle il voulait se raccrocher.

Pourtant la localisation de Thulea le déconcertait. Si les calculs d'Astyan étaient justes, l'Océan boréal aurait dû être recouvert par les glaces sous cette latitude. Or, il n'en était rien. Il avait longtemps pensé que la proximité des volcans avait créé un microclimat. Une chaîne de montagnes de feu ceinturait l'île. Parfois le sol tremblait, mais les Thuléens ne s'en souciaient guère ; les séismes faisaient partie de leur vie quotidienne.

Et voici qu'apparaissait cet énorme iceberg, dérivant du nord comme un spectre monstrueux. Sa présence prouvait que la banquise commençait bien plus haut. Le Titan savait qu'il n'avait pu commettre d'erreur. Il s'était fabriqué, à l'aide de cristaux d'obsidienne polis, une lunette d'observation, ainsi que différents appareils de mesure qui avaient étonné les marins. En dehors de la boussole, ils ignoraient l'usage d'instruments simples, sextants, compas, triangles. Il s'était aperçu que les Thuléens ne possédaient qu'une connaissance rudimentaire de la navigation. Peut-être était-ce dû, encore une fois, à l'éloignement. Mais Astyan soupçonnait une raison bien plus grave, une hypothèse terrifiante, que venait malheureusement étayer la présence de la montagne de glace à l'horizon.

Fasciné, Astyan regarda l'iceberg se déplacer vers le sud avec une lenteur majestueuse. Son sommet se perdait dans le ciel sombre. Les yeux rivés sur le géant minéral, il lui semblait entendre les craquements dus aux contraintes formidables qui s'exerçaient sur le colosse, les grondements des vagues qui peu à peu le rongeaient.

Les mâchoires du Titan se serrèrent avec force, à la limite de la souffrance. Il détourna le regard pour ne plus voir l'iceberg, comme s'il voulait nier jusqu'à son existence. Un trouble profond l'habitait. Depuis ce jour où il avait réveillé le souvenir de son passé de prince atlante, il avait voulu sonder l'espace psychique afin d'y déceler la présence de ses compagnons. Il s'était produit alors un phénomène incompréhensible. Dès qu'il avait tenté de plonger dans l'univers immatériel, une angoisse sans nom avait pris possession de son être, qu'il n'était pas parvenu à dominer. On aurait dit que l'Espace le rejetait. Ou peut-être n'avait-il plus la force d'y accéder.

À plusieurs reprises, il avait renouvelé l'expérience. Sans succès. Un mystérieux brouillard semblait s'être étendu sur le monde, un magma où grouillaient toutes sortes de présences inconnues, impossibles à identifier. Ce voile impénétrable n'avait aucun rapport avec la brume mentale créée délibérément par les Géants durant la guerre afin de tromper la vigilance des Titans et leur interdire de communiquer. Il avait d'ailleurs fini par percer cette brume. Cette fois, il s'agissait d'autre chose. L'univers spirituel de Gaïa, la Déesse-Mère, était devenu semblable à l'eau d'un fleuve troublée par les boues remontées du fond. Aucun esprit ne pouvait être assez puissant pour engendrer une telle opacité. Ce voile sombre ne semblait pas résulter d'une action volontaire, mais plutôt d'un bouleversement survenu à la suite d'une catastrophe sur laquelle il n'osait formuler aucune hypothèse.

Il avait rapproché ce phénomène de ses tentatives infructueuses pour joindre sa compagne, Anéa, qui lui apparaissait, dans ses rêves, prisonnière d'un environnement de douleur et de néant. À chaque fois, un gouffre d'horreur insondable s'ouvrait devant lui, qu'il ne pouvait franchir. Il ne pouvait que saisir le nom qu'elle prononçait, le sien : Astyan ! Puis les ténèbres se refermaient sur elle.

Chassant les idées funestes qui lui rongeaient l'esprit, il reporta son attention sur Thulea. Elle comptait vingt mille, peut-être trente mille habitants, frileusement regroupés dans leur petite vallée volcanique, un havre de paix protégé des rigueurs du Nord par les sources chaudes nées des volcans qui lui servaient d'écrin, comme des dieux colossaux et bienveillants. Il aimait ce lieu et ces gens, qui l'avaient accueilli avec gentillesse. Cependant, malgré la chaleur que lui témoignaient les indigènes, il continuait à se sentir étranger parmi eux. Rien ici ne lui rappelait l'Atlantide. L'art thuléen était grossier, la technologie rudimentaire. L'architecture, maladroite, ignorait les flux telluriques, négligeait l'harmonie des formes et de la nature. On ne connaissait pas l'électricité, la médecine demeurait embryonnaire. La langue elle-même différait de l'atlante, malgré certaines similitudes insolites. Mais cela pouvait se justifier par un isolement de plusieurs siècles, qui avait engendré cette évolution du langage.

Cependant, un fait inexplicable l'inquiétait : pourquoi n'était-il pas parvenu à maîtriser cette nouvelle réincarnation ? Il aurait dû reprendre vie à Poséidonia. Au lieu de cela, il avait vu le jour au sein d'une petite tribu des peuples primitifs qui habitaient les côtes du continent oriental. Et pourquoi, arrivé à l'âge de la formation, n'avait-il pas retrouvé sa mémoire de Titan comme cela s'était toujours produit à chacune de ses résurrections ? Il avait été contraint de plonger dans un état léthargique pendant près de deux mois pour que remonte en lui le souvenir de ses vies antérieures.

Un élément le surprenait. Au cours de cette transe, il avait revécu des événements auxquels il n'avait pas été directement mêlé, comme l'affrontement final entre Anéa et sa sœur jumelle Ashertari. Bien sûr, il avait pu puiser ces souvenirs dans la mémoire de son épouse. Mais les réminiscences paraissaient si précises...

Soudain il comprit. Le loup, ce loup mystérieux qui l'avait accompagné pendant son isolement, et qui était sans doute l'incarnation de son père divin, Euneor, l'avait aidé dans sa quête. Ces souvenirs émanaient de lui. Il disposait d'une puissance tellement supérieure à la sienne...

Astyan eut envie d'appeler à son secours ce père étrange et insaisissable qui l'avait engendré voici bien longtemps. Et sans doute une nouvelle fois, à Trois-Chênes. Il n'était autre que ce visiteur mystérieux qui avait pris l'apparence de son père humain, Aalthus, et avait fécondé le sein d'Alëunda, sa mère [1]. Mais pourquoi ce père avait-il dû intervenir pour lui redonner vie dans la nation de la Petite Mer ? Et pourquoi avait-il disparu après son retour de la caverne de Thulea ?

Astyan récapitula ce qu'il savait. Douze années après

1. Voir *Le Prince déchu.*

la victoire des Titans sur les Géants, Maerl et Vivyan avaient retrouvé leur mémoire profonde. Selon la tradition, il avait voulu les ramener à Kamaloth, capitale du royaume septentrional d'Avallon. Pour une raison inconnue, son aéroglisseur avait explosé alors qu'il venait à peine de décoller. Mais l'accident inexplicable [1] qui lui avait coûté la vie *ne pouvait pas* remonter à bien longtemps. Maerl et Vivyan avaient sans doute été tués en même temps que lui. Comme lui, ils avaient déjà dû renaître, et devaient avoir environ son âge aujourd'hui.

Il voulait se convaincre qu'il avait été victime d'un accident stupide. Les Géants de la ligue du Dieu Serpent avaient tous été tués au cours de la guerre. Bien sûr, il savait que, un jour ou l'autre, les Titans seraient amenés à les combattre de nouveau. Cependant, en douze ans, ils ne pouvaient être revenus à la vie et avoir fomenté un complot contre lui. C'était absurde. En admettant qu'Ophius et ses alliés se fussent réincarnés, ils ne devaient guère être plus âgés que lui, et ne pouvaient avoir réuni une puissance suffisante pour livrer une nouvelle bataille. Leurs forces avaient été totalement anéanties.

S'agissait-il alors d'une action désespérée de leurs partisans ? Nombre d'entre eux avaient survécu. Malgré les tentatives de réconciliation engagées par les demi-dieux vainqueurs, certains prisonniers, parmi lesquels nombre de savants et de prêtres favorables à l'utilisation illimitée de la Connaissance, avaient farouchement refusé de renier leurs convictions.

Astyan se reprochait de ne pas s'être montré plus méfiant. Le matin de l'accident, il avait reçu un avertissement de la part de sa fille Maïa, douée du don de double vue. Elle l'avait prévenu de la présence invisible

1. Voir *L'Archipel du Soleil.*

du spectre du Serpent, mais il n'avait pas voulu en tenir compte.

En fait, rien ne prouvait qu'il s'agissait d'un acte criminel. Le moteur à l'uraan de l'appareil pouvait très bien avoir été le siège d'une surtension atomique. Ce genre d'accident était rare, mais possible. S'accrochant désespérément à sa logique, il estima que son décès ne pouvait remonter à plus d'une trentaine d'années. Il avait aujourd'hui vingt et un ans, et le passage dans l'univers de la « non-vie » ne durait jamais plus de dix ans. Anéa, sa compagne, devait être encore en vie. Elle ne pouvait avoir plus de soixante ans, ce qui était la pleine jeunesse pour une Titanide, dont la longévité pouvait atteindre deux siècles.

Mais alors, comment expliquer les visions hallucinantes qui lui montraient sa compagne prisonnière d'un univers inconnu, avec lequel il lui était impossible de communiquer ? Avait-elle été tuée, elle aussi ? Un profond sentiment de solitude le déchirait. Anéa lui manquait cruellement. L'une de ses réflexions lui revint à l'esprit. Peu avant la terrible bataille qui avait opposé les Titans aux Géants, elle avait déclaré, parlant de leur fils à naître, Horus :

Il sera un grand seigneur parmi les humains. Il fondera un empire. Et pourtant je ne peux distinguer l'avenir. Tout se trouble. Comme le voile d'une longue nuit qui se prépare. Il ne régnera pas avant très longtemps. Je pressens des bouleversements qui dépassent l'entendement. Comme si Gaïa elle-même changeait de visage !

Qu'avait-elle voulu dire ?

Un autre phénomène l'angoissait. S'il avait retrouvé la mémoire de ses vies passées, il ne disposait plus de la puissance indomptable qui avait été la sienne jadis. Il en avait eu la confirmation quelques jours après son retour de la caverne. Utilisant la matière de l'épée qu'il avait conquise à Yshtia, il avait voulu transformer l'acier dont elle était constituée en orichalque, ce métal mystérieux que seuls les Titans étaient capables d'obtenir. Malgré tous ses efforts, il n'avait pu réussir la transmutation. Au début, il avait mis cette défaillance sur le compte d'un surcroît de fatigue, qui avait empêché une véritable concentration spirituelle. Mais toutes ses tentatives ultérieures s'étaient soldées par des échecs. De même, il ne parvenait plus à s'extraire de son propre corps pour effectuer un voyage astral. Seule lui restait une force physique prodigieuse.

Sans trop y croire, il se concentra sur les eaux tumultueuses et grises qui venaient frapper les flancs du navire. De toute son âme, il tenta de leur imprimer sa volonté, comme il le faisait lorsqu'il était encore le prince de Poséidonia. Mais les vagues refusèrent de lui obéir. Il ne parvenait plus à s'intégrer à leur structure, à l'influencer. Sa main se crispa sur la lisse du navire. Il devait se rendre à l'évidence : ses pouvoirs avaient bel et bien disparu !

Mais alors, comment expliquer ce mystérieux rayon vert, surgi de sa main, qui avait détruit Erh Garah, le monolithe géant du roi Dravyyd ? Et l'anéantissement d'Yshtia par un raz de marée soudain, né de la fureur sans nom qui l'avait saisi devant la mort ignominieuse de son épouse Myria ?

Peut-être ces pouvoirs existaient-ils encore en lui, à l'état latent. Mais pourquoi ne pouvait-il plus les contrôler ? *Pourquoi* ?

Il faillit se mettre à hurler de désespoir. Mais il se maîtrisa. Une silhouette se dirigeait vers le navire : Diekaard, le capitaine qui était venu les récupérer, Callisto et lui, après la catastrophe d'Yshtia.

Astyan appréciait beaucoup cet homme discret et efficace, à la stature imposante, dont le visage s'ornait d'une barbe blonde et abondante qui lui couvrait les joues presque jusqu'à la hauteur des yeux. D'humeur toujours égale, il était aimé de ses marins et vouait à Callisto une adoration totale. Il passait le plus clair de son temps en mer. Le Titan ne l'avait pas revu depuis son retour de la caverne. Diekaard était revenu la veille d'une expédition commerciale à Leoness. Il s'avança vers Astyan avec un large sourire.

– Je suis venu te saluer, Seigneur. Notre reine m'a dit que je te trouverais ici.

– Sois le bienvenu, Diekaard. Ton voyage s'est-il bien déroulé ?

– À part deux tempêtes d'équinoxe et un iceberg qui a failli nous envoyer par le fond, rien à signaler. Les Leonessiens sont des gens rusés et durs en négoce, mais nous avons conclu de bonnes affaires.

Tandis que l'autre parlait, Astyan éprouva une impression étrange, comme s'il le découvrait pour la première fois. Soudain une émotion violente s'empara de lui. Ce regard d'un bleu limpide, cette carrure massive et tranquille... Un flot de souvenirs lui revint en mémoire. La démarche, la stature de Diekaard lui rappelaient celles de l'un de ses compagnons. Il murmura :

– Païdras...

Païdras, le capitaine de la légion des Braves, le commandant du navire fabuleux, l'*Hedreen* ; un ami fidèle, solide comme un roc, mort à ses côtés lors de l'explosion de l'aéroglisseur. Diekaard pouvait-il être ce compagnon disparu ? Par réflexe, il tenta de sonder les schèmes mentaux du Thuléen. Sans succès. Diekaard s'aperçut de son désarroi.

– Tu te sens bien, Seigneur ? demanda-t-il, troublé par le regard étrange d'Astyan.

Chancelant, le Titan s'appuya à la lisse. L'autre le saisit par les épaules pour le soutenir. Astyan reprit son souffle, puis répondit d'une voix sourde :

– C'est un léger malaise. Le temps, peut-être.

Diekaard hocha la tête.

– Le printemps est long à venir cette année. Il faisait plus doux à Leoness.

Astyan ne pouvait expliquer ses soupçons au Thuléen. Comme les Titans, les humains se réincarnaient, mais ils l'ignoraient, car ils ne maîtrisaient pas le phénomène de la résurrection. Avant sa dernière mort, Astyan eût été capable de percer le secret de l'âme de son compagnon à jour, et même de l'amener à plonger, par-delà le gouffre de la « non-vie », dans sa mémoire profonde, et à retrouver ainsi le souvenir de son existence antérieure. Mais il avait perdu ses pouvoirs. Pourtant son intuition lui soufflait qu'il ne se trompait pas. *Diekaard avait été Païdras.* Il résista à l'envie qu'il avait de prendre son compagnon dans ses bras. Païdras l'aurait compris. Diekaard eût été surpris.

Un détail le troublait cependant. Le capitaine thuléen avait près de quarante ans. Alors, lui-même était-il resté plus longtemps « absent » de la vie qu'il ne le croyait ? Au prix d'un violent effort de volonté, il surmonta l'émotion qui l'avait envahi et déclara :

– Diekaard, tu sais que je vais bientôt quitter Thulea. J'aimerais que tu sois à mes côtés, pour commander le navire.

La nervosité qui transparaissait dans sa voix troubla le Thuléen. Il sentait confusément, sans pouvoir l'expliquer, qu'un lien étrange l'attachait à cet homme mystérieux que l'on considérait comme un demi-dieu depuis son arrivée. Le récit de ses exploits avait fait le tour de la cité. On eût souhaité qu'il restât aux côtés de la jeune reine. Mais on savait qu'il partirait après la naissance de son enfant, et que rien ne pourrait le retenir.

Diekaard acquiesça :

– Si ma souveraine y consent, j'aurai grand plaisir à t'accompagner, Seigneur !

Il n'était pas jusqu'aux intonations de la voix qui ne rappelassent celles de Païdras. Astyan murmura :

– Merci !

À ce moment, un serviteur accourut, affolé.

– Seigneur ! Notre reine Callisto vous demande. Elle vient d'entrer dans les douleurs de l'enfantement.

Quittant Diekaard, Astyan se précipita à terre. L'accouchement n'était prévu que trois semaines plus tard. Une sombre prémonition lui criait que la jeune femme courait un grave danger.

1

Callisto l'avait pressenti avant qu'elle ne perdît ses pouvoirs de divination : la naissance de l'enfant risquait de mal se passer. Elle avait deviné que l'ombre de la mort planait sur elle et sur son bébé juste avant que les dernières bribes de son don de prescience ne s'évanouissent.

Pourquoi désirait-elle tant qu'Astyan demeurât près d'elle jusqu'au terme de sa grossesse ? Elle s'était imaginé qu'elle cherchait à le retenir ainsi un peu plus longtemps. À présent, elle comprenait pourquoi elle avait autant insisté. Astyan seul détenait le pouvoir de lutter contre la mort qui rampait sourdement en elle. Malgré les doutes qui tenaillaient le jeune demi-dieu, elle croyait en lui de toutes ses forces.

Les douleurs l'avaient saisie peu après le milieu du jour. Un jour maussade, gris et froid, comme il y en avait souvent en cette période précédant le printemps, où l'hiver luttait pour retenir le monde prisonnier de son linceul de glace.

Malgré la chaleur diffusée par l'immense cheminée, Callisto tremblait. Des frissons la parcouraient, s'ajoutant aux contractions irrégulières qui déchiraient son corps. Elle s'était allongée sur le lit aux montants de bois sculptés et avait envoyé un serviteur chercher

Astyan. A présent, il était là, devant elle. Il s'assit sur le lit et lui prit la main.

– Je savais... que la mort menaçait cet enfant, mon beau Seigneur, dit-elle d'une voix brisée par la souffrance. Je voulais espérer. Mais les dieux en ont décidé autrement.

– Non, ma petite princesse. Tu dois lutter. Tu as vu vivre cet enfant. Tu avais même deviné que ce serait un garçon. Sa mort et la tienne ne sont pas inéluctables. Rien n'est jamais écrit d'avance.

– Oh, Astyan... J'ai si mal.

Il épongea la sueur qui ruisselait sur le front de sa compagne. Dans la chambre se trouvaient trois autres femmes, dont l'une n'appréciait visiblement pas la présence du Titan : Markreen, l'accoucheuse. Elle se lamenta sur un ton lugubre.

– L'enfant se présente mal ! Il n'est pas à terme. Il veut sortir, mais il n'y parvient pas.

– Notre reine va mourir, pleurnicha l'une des assistantes.

– Cessez de dire des sottises ! répliqua rudement Astyan.

Markreen riposta :

– Elle n'aurait jamais dû demeurer près de toi lorsque tu t'es isolé dans la caverne des Glaces, Seigneur.

La voix chargée d'un lourd reproche, elle insista :

– Elle t'a veillé. Elle est restée dans le froid, et elle n'a pas mangé suffisamment.

– Je sais ce qu'elle a fait pour moi, Markreen.

Il se tourna de nouveau vers Callisto.

– Écoute-moi, petite princesse. Il a moins d'une lune d'avance. Il peut vivre.

– Mais il ne peut pas sortir, s'obstina la sage-femme. La mort va les prendre.

Elle éclata en sanglots. Astyan lui fit signe de se taire et posa les doigts sur le ventre gonflé par la petite vie qu'il y avait déposée. La chaleur de ses mains calma l'appréhension de la parturiente. Depuis six mille ans, il avait accueilli lui-même tous les enfants qu'il avait eus avec Anéa, ne laissant jamais à d'autres le soin de délivrer sa compagne. De même, il avait eu plusieurs fois l'occasion d'accoucher des femmes souffrant de grossesses difficiles. Une naissance n'avait jamais représenté un problème pour lui.

Cette fois cependant, il doutait de ses capacités. L'accouchement ne se déroulait pas normalement, et il se sentait impuissant. Il tenta de se concentrer. En vain. On avait arraché de son âme les pouvoirs qui le rendaient autrefois si fort. Il n'était plus qu'un simple mortel.

Un sentiment de révolte mêlé de colère l'envahit. Quel crime avait-il donc commis pour que les dieux l'aient ainsi puni ? Ne pouvait-il rien faire pour sauver Callisto ? Déjà le teint de la jeune femme devenait cireux. Il comprit qu'elle ne tiendrait plus longtemps. Une hémorragie interne allait se déclencher...

Au prix d'un grand effort, il parvint à faire le vide dans son esprit. Les dieux n'étaient pas responsables. Il avait été victime d'un phénomène inexplicable. Mais cela n'avait aucune importance à présent. Il lui fallait aider sa compagne. Elle ne devait pas mourir, il le refusait de toutes ses forces. De toute son âme...

Tout à coup, il éprouva la sensation de se dédoubler, de pénétrer mentalement le corps de Callisto. Peu à peu, dans son esprit, une image se forma, lui dévoilant un fœtus recroquevillé sur lui-même, animé de soubresauts désordonnés. Sans pouvoir expliquer d'où lui venaient ces pouvoirs soudain retrouvés, il comprit ce qui n'allait pas. Le cordon ombilical s'était enroulé autour du cou du petit être, et commençait à l'étrangler. Plus le bébé tentait de se rapprocher du col, plus le cordon se resserrait. Jamais il ne pourrait naître dans ces conditions.

Il mourrait étouffé. Déjà la circulation sanguine ne se faisait plus correctement. Le cœur battait à tout rompre.

Le Titan prit une profonde inspiration et fit appel à toute son énergie. Il fallait retarder l'accouchement jusqu'à ce qu'il parvînt à dénouer le cordon. Mais comment ?

Lentement, avec un mélange de douceur et de fermeté, il massa le ventre gonflé, dans un sens particulier, pour inciter le fœtus à modifier sa position. Celui-ci réagit immédiatement. Le bébé semblait comprendre qu'on voulait l'aider. Se laissant guider par son étrange intuition, Astyan mêla son esprit à celui de l'enfant. Une émotion intense envahit le Titan : il y avait si longtemps qu'il n'avait pu communiquer ainsi avec un être humain... Et celui-ci n'était même pas encore né. Mais l'instinct de survie le guidait, dirigeait chacun de ses gestes. Ce qu'Astyan ne pouvait accomplir de l'extérieur, le bébé pouvait le faire à l'intérieur. Les mouvements incohérents s'espacèrent ; peu à peu l'enfant commença à se retourner dans le bon sens, déroulant lentement les nœuds mortels de son propre cordon.

– C'est bien, petit, murmura Astyan en atlante. Continue !

Fascinée, la sage-femme contemplait l'opération. Elle se demanda si elle devait intervenir. Cet étranger au regard vert l'avait toujours un peu effrayée. Il utilisait des formules magiques ! Elle supportait mal de le voir poser les mains sur sa reine, pour qui elle éprouvait une adoration sans limites. Bien sûr, c'est lui qui avait engendré cet enfant, mais la place d'un homme n'était pas auprès d'une femme qui accouche.

Elle se contenta de regarder. Le visage de l'homme était transfiguré. Il se dégageait de lui un tel rayonnement qu'elle sentit toutes ses préventions s'évanouir. Comme par miracle, il était parvenu à arrêter les contractions. Pénétrée par l'esprit de son compagnon, Callisto avait sombré dans la torpeur.

Lorsqu'elle ouvrit les yeux, elle sourit à Astyan. Celui-ci semblait épuisé. Il reprit son souffle et dit :

– C'est un rude gaillard, ma belle. Je puis t'assurer qu'il n'a aucune envie de mourir. Il est seulement pressé de sortir. À présent, tu vas pousser dès qu'une contraction se produira.

La sage-femme se rapprocha, de même que ses deux assistantes, dévorées de curiosité. L'étranger était un magicien. Il avait chassé la mort qui rampait dans le corps de leur reine. Emue, Markreen déclara :

– Tu as sauvé la vie de notre reine, Seigneur. Que les dieux te bénissent !

Elle hésita, puis se décida à poser une question.

– Comment as-tu fait, Seigneur ?

Astyan se redressa. Il ne pouvait leur expliquer le lien mental qu'il avait établi avec le bébé, la complicité qui l'avait lié à ce fils à naître.

– Le cordon entourait son cou, dit-il simplement. Les massages l'ont libéré.

– Mais comment pouvais-tu savoir...

Elle ne connut jamais la réponse, car Callisto poussa à ce moment un cri déchirant. Les douleurs étaient revenues, mais elles ne présentaient plus rien d'inquiétant. Astyan se plaça de manière à recevoir lui-même son fils. Le spectacle de la naissance d'un enfant l'avait toujours émerveillé. Et même si celui-ci n'était pas le fils d'Anéa, il était le sien, et celui d'une femme pour laquelle il éprouvait une très grande tendresse.

Aidant la jeune mère à coordonner ses efforts avec la dilatation du col, il parvint à atténuer sa souffrance. Quelques instants plus tard le nouveau-né sortait du ventre maternel, les yeux et les poings fermés, la bouche ouverte sur un hurlement qui ne voulait pas venir.

Astyan le saisit par les pieds et lui administra une claque vigoureuse sur les fesses. Un cri jaillit des poumons qui se gonflèrent enfin, pénétrés par une brusque langue de feu. Le premier contact avec la vie extérieure...

– Bienvenue parmi les hommes, mon fils ! dit Astyan.

Le Titan posa ensuite l'enfant sur le ventre de sa mère, ce qui eut pour effet immédiat de calmer les contractions.

Plus tard le bébé, prénommé Arkas, baigné et vêtu de laine chaude, sommeillait contre le flanc de Callisto. Astyan demeura avec eux.

– Quelle puissance est la tienne ? demanda la jeune femme. Tu as fait reculer la mort elle-même.

– Rien n'est inéluctable, petite. La volonté de vivre peut la repousser.

Elle regarda son fils, dont le visage n'était déjà plus congestionné.

– Il est magnifique. Et il porte le signe des dieux, ajouta-t-elle en désignant une petite marque rouge en forme de trident, sur l'épaule droite du bébé.

Une ombre passa sur ses traits.

– Mais je sais qu'il n'a pas la force suffisante pour te retenir auprès de lui.

– C'est vrai...

Il se tut. Un bref instant il revit les naissances de ses deux dernières filles, Maïa et Schoenée. Nombre d'autres les avaient précédées, au cours des multiples existences qu'il avait traversées. Plus d'une centaine d'enfants, qui à leur tour avaient distribué généreusement le sang des demi-dieux parmi les humains. Callisto, qui portait elle aussi le signe divin, était peut-être une descendante de ces enfants.

– Je dois partir, reprit-il. Ma place n'est pas ici. Jamais je n'aurais accepté de te faire ce bébé si j'avais su qui j'étais.

– Je sais, soupira-t-elle. Arkas deviendra un jour le roi de ce pays, mais il ne connaîtra jamais son père.

C'était une constatation, non un reproche. Elle savait depuis le début qu'Astyan ne resterait pas auprès d'elle.

– Regrettes-tu de m'avoir donné cet enfant ?

– Non ! Ainsi en avaient décidé les dieux, sans doute.

Il se pencha sur elle et l'embrassa avec tendresse.

– Je voulais te dire ceci, ma petite princesse : si je n'avais eu déjà une compagne qui m'attend quelque part, je serais demeuré près de toi.

À travers ses larmes, elle sourit. Ainsi il l'aimait un peu.

– Merci, dit-elle d'une voix brisée.

Puis elle lui prit la main.

– Astyan, je dois t'informer de certaines choses. Je connais mal les autres cités, mais elles ne ressemblent pas du tout à ce monde de lumière dont tu m'as parlé lorsque tu es sorti de ta transe.

Sa voix devint presque un murmure.

– Je ressens une impression bizarre. Comme si, il y a bien longtemps, nous avions perdu quelque chose de très précieux. En vérité ces villes me font penser à Yshtia. Elles sont comme les derniers vestiges d'un monde sur le point de disparaître, le souvenir d'une civilisation brillante dont elles ne sont que de pâles reflets.

– Qu'essayes-tu de me dire, ma petite princesse ?

– Je pense que ces cités sont condamnées à mourir. Elles existent depuis si longtemps que les anciens eux-mêmes ignorent tout de leur origine. Leurs habitants s'imaginent qu'elles sont aussi vieilles que la Déesse-Mère, qu'elles ont été créées avec elle. Pourtant peu à peu elles s'isolent, se replient sur elles-mêmes, sur leurs croyances, leurs certitudes. Elles vivent sous le règne de la violence, engendrée par un mysticisme aveugle. Elles n'ont aucun rapport avec le royaume de paix et de beauté que tu m'as décrit. Thulea fait exception à la règle, mais je sais qu'elle disparaîtra elle aussi. Nous avons oublié le savoir de nos ancêtres. Inéluctablement, nous nous rapprochons de ces civilisations dont est issu Jehn le chasseur, celui que tu étais avant de retrouver ta mémoire divine.

Astyan ne répondit pas. Les paroles de Callisto ne faisaient que confirmer ce qu'il ressentait. Il ne se sentait pas chez lui dans ce monde. C'est pourquoi il désirait retrouver l'Atlantide au plus tôt. La jeune femme demanda :

– Quand partiras-tu ?

– Dès que le *Galea'ch* sera prêt. Je voudrais aussi que tu m'accordes une faveur...

– Laquelle ?

– Je souhaiterais emmener Diekaard avec moi.

– Il est mon meilleur capitaine.

– Je le sais. C'est un gros sacrifice que je te demande. Mais...

Il hésita, puis déclara :

– Dans sa vie précédente, il a été l'un de mes plus fidèles compagnons. Il s'appelait alors Païdras. Je suis convaincu que les dieux ne l'ont pas placé sur ma route par hasard.

Callisto demeura un long moment silencieuse.

– Lui en as-tu parlé ?

– Je ne lui ai rien révélé. D'ailleurs, comprendrait-il ? Il est prêt à me suivre, mais il ne partira pas sans ton accord.

Elle hocha la tête.

– Que puis-je te refuser ? Si telle est la volonté des dieux, je le lui donnerai.

– Merci.

– Je veux aussi que tu acceptes une cassette que mon trésorier a préparée pour toi. Elle contient de l'or et des pierres.

– Je ne peux accepter, Callisto.

– Tu le dois. Il te faudra payer les marins qui vont t'accompagner. Et puis, ne te dois-je pas la vie ? N'aie pas de scrupule. Thulea est prospère ; cette cassette ne lui manquera pas.

Elle lui sourit.

– À présent, je voudrais me reposer un peu.

Il déposa un baiser léger sur ses lèvres et quitta la chambre. La jeune reine le regarda partir, puis serra jalousement le bébé contre elle. Lui au moins resterait ici.

Une pensée s'imposait à l'esprit de la jeune femme : plus que jamais elle avait conscience de n'avoir été qu'un instrument entre les mains des divinités supérieures qui gouvernaient ce monde. Elle avait réveillé un dieu, ou tout au moins un être disposant de pouvoirs surnaturels. Mais dans quel but ? Quel serait le destin d'Astyan ?

Elle savait qu'elle n'aurait pas le courage de lui parler des légendes effrayantes qui couraient sur le Grand Océan. Il ne la croirait pas. Plus exactement, il refuserait de la croire.

Il lui fallait découvrir la vérité par lui-même. Comment réagirait-il alors ? La folie aurait-elle raison de lui ? Elle ne serait pas à ses côtés pour lui apporter le soutien de son amour. Un instant, l'idée lui vint de l'accompagner dans son entreprise insensée. Mais il refuserait. Elle devait rester à Thulea pour élever ce fils qu'il lui avait donné. Ainsi était écrit le destin. Elle devait le laisser partir.

Il apprendrait bien assez vite que l'Océan profond était infranchissable. Aucun humain sensé ne s'y risquait. Les récits des quelques marins audacieux qui avaient osé le braver parlaient de tempêtes d'une puissance inimaginable, de vagues hautes comme des collines, d'une eau couleur de boue, de monstres gigantesques. Pour les navigateurs, l'Océan était le royaume des dieux, un domaine interdit aux hommes.

Mais Astyan n'était-il pas lui-même un dieu ?

2

Quelques jours plus tard, le *Galea'ch* était prêt à prendre la mer. Une trentaine de marins, recrutés parmi les meilleurs hommes de Diekaard, avaient déjà embarqué. La veille, un ouragan venu de l'ouest avait repoussé les lourds nuages gris vers l'horizon oriental, où subsistait une large bande sombre. Un soleil glorieux éclaboussait la petite vallée d'une lumière crue annonçant le printemps proche.

Une foule importante s'était réunie sur les quais pour assister au départ. Il ne s'agissait pas cette fois d'un voyage commercial à destination de Leoness ou d'une cité plus éloignée. On connaissait le projet du prince étranger qui avait donné un fils à la reine. On estimait son entreprise insensée, et chacun était persuadé que jamais le navire ne reviendrait de son expédition. Braver les dieux de l'Océan relevait de la folie pure et simple. On admirait les volontaires qui avaient accepté d'embarquer, et que Diekaard avait eu assez de mal à convaincre. Lui-même ignorait pourquoi, mais il savait désormais qu'il devait suivre Astyan où qu'il décidât d'aller. Un profond sentiment d'amitié le liait à ce prince pour lequel il éprouvait une admiration sans bornes.

– Que nos dieux soient favorables et accordent longue vie à ma reine et à son fils, dit-il en s'inclinant devant Callisto.

– Adieu, mon fidèle Diekaard. Puissent-ils te protéger et préserver ton navire.

Diekaard résista à l'envie de les prendre dans ses bras, elle et son fils, ce bébé âgé de quelques jours qu'elle tenait contre elle, emmitouflé dans une épaisse couverture de laine. Comme nombre de Thuléens, il était secrètement amoureux d'elle. Aussi fut-il vivement ému lorsque la reine s'approcha de lui et déposa sur ses lèvres un baiser d'adieu. Il comprit à ce moment-là qu'il ne reviendrait plus jamais à Thulea, et que Callisto le savait.

Tandis que Diekaard gravissait la passerelle, Astyan serra longuement la jeune femme contre lui.

– Que Gaïa, la Déesse-Mère, te garde, ma petite princesse. Je ne vous oublierai jamais, ni toi ni ce fils que tu m'as donné. Je penserai à toi chaque fois que je regarderai les étoiles.

Elle sourit malgré ses larmes. Elle aussi contemplerait souvent les deux constellations qui scellaient leur pacte, la Grande Ourse du ciel et son petit.

– Grâce à elles, nous ne serons jamais vraiment séparés, dit-elle.

Puis elle se détourna et se réfugia auprès des siens, les yeux brouillés par le chagrin. Déchiré par une foule de sentiments contradictoires, Astyan franchit à son tour la passerelle, tandis que Diekaard donnait l'ordre de larguer les amarres.

Le *Galea'ch* s'ébroua comme un fier coursier lorsque les deux voiles s'élevèrent le long des mâts, se gonflant sous l'action des vents puissants venus du large. Cependant, l'avance du navire était essentiellement fournie par les deux rangs de rameurs, dix de chaque côté, qui se relayaient sous les ordres du maître de nage, Fehron, un colosse à la voix de stentor. De plus, les Thuléens ignoraient l'usage du gouvernail. Deux longues rames, situées à l'arrière sur chaque bord du navire, en faisaient office.

Sous l'impulsion des marins, le vaisseau s'écarta du quai et franchit les brise-lames qui protégeaient le petit port. Un long cri d'adieu monta de toutes les poitrines, tandis que Callisto éclatait en sanglots.

À l'aide des instruments qu'il s'était confectionnés, Astyan avait étudié la route à suivre pour gagner dans un premier temps Atalaya, la plus septentrionale des îles atlantes. Avec un navire comme le *Galea'ch* il lui faudrait sans doute plus d'une lune. Il ne comportait aucun des équipements sophistiqués connus des marins atlantes. Le profil de la coque ignorait les règles de l'hydrodynamique ; la voilure était grossière, composée de deux voiles carrées mal disposées. Elles n'étaient utilisables pour soulager les rameurs que par vent arrière. Cependant les Thuléens possédaient à merveille l'art d'utiliser les courants marins.

Astyan ne s'était pas rendu compte de tout cela lors du voyage qui l'avait amené à Thulea. Mais il n'avait pas retrouvé alors sa mémoire de Titan. Il se promit, une fois revenu à Poséidonia, d'enseigner aux marins nordiques les secrets des navigateurs atlantes.

Cependant, l'évocation de sa ville provoquait chez lui un malaise insidieux qu'il ne pouvait chasser de son esprit. Lorsqu'il se forçait à étudier la situation avec lucidité, il devait s'avouer que nombre d'éléments insolites, comme le recul inexplicable de la banquise, perturbaient les données qu'il avait établies. En trente ou quarante années, elle n'avait pu disparaître ainsi. Il y avait aussi ce courant mystérieux et puissant, aux eaux chaudes, contre lequel ils luttèrent à partir du cinquième jour, et qui tentait de les repousser vers le nord-est. Astyan dut faire appel à tous ses talents de navigateur pour déjouer les pièges tendus par ce fleuve marin incompréhensible. Certes il existait déjà un courant semblable auparavant, mais il n'était pas aussi violent.

Cela faisait à présent plus de quinze jours que le *Galea'ch* avait quitté Thulea, et les marins commençaient à présenter des signes d'inquiétude. Bien que le Titan eût pris la précaution d'embarquer des vivres, qui leur permettraient de tenir plus de trois lunes sans ravitaillement, les Thuléens n'avaient pas l'habitude de demeurer si longtemps en mer. Ils préféraient longer les côtes, même si une incursion en plein Océan ne leur posait aucune difficulté, grâce à la boussole.

Le navire avait déjà essuyé deux grains amenés par les vents d'ouest. Il s'en était tiré sans dommage. Si certains commençaient à murmurer à propos de l'utilité de ce voyage, la plupart étaient fascinés par la connaissance profonde de la mer dont Astyan faisait preuve. Malgré son jeune âge, il semblait avoir voyagé beaucoup plus que le plus âgé d'entre eux. Et d'où tenait-il le secret des engins magiques dont il s'était muni ?

Astyan avait fabriqué un sextant et une clepsydre à écoulement d'eau. Faute de matériaux adéquats, ils n'étaient pas d'une grande précision, mais ils permettaient, alliés à un gyroscope à bain d'huile, de déterminer une route correcte. Les cartes dont disposaient les Thuléens s'étaient révélées plus que rudimentaires. Il avait dû plonger dans ses souvenirs pour en dessiner une nouvelle, sous le regard intrigué de Diekaard.

Le soir du seizième jour, alors qu'un soleil de sang se couchait sur l'horizon, un homme montra des signes de nervosité anormale. A Diekaard qui lui ordonnait d'accomplir sa part de travail, il opposa un refus cinglant. Ses yeux rougis indiquaient qu'il avait abusé de l'alcool de genièvre qu'Astyan avait fait emporter, en cas de maladie.

– Tu ne sais même pas où nous allons, capitaine ! Cet homme est fou. Il nous entraîne vers la mort. Depuis notre départ, nous n'avons pas aperçu la moindre côte. Tu sais pourtant qu'il n'y a rien au-delà de l'Océan ! C'est l'empire des dieux maudits...

Il pointa un doigt furieux vers Astyan et vociféra :

– C'est notre sang qu'il veut.

Le Titan s'approcha de l'individu et lui parla avec douceur.

– Quel est ton nom ?

Interloqué par le ton amical, l'autre répondit sèchement :

– Kerwynn, Seigneur !

– Tu n'as aucune raison de t'inquiéter, Kerwynn. J'ai dit lorsque nous avons embarqué qu'il nous faudrait plus d'une lune pour rejoindre l'Atlantide. Nous n'avons pas encore parcouru la moitié de la route.

– Mais tu ne comprends pas ? Nous n'arriverons jamais nulle part. Il n'y a rien sur l'Océan. *Rien* ! Lorsque nous aurons dépassé ce fichu fleuve marin, nous rencontrerons des tempêtes effrayantes. Aucun navire n'est suffisamment puissant pour les affronter. Nous allons tous mourir.

– Calme-toi, répliqua Astyan sans élever la voix. Je n'ai nullement l'intention de vous mener à la mort. Si la mer devient trop dangereuse, nous ferons demi-tour, je te le promets. Mais jusqu'à présent, il ne s'est rien produit de grave.

– Bientôt nous ne pourrons plus reculer, riposta le marin. L'Océan nous dévorera sans que tu puisses rien faire.

– Je connais cet Océan, Kerwynn. Je l'ai traversé de nombreuses fois.

– A ton âge ?

– Oublie mon âge. Tu dois savoir que je ne suis pas un humain. Je suis un Titan, l'un des dix princes de l'Atlantide. Vous n'avez rien à redouter de moi, bien au contraire. Lorsque j'aurai retrouvé mon palais de Poséidonia, je vous y recevrai comme des hôtes de marque. Je vous demande seulement d'être courageux et patients.

L'homme voulut répliquer, mais l'aura mystérieuse qui émanait d'Astyan l'impressionnait. Il recula en maugréant. L'équipage s'écarta ; seuls Diekaard et un vieux marin restèrent près du Titan.

– Il faut les comprendre, déclara le capitaine. Jamais nous ne nous sommes aventurés aussi loin.

– Et pour cause, dit le vieil homme.

Astyan se tourna vers lui.

– Explique-toi...

– Kerwynn a raison d'être effrayé. Jusqu'ici il ne s'est rien passé d'anormal, mais il en sera autrement lorsque nous aurons traversé le fleuve Océanique.

– Pourquoi ?

– Au-delà d'une certaine limite, l'Océan semble pris de folie. Des vagues hautes comme des montagnes le traversent, provoquées par la colère des dieux. Elles peuvent jaillir en quelques instants, sans que rien le laisse prévoir. On prétend que des monstres effrayants gardent les confins des eaux. On ne peut plus déterminer la route à suivre ; les boussoles elles-mêmes s'affolent. Les bateaux y sont broyés comme de vulgaires coquilles. Crois-moi, Seigneur : les hommes n'ont pas droit de cité en ces lieux maudits !

– Comment sais-tu cela ?

– Un jour, il y a très longtemps, un roi de Leoness a fait construire une flotte de dix navires destinés à explorer l'Océan. Il avait entendu parler d'une très vieille légende qui affirmait que la Grande Mer, comme disent ceux de Leoness, n'était pas infinie, qu'il existait des terres de l'autre côté.

– C'est la vérité.

– Qui peut le savoir ? Sur dix navires, un seul est revenu. Tous les autres avaient été détruits par des tornades soudaines. L'un d'eux avait même été avalé par un monstre géant sorti des profondeurs de l'Océan. Depuis cette époque, aucune expédition n'a été entreprise pour tenter de traverser la Grande Mer.

– Alors, si tu es persuadé que nous courons à notre perte, pourquoi t'es-tu embarqué ?

Le vieux marin eut un sourire édenté.

– Peut-être parce que j'ai du mal à croire ce qu'on raconte. Mon nom est Baalder, et je suis âgé de soixante soleils, Seigneur. Depuis que je suis gamin, j'ai rarement quitté le pont d'un navire. Mon père possédait le sien, avant qu'il ne fasse naufrage sur les côtes proches de Thagranne, au-delà de la mer du Milieu. C'est là que j'ai perdu toute ma famille. Je fus l'un des rares survivants. J'ai passé plus de temps en mer que sur terre ; l'Océan est un vieux compagnon. Je connais ses colères et ses caprices. Depuis toujours je rêvais de me lancer vers l'ouest, pour vérifier si les récits que j'ai entendus dans les tavernes des ports de Leoness, de Thulea ou d'ailleurs étaient vrais.

– Que disent ces récits ?

– Il paraît que là-bas, vers l'ouest, l'eau n'est pas de couleur bleue. Ce n'est plus qu'une immense étendue de boue, dont la mort peut surgir à chaque instant. Au-delà de la boue, l'Océan se jette dans un gouffre sans fond.

Le vieux pointa un doigt sur Astyan.

– Car ce monde est plat, Seigneur. Le savais-tu ? La Grande Mer qui entoure les terres habitées mène jusqu'au bord du monde. Il n'y a plus rien au-delà, rien que le néant. Ou peut-être le royaume des dieux maudits. Ceux-là mêmes qui naguère régnaient sur le monde. Es-tu l'un de ces dieux ?

– Je suis l'un d'eux, Baalder. Mais tu te trompes : les

dieux de l'Atlantide sont bons. L'Océan n'est pas infini. Et le monde n'est pas plat. C'est une sphère immense, suspendue dans l'espace, qui tourne autour du soleil.

Le vieil homme hocha la tête.

– Oui. Peut-être était-ce vrai autrefois.

Astyan n'osa répondre. Le monde décrit par le vieux Baalder n'avait rien à voir avec celui de l'Atlantide. Bien sûr, les Atlantes respectaient l'Océan ; on redoutait ses colères ; mais jamais on n'avait entendu parler de monstre dévorant les navires. Et les boussoles ne se déréglaient pas. Il mit la main sur l'épaule du vieil homme.

– Je suis sûr que tout cela ne repose que sur l'imagination trop fertile des marins de Leoness, Baalder. Lorsque tu découvriras les îles de l'archipel du Soleil, tu changeras d'avis. Il n'existe pas de pays plus beau.

– Que les dieux t'entendent, Seigneur !

Plus tard, allongé sur la couchette de la cabine de commandement, Astyan médita les paroles du vieux marin. A travers le hublot protégé par un verre grossier, il fixa l'horizon, derrière lequel le soleil venait de s'enfoncer. Un malaise diffus lui nouait les entrailles. Callisto elle-même lui avait dit qu'elle ignorait tout de l'archipel atlante. Mais c'était inconcevable : l'Atlantide ne pouvait avoir disparu pour laisser place à cet Océan de boue évoqué par le marin.

Une nausée lui tordit l'estomac, tandis qu'une tension incontrôlable montait en lui. Soudain une fiole de genièvre explosa, soumise à l'impact involontaire de l'esprit du Titan. Diekaard sursauta.

– Qu'est-ce que ça veut dire ?

Astyan se redressa sur sa couche, le teint pâle.

– Ce n'est rien. Sans doute était-elle mal fixée.

Le Titan contempla les restes de la fiole. Il n'avait pas voulu la briser. Ses pouvoirs semblaient se manifester sans qu'il pût les maîtriser, dans les moments d'émotion intense. Ainsi avait-il détruit Yshtia. Son intuition ne l'avait donc pas trompé : ils existaient encore, à l'état latent. Mais comment les reconquérir ?

Le capitaine, remarquant le malaise de son compagnon, alluma une lampe à huile et s'approcha.

– Comment te sens-tu, Seigneur ?

Le Titan leva les yeux sur lui. Jamais comme avant il n'avait ressenti les ressemblances existant entre cette voix et celle de son fidèle Païdras.

– Diekaard, peut-être me prends-tu pour un fou. Mais si les légendes rapportées par Baalder contiennent une parcelle de vérité, cela veut dire que l'Atlantide n'existe plus, et que toute cette expédition n'est qu'un rêve auquel je m'accroche désespérément.

Il y avait une telle détresse dans la voix du Titan que le Thuléen s'en inquiéta.

– Seigneur, que veux-tu que je fasse ?

Une émotion violente envahit Astyan. Cette phrase était celle-là même qu'employait Païdras lorsqu'il venait prendre ses ordres. Il n'y avait aucun doute : Diekaard et Païdras ne faisaient qu'une seule et même personne. Païdras était mort à ses côtés. Si Diekaard parvenait à retrouver la mémoire de cette vie antérieure, il ne serait plus seul. Un autre Atlante serait près de lui.

Mais il hésita. Avait-il le droit de violer ainsi l'esprit du Thuléen ? La plongée dans cette vie antérieure risquait de le perturber, de le faire sombrer dans la folie peut-être... De toute manière, il n'était pas sûr de parvenir à réveiller la mémoire profonde de son ami.

– Il n'y a rien à faire, mon compagnon, dit-il enfin. Il faut poursuivre notre route. Mais j'ai besoin que toi, tu me gardes ta confiance.

– Elle t'est acquise, Seigneur !

Cette nuit-là, Astyan dormit peu. Une foule de souvenirs le hantaient. Aux paysages lumineux d'Avallon se superposait la forêt qui cernait le village de la tribu des Loups. Le sourire de Myria, sa petite épouse des Trois-Chênes, se mêlait à celui de Callisto, puis à celui, grimaçant, d'Asdahyat la Maudite. Lorsqu'il sombra enfin dans les brumes du sommeil, bercé par les mouvements du *Galea'ch*, le visage d'Anéa lui apparut à nouveau. Le magma acide, couleur de néant, l'environnait toujours. Elle criait quelque chose vers lui, mais il n'entendait que l'écho lointain de son nom : « Astyan... »

Alors une nouvelle fois il voulut la rejoindre, la libérer de la gangue d'horreur poisseuse qui la retenait prisonnière. Dans son demi-rêve il s'avança vers elle, tendit les bras. Une nouvelle fois le gouffre sans fond s'ouvrit devant lui, tandis qu'une vague de terreur pure imprégnait jusqu'à la moindre fibre de sa chair et de son âme. Un hurlement déchirant lui vrilla les tympans. Lorsqu'il s'éveilla, Diekaard était penché sur lui, inquiet.

– Que se passe-t-il, Seigneur ? Dans ton cauchemar, tu as prononcé un nom...

– Lequel ?

– Celui d'une femme. Anéa ! C'est étrange, Seigneur, mais ce nom provoque en moi une sensation bizarre. Comme s'il m'était familier. Pourtant je ne connais aucune femme de ce nom.

Astyan dut faire appel à toute sa volonté pour ne pas céder aux larmes qui lui brûlaient les yeux.

Le lendemain, il se réveilla l'esprit en déroute. Le soleil de la veille n'était plus qu'un souvenir. Durant la nuit s'était levée une tempête qui ballottait le navire en tous sens. Le Titan n'avait dormi que quelques heures ; le souvenir d'Anéa n'avait cessé de le hanter. Il se leva, faillit tomber sous l'effet du tangage. L'autre couchette était déserte ; le brave Diekaard avait déjà pris son poste de commandement. Astyan sortit sur le pont et respira profondément l'air humide et iodé. Une vague puissante vint s'écraser contre le flanc du navire, et l'aspergea d'une fine bruine de gouttelettes glacées. Soudain réveillé, il s'avança vers le capitaine qui donnait ses ordres aux marins. Celui-ci accueillit Astyan avec chaleur.

– J'ai l'impression que la Grande Mer va nous donner du fil à retordre aujourd'hui. Mais nous passerons !

Soudain il se figea, la bouche ouverte sur des mots qui ne pouvaient plus sortir. Astyan regarda dans la direction qu'il indiquait et murmura :

– Oui ! À condition que nous soyons capables de passer à travers cela !

Une clameur d'angoisse monta des poitrines des marins. Posé sur l'horizon, un bouillonnement lointain s'enflait, roulant vers eux à la vitesse d'un cheval au galop.

3

Les Thuléens contemplaient le phénomène, épouvantés. Kerwynn se mit à hurler d'une voix hystérique :

– Je vous avais prévenus. Les dieux de l'Océan se vengent. Nous allons tous mourir.

Terrorisés par les cris de leur compagnon et par la falaise mouvante qui fondait sur eux, quelques rameurs abandonnèrent leur poste, recherchant désespérément un abri où se réfugier. Fehron s'avança vers Kerwynn, qu'il gifla à toute volée.

– Un vrai marin ne recule jamais devant les colères de la Grande Mer. Elle prend la vie des lâches, mais elle respecte les hommes courageux. Que chacun reprenne son poste. Kerwynn et Baalder, amenez la voilure.

Déjà un ouragan d'une violence inouïe déferlait sur eux, faisant claquer les voiles, sifflant dans les cordages.

– L'haleine des dieux mauvais, gémit un autre marin.

Les bourrasques étaient tièdes, presque chaudes. Astyan n'avait jamais rencontré ce phénomène auparavant. Au sommet de la vague énorme roulait une frange d'écume brunâtre, de laquelle s'échappaient des panaches de vapeur, indiquant la présence d'une éruption sous-marine.

– Laisse-moi diriger le navire ! dit-il soudain à Diekaard.

Interloqué, celui-ci hésita, puis obéit. Il ne se sentait pas de taille à affronter le colosse liquide. S'arc-boutant sur l'un des avirons de direction, Astyan orienta le navire de manière à le placer face au rouleau gigantesque.

– Rentrez les rames ! Amarrez-vous avec des filins ! hurla le Titan.

Lui-même fixa un cordage à son corps, qu'il relia au grand mât. Avec une lenteur terrifiante l'horizon disparut. Tandis qu'une énorme masse de nuages sombres envahissait le ciel déjà gris, la falaise de cendre, de boue et d'eau s'enfla dans leur direction.

Astyan poussa un cri de dépit lorsqu'il constata que la vague colossale menaçait de rouler et de les engloutir. En une fraction de seconde, il comprit le parti qu'il pouvait tirer de la situation. Grâce à sa force surhumaine, et malgré les mouvements désordonnés auxquels était soumis le navire, il parvint à modifier sa position, le présentant de biais, dans le sens de la poussée du rouleau monstrueux. Diekaard et les marins l'observaient avec stupéfaction. Le vieux Baalder s'écria :

– Mais... que fait-il ? Nous allons nous retourner !

Astyan ignora leurs cris. La voilure avait été affalée. Seuls les deux mâts pouvaient représenter un danger à présent, mais il n'avait plus le choix. Tout à coup, une poussée brutale plaqua les hommes sur le pont. Le vaisseau se souleva, projeté vers le haut comme un vulgaire bouchon. En quelques secondes il acquit une vitesse stupéfiante. Avec terreur, les Thuléens virent le sommet de la vague s'enrouler au-dessus d'eux ; une onde brûlante les baigna, témoignant de la violence du séisme sous-marin. Astyan plaça le navire dans le mouvement de la lame. Une force extraordinaire le propulsa vers l'avant, mais la puissance des flots était telle que l'eau passa au-dessus du bateau sans le toucher. Un énorme tunnel liquide se forma autour de lui. Un vacarme épouvantable assourdissait les hommes, pris dans une pénombre glauque ; mais toujours le navire avançait, poussé par l'énergie de la vague elle-même, qui ne pouvait submerger sa proie, emportée trop loin par sa propre fureur. Le rouleau titanesque formait comme une arche colossale qui propulsait le *Galea'ch* vers le sud, vers un point de lumière sombre, tout ce qui restait du ciel. Nul n'aurait su dire combien de temps dura ce voyage aux frontières de l'impossible. Sans l'habileté du Titan, le navire eût été englouti et broyé.

Mais Astyan maintenait la barre, tendue à craquer, selon le bon angle. Enfin le navire atteignit l'orifice du tunnel, et jaillit à l'air libre au sommet de la vague démesurée.

Un court instant, les marins eurent la sensation de se trouver à la cime d'une montagne mouvante. Puis le vaisseau plongea dans le creux, prêt à affronter la lame suivante – heureusement de dimensions plus modestes. Une nouvelle poussée le projeta vers le haut.

Le raz de marée était passé. Une déferlante submergea un instant le navire. Le rugissement des flots couvrit les hurlements des marins, étouffés par une eau presque brûlante ; une force formidable tenta de les arracher à leurs bancs de nage. Mais ils tinrent bon. Si le Titan ne leur avait pas conseillé de s'amarrer, ils eussent été emportés par-dessus bord.

Soumis à d'énormes contraintes, les superstructures du *Galea'ch* gémissaient et craquaient, menaçant de rompre à tout instant. La vue était quasiment bouchée. Entraîné par la fureur de la tempête, le navire fut pris dans un courant d'une violence infernale. Malgré ses efforts, Astyan dut se contenter de le maintenir dans le sillage du raz de marée.

Tout à coup, une masse énorme d'un gris blanchâtre se profila au loin, qui grossit à vue d'œil. Un marin hurla :

– Un iceberg ! Nous allons nous écraser contre lui.

Peut-être était-ce celui qu'Astyan avait aperçu quelques jours plus tôt. L'angoisse s'empara de tous. Le choc paraissait inévitable. Le *Galea'ch* fonçait droit sur la montagne de glace, à une vitesse prodigieuse. Astyan banda ses muscles pour tenter de manœuvrer la barre, mais celle-ci résistait. Inexorablement, le colosse flottant se rapprochait. L'espace d'un éclair, le Titan eut la sensation que tout était perdu. Il faillit hurler de désespoir.

Et soudain un calme étrange l'envahit. Sans comprendre ce qu'il faisait, un flot d'énergie surgi de nulle part coula à travers lui, qu'il projeta de toute sa volonté contre le léviathan de glace. Comme soumis à un esprit supérieur, il tendit le bras vers le monstre. Une lueur d'un vert intense jaillit de sa main tendue. Muets de stupeur, les marins virent le rayon mystérieux frapper l'iceberg. L'instant d'après, une explosion formidable fit vibrer leurs entrailles ; l'île flottante se fendit en deux, ouvrant un passage dans lequel s'engouffra la vague qui soutenait le navire. Celui-ci, porté par la lame, s'infiltra dans le chenal ainsi creusé. Dans un grondement assourdissant, des murailles de glace défilèrent de part et d'autre du vaisseau. Puis le *Galea'ch* jaillit de l'autre côté, après avoir traversé l'iceberg brisé.

Peu à peu, un calme relatif s'installa sur les flots. À présent, la température était redevenue normale. Abasourdis, les marins se relevèrent, étonnés d'être encore vivants. Ils venaient d'assister à un miracle. L'homme qui les commandait était bien un dieu. Partagés entre l'incrédulité et l'admiration, les Thuléens se rapprochèrent d'Astyan. Kerwynn dit d'une voix tremblante :

– Tu nous as sauvé la vie, Seigneur. Pardonne-moi d'avoir douté de toi.

– Ce n'est rien. Si j'avais pu me douter que nous affronterions une telle lame de fond...

– Mais tu sais à présent que je n'ai pas menti. L'Océan est bien le royaume des dieux mauvais.

– Les dieux n'y sont pour rien, Kerwynn. C'est un séisme sous-marin qui a provoqué ce cataclysme. Il s'agit d'un phénomène tout à fait naturel.

Soudain un homme s'écria :

– Capitaine, une voie d'eau s'est ouverte dans la cale !

Diekaard et Astyan se rendirent sur place. Le capitaine examina les dégâts, que les marins avaient déjà commencé à réparer.

– Nous ne pouvons poursuivre notre route dans ces conditions, déclara Diekaard. Il est possible de colmater la brèche, mais nous devons remettre le vaisseau en état. Il ne résistera pas à une autre tempête de cette ampleur.

Astyan soupira. Il regarda les visages anxieux braqués sur lui, puis déclara :

– Tu as raison. Je n'ai pas le droit de disposer ainsi de la vie de tes marins. Le *Galea'ch* n'est pas équipé pour affronter de telles calamités. Il nous faut un navire plus grand, plus puissant, dont je dessinerai moi-même les plans, et qui nous permettra de vaincre les fureurs de la Grande Mer. Existe-t-il un lieu où je puisse faire construire un tel bateau ?

– Les seuls chantiers navals suffisamment importants se trouvent à Leoness, Seigneur.

– Alors, mettons le cap sur Leoness !

4

À l'avant du navire, Astyan contemplait les évolutions d'une douzaine de dauphins. Parfois, l'un d'eux bondissait hors des flots, et s'y laissait retomber à grand fracas pour attirer son attention. Les puissants mammifères éveillaient chez lui des bouffées de nostalgie. Les eaux de l'estuaire de l'Acheloos, le fleuve qui arrosait Poséidonia, offraient asile à une colonie de ces dauphins familiers, que l'on considérait comme des animaux sacrés. On racontait qu'ils avaient contribué à la première naissance des deux Titans. (Astyan et Anéa eux-mêmes ne s'en souvenaient pas ; ils tenaient ce récit de leurs propres mères, Haevya et Ephyra). Aussi, depuis des temps immémoriaux, avait-on voué aux dauphins un culte affectueux et reconnaissant. Il n'était pas rare de les voir se mêler aux baigneurs poséidoniens, sur la grande plage claire qui bordait la cité à l'ouest. Cette même plage où avaient débarqué les hordes barbares de la ligue des Serpents.

– S'ils pouvaient parler... murmura le Titan pour lui-même.

Cette tempête de boue était inexplicable. Jamais les navires atlantes n'en avaient affronté d'aussi violentes, hormis à l'extrême pointe sud de l'Inkheus, le grand continent occidental. Plus que jamais le demi-dieu éprouva la sensation d'avoir été projeté dans un univers qui n'était pas le sien. Il n'était pourtant pas question de renoncer.

L'étude des cartes établies à partir de ses souvenirs et des éléments fournis par les Thuléens apprit à Astyan que Leoness ne devait pas se trouver très loin de Thartesse – guère plus de six angles [1] au sud. Il s'en ouvrit à Diekaard. La réponse du capitaine acheva de le désarçonner.

– Je suis désolé, Seigneur. Je ne connais aucune cité de ce nom.

– Mais enfin, il s'agit d'une grande ville. Elle compte plusieurs dizaines de milliers d'habitants.

– Je t'assure, il n'existe aucune autre ville que Leoness sur ces côtes.

– Peut-être alors connais-tu Lierna ?

– Cela ne me dit rien, Seigneur. Aussi loin que s'étende la côte Océane, en dehors de Leoness, on ne rencontre aucune cité importante jusqu'au détroit qui commande l'entrée de la mer du Milieu.

Astyan sentit ses entrailles se nouer. Certes, Anéa et lui-même avaient détruit Lierna, la seconde ville du pays, peu avant la guerre contre les Géants. Mais Thartesse, capitale du royaume de Tuténie, ne pouvait avoir disparu ainsi. Les Thuléens *devaient* la connaître. À moins que... les habitants n'aient abandonné les décombres de leur cité après le conflit.

– Alors, il doit subsister des ruines, avança le Titan.

Diekaard fourragea dans son épaisse barbe blonde.

– Je connais bien les marins de Leoness, Seigneur. Aucun d'eux ne m'a jamais parlé de ruines dans le Nord. Il faudrait alors qu'elles soient très anciennes.

Astyan n'osa insister. Tout cela n'avait aucun sens.

1. Un angle = 11,111 kilomètres. Voir l'annexe sur les mesures atlantes (p. 411).

Comme l'Atlantide, la Tuténie semblait avoir disparu depuis si longtemps que les hommes avaient oublié jusqu'à son souvenir. Un sursaut de révolte mêlée de détresse l'envahit. Un archipel de la taille de l'Empire atlante ne pouvait s'évanouir ainsi en l'espace de quelques décennies. Pas plus qu'une cité de l'importance de Thartesse.

Peu à peu, il commença à envisager une autre explication, qui lui figeait le sang dans les veines. Et s'il était resté dans l'univers de la « non-vie » beaucoup plus longtemps qu'il ne le pensait...

Certaines paroles d'Ophius lui revinrent en mémoire :

Vous serez à jamais enfermés dans un tourbillon de douleur, qui vous interdira de vous réincarner. Ou peut-être dans très longtemps, en ayant perdu tous vos pouvoirs.

Les Serpents avaient-ils utilisé contre lui ce vortex infernal lors de l'accident de l'aéroglisseur ? C'était inimaginable. À l'époque de l'accident, douze années seulement s'étaient écoulées depuis la terrible bataille qui avait ensanglanté Poséidonia. Mais peut-être des complices avaient-ils installé la structure maudite *dans son propre vaisseau volant* ? Il se souvint qu'il avait été remis en état peu de temps avant son voyage vers Kamaloth.

Si cette hypothèse se vérifiait, il devait alors admettre qu'un gouffre de temps insondable le séparait de l'Atlantide. Il la refusait de toutes ses forces. Mais elle expliquerait bien des choses : cette sensation étrange de se trouver dans un autre monde, l'archaïsme de la technologie, l'architecture grossière, la disparition de Thartesse... et de l'archipel du Soleil. À cette idée, une angoisse indicible s'empara de lui, dominée par la vision d'un visage de femme.

– Anéa... murmura-t-il.

Pris d'une nausée incoercible, il se pencha par-dessus la lisse et se mit à vomir. Diekaard lui passa le bras autour des épaules.

– Seigneur, tu es épuisé. Veux-tu aller te reposer ?

Depuis qu'Astyan avait fendu l'iceberg gigantesque en deux par la seule force de l'esprit, les marins lui vouaient une admiration sans bornes. Ils étaient persuadés désormais de naviguer en compagnie d'un dieu. Les préventions de Kerwynn lui-même étaient tombées. Pourtant nul ne semblait avoir entendu parler des Titans. Tout au plus les légendes évoquaient-elles parfois le souvenir confus de dieux très anciens qui jadis vivaient au milieu des humains. Diekaard était le seul lien qui le rattachait encore à son univers. Astyan lui prit les mains avec chaleur.

– Merci, mon compagnon. Je préfère rester ici.

– Si tu as besoin de moi, n'hésite pas à m'appeler.

– Tu es un véritable ami.

Il eut un sourire contraint, puis ajouta :

– Un jour sans doute, je t'expliquerai certaines choses. Mais je dois d'abord en apprendre plus.

Demeuré seul, Astyan se força à reconsidérer sa situation en partant du principe qu'il avait été projeté très loin dans l'avenir, de cette Atlantide qu'il avait quittée, dans son esprit, quelque trente ou quarante années auparavant. Combien de temps s'était-il écoulé en réalité ? Mille ans, plus encore ? Combien de temps fallait-il pour effacer une civilisation aussi importante de la mémoire des hommes ?

Il chassa le vertige qui l'avait saisi et se concentra sur la seule idée encore susceptible de le raccrocher à la vie : Anéa l'avait appelé, elle lui était apparue dans ses songes. Elle existait donc toujours, quelque part. Morte ? Vivante ? Il l'ignorait. Mais il savait désormais qu'il n'aurait de cesse qu'il ne l'ait retrouvée, et délivrée de l'enfer dans lequel elle était retenue prisonnière.

Un espoir insensé demeurait incrusté en lui. Son père divin, Euneor, incarné dans le corps de ce loup mystérieux, lui avait apporté son aide, à sa manière. Il ne lui avait pas permis de revenir à la vie sans dessein précis. Astyan devait se montrer digne de la confiance qu'Euneor lui avait accordée.

Il comprit aussi qu'il devrait affronter des épreuves bien plus difficiles que toutes celles qu'il avait déjà connues. Hormis sa force surnaturelle, il n'était plus qu'un mortel parmi les autres. Même si ses pouvoirs se manifestaient de temps à autre, dans des circonstances exceptionnelles, il ne savait plus les contrôler. Il devait donc patienter, et laisser agir le destin.

Il fallut près d'une douzaine de jours au *Galea'ch* pour rejoindre Leoness. Bientôt, un rivage lumineux se dessina à l'horizon.

5

Au loin se dessinait une côte claire, tachée de vert, de blanc et d'ocre. Le *Galea'ch* doubla deux pointes rocheuses par le sud, puis se dirigea vers l'estuaire d'un large fleuve, le Thagos, dont les rives se resserraient à l'embouchure. Profitant de la marée montante, il se laissa porter vers l'intérieur. Peu à peu, un vaste port apparut sur la rive septentrionale. Au-delà s'étendait une ville importante, dont les différents quartiers s'élançaient à l'assaut de collines rocheuses. Au sommet de la plus élevée, on devinait une construction massive de forme pyramidale, cernée par une muraille sombre.

– Le palais du *phareïs*, le dieu-roi qui gouverne la cité, commenta Diekaard. Son nom est Basérès.

La couleur rousse des bâtiments trahissait l'utilisation de briques de terre cuite ; cependant, ça et là se dressaient des édifices plus importants, d'un blanc crayeux, vraisemblablement taillés dans le calcaire. Par contraste, la rive méridionale n'offrait aucun relief élevé, et semblait couverte d'un fouillis inextricable de maisons basses, s'étirant derrière une longue grève gardée par des lignes de rochers affleurants.

Les marins saluèrent l'apparition de la métropole avec des hurlements d'enthousiasme. Après les épreuves subies, ils étaient heureux de retrouver une terre qu'ils avaient cru ne jamais revoir. En revanche, l'angoisse d'Astyan se renforça. Il ressentait presque physiquement les vibrations hostiles émanant de Leoness. Même de loin, la cité semblait usée, comme décomposée par le temps. On eût dit une vieille femme pathétique menacée par une mort prochaine, qui se voilait les yeux pour ne pas regarder l'avenir.

Leoness n'avait aucun rapport avec les brillantes villes atlantes, dont l'architecture fine et harmonieuse réjouissait l'œil et le cœur. Au fil des millénaires, elles avaient toujours su conserver un air de jeunesse éternelle, même si certains quartiers trahissaient leur ancienneté. Il se dégageait d'elles des parfums incomparables et une atmosphère accueillante, chaleureuse.

Astyan n'aurait su dire d'où lui venaient ces sensations inexplicables, qu'il était le seul à éprouver. Ses compagnons paraissaient heureux de retrouver une cité où, d'après eux, on pouvait s'offrir toutes sortes de plaisirs. Située sous une latitude plus tempérée que leur petit royaume des glaces, Leoness représentait pour les Thuléens la plus vaste métropole du monde connu. Ce que confirma Diekaard.

– Leoness ne compte pas moins de cinquante mille habitants, sans compter les esclaves.

– Les esclaves ? s'étonna Astyan. Je croyais que seuls les Yshtiens se livraient à cette coutume abominable.

– C'est un usage répandu dans les grandes villes du Sud. Lors des batailles avec les peuples de l'Intérieur, on capture des hommes et des femmes, même des enfants. Ils assurent toutes les besognes pénibles : nettoyage des égouts, travail des champs, extraction des minerais et autres. On les utilise aussi comme rameurs sur les navires de commerce. Cela revient moins cher que de louer les services d'hommes libres, comme à Thulea.

– Et cela ne te semble pas inhumain...

Diekaard réfléchit un instant.

– Je ne sais pas. Il en a toujours été ainsi, depuis des siècles. Et puis, ces esclaves sont des sauvages. On dit qu'ils mangent de la chair humaine.

Astyan ne répondit pas. Il songea à sa propre tribu, emmenée en captivité par les Yshtiens[1]. Les Leonessiens auraient-ils considéré les siens comme des sauvages ? Cette pratique de l'esclavage, inconnue en Atlantide, semblait caractériser le monde qu'il découvrait à présent. Et même s'il n'existait pas d'esclaves à Thulea, le fait ne paraissait pas anormal au capitaine Diekaard.

À mesure que le navire approchait de la rade, on distinguait une flotte importante, composée de grosses galères de commerce et d'innombrables petits navires de pêche. Une embarcation se dirigea vers eux, chargée d'hommes aux visages curieux, aux traits brunis par le soleil, sculptés par le vent et le sel marin. Diekaard fit envoyer les couleurs de Thulea. Les pêcheurs interpellèrent familièrement les arrivants. Leur jargon, très différent de la langue atlante, était inconnu d'Astyan.

– Nous entretenons d'excellentes relations avec Leoness, expliqua le capitaine. Nous leur fournissons de bons tissus ainsi que des objets que les gens d'ici ne savent plus fabriquer, surtout des appareils de navigation comme la boussole. D'ailleurs, la plupart des constructeurs de navires sont originaires de Thulea. Mais ils préfèrent exercer leur savoir ici. La main-d'œuvre y est nombreuse et meilleur marché.

Peu après, le *Galea'ch* pénétra dans la rade et vint se ranger le long d'un quai, près d'une grosse galère à trois rangs de nage, que des esclaves étaient en train de charger. Tandis que Diekaard commandait la manœuvre

1. Voir *Le Prince déchu.*

d'accostage, Astyan étudia les lieux. Différents éléments le frappèrent, qui confirmèrent sa terrible hypothèse. Leoness, inconnue à l'époque de l'Empire, n'avait rien d'une cité récente. Les entrepôts de marchandises portaient la marque des siècles. Un mélange d'odeurs puissantes vint frapper les narines du Titan, fait de remugles de poissons en décomposition, de relents de fruits pourris, mêlés aux senteurs insolites émanant des échoppes des marchands ambulants qui proposaient boisson et nourriture. Les quais grouillaient d'une population bavarde et bruyante, apparemment désœuvrée. Des individus de tous âges erraient sur le port, somnolaient contre des piles de ballots ou des monceaux d'amphores brisées. Mais le plus surprenant étaient les hordes d'enfants qui hantaient les lieux, la plupart vêtus de haillons, quand ils n'étaient pas quasiment nus.

Au-delà de la Ville-Basse, le quartier des artisans s'étendant derrière le port, s'élevait une première muraille. Elle ceinturait une cité intérieure dominée par la colline où se dressait le palais royal. Une seconde muraille s'érigeait autour de l'édifice, qui surplombait la cité de sa masse pyramidale. Sur l'acropole, on devinait d'autres bâtiments, de taille plus modeste. À l'extrémité d'une vaste esplanade, une gigantesque statue représentait un homme à tête de taureau. Une seconde effigie, plus petite, se dressait au sommet de la pyramide.

– Le dieu Yawehah, expliqua Diekaard. La divinité suprême des Leonessiens.

Absorbé par le spectacle, Astyan ne remarqua pas tout de suite l'homme qui était monté à bord d'autorité, aussitôt la passerelle jetée. Diekaard le présenta comme l'un des responsables du port, qui venait prendre connaissance de la nature de la cargaison. C'était un vieux bonhomme affublé d'une courte barbe grise, vêtu d'une longue toge pourpre taillée dans une riche étoffe, et dont le regard fuyant trahissait un mélange d'autorité et de roublardise. Ses doigts se couvraient de bagues, tandis que sa poitrine s'ornait d'un pectoral d'or retenu par une chaîne à triple rang. Ce curieux personnage semblait transporter sa fortune sur lui sous forme de bijoux. Une escouade de guerriers lui servait d'escorte. Diekaard s'adressa à lui avec déférence, dans la langue locale :

– Nous ne transportons aucune marchandise, noble Jossem. Notre destination première était, à la demande du seigneur Astyan que voici, l'exploration de la Grande Mer. Nous ne comptions pas nous rendre à Leoness, mais notre navire a subi des avaries.

L'autre eut un sourire jaune qui trahissait sa déconvenue. Il devait toucher sa part sur les taxes. Il souhaita néanmoins la bienvenue aux arrivants.

– Les Thuléens sont nos alliés et nos amis. Que votre séjour soit agréable, et que Yawehah veille sur vous. Cependant, n'était-il pas imprudent d'affronter ainsi les colères du dieu ? Chacun sait qu'il n'y a rien au-delà de l'Océan.

– Nous l'avons constaté à nos dépens, puissant *kommassir*[1], répondit Diekaard. Nous avons rencontré des tempêtes si violentes que nous avons dû rebrousser chemin. Cependant, le seigneur Astyan est convaincu qu'il existe, au-delà des mers, des terres fertiles et hospitalières. Il désire faire construire un navire afin de se lancer dans une nouvelle expédition. Il te serait d'ailleurs reconnaissant de lui conseiller le meilleur architecte naval de Leoness.

L'autre fit la grimace.

– Bien qu'il n'existe aucune loi interdisant aux étrangers de risquer leur vie en de folles entreprises, je ne sais si Yawehah approuverait ce projet dément.

1. *Kommassir* : titre réservé aux négociants nommés par le souverain (le *phareïs*).

Puis son visage s'éclaira.

– Cependant, je connais l'homme qu'il vous faut. Il se nomme Phernaïm. C'est le plus habile des constructeurs de navires. Je pense qu'il vous aidera. Toutefois...

Il hésita, puis ajouta :

– C'est un homme très occupé. Il ne me sera pas facile d'obtenir une entrevue avec lui. J'ai moi-même beaucoup de responsabilités...

Diekaard sourit avec patience :

– Je sais combien ton temps est précieux, noble Jossem. Mais sache que tu seras bien rétribué de ta peine.

L'autre s'épanouit.

– Je connais la générosité des Thuléens, capitaine Diekaard. Je vais donc faire mon possible pour que vous rencontriez mon ami Phernaïm.

– Nous t'en saurons gré.

L'autre s'inclina et s'en fut, l'air satisfait. Diekaard se tourna vers Astyan, à qui il avait traduit la conversation.

– Ce brave Jossem va encore grossir sa fortune personnelle en prélevant sa commission au passage.

– Tout cela pour nous faire rencontrer un entrepreneur. C'est grotesque !

– Ce sont les mœurs locales, Seigneur. Les kommassirs exercent un pouvoir occulte sur le port. Rien ne peut se faire sans leur accord. Ils ont le droit d'interdire un chantier. Il vaut mieux s'en faire des alliés.

– La fortune que m'a offerte Callisto est loin d'être inépuisable, grommela le Titan. Si chaque intermédiaire exige ainsi sa part, nous serons ruinés avant même que le vaisseau ne soit en construction.

– Ne t'inquiète pas. Ce Jossem est un fieffé filou, mais c'est un homme de valeur. Nous ferons en sorte qu'il ne soit pas trop gourmand. En attendant, j'aimerais te faire découvrir Leoness.

Quelques instants plus tard, les deux hommes quittaient le navire. Ils avaient à peine posé le pied sur les pavés inégaux du quai qu'une horde de gamins en guenilles, aux yeux faméliques, les assaillit, quémandant quelques pièces, un peu de nourriture. Deux petites filles âgées d'une dizaine d'années leur proposèrent même de passer un moment agréable en leur compagnie. L'une d'elles remonta ses haillons sans vergogne, dévoilant un corps décharné et crasseux. Astyan frémit. Seule la famine pouvait contraindre ces enfants à se prostituer ainsi. Bouleversé, il leur glissa quelques pièces, que les gosses saisirent avec fièvre avant de s'enfuir comme une volée de moineaux. Ils furent aussitôt remplacés par une autre bande. Diekaard posa sa main sur le bras du Titan.

– Je comprends que cette misère te touche, Seigneur. Mais ne gaspille pas ainsi ton argent. Ces gamins sont trop nombreux. Ta fortune y passerait très vite, et elle ne les sauverait pas pour autant. Ils travaillent sous la protection d'individus qui leur prennent tout ce qu'ils obtiennent.

– Quel est donc ce pays qui traite si mal ses propres enfants ? s'insurgea Astyan. Jamais une telle chose ne se serait produite à Poséidonia.

– Je ne connais pas la ville dont tu parles, Seigneur. Mais ici, nombreux sont ceux qui souffrent de la faim. Dans cette partie de la ville, beaucoup de gens vivent dans la misère, et les enfants sont les premiers touchés.

– Ne fait-on rien pour eux ?

– Que pourrait-on faire ? Selon la croyance locale, le dieu Yawehah a ordonné aux hommes de croître et de se multiplier. Il est même interdit aux femmes d'employer des procédés contraceptifs. Celles qui les utilisent sont fouettées jusqu'au sang, et si l'une d'elles interrompt sa grossesse, elle est condamnée à la noyade.

Quant à l'avorteuse, elle est promise au bûcher. Cela explique le nombre des enfants.

– Des enfants qui crèvent de faim et se prostituent pour survivre ! Comment peut-on croire à une divinité aussi monstrueuse ?

– Viens, Seigneur ! murmura Diekaard en jetant un regard inquiet autour d'eux. Les Leonessiens n'aiment pas que l'on critique leurs croyances, et certains comprennent notre langue.

Leoness s'étirait essentiellement sur la rive septentrionale. De l'autre côté du fleuve s'étendait, à perte de vue, un amas de bâtisses misérables.

– Le Sud est occupé par les Fravennes, commenta Diekaard. Même de jour, il vaut mieux les éviter. Là vivent les parias et les miséreux. C'est une population fort étrange, soumise à des chefs de bande qui ont droit de vie et de mort sur les autres. Ces clans s'affrontent souvent dans des combats sauvages, comme des meutes de chiens enragés. Même les gardes royaux n'osent pas s'aventurer dans cette zone. Il n'existe là-bas aucune loi, sinon celle du plus fort. C'est de là que viennent ces jeunes mendiants. Le jour, ils traversent le Thagos sur de petites embarcations et chapardent tout ce qui leur tombe sous la main, ou bien se prostituent. Les marins et les *plévéiens* sont friands de leurs corps, garçons ou filles. Les gardes laissent faire, en prélevant leur part au passage.

– C'est répugnant. Comment des hommes peuvent-ils se conduire ainsi ?

– Ainsi est la loi de Leoness. Les riches possèdent des fortunes considérables, établies sur la misère de la grande majorité de la population. Il n'existe guère de différence entre les esclaves et les pauvres, mais ces derniers sont libres. Leur seul espoir consiste à se faire enrôler dans les gardes royaux ou les serviteurs de la ville haute.

Les deux hommes pénétrèrent dans la Ville-Basse, où régnait une animation intense. L'impression première d'Astyan se confirma : Leoness était une cité ancienne. Parcourant les ruelles aux pavés inégaux, il ne parvint pas à se débarrasser du malaise insidieux qui l'avait saisi à son arrivée. Le soleil blanc découpait sur le sol des ombres vives, qui blessaient les yeux. Dans les recoins sombres, les regards fiévreux des mendiants observaient les visiteurs.

Beaucoup de bâtiments menaçaient de tomber en ruines. Des pans entiers de murs s'étaient écroulés, que personne ne semblait soucieux de relever. Les remugles devenaient de plus en plus agressifs. À certains endroits, des rats furtifs s'insinuaient parmi les tas d'ordures, sur lesquels des vieillards sans âge recherchaient une hypothétique nourriture.

Astyan réprima son écœurement. Il remarqua un grand nombre de personnes malades ou souffreteuses. Plusieurs d'entre elles étaient affublées de malformations ; cela n'avait rien d'étonnant, en raison de la famine et des affections dues aux immondices, mais il discerna une autre explication, bien plus angoissante. Depuis des générations, ces gens s'étaient mariés entre eux, et les unions consanguines avaient provoqué des tares. Paradoxalement, les esclaves arrachés aux terres de l'Intérieur semblaient plus sains, même si leurs corps amaigris laissaient voir les os.

Au milieu des échoppes des artisans, le long des étals des commerçants, des hommes, vieillards ou enfants en haillons, quémandaient de la nourriture. Certains étaient aveugles, d'autres mutilés, estropiés. Nul ne paraissait s'inquiéter de leur sort.

Partout, la seule motivation des habitants semblait

être la survie immédiate, une lutte sans merci pour trouver de quoi se nourrir. La cité n'était pas, comme Yshtia, menacée par les fureurs de l'Océan. Mais la misère et le fatalisme fleurissaient à même le pavé, dans les yeux des mendiants qui mouraient de faim, dans le regard des prostituées aux seins nus, dans celui des esclaves harassés par le travail et les coups de fouet des contremaîtres. Cette ville ignorait totalement les règles de vie de l'Empire atlante. Elle semblait usée, vouée à la décadence, à l'effondrement. Un monde sans espoir, sans avenir.

– Il serait préférable que nos marins évitent de s'approcher de ces filles, dit Astyan en désignant les filles à demi nues qui leur adressaient des œillades aguichantes.

– Sois sans crainte. Il y a dans la Ville-Basse des maisons de plaisir où les filles sont saines.

– Des maisons de plaisir ? N'existe-t-il pas des temples dédiés à la déesse de l'Amour, Cyphria ?

– Je ne connais pas cette divinité, répliqua Diekaard.

Il hésita, fronça les sourcils, puis ajouta :

– C'est étrange, pourtant. Son nom ne me semble pas inconnu.

Une onde de joie parcourut le Titan, qu'il eut peine à dissimuler.

– Il y avait un temple de l'Amour dans chaque cité de l'Empire atlante, murmura-t-il. Un jour, je te parlerai de Poséidonia.

Tout à coup, l'enceinte massive et sombre aperçue depuis le port se dressa devant les deux hommes. Une porte haute, protégée par deux lourds battants de chêne bardés d'acier, se découpait dans la muraille épaisse et crénelée.

– Voici la ville intérieure, que l'on appelle la Couronne, déclara Diekaard.

6

Des guerriers armés jusqu'aux dents surveillaient l'accès à la ville intérieure. De chaque côté de la voie menant à la porte, des nuées de mendiants de tous âges interpellaient les personnages richement vêtus qui entraient ou sortaient. Parfois, les gardes les chassaient sans ménagement. Ils fuyaient alors en désordre, pour revenir quelques instants plus tard, comme des hordes de rats affamés.

Une escouade de guerriers aborda les deux hommes. On leur demanda de justifier de leur identité avant de les laisser passer. Là encore, quelques pièces judicieusement glissées levèrent le barrage. Astyan soupira, puis suivit Diekaard à l'intérieur.

Un monde différent s'offrit aussitôt à ses yeux. Les habitations présentaient un aspect plus cossu. Construites en marbre ou en calcaire, elles s'ornaient de colonnes, de statues, de petites fontaines, étalant un luxe insolent par rapport à la pauvreté de la Ville-Basse.

– Ici vivent ceux que l'on appelle les plévéiens, expliqua Diekaard. Ce sont les citadins nantis de Leoness, les riches négociants, les gens de petite noblesse, les savants. On y rencontre aussi beaucoup de prêtres dévoués au phareïs. Les étrangers ont le droit de pénétrer dans la Couronne, puisque c'est ici que se concluent la plupart des négociations commerciales, mais les habitants se méfient de nous.

Astyan repéra immédiatement deux personnages vêtus de longues toges pourpres, qui s'étaient mis à les suivre. Il en avertit discrètement Diekaard, qui expliqua :

– Ce sont des prêtres liges, au service du grand-prêtre Faerkos. Ils ont la manie d'espionner tout ce qui se passe. Mais ne t'alarme pas ; cela fait partie des usages de Leoness. Le mieux est de les ignorer. Ils nous laisseront tranquilles.

Poursuivant leur promenade, les deux hommes croisèrent également des personnes de condition plus modeste : les domestiques qui avaient le privilège de servir les gens importants de la cité. Eux seuls avaient le droit de pénétrer dans l'enceinte de la Couronne, avec les esclaves destinés aux tâches rebutantes. Les pauvres en étaient irrémédiablement bannis.

La richesse des vêtements contrastait avec les tenues rapiécées des artisans et les haillons des mendiants de la Ville-Basse. Les passants affichaient un regard plein de morgue. Astyan constata que sa haute stature et sa chevelure d'un blond roux attiraient l'attention. La plupart des Leonessiens avaient les cheveux noirs, des yeux sombres surmontés de sourcils fournis ; leur taille était sensiblement plus petite que celle des Thuléens. Ils ressemblaient à s'y méprendre aux Thartessiens, mais ce fut le seul lien qu'il put établir avec le passé. Rien ici ne rappelait une ville atlante. Même si elle évoquait très vaguement celle de la Tuténie, l'architecture se révélait primaire. Les demeures étaient érigées en dépit de toutes les règles de l'art ; leur emplacement ne tenait aucun compte des flux telluriques. Elles s'alignaient le long d'artères à peine assez larges pour permettre la circulation des chariots attelés de bœufs, d'ânes, ou d'énormes chevaux de trait. Leur apparence fastueuse ne résistait pas à un examen approfondi. Comme dans le quartier du port, des lézardes griffaient les murs ; le verre des fenêtres était grossier et mal dépoli. Des quartiers entiers semblaient laissés à l'abandon ; des ronces envahissaient des jardins et placettes qui avaient dû autrefois être peuplés de fleurs et d'arbustes. Les dalles inégales ou brisées trahissaient un manque d'entretien évident. Par endroits, de hautes herbes avaient conquis des ruelles que personne n'empruntait plus.

Comme dans le quartier du port, de puissantes odeurs offensaient les narines, relents de transpiration d'une population qui ne se lavait pas, mais s'aspergeait de parfums pour combattre la puanteur, remugles des déchets que chacun jetait depuis le pas de sa porte dans des rigoles creusées au centre même de l'artère. Ces ruisseaux se rejoignaient dans un système de collecteurs dont la construction devait remonter à la fondation de la cité. Des esclaves à demi nus poussaient d'un air résigné les débris pestilentiels vers des fosses ouvertes à intervalles réguliers, que hantaient des colonies de rats. Comme dans la Ville-Basse, ceux-ci paraissaient si familiers aux habitants que personne ne songeait à les chasser.

Le masque de luxe trompeur derrière lequel semblait s'abriter Leoness n'était qu'un leurre. Par endroits, des fresques à demi effacées et des statues dévorées par les intempéries témoignaient de la beauté passée de la cité. Seules quelques fontaines amenant l'eau jusqu'au centre de la cité étaient entretenues. Mais nulle part on n'apercevait de bâtiments récents, comme si les Leonessiens avaient perdu le goût de construire. On se contentait de restaurer ce qui menaçait de s'écrouler.

Callisto ne s'était pas trompée. Leoness semblait condamnée à disparaître, après une mort si lente que ses habitants eux-mêmes ne s'en rendaient pas compte. Tout ici reflétait la lassitude et le dégoût de la vie. Les visages des gens croisés au hasard trahissaient un fatalisme et une tristesse inexplicables. Astyan songea à Poséidonia qui, malgré ses six mille ans d'âge, continuait à vivre et à se développer.

Au contraire, il se dégageait de Leoness tout entière la sensation d'une fin prochaine et inéluctable, comme si une menace terrifiante pesait sur la ville. Le Titan avait éprouvé la même impression à Yshtia. Il tenta de se concentrer, de percevoir quelle pouvait être la nature de cet obscur danger. Sans résultat. Il ne possédait plus cette mystérieuse faculté de divination qui lui avait autrefois permis de prévenir les grandes catastrophes menaçant Poséidonia. Il secoua la tête: peut-être ce sentiment n'était-il dû qu'à l'état de délabrement de cette cité qui avait dû être très belle jadis, mais que les siècles avaient marquée de leur empreinte.

Comme dans la Ville-Basse, de nombreuses patrouilles de guerriers vêtus de noir sillonnaient la cité.

– Ce sont les gardes noirs du phareïs, expliqua Diekaard.

– Mais pourquoi y en a-t-il autant ?

– Je l'ignore. J'ai surpris quelques bribes de conversation, que je n'ai pas très bien comprises. Ils parlaient de combats, de massacres. Il semblerait que Leoness soit menacée par un ennemi inconnu et puissant provenant des terres de l'Intérieur.

Astyan constata en effet qu'une certaine animation régnait parmi les buveurs attablés aux terrasses des auberges.

– Il existe peut-être une autre raison au nombre des gardes dans les rues, émit-il. Les plévéiens ne redoutent-ils pas une révolte des miséreux ?

– Je sais en effet que des soulèvements ont eu lieu dans le passé, qui ont été sévèrement réprimés. Mais les citadins évitent d'en parler.

Astyan ne répondit pas. Les pauvres avaient toutes les raisons de se révolter. Il soupira, puis désigna la pyramide massive, de pierre rouge et grise, qui surplombait la ville.

– Est-ce dans cette enceinte fortifiée que vit le roi ?

– Oui ! le phareïs ne se mêle jamais au peuple. Il réside dans ce palais protégé par la Shrinta, une enceinte sacrée et fortifiée qu'il est interdit de franchir. Seuls les prêtres et les nobles peuvent y pénétrer. Ni les étrangers ni les plévéiens n'ont le droit de s'introduire à l'intérieur de la Shrinta, à moins d'y avoir été invités personnellement.

– As-tu déjà visité ce palais ?

– Jamais. Et je n'y tiens pas.

– Pourquoi ?

– Les Leonessiens sont des gens très mystiques. Ils éprouvent pour leur dieu, Yawehah, dont le phareïs est l'incarnation vivante, une adoration proche du fanatisme. Ils se montrent relativement hospitaliers envers nous, parce que nous leur apportons des matériaux et des objets qu'ils ne savent plus fabriquer, mais ils ne manquent jamais une occasion de nous reprocher de ne pas partager leur foi. En vérité, ils nous tolèrent. Leurs mœurs sont... assez étranges. Et, malgré les dangers de la Ville-Basse, je m'y sens plus en sécurité qu'ici. On y respecte les marins, même étrangers.

– Que sais-tu du roi ?

– Peu de chose en vérité. Hormis ses proches, personne ne le voit jamais. Les habitants affirment qu'il possède le don de se rendre invisible et de surveiller les actions de chacun. Ceux qui lui désobéissent, ou qui émettent des propos inconvenants contre lui ou contre Yawehah, sont châtiés.

Il baissa la voix.

– On retrouve leurs corps sans vie peu après. Parfois

ils ont été étranglés, ou égorgés, voire brûlés vifs. On prétend que la main du dieu-roi peut frapper à distance.

Astyan ne répondit pas. Il se demanda si ce Basérès n'était pas un Géant, revenu à la vie sous un autre nom. Il ne décelait pourtant aucune présence mentale significative. Peut-être le brouillard psychique qui s'était étendu sur le monde lui interdisait-il toute investigation. Mais Diekaard ajouta une information étrange qui démentait son hypothèse.

– Il y a autre chose. Le phareïs n'est pas élu à vie. Selon la tradition, il ne doit demeurer roi que pour une période de douze années. Cette période correspond à la durée de révolution de la planète Zorohous, que l'on appelle aussi Jovaht. Selon leur croyance, elle serait la demeure de Yawehah [1].

« On m'a conté comment se passe la succession. Elle est plutôt effrayante. Parce qu'il est l'incarnation du dieu, le phareïs ne doit pas être atteint par la dégénérescence physique ou mentale. Aussi, à l'expiration de son règne, le souverain est-il défié par un autre membre de la famille royale. S'il triomphe, il continue de régner pour une nouvelle durée de douze années, et son adversaire est jeté vivant à des chiens affamés. S'il est vaincu, il doit se sacrifier publiquement. Il se rend alors devant l'idole du dieu Yawehah, puis, en présence des courtisans et des prêtres, il se tranche le nez, les oreilles, le sexe. Il se mutile les membres et jette chacun de ses attributs dans la foule. Lorsqu'il a perdu tellement de sang qu'il est sur le point de perdre connaissance, son successeur l'égorge.

– Cette coutume est terrifiante, s'écria Astyan, écœuré.

1. Il s'agit de Jupiter, dont la durée de révolution avoisine les douze ans. Cette tradition curieuse, liée à la planète géante, du sacrifice du monarque, à la fois roi et prêtre divin, n'est pas une invention. On la retrouve chez différents peuples, notamment aux Indes.

– Elle n'est malheureusement pas la seule. Ainsi le phareïs détient-il un droit de justice absolu sur tous ses sujets. Lorsqu'un homme, qu'il soit gueux ou plévéien, doit subir un jugement, on l'amène à l'intérieur de la Shrinta. Et ce jugement est souvent fatal. On exécute alors le condamné en place publique, afin de servir d'exemple aux autres.

– Mais pour quels crimes applique-t-on cette sentence ?

– Le meurtre, le vol, l'avortement, le blasphème. Mais bien souvent, les condamnés n'ont fait que déplaire au phareïs ou aux nobles.

– Décidément, ce Basérès me déplaît de plus en plus.

Diekaard regarda autour de lui avec crainte.

– Parle plus bas, Seigneur. La personne du phareïs est sacrée.

Il hésita, puis ajouta :

– Une rumeur prétend également que Basérès ne possède pas de descendance mâle. Il aurait eu une fille, voici une vingtaine d'années. Mais la légende affirme qu'il était tellement furieux qu'elle ne soit pas un garçon qu'il l'aurait fait emmener dans les montagnes afin de la sacrifier aux divinités.

– Cet homme est un monstre, grogna le Titan. Il a condamné sa propre fille à mort.

– C'est ainsi, Seigneur. Mais il semble que les dieux se soient vengés. On dit que depuis vingt ans, le phareïs est frappé de stérilité. Aucune de ses épouses n'a pu lui donner un autre enfant.

– C'est justice.

– Oui, mais cela pose un problème. En général, lorsque le phareïs cède son trône à l'un de ses fils, celui-ci l'égorge rapidement, sans qu'il soit nécessaire de pratiquer les mutilations dont je t'ai parlé. Il ne souffre pas. Au contraire, lorsqu'il s'agit d'un autre prétendant, celui-ci, pour affermir son autorité, doit combattre le phareïs et le vaincre. Alors le rite se déroule selon la tradition. On dit que Basérès a succédé à son père, et ainsi depuis plusieurs générations. Par deux fois déjà, lors de la Jovahtia, la fête rituelle qui célèbre la fin du cycle de Zorohous, Basérès a tué ses adversaires. Or, aujourd'hui, le phareïs ne possède aucun héritier mâle, et il commence à être âgé. Sa force n'est plus ce qu'elle était. La prochaine Jovahtia aura lieu dans moins de deux années. On pense que c'est le seigneur Lyukhas qui le défiera le jour venu. Il est le plus riche et le plus puissant des nobles.

Astyan serra les mâchoires. Ce qu'il découvrait de Leoness lui confirmait que la cité ne pouvait appartenir à l'Empire atlante. Cette ville, d'apparence si ancienne, n'existait pourtant pas à l'époque de Poséidonia... Il ne faisait désormais plus aucun doute qu'il était resté « non vivant » pendant très longtemps. Il passa son bras autour des épaules de Diekaard et désigna les deux prêtres liges qui ne les lâchaient pas.

–Ces gens ne me disent rien qui vaille. C'est sans doute grâce à eux que le phareïs sait ce qui se trame dans sa ville. Cela lui permet d'éliminer les gêneurs. Les pouvoirs surnaturels de ce roi qui se fait passer pour un dieu ne sont peut-être pas aussi étendus qu'on le prétend. En revanche, il dispose d'un nombre d'espions suffisamment important pour contrôler la cité.

–Nous ne faisons rien de mal, Seigneur, répondit le capitaine, quelque peu inquiet. Qu'avons-nous à redouter ?

–Rien, je l'espère. Mais je serai plus tranquille lorsque nous aurons construit notre navire et quitté ces lieux. Auparavant, j'aimerais bavarder avec les navigateurs de Leoness.

7

Bien que leur statut leur permît de pénétrer dans l'enceinte de la Couronne, les marins, lorsqu'ils n'étaient pas en mer, préféraient demeurer sur le port. C'étaient des hommes rudes, souvent dénués de scrupules, dont beaucoup s'étaient engagés sur un navire pour échapper à la justice du phareïs. Affronter l'Océan et ses fureurs valait mieux que de tomber entre les mains des *tourmenteurs*, les prêtres zélés chargés de faire avouer les crimes ou les vols commis aux dépens des riches négociants de la cité. Les Tourmenteurs n'avaient pas leurs pareils pour arracher des aveux aux innocents eux-mêmes. Ainsi était la justice royale : peu importait que l'accusé fût coupable ou innocent ; un délit devait être puni, sous peine de bafouer l'honneur du phareïs. Au mieux, on s'en tirait avec des membres estropiés ou une main tranchée. Mais la plupart du temps, la mort attendait les condamnés.

Le crime le plus sévèrement puni était le blasphème. Le coupable était écorché vif et plongé dans un chaudron d'eau bouillante. La foi intransigeante qui animait les gens de la Couronne ne les incitait pas à la tolérance. Ce zèle mystique n'était pas vraiment partagé par les habitants de la Ville-Basse. Cependant, on savait que nombre de délateurs rôdaient parmi les mendiants qui traînaient sur le port. À la suite d'une dénonciation, l'Océan demeurait la seule fuite possible, à condition que l'on trouvât un capitaine suffisamment complaisant pour fermer les yeux sur un passé douteux. La discipline était sévère et les dangers innombrables, mais l'on avait quelque chance de rester en vie, et libre. Pour peu que le nom sacré de Yawehah ne fût pas profané, les prêtres espions fermaient les yeux sur les beuveries et débordements des marins revenus à terre pour une courte escale.

Frange intermédiaire entre la Couronne et les quartiers maudits des Fravennes, le port était le lieu où se rencontraient deux mondes qui se haïssaient cordialement, mais qui avaient besoin l'un de l'autre. Les miséreux fournissaient une main-d'œuvre bon marché quand on manquait d'esclaves.

Le soir, lorsque les plévéiens avaient prudemment regagné la sécurité de la Couronne, les lourdes portes de chêne se refermaient, veillées par des patrouilles. Au crépuscule, aucun kommassir ou riche négociant ne se serait risqué sur la rade. Malheur à celui qui se laissait surprendre hors des murs de la cité intérieure après le coucher du soleil.

La nuit venue, les gardes se faisaient plus rares. Seules quelques escouades bien armées parcouraient les grandes artères. Une faune interlope se répandait alors dans les tavernes qui bordaient les quais, le long des ruelles glauques et mal éclairées par des lampadaires à huile que l'on oubliait souvent de recharger. Les miséreux semblaient se multiplier, ombres furtives qui guettaient un éventuel promeneur solitaire. Ils envahissaient le port et la Ville-Basse, en quête de nourriture ou de tout ce qu'ils pouvaient chaparder. Aussi les armateurs des navires entretenaient-ils, à leurs frais, des groupes de mercenaires qui montaient la garde près des hangars où étaient entreposées les marchandises. Parfois de véritables batailles rangées opposaient des bandes de gueux en haillons à des vigiles armés jusqu'aux dents.

Cependant, même isolés, les marins ne redoutaient pas grand-chose des pauvres. Le meurtre de l'un d'eux eût entraîné, de la part de l'équipage, des représailles qui se fussent terminées dans un bain de sang. Aussi les deux populations se respectaient-elles.

Afin de décourager d'éventuels agresseurs, Astyan et Diekaard s'étaient fait accompagner par une demi-douzaine de marins thuléens. La nuit, Leoness revêtait un aspect encore plus inquiétant que pendant la journée. Outre les mendiants et autres malandrins en quête d'une victime, on y croisait des individus étranges, affublés de déformations curieuses, comme cet être à quatre jambes qui hantait les abords des tavernes, ou encore cette femme à deux visages, dont l'un, atrophié, se situait à l'arrière de la tête. Elle abordait les passants d'une voix gutturale pour leur prédire l'avenir, moyennant une modeste obole. D'autres trimbalaient des cadavres de chiens, de chats ou de rats qu'ils avaient capturés dans la journée, et qu'ils revendaient aux affamés. Des déchets humains aux yeux hallucinés abordaient les marins en exigeant d'une voix fiévreuse quelques brins de ces herbes qui font rêver, et que les navigateurs rapportaient de leurs voyages.

Par endroits, des illuminés psalmodiaient des paroles prophétiques, annonçant la fin du monde – englouti bientôt sous un déluge de feu et de sang. D'autres encore, par souci de mortification, se mutilaient eux-mêmes afin d'attirer la bienveillance de Yawehah sur la cité. Ils se prosternaient en direction de Zorohous, la planète sombre où la tradition situait la demeure du dieu leonessien, puis s'entaillaient la chair des bras ou des cuisses, et répandaient leur sang sur le sol, en hommage à la divinité. Astyan se croyait plongé en plein cauchemar.

– Quelle terrible malédiction a donc pu frapper le monde pour que des hommes en arrivent à de telles extrémités ? grogna-t-il à l'adresse de Diekaard.

– Ces gens sont des mystiques, répondit le capitaine. Mais nous ne risquons pas grand-chose de leur part. Ils craignent les marins, qui constituent un peuple à part. Il existe une véritable fraternité entre les gens de mer. Bien que nous soyons étrangers, les navigateurs de Leoness nous respectent et se montrent hospitaliers envers nous, parce qu'ils considèrent que nous faisons partie du même peuple. Nos cités sont différentes, mais notre véritable patrie est l'Océan. Et puis, ils savent fabriquer des bières aux épices que l'on ne trouve nulle part ailleurs.

Ils se dirigèrent vers un établissement où s'étaient déjà donné rendez-vous quelques-uns des Thuléens.

– Voici la taverne de Myskhaos, commenta Diekaard. C'est la plus grande auberge de la Ville-Basse. Nous y comptons de nombreux amis.

La moitié de l'équipage était demeurée sur le *Galea'ch*, afin de prévenir toute attaque nocturne. Mais l'autre moitié avait profité de la nuit pour aller se divertir. Après les longues semaines passées en mer, les marins n'avaient plus qu'une idée en tête : dépenser l'argent gagné, s'offrir des filles, de l'alcool et des herbes. Les établissements proches de la rade dispensaient tous les plaisirs qu'ils recherchaient.

Soudain un hurlement strident attira l'attention des Thuléens. À quelques pas, un colosse accompagné de deux individus louches avait acculé une fillette contre un mur. Celle-ci, armée d'un dérisoire couteau à lame de silex, attendait ses agresseurs de pied ferme. Il y eut un échange de paroles cinglantes, que le Titan ne comprit pas.

– Mais que veulent-ils à cette gamine ? Elle n'a pas dix ans.

– Il vaut mieux ne pas nous en mêler, Seigneur. Ici, les proxénètes utilisent des fillettes. C'est la loi des Fravennes. Si nous intervenons, d'autres viendront à leur secours, et nous aurons des ennuis.

– Et tu crois que je vais rester là sans rien faire ?

Diekaard soupira. Il savait par expérience qu'il était vain de vouloir détourner Astyan d'une idée. Il le suivit en grommelant tandis que le Titan se dirigeait vers les individus. Le colosse se rua soudain sur la fillette, qu'il attrapa sans ménagement. L'instant d'après, il hurlait de douleur : la petite venait de lui planter sa lame de silex dans le bras. Il la lâcha. Agile comme une fouine, l'enfant glissa entre les mains de ses agresseurs et s'enfuit ; mais elle trébucha sur les pavés inégaux et s'écroula à la hauteur d'Astyan. Celui-ci s'accroupit et murmura :

– Ne crains rien. Je suis ton ami.

Elle marqua un instant d'étonnement devant cet étranger si grand dont elle ne comprenait pas le langage. Il ne paraissait pas lui vouloir de mal. Mais la peur reprit le dessus ; elle se releva et se fondit dans la nuit. Le colosse, furieux, voulut se lancer à sa poursuite. Astyan se dressa devant lui. L'autre, aveuglé par la colère, se jeta sur son adversaire. Mal lui en prit : il se sentit soudain décoller du sol ; sans effort apparent, le Titan le saisit par un bras et une jambe et le projeta sur ses deux complices comme un ballot de paille. Les trois hommes roulèrent dans les immondices. Les membres endoloris, le colosse se redressa et voulut revenir à la charge, mais l'un de ses compagnons le retint. Sans même compter la force surprenante de son adversaire, ils n'étaient que trois, contre une dizaine de marins.

Le colosse, écumant de rage, parvint à se contenir. Il ne pesait pas moins de deux cent quatre-vingts livres. Seul un homme doté d'une force surhumaine avait pu le vaincre ainsi. Pour la première fois de sa vie, il douta d'avoir le dessus. Avant de quitter les lieux, il proféra des menaces de représailles. Diekaard posa sa main sur le bras du Titan.

– Tu n'aurais pas dû faire ça, Seigneur. Je connais cet homme de réputation. Il s'appelle Marasthos ; c'est un chef de bande redouté du quartier des Fravennes. Je crains qu'il n'ait pas digéré cet affront. Il va falloir nous montrer prudents.

– Nous verrons bien. Je ne pouvais pas le laisser faire du mal à cette fillette.

Diekaard haussa les épaules.

Ils pénétrèrent à l'intérieur de l'auberge, où stagnait une fumée épaisse et malodorante. Une foule d'hommes rendus bruyants par l'alcool s'entassait autour de longues tables de bois grossières. Des esclaves nus, hommes et femmes, faisaient circuler de grandes amphores remplies de toutes sortes de liquides aux couleurs douteuses. Un relent de bière et de vinaigre flottait dans l'air. Au loin, sur une estrade, plusieurs filles dévêtues se contorsionnaient pour le plaisir des marins, au son de flûtes en os et de tambourins. Certaines étaient très jeunes. Parfois un homme montait chercher l'une d'elles et l'emmenait avec lui, lançant au passage une pièce à un individu qui devait être le maître de l'esclave.

– Tu vois, Seigneur, tu ne peux pas sauver toutes les gamines de Leoness, fit remarquer Diekaard.

Il avait raison. Mais, pendant une fraction de seconde, Astyan avait croisé le regard farouche et déterminé de la petite sauvageonne. La couleur de ses yeux, d'un bleu très pâle, lui avait rappelé celle de sa dernière fille aînée, Schoenée. Il aurait aimé au moins secourir celle-ci. Mais elle s'était enfuie.

Ils repérèrent rapidement les autres membres de leur équipage, déjà passablement éméchés, et les rejoignirent. Dans la taverne, on observa les arrivants avec un mélange de curiosité et d'admiration. Depuis la porte de l'auberge, certains avaient suivi la courte rixe et la commentaient pour les autres.

– J'ai l'impression que tu viens de te tailler une solide réputation, Seigneur, murmura Diekaard. D'après ce que disent les gens, personne n'avait encore vaincu cet individu. Surtout avec une telle facilité.

De fait, on s'écarta respectueusement pour leur laisser le passage. Lorsqu'ils prirent place parmi leurs compagnons thuléens, un gros bonhomme au visage bouffi leur offrit d'autorité une amphore de bière. C'était Myskhaos, le patron de l'auberge.

– C'est la première fois qu'un homme flanque une dégelée à ce crétin de Marasthos, clama-t-il avec un sourire édenté. Accepte donc ceci, étranger.

Il se pencha vers Astyan et lui glissa :

– Méfie-toi cependant. Cet imbécile n'acceptera pas sa défaite aussi facilement. Il se pourrait qu'il t'attende à la sortie avec ses hommes. Et ce ne sont pas des tendres.

Astyan le remercia. La bière était d'un goût discutable, mais offerte avec générosité. Peu après, une nuée de filles vinrent s'installer à la table ; deux d'entre elles s'assirent sans façon sur les genoux du Titan. Une odeur de fleurs et de sueur mêlées agressa les narines d'Astyan. Il leur glissa une pièce à chacune, puis, par le truchement de Diekaard, leur demanda d'inviter tous les capitaines de navires présents dans la salle. Étonnées, elles acceptèrent.

Peu après, une douzaine d'individus s'approchèrent. Par chance, tous parlaient plus ou moins le thuléen. Un homme de haute stature, noir de poil, les sourcils broussailleux, s'adressa à Astyan d'un air soupçonneux.

– Il paraît que tu désires nous voir, étranger. Que nous veux-tu ?

Astyan les invita à prendre place. Ils hésitèrent, puis obéirent. On savait la manière dont il s'était débarrassé de Marasthos ; il valait sans doute mieux ne pas contrarier un tel personnage, qui les dépassait tous de deux têtes. Et puis, on ne refusait pas une chope de bière.

Astyan dévisagea ses interlocuteurs l'un après l'autre. Leurs visages griffés par le soleil et les éléments racontaient qu'ils avaient beaucoup voyagé. Certains arboraient des cicatrices sur les bras, des balafres sur les joues, que décoraient des tatouages. Diekaard expliqua qu'il était de coutume de mettre ainsi en valeur les blessures reçues au combat. L'un d'eux portait un bandeau sur l'œil. Leurs vêtements de cuir teint, parfois décorés de motifs grossiers, empestaient la transpiration et la saleté. Astyan fit remplir leurs gobelets puis déclara :

– Je sais que vous êtes tous des hommes de valeur, et que vous connaissez bien l'Océan. Je voudrais savoir si, au cours de vos voyages, vous avez entendu parler d'un archipel, situé loin vers l'ouest, que l'on nomme l'Atlantide.

Stupéfaits, les navigateurs s'entre-dévisagèrent. L'homme au bandeau rota, puis s'essuya la bouche.

– Personne ne connaît ce lieu, étranger. Vers le couchant, il n'y a rien que l'Océan. C'est le royaume des dieux maudits, que Yawehah combattit voici bien longtemps, et qu'il engloutit dans un gouffre sans fond où se jettent les eaux de la Grande Mer.

Un homme pourvu d'une large balafre ornée d'un tatouage intervint :

– C'est ce qu'affirme la tradition. Pourtant certains prétendent qu'il existerait des îles là-bas, situées juste avant le grand gouffre. Elles seraient tout ce qui reste de l'empire des dieux maudits.

– D'où tiens-tu cette histoire ? demanda Astyan d'une voix sourde.

– On dit qu'autrefois, il y a bien longtemps, les anciens ont entrepris un voyage vers le couchant. Ils auraient découvert des îles montagneuses désolées, peuplées par des populations de sauvages dégénérés. La légende dit que là-bas des vents mystérieux soufflent en permanence, et frappent de folie ceux qui s'y exposent trop longtemps.

Le borgne grommela :

– Tout ça, c'est des menteries de vieux. Aucun marin sensé n'oserait aller aussi loin.

Le balafré insista :

– Moi, je suis sûr que les anciens l'ont fait. Et qu'ils ont découvert ces îles.

Le borgne riposta :

– Elles n'existent pas, tes îles. Au-delà d'une certaine limite, on rencontre des tempêtes terrifiantes et des monstres gigantesques. Personne ne peut s'y rendre.

Ses yeux s'agrandirent d'effroi tandis qu'il poursuivait, à l'attention d'Astyan :

– N'as-tu jamais entendu parler de Najhyrogh, le grand serpent de l'Océan ? Il surgit du cœur des eaux profondes au moment où on s'y attend le moins. Sa gueule est si grande qu'il peut broyer un bateau de pêche d'un seul coup de mâchoire.

– Un tel monstre ne peut exister, rétorqua Astyan.

Un vieux bonhomme intervint d'une voix pâteuse, pointant un index incertain sur le Titan.

– Si ! Il existe. Je l'ai vu.

– Et il t'a laissé en vie...

– Il était loin de mon navire. Mais j'ai bien aperçu les trois énormes ondulations que faisaient ses anneaux. Et je ne suis pas le seul : tous les hommes de mon équipage l'ont vu également.

– Et les *edrynnes* ? clama un autre. Des oiseaux

gigantesques, dont la tête rappelle celle d'un homme, mais pourvue d'un bec. On dit qu'ils sont capables de déchiqueter un bœuf.

– Et les satyres ? Des êtres de cauchemar, mi-hommes mi-boucs. Ils vivent sur une île située à l'ouest de Thagranne, la plus grande cité du continent méridional.

Astyan frémit. Les dernières créatures décrites par les marins rappelaient trop les monstres créés par les savants de la ligue des Serpents. Il avait lui-même affronté ces hommes-boucs, envoyés par Ophius pour conquérir l'Atlantide[1]. Mais ces êtres n'avaient qu'une durée de vie limitée. Devait-il en conclure que les Géants avaient poursuivi leurs sinistres manipulations génétiques après sa propre disparition ? Certains de ces êtres démoniaques avaient-ils survécu, et engendré de nouvelles générations ?

Un marin dont le visage s'ornait d'une barbe épaisse et grisonnante, dont la voix claire confirmait qu'il n'avait pas abusé de la boisson, déclara :

– Mon nom est Moordrahn, Seigneur. Tes marins m'ont parlé de ton projet. C'est de la folie. Tu recherches un monde fantôme. Il n'y a rien dans l'Océan lointain. Je n'ai pas rencontré ces monstres dont mes amis ont parlé, mais je sais qu'il ne s'agit pas d'une légende. La Grande Mer occidentale est sans fin. Peut-être ne se termine-t-elle pas au bord d'un gouffre infernal comme on l'affirme – au fond, personne n'a jamais vu ce gouffre – mais aucun homme raisonnable n'acceptera de te suivre dans ton entreprise. Tu y perdras la vie, et celle de ton équipage.

Les autres l'approuvèrent. Astyan n'insista pas. Il avait espéré rencontrer ici des marins ayant poussé plus loin que les Thuléens, mais cette légende d'un Océan infini contraignait les navigateurs à demeurer dans

1. Voir *L'Archipel du Soleil.*

les eaux qu'ils connaissaient. Changeant de sujet, il demanda :

– A-t-il existé ici, sur ces côtes, une ville du nom de Thartesse ?

– Non, Seigneur. En dehors de Leoness, il n'y a que quelques petits villages de pêcheurs sur ces rivages. Et pas un ne répond au nom que tu dis.

Le balafré reprit la parole.

– Pourtant certaines légendes prétendent que, il y a très longtemps, des villes se sont dressées vers le nord.

– Encore des racontars de vieille femme, Xhartis. Nous connaissons tous ces côtes par cœur, et nulle part nous n'avons jamais trouvé trace de ces villes fantômes. Si elles ont existé, ce ne peut être qu'à l'époque des dieux maudits.

– Que sais-tu de ces dieux maudits, Moordrahn ?

– On dit que, jadis, des divinités mauvaises vivaient parmi les hommes. Mais un jour, Yawehah déchaîna sa colère sur elles, provoquant un cataclysme épouvantable. La légende affirme qu'il engloutit le royaume des dieux maudits en un jour et une nuit. Les ténèbres se répandirent alors sur le monde ; les eaux du ciel se mirent à tomber pendant des années, et finirent par recouvrir les villes bâties par les hommes de cette époque. Les côtes furent submergées par des raz de marée gigantesques, qui détruisirent toute trace de ces cités orgueilleuses.

« Cependant Yawehah, dans sa grande clémence, intervint pour sauver les hommes justes. Il leur ordonna de fabriquer des navires à la coque enduite de bitume. Ils devaient emporter avec eux de la nourriture pour très longtemps, ainsi que des couples de tous les animaux, afin qu'ils se reproduisent et perpétuent leurs espèces. Ces navires errèrent pendant plusieurs lunes avant que le niveau des eaux ne commençât à baisser. Puis un jour des côtes apparurent. Alors les navires ont abordé, et les navigateurs ont fondé une cité. Ces gens étaient nos ancêtres. Car nous descendons d'un peuple qui autrefois vécut avec les dieux dans leur royaume. On prétend que notre ville porte le même nom que ce royaume.

Une émotion intense envahit Astyan. L'une des sept îles atlantes s'appelait Lyonesse ; se pouvait-il que les Leonessiens descendissent des Atlantes ?

Une chose était sûre à présent : l'Atlantide avait été détruite par un cataclysme d'une ampleur inimaginable, à une époque dont personne n'avait la moindre idée. Cependant, peut-être subsistait-il quelque chose de l'archipel. Des îles aussi importantes qu'Avallon, Lyonesse ou Atalaya ne pouvaient avoir totalement disparu. Malheureusement, personne ne semblait s'être rendu sur place depuis des siècles, peut-être des millénaires.

Par un violent effort de volonté, il parvint à calmer le vertige qui s'était emparé de lui. Il demanda à Diekaard de commander de nouvelles amphores pour les marins, qui ne se firent pas prier pour accepter.

Perdu dans ses pensées, Astyan ne remarqua pas l'homme au regard perçant qui l'observait, assis à une table voisine. Il n'avait pas perdu une miette de la conversation. C'était un individu sans âge, qui n'attirait guère l'attention en raison de sa pauvre vêture. Une grande cape taillée dans une toile d'un gris douteux recouvrait son corps maigre.

Plus tard, lorsque Astyan et Diekaard quittèrent la taverne, suivis des marins thuléens, l'homme à la cape grise se glissa discrètement derrière eux.

Tandis qu'ils parcouraient les ruelles sombres balayées par les vents froids venus de l'Océan, des ombres squelettiques se dressèrent du pavé pour mendier. Les marins les chassaient brutalement, mais toujours il en surgissait d'autres.

Le Titan ne prononçait pas un mot. Diekaard respectait son silence. Sans savoir pourquoi, il compatissait avec la douleur éprouvée par son compagnon. Elle éveillait en lui l'écho d'une souffrance profonde, qu'il ne parvenait pas à expliquer. Comme si lui-même avait perdu quelque chose d'inestimable. Jamais comme cette nuit il n'avait ressenti aussi fortement les liens incompréhensibles qui le liaient à Astyan.

Tout à coup, alors qu'ils atteignaient la limite des quais, une horde d'individus vociférants et armés jusqu'aux dents leur barra le chemin. À leur tête se tenait Marasthos, le colosse rossé par Astyan un peu plus tôt dans la soirée.

8

– Vomissure de porc ! cracha le géant. Tu croyais peut-être qu'on pouvait s'attaquer impunément à Marasthos !

Derrière lui, une cinquantaine d'énergumènes brandissaient des haches, des glaives ou des massues incrustées d'éclats de silex. Astyan dégaina son sabre en pestant intérieurement. Les Thuléens étaient une quinzaine, mais seuls Diekaard et lui-même étaient en état de combattre : les autres tenaient à peine sur leurs jambes. Il se plaça devant ses hommes. Si au moins ses pouvoirs avaient eu la bonne idée de se manifester... Mais rien ne se passa. Les autres s'avancèrent, telle une meute de chiens féroces acculant leur proie.

– Je vais te réduire en bouillie, et les rats te boufferont les tripes ! brama Marasthos en élevant une énorme hache à deux tranchants.

Bien décidé à vendre chèrement sa vie, Astyan fit face.

Soudain le colosse se figea sur place et cessa de hurler. Un individu frêle se dressa tel un spectre devant la horde menaçante. Il était enveloppé dans un long manteau gris, dont la capuche dissimulait son visage. Il leva la main. Marasthos baissa aussitôt son arme et fit signe à ses hommes de l'imiter. L'inconnu lui adressa quelques paroles dans un langage rauque. Il y eut un instant de flottement, puis le géant ordonna à sa bande de reculer.

Stupéfaits, les Thuléens observèrent le repli de l'ennemi avec soulagement. Astyan voulut remercier l'homme à la cape grise ; mais celui-ci, profitant de la confusion, s'était déjà fondu dans la nuit, disparaissant comme il était venu. Le Titan se tourna vers Diekaard.

– Sais-tu qui est cet homme ?

– Je l'ignore, Seigneur.

– As-tu compris ce qu'il leur a dit ?

– Non. Il employait le jargon des Fravennes. Peut-être s'agit-il d'un chef de bande de rang supérieur, hasarda le capitaine. Je sais qu'ils respectent une certaine hiérarchie.

– J'aimerais pourtant savoir pourquoi il nous est venu en aide.

Ils reprirent le chemin du *Galea'ch.* Alors qu'ils s'apprêtaient à monter à bord, une silhouette malingre surgit à leurs côtés.

– Seigneur, je voudrais te parler, dit l'inconnu dans un thuléen maladroit.

– Qui es-tu ?

– Mon nom est Pyrheos le plongeur. Je t'ai entendu tout à l'heure, à l'auberge. Tu recherchais une ville du nom de Thartesse.

– C'est exact. Sais-tu quelque chose ?

– Peut-être.

– Alors pourquoi n'as-tu pas parlé lorsque je l'ai demandé ?

– Parce que les autres me tiennent pour un fou, répondit-il en découvrant, à la lueur de la lune pleine, une dentition fantaisiste. Personne ne croit à mon histoire.

– Viens avec nous !

Ils firent monter l'homme à bord du *Galea'ch* et prirent place dans la cabine de commandement.

– Nous t'écoutons, dit Astyan.

L'autre fit la moue, puis déclara avec un sourire craintif :

– Je voudrais manger !

Astyan saisit une tranche de poisson fumé et la tendit à l'individu, qui mordit dedans avec voracité. C'était un bonhomme sans âge, dont la maigreur laissait voir les côtes. Ses yeux injectés de sang creusaient son visage émacié. Les deux hommes attendirent qu'il eût fini de dévorer son poisson ; l'homme crevait visiblement de faim. Enfin il se décida à parler.

– Peut-être n'allez-vous pas me croire, nobles Seigneurs, mais je sais où est située la ville dont vous parlez. Je l'ai vue. Cette cité se trouve sous l'eau.

– Sous l'eau ? Tu te moques de nous ? dit le capitaine.

L'autre leva le bras comme pour se protéger.

– Attends, intervint Astyan, laisse-le poursuivre. Nous ne te voulons aucun mal, dit-il doucement au mendiant. Raconte-nous ton histoire.

– Eh bien voilà. Il y a encore quelques années, j'étais pêcheur d'éponges. Je travaillais dur pour nourrir ma famille. Je connaissais un endroit où elles étaient plus belles qu'ailleurs. Il fallait descendre profond pour les trouver, mais j'étais le meilleur plongeur de Leoness.

Il se redressa avec fierté.

– Oui, le meilleur, insista-t-il avec morgue. Je descendais bien plus bas que les autres. Et ils étaient jaloux de moi.

Il soupira.

– Pour mon malheur, hélas ! les dieux se sont vengés. Ils m'ont dévoré le souffle. Aujourd'hui, je n'ai même plus assez de forces pour nager. Je survis en mendiant ma nourriture.

– Personne ne t'a pris en charge ? s'étonna Astyan.

– Pourquoi l'aurait-on fait ? Je ne suis plus bon à rien.

– Si tes renseignements en valent la peine, tu seras récompensé. Comment as-tu découvert cette cité ?

– Un jour, je me suis aventuré par curiosité hors de mon territoire de pêche habituel, bien loin vers le nord. Je pensais découvrir par là des éponges encore plus grosses. J'ai plongé. Soudain j'ai distingué des rochers de forme bizarre. On aurait dit que les dieux des Profondeurs les avaient façonnés pour en faire des constructions régulières. Cela ressemblait à des maisons. Mais je ne voyais pas grand-chose ; j'étais déjà à plus de cinquante brasses[1].

– Cinquante brasses ? s'étonna Diekaard.

– Autrefois, je pouvais descendre jusqu'à soixante brasses, précisa l'autre avec un mouvement d'orgueil. Les autres ne dépassaient pas les quarante.

– Comment faisais-tu ?

– On s'accroche fermement à une lourde pierre et on se laisse glisser jusqu'au fond après avoir pris une grande inspiration. On peut rester ainsi assez longtemps sous l'eau pour cueillir quelques belles éponges. Mais il faut avoir l'œil perçant, parce qu'à cette profondeur il n'y a plus beaucoup de lumière.

– Parle-nous de ces rochers mystérieux, insista Astyan avec douceur.

– Ben, la première fois, je n'ai pas vu grand-chose. Je manquais d'air. Je devais remonter. Mais je suis redescendu plus tard, parce que cela m'intriguait. C'est là que j'ai découvert la cité sous la mer.

– À quoi ressemblait-elle ?

L'autre haussa les épaules.

– À rien de connu. Il faisait très sombre. Il y avait des rues très larges, bordées de grandes maisons dont la plupart étaient écroulées. Elles s'étendaient bien plus loin que je ne pouvais descendre. La ville semblait immense, peut-être encore plus grande que Leoness,

1. Une brasse = 1,5 mètre. Voir l'annexe sur les mesures atlantes (p. 411).

mais tout était recouvert par les algues et les coquillages. J'étais émerveillé. Je suis resté sur place pendant plusieurs jours et j'ai replongé, parce que j'avais repéré de drôles d'objets. Des coupes, des tasses, des vases... J'en ai remonté quelques-uns. C'était difficile, parce que la mer les avait soudés à la roche, mais je comptais les revendre sur le marché de la Ville-Basse. Puis un jour, j'ai manqué de souffle, et j'ai pris peur. Peut-être les dieux des Profondeurs s'étaient-ils irrités de ma présence. Alors j'ai renoncé.

« Lorsque j'ai raconté cette histoire à mes compagnons, personne n'a voulu me croire. Ils m'ont dit que les objets n'avaient aucune valeur, parce qu'ils étaient abîmés. Personne n'en a voulu. Ils affirmaient que je les avais trouvés dans les égouts. J'aurais voulu remonter une pièce rare, pour leur prouver que j'avais raison ; mais j'avais peine à respirer. Alors je n'ai pas osé retourner plonger. J'avais peur que les démons des Eaux ne me prennent.

Astyan demanda :

– Où se trouve-t-elle, cette cité ?

– Au-delà du cap de Kharvo, vers le nord.

Le Titan pâlit.

– As-tu conservé les objets que tu as trouvés ?

– Bien sûr, j'en ai même apporté avec moi.

Il sortit d'un vieux sac de cuir une tasse et un plat recouverts d'un dépôt grisâtre et les posa devant Astyan. Troublé, celui-ci saisit son poignard et gratta délicatement la couche calcaire de la tasse. Peu à peu des motifs colorés apparurent, sous l'œil émerveillé du plongeur et du capitaine.

– Ça alors ! murmura Pyrheos.

Astyan reposa la tasse et l'observa avec émotion.

– Cette tasse est bien de fabrication atlante, dit-il, la gorge nouée.

– Alors tu me crois, Seigneur ?

– Oui, je te crois.

Il prit ensuite le plat et lui fit subir la même opération. Sous les yeux stupéfaits des deux autres apparut une tache métallique de couleur jaune.

– Par les dieux, souffla Diekaard, on dirait...

– De l'or, termina Astyan.

Le plongeur écarquillait les yeux.

– Tu pensais être pauvre, et tu possèdes une petite fortune, lui dit le Titan. Accepterais-tu de me vendre ces objets ?

– Ils sont à toi, Seigneur.

Astyan emplit une petite bourse de pièces d'or puis la donna à Pyrheos, tremblant d'émotion. Il lui offrit également un sac de cuir qu'il bourra de victuailles. L'autre balbutia des remerciements empressés.

– Sois prudent. Si l'on apprenait l'existence de cette bourse, ta vie serait en danger.

– Ne t'inquiète pas pour moi, Seigneur. Je possède une cachette sûre.

Puis, comme s'il redoutait qu'on lui reprît son bien, il s'enfuit sans demander son reste.

Après le départ du plongeur, Astyan demeura un long moment silencieux. L'emplacement décrit correspondait parfaitement à celui de Thartesse, et la facture des objets confirmait leur origine. Mais alors comment expliquer que la cité se trouvât aujourd'hui engloutie sous plus de soixante brasses d'eau ? Avait-elle été victime d'un gigantesque glissement de terrain qui l'avait entraînée sous la mer ? C'était difficilement concevable. Il repensa au récit du marin leonessien, entendu un peu plus tôt dans la soirée :

Les ténèbres se répandirent sur le monde. Les eaux du ciel se mirent à tomber pendant des années, et finirent par recouvrir les villes bâties par les hommes de cette époque. Les côtes furent submergées par des raz de marée gigantesques, qui détruisirent toute trace de ces cités orgueilleuses.

Fallait-il en conclure que le niveau des eaux avait remonté de plusieurs dizaines de brasses, peut-être en raison de la fonte des glaces polaires ? Cela expliquerait alors que la banquise septentrionale ait reculé bien loin vers le nord...

En proie à une vive émotion, il quitta la cabine, suivi par un Diekaard inquiet, et fit quelques pas nerveux sur le pont du navire. S'il admettait cette hypothèse, cela signifiait que toutes les villes atlantes installées le long des côtes avaient été englouties. Poséidonia avait dû être détruite. Comme Asgarth, comme Kamaloth...

– Seigneur !

Une profonde douleur l'envahit. Si tout cela était vrai, son voyage devenait sans objet.

– Seigneur, regarde !

Perdu dans ses pensées, il n'avait même pas entendu les paroles de Diekaard. Le capitaine lui montrait le port. Sous la lumière de la pleine lune, les quais proches du *Galea'ch* étaient envahis par des hordes de gueux, qui semblaient surveiller le navire.

– Tout cela ne me dit rien qui vaille, murmura le Thuléen.

Ils observèrent les mouvements des miséreux ; mais ceux-ci ne montraient aucun signe d'hostilité. Soudain ils distinguèrent une silhouette massive qui les observait de loin.

– Marasthos ! dit Astyan.

– Crois-tu qu'ils se préparent à attaquer ?

– Je n'en sais rien. Ils auraient déjà pu le faire. Ils sont dix fois plus nombreux que nous.

Par précaution, il ordonna à quelques marins de monter la garde. Soudain son attention fut attirée par un bruit insolite de l'autre côté du *Galea'ch*. Ils se penchèrent par-dessus le bastingage. Agrippée à un filin, une petite forme humaine se débattait dans l'eau avec l'énergie du désespoir. C'était la fillette dont Astyan avait pris la défense.

– Par les dieux ! Nous avons une autre visite, Diekaard.

La petite les contemplait avec des yeux emplis d'un mélange d'effroi et d'espoir.

– C'est peut-être elle qu'ils recherchent, suggéra le Thuléen.

– J'en doute. Marasthos n'aurait pas mobilisé autant d'hommes pour une gamine. Aide-moi ! Nous ne pouvons pas la laisser comme ça.

Ils tirèrent sur le cordage et hissèrent la fillette à bord. Elle se laissa faire, grelottant de froid. Astyan l'enveloppa dans une couverture et l'emmena dans la cabine pour la réchauffer. Elle tenait toujours son petit couteau de silex dans la main, comme une protection dérisoire. On eût dit un chaton sauvage prêt à griffer, mais qui recherchait néanmoins une protection dans un monde hostile.

– Tu peux poser ton arme, petite, dit le Titan avec douceur. Nous ne te ferons aucun mal. Dis-nous ce qui t'est arrivé.

Diekaard traduisit. La gamine se mit à parler avec volubilité et détermination. Le capitaine thuléen faillit plusieurs fois s'étouffer de rire devant le langage véhément et imagé de la petite.

– Eh bien, le moins que l'on puisse dire, c'est qu'elle n'a pas sa langue dans sa poche. D'après ce que j'ai cru comprendre, elle s'appelle Sikky la Crevette. Elle vient des Fravennes. Aujourd'hui, Marasthos a voulu s'emparer d'elle pour la prostituer auprès des marins. Mais elle affirme que son... son cul n'appartient qu'à elle, et que personne n'a le droit d'y toucher. Alors elle s'est enfuie et s'est cachée sur le port pendant la journée, mais Marasthos en personne s'est lancé à sa recherche. Elle dit qu'elle aurait voulu être assez grande pour lui couper les... les couilles et les lui faire bouffer. Et puis tu es intervenu, et tu as pris sa défense. Alors elle est venue se réfugier ici, parce qu'elle t'avait vu descendre du bateau ce matin. Elle dit que tu es un homme bon et que tu la protégeras. Elle dit aussi qu'elle a faim.

Astyan éclata de rire devant la mine stupéfaite de son ami. La petite, essoufflée par sa longue diatribe, les contemplait avec des yeux confiants. Sa frimousse, sur laquelle tombaient d'abondantes boucles brunes en désordre, séduisit le Titan. Il tendit une galette accompagnée d'un poisson fumé à la gamine, qui s'en empara avec un grand sourire de satisfaction. Tandis qu'elle mordait dans la nourriture avec un appétit féroce, Diekaard demanda :

– Qu'allons-nous faire de cette fille ? On ne peut tout de même pas la garder ici...

– Pourquoi pas ? Tu ne voudrais pas la rendre à ses bourreaux, je suppose ?

– Non, bien sûr.

– Alors elle restera sous notre protection. Cette petite peut nous être utile ; elle doit connaître la ville comme sa poche.

Après s'être rassasiée, la fillette se blottit sur une couverture, au pied de la couchette d'Astyan, et s'endormit instantanément. Le Titan la contempla avec tendresse. La compagnie des enfants lui manquait ; à Poséidonia, le palais des Orchidées retentissait de leurs cris et de leurs rires. Cette petite Sikky n'avait certainement plus de famille capable de la défendre. Son langage cru et sa fierté lui plaisaient, et son regard lui rappelait tant celui de sa fille Schoenée...

Il prit une seconde couverture et la recouvrit.

Lorsque enfin il s'allongea sur sa couchette, il eut peine à trouver le sommeil. Une foule d'idées se bousculaient dans son esprit. Il avait eu aujourd'hui la confirmation qu'une très longue période de temps s'était écoulée depuis sa dernière mort. Une période qui avait vu l'effondrement de l'Empire atlante, englouti sous les eaux par un cataclysme si ancien qu'il ne subsistait dans la mémoire des hommes que sous la forme de mythes.

Il n'en demeurait pas moins vrai que les Leonessiens pensaient leurs ancêtres originaires d'une grande terre située vers le couchant. Astyan rapprocha cette croyance d'une légende qui affirmait que les habitants de Thulea provenaient d'une île située très loin vers le sud-ouest. Cette île mystérieuse était devenue avec le temps le séjour des morts, un lieu seulement accessible aux trépassés, qui devaient y séjourner avant de reprendre vie dans un nouveau corps. Elle ne portait aucun nom, mais existait depuis le commencement du monde.

Par moments, une nausée incoercible lui tordait le ventre, tandis que ses yeux s'emplissaient de larmes. Il lui fallait vivre désormais avec l'idée que jamais plus il ne reverrait Poséidonia et ses habitants, son palais des Orchidées, ses places et ses artères magnifiques. Et surtout il devait admettre qu'Anéa, sa belle compagne, avait disparu dans le gouffre du temps. Bien sûr, elle l'avait appelé dans ses rêves. Mais ces visions provenaient-elles d'un univers infernal auquel Anéa tentait d'échapper, ou bien n'étaient-elles que l'émanation des souvenirs qu'il conservait d'elle ?

La mort dans l'âme, il essaya d'évoquer son visage, les traits sous lesquels elle s'était incarnée la dernière fois. Mais, depuis quelques jours, elle avait cessé de le hanter. Il pouvait à peine cristalliser son souvenir, comme si peu à peu elle s'estompait de sa mémoire.

Il était seul, dans un monde qui n'était plus le sien. Il eut envie de hurler sa douleur, de pleurer, de dégorger le poison violent qui lui rongeait les entrailles. Au prix d'un terrible effort de volonté, il parvint à se maîtriser ; la folie n'aurait pas raison de lui. Tout cela devait avoir un sens. Il était sûr que les dieux ne l'abandonneraient pas. Son propre père, Euneor, ne s'était-il pas manifesté sous la forme d'un loup ?

Il se concentra pour raisonner avec lucidité. Il lui fallait accepter la réalité : l'Atlantide telle qu'il la connaissait avait disparu. Mais l'histoire ne s'était pas arrêtée là. Ce qu'il avait redouté s'était produit : les Géants avaient fini par triompher. Après sa mort, ils avaient éliminé tous les Titans – Anéa elle-même avait sans doute succombé – puis ils avaient imposé leurs idées imbéciles aux humains. Comment expliquer autrement les légendes évoquant les « dieux maudits » ?

Cependant, pour une raison inconnue, ils avaient échoué à leur tour. Leur volonté de conquête n'avait pas eu de suite. Une catastrophe soudaine avait anéanti leurs rêves de domination, et l'Atlantide avait disparu sous les flots. Mais il y avait eu des survivants, qui s'étaient enfuis et avaient bâti de nouvelles villes, comme Yshtia, Thulea ou Leoness. Et le monde était peu à peu retourné à la barbarie, ne conservant que quelques bribes du fabuleux savoir des Atlantes. Ainsi s'expliquaient sans doute les connaissances rudimentaires qu'il avait constatées aussi bien à Thulea, à Leoness, ou même à Yshtia. Ces cités n'étaient que les vestiges de l'antique Empire atlante, des débris de civilisation, qui avaient oublié jusqu'au souvenir de celle qui les avait fait naître.

Il revint à Leoness. Ils n'avaient débarqué que le matin même, et déjà on semblait s'intéresser à eux. Il y avait eu tout d'abord ces deux prêtres liges qui les avaient suivis durant leur visite dans la Couronne. Et puis cet incident inexplicable, ce soir, où un homme étrange s'était interposé entre Marasthos et lui. S'il n'était pas intervenu, Astyan eût certainement été tué. Sa force exceptionnelle avait ses limites, et il n'était pas invulnérable. Mais pourquoi l'inconnu l'avait-il protégé, et pourquoi s'était-il enfui ensuite ?

Ne parvenant pas à trouver le sommeil, il se rendit sur le pont. Au-dessus de lui s'étalait la voûte énigmatique des étoiles, parmi lesquelles il discerna aussitôt les constellations de l'Ourse céleste et de son petit. Il adressa une pensée émue à Callisto. Puis ses yeux se portèrent sur la traîne d'un blanc diffus de la Voie lactée. Un univers insondable, dont il savait qu'il s'agissait de la lumière émise par les milliards d'étoiles formant la galaxie dans laquelle se trouvait la Terre, infime grain de poussière perdu au sein de l'immensité. Un jour peut-être atteindrait-il la perfection de ces Entités qui les avaient engendrés, lui et ses frères et sœurs Titans. Alors il pourrait découvrir à son tour les beautés galaxiennes. La vue de l'immensité emplie d'étoiles lui apporta une sérénité nouvelle. Il lui fallait reconsidérer sa situation d'un œil différent.

Malgré ce qu'il avait appris au sujet de l'Atlantide, il refusait de perdre tout espoir. Un archipel aussi vaste ne pouvait s'enfoncer dans l'Océan « en un jour et une nuit », comme le prétendaient les Leonessiens. Avallon était une île importante, avec des volcans, de hautes montagnes, des plateaux. *Il devait donc subsister des terres émergées.* Peut-être les Atlantes avaient-ils reconstruit une nouvelle civilisation...

Un espoir formidable se leva peu à peu en lui. Il n'y avait plus aucun doute à présent, il devait construire ce navire qui lui permettrait d'affronter l'Océan. Il allait retrouver son île, et il redeviendrait le prince d'Avallon. Il reconstruirait Poséidonia...

Il revint dans la cabine et alluma une lampe à huile. Puis il se munit de parchemins et d'une plume, s'installa sur la table des cartes et commença à dessiner les plans de son futur navire. En souvenir de ce fils qu'il avait eu avec sa petite princesse nordique, il lui donnerait le nom d'*Arkas*.

9

Avant son départ, Callisto avait offert à Astyan une cassette contenant de l'or et des pierres, destinées à couvrir les frais du voyage. Elle estimait que son peuple lui était redevable de la liberté et de la vie de sa souveraine. Il avait accepté, car il avait fort besoin de cet argent. La fortune dont il disposait devait lui permettre de payer ses marins pendant plus de deux années, et de faire construire un nouveau navire, au cas où le *Galea'ch* subirait des avaries.

Astyan avait promis de la dédommager lorsqu'il aurait retrouvé son royaume de Poséidonia. Il était certain à ce moment-là que sa cité existait encore. Sa fortune personnelle, accumulée depuis des millénaires, lui aurait permis d'offrir une centaine de navires à Callisto en remerciement de son aide. Mais il savait désormais que Poséidonia n'existait plus, et que ses richesses avaient disparu avec elle. Aussi devait-il se montrer prudent dans ses dépenses.

Le lendemain et les jours suivants, les hommes de Marasthos ne quittèrent pas les quais. Astyan redoutait qu'ils aient appris, peut-être par le bavardage imprudent d'un Thuléen, l'existence de la cassette, et qu'ils veuillent tenter de s'en emparer. Il fit maintenir les tours de garde, n'autorisant ses marins à quitter le bord qu'en groupe, et bien armés. Pourtant pas une fois ils ne furent inquiétés.

Pour une raison inconnue, les truands ne montraient aucun signe d'hostilité. Au contraire ils chassaient les mendiants qui tentaient de s'approcher, et se contentaient de surveiller les abords du vaisseau. Par deux fois, ils aidèrent même des marins thuléens éméchés à regagner leur bord. Marasthos en personne apparut à plusieurs reprises, sans jamais s'approcher du navire. Il ne pouvait pourtant pas ignorer la présence de Sikky.

Astyan hésita à aller interroger leurs étranges protecteurs, mais il savait que ce serait peine perdue. Ils agissaient vraisemblablement sur l'ordre d'un personnage mystérieux, peut-être l'inconnu à la cape grise. Celui-ci ne leur avait sans doute pas fourni d'explication. Astyan aurait bien aimé connaître la raison de cette surveillance et l'identité de son commanditaire. Mais personne ne se manifesta.

Par l'intermédiaire du kommassir Jossem, Astyan acheta une vieille demeure à peu près habitable à proximité des chantiers navals. La construction du vaisseau demanderait sans doute plus d'une année, et il était indispensable que ses hommes et lui fussent logés confortablement. Seuls une demi-douzaine de Thuléens demeurèrent à bord du *Galea'ch* pour en assurer la protection. Dès que l'équipage eut pris possession de la maison, les hommes de Marasthos s'installèrent aux alentours, continuant à exercer leur surveillance discrète et inexplicable, qu'Astyan renonça à vouloir comprendre.

Pendant les semaines qui suivirent, il consacra tout son temps à établir les plans de l'*Arkas*, sous les yeux stupéfaits de Diekaard, qui l'assistait. Fort de ses six millénaires d'expérience, et parce qu'il avait participé lui-même à la conception de l'*Hedreen*, le navire fabuleux grâce auquel il avait vaincu les Géants, le Titan ne fut pas long à retrouver les principes de base de l'hydrodynamique et de l'architecture navale.

Peu à peu, le projet prit forme. Diekaard s'était vite passionné pour le travail, même si la conception du vaisseau ne lui rappelait rien de connu. À Thulea comme à Leoness, on ne traçait jamais de plans avant de construire un bateau. On confiait la tâche à des charpentiers qui travaillaient à l'instinct, forts de l'expérience héritée de leurs ancêtres. Bien sûr, certains navigateurs suggéraient parfois des améliorations, que l'on ne mettait jamais en pratique, parce qu'ils ne savaient pas expliquer ce qu'ils souhaitaient. Et puis, pourquoi remettre en question des principes qui avaient fait leurs preuves depuis des temps immémoriaux [1] ?

Astyan dessina ainsi une quille longue et fine, sur laquelle vinrent s'adapter l'étrave à l'avant et l'étambot à l'arrière. Puis il ajouta les couples, assez rapprochés afin d'offrir une meilleure résistance aux contraintes qui s'exerceraient sur la coque. Il prit un soin particulier à noter les cotes de chaque élément, couples, solives ou varangues, qu'il reporta sur les parchemins dont il faisait une grande consommation.

– Nous devrons trouver des arbres ayant la forme de chacune de ces pièces, expliqua-t-il à Diekaard, fasciné par les inventions du Titan.

Mais l'étonnement du Thuléen ne connut plus de

1. Ce curieux état d'esprit, ici transposé dans une période antique imaginaire, survivra pendant des millénaires. Il faudra attendre la fin du XVIIe siècle de l'ère chrétienne pour que l'architecture navale évolue de manière significative, grâce aux progrès des mathématiques, et en raison des besoins nouveaux à la fois militaires et économiques. De véritables constructeurs succédèrent aux charpentiers qui travaillaient jusqu'alors en se fondant sur des techniques traditionnelles empiriques, sans aucun plan préalable.

bornes lorsqu'il dota l'arrière du navire d'un nouvel appareil, qu'il baptisa gouvernail.

– C'est curieux, déclara Diekaard, tout cela me semble inconcevable, et pourtant j'ai la sensation de redécouvrir quelque chose de familier. D'où tiens-tu ces connaissances, Seigneur ?

– En Atlantide, les navires étaient beaucoup plus complexes que ceux que l'on utilise aujourd'hui. Le mien était construit en fer.

– En fer ? C'est impossible ! Le métal ne peut pas flotter !

Amusé, Astyan songea que Diekaard, alors qu'il s'appelait Païdras, avait participé à la construction de l'*Hedreen.*

– J'aimerais te prouver le contraire, mais je doute que l'on puisse trouver ici les artisans capables de nous aider à construire un tel bateau. Il faudra nous contenter du bois.

Diekaard étudia avec étonnement l'ébauche établie par son compagnon.

– Et les rameurs ? Où comptes-tu les placer ?

– Il n'y en aura pas. La voilure nous permettra de naviguer bien plus vite que les lourdes galères de Leoness.

– Mais... répliqua faiblement le capitaine, le vent seul n'aura jamais la force suffisante pour nous faire avancer.

– Ne crois pas cela !

Il lui indiqua, sur le plan, l'emplacement de trois mâts de grande taille. Le plus grand, situé au centre, portait un jeu de quatre voiles ; les deux autres seraient équipés de trois voiles. Une large voilure triangulaire double située à l'avant permettrait un meilleur contrôle de la direction. Ainsi conçu, une trentaine d'hommes seulement serait suffisante pour manœuvrer le navire ; mais il pourrait en transporter plus de deux cents. Diekaard avait parfois de la peine à cacher ses doutes.

– Tu penses vraiment qu'un tel vaisseau peut naviguer, Seigneur ?

– Absolument. Seul un navire comme celui-là sera assez puissant et assez rapide pour affronter l'Océan.

– Rapide ? Je crois que rien ne peut remplacer la force des bras des rameurs.

– La force de l'homme n'est rien comparée à celle du vent, si l'on sait l'utiliser, Diekaard. L'*Arkas* filera cinq ou six fois plus vite que le meilleur des navires actuels.

Diekaard hocha la tête, guère convaincu.

Astyan profitait de ses rares moments de détente pour apprendre la langue de Leoness, qu'il travaillait avec Diekaard et la petite Sikky. Au bout d'une lune, grâce à ses exceptionnelles facultés mémorielles, il était capable de tenir une véritable conversation en leonessien. Sikky quant à elle faisait preuve d'une vivacité d'esprit tout à fait remarquable pour une enfant de son âge. En réalité, Astyan s'aperçut qu'elle devait être un peu plus âgée qu'elle ne le paraissait en raison de sa maigreur. Après quelques jours d'une nourriture saine, elle reprit des couleurs et des formes. Peu à peu se dessina la silhouette de la jolie femme qu'elle deviendrait un jour.

Elle avait pris ses habitudes dans la demeure, et avait été immédiatement adoptée par les marins, dont elle était devenue la mascotte. Elle leur indiquait les meilleurs marchands de la Ville-Basse, chez qui l'on trouvait la meilleure nourriture. D'une manière tacite, elle s'était imposée comme la maîtresse de maison, donnant des ordres de sa petite voix flûtée, afin que les différentes pièces devinssent habitables. Et les Thuléens, désœuvrés, avaient à cœur de lui obéir. Son langage vert et imagé les faisait hurler de rire. Régnant comme une petite reine sur ces hommes endurcis par la vie marine, elle adorait les écouter raconter leurs histoires, le soir, lorsque l'équipage se réunissait pour le dîner autour de la grande cheminée de la salle commune. Elle avait un faible pour le gros Fehron, le maître de nage, dont la voix caverneuse savait se faire douce pour elle.

Plusieurs fois pendant cette période, Diekaard crut apercevoir l'homme à la cape grise qui s'était interposé entre eux et la troupe de Marasthos le soir de son arrivée. Mais les mendiants errant sur les quais se ressemblaient tous. De temps à autre apparaissaient les silhouettes pourpres de prêtres liges ; ils observaient la demeure, puis repartaient. Le Titan n'appréciait guère cette inquisition.

Mais il avait un autre sujet d'inquiétude. Sa fortune serait-elle suffisante pour payer la construction de l'*Arkas* tel qu'il l'avait conçu ? Il savait qu'il lui faudrait former lui-même les ouvriers, qui ignoraient tout des techniques atlantes.

Lorsque son projet fut enfin achevé, Astyan se rendit dans la Ville-Basse, en compagnie de Diekaard et de Sikky, qui connaissait parfaitement les lieux. En chemin ils croisèrent Marasthos. Astyan redouta un instant qu'il ne voulût reprendre la petite, mais le colosse leur adressa un salut de la tête et s'éloigna sans explication.

Dans la Ville-Basse, Astyan rencontra des artisans de diverses corporations, charpentiers, métallurgistes, tisserands, et s'informa sur le coût des matériaux, bois, minerai de fer, lin et chanvre pour les cordages. Le projet de construction du navire fut rapidement connu du milieu ouvrier de Leoness, à tel point que certains artisans vinrent le contacter directement pour lui proposer leurs services.

Après s'être livré pendant plusieurs jours à une évaluation financière du coût de la fabrication du vaisseau, il s'aperçut avec satisfaction que la fortune offerte par Callisto serait largement suffisante. Il lui resterait même de l'argent, sans devoir entamer les réserves prévues pour le salaire des marins thuléens.

Pour la future mise en chantier, il fit fabriquer par des métallurgistes des outils de formes curieuses, exigeant que les cotes qu'il indiquait soient rigoureusement respectées. Les ouvriers n'osaient lui demander l'utilité des objets en question. Certains estimaient qu'il était un peu fou, mais personne ne s'en plaignait, car il payait bien.

En ce qui concernait le bois, il comprit rapidement qu'il ne pourrait se contenter des pièces trop grossières que les marchands leonessiens étaient en mesure de lui fournir. Il serait plus avantageux d'acheter une concession d'exploitation forestière. Jossem, prévenu comme par miracle, s'offrit à lui procurer, moyennant une commission honnête (ou jugée telle par lui), les droits d'abattage sur une forêt située au nord de la cité, et peuplée en grande partie de chênes superbes.

Astyan se rendit sur place, en compagnie du vieux roublard et de Diekaard. Le Titan reconnut que le pot-de-vin accordé au bonhomme avait été bien investi. Les arbres étaient de toute beauté.

– Tu es un bandit, Jossem, déclara-t-il, mais je dois avouer que tu n'avais pas menti.

– Tu ne regretteras jamais de me faire confiance, Seigneur ! répondit Jossem avec un sourire en coin.

Le Titan commençait à s'attacher à ce personnage insolite, dont la seule passion consistait à amasser le plus d'argent possible. Au fil des années, il devait avoir accumulé une fortune considérable. Ce qui ne l'empêchait pas de se promener, la plupart du temps, vêtu d'habits rapiécés, usés jusqu'à la trame. Astyan avait pensé au début qu'il avait affaire à un avare égoïste, mais il avait appris que le vieux Jossem savait se montrer généreux envers les pauvres. En fait, la négociation commerciale était devenue pour lui un jeu, où il faisait peser de tout son poids sa position de kommassir. Ses agissements se situaient souvent à la limite de la légalité, mais cela n'avait pas l'air de gêner le bonhomme outre mesure. Les autres kommassirs ne pratiquaient-ils pas de même ?

Pendant les jours qui suivirent, Astyan retourna régulièrement dans la forêt. Sous les yeux de Diekaard, il se livra à un travail étrange, sélectionnant certains arbres, qu'il marquait et consignait sur ses parchemins. Il expliqua au Thuléen qu'il les choisissait pour leurs formes particulières, qui devaient s'adapter aux courbures des structures qu'il avait dessinées. Trois chênes aux troncs parfaitement droits furent désignés pour devenir les mâts du futur navire.

Non loin de l'endroit où se dressaient les chênes centenaires, il découvrit, au creux d'une faille, une source étrange, dont l'eau dégageait des vapeurs aux odeurs âcres. Des traînées minérales de couleur jaunâtre bordaient les rives du petit cours d'eau. Intrigué, Astyan se pencha sur elles.

– De l'eau sulfureuse, dit-il après avoir porté le liquide à ses lèvres. Pourtant il n'y a pas de volcan dans la région. Elle doit venir d'une grande profondeur. Cette terre est certainement soumise à des séismes fréquents.

Il demeura un long moment silencieux, puis il se tourna vers Diekaard.

– Cela me donne une idée. Il faut que les hommes prélèvent ce minerai ; il peut nous être utile. Tu donneras les ordres en conséquence.

Étonné, le Thuléen acquiesça. Astyan poursuivit :

– Il nous faudrait aussi du bois d'aulne.

– Que veux-tu en faire ?

– Du charbon de bois.

Diekaard se gratta la tête en se demandant quelle idée avait encore germé dans le cerveau de son compagnon.

Un jour, Astyan dit à Jossem, qui les avait accompagnés, habité par une curiosité qu'il ne cherchait même pas à dissimuler :

– Je veux que pour chaque arbre abattu il en soit replanté un autre.

– Pourquoi ? s'étonna le vieil homme. Ce ne sont pas les arbres qui manquent ici.

– Si nous les abattons sans les remplacer, un jour cette forêt disparaîtra. Il faut penser à nos descendants, qui à leur tour voudront construire des navires et des demeures. Que feront-ils s'ils ne trouvent plus d'arbres ?

Le Leonessien gratta longuement sa barbe en broussaille, puis déclara :

– Tu es vraiment un personnage étonnant, Seigneur Astyan. À ton âge, les jeunes gens ignorent tout de la sagesse. On dirait des chiens fous, qui ne rêvent que de femmes et de plaisirs. Toi, tu prononces des paroles que même les plus sages d'entre nous ne sauraient tenir. Pourtant parfois je me demande si tu n'es pas frappé de folie.

Astyan faillit éclater de rire. Avec le temps, il s'était établi entre eux des relations suffisamment familières pour qu'ils en oublient le respect obséquieux exigé par les usages.

– Tu ne crois pas si bien dire, vieux brigand, car ce que je vais t'annoncer maintenant va te faire dresser les cheveux sur la tête.

– Précise ta pensée.

– Eh bien, je refuse qu'un seul esclave soit employé pour l'abattage et le portage des arbres. Tous les hommes qui travailleront pour nous devront être payés.

Le kommassir le regarda avec des yeux ahuris, déclenchant l'hilarité de Diekaard.

– C'est de la démence ! Te rends-tu compte de ce que cela va te coûter ?

– Je l'ai prévu dans mon budget. J'estime que chaque homme doit être honnêtement rétribué pour le travail qu'il fournit. Cela fait partie des règles de vie de mon pays.

– Voilà un pays bien étrange, où les jeunes hommes sont capables de faire preuve de grande sagesse et de la démence la plus invraisemblable. D'ailleurs, ton projet lui-même est insensé. L'Océan détruira ton navire, comme il a détruit tous ceux qui l'ont défié.

– Ne crois pas cela, Jossem. Vos navires sont trop faibles pour affronter les tempêtes qui sévissent au sein de l'Océan. Ils se briseraient comme des coquilles de noix. Mais l'*Arkas* sera capable de les vaincre. Je souhaite seulement que tu m'accordes ton aide à chaque fois que j'aurai besoin de tes services.

– Je suis ton dévoué serviteur, Seigneur. Même si je pense que tu es fou, ajouta-t-il avec un sourire espiègle.

Soudain les chevaux s'agitèrent. Un hurlement angoissant retentit dans la forêt. Sikky poussa un cri de terreur.

– Le chien-qui-rend-fou ! gémit-elle d'une voix tremblante, avant de se précipiter dans les bras d'Astyan.

10

Les trois hommes se tournèrent vers l'endroit que désignait la fillette. En contrebas, sur la piste cahoteuse menant vers la cité, un chien énorme surgit des brumes. Apercevant le petit groupe, il se mit à hurler de plus belle.

– Astyan, il va nous dévorer les yeux et l'esprit, gémit Sikky, en proie à la panique.

Elle se serra plus fort dans ses bras. Jossem lui-même vint se réfugier derrière le Titan, tandis que Diekaard dégainait son glaive.

– Le chien-qui-rend-fou ! bredouilla le vieil homme. On dit que c'est un chien fantôme, dont les morsures provoquent la démence.

– Cessez donc de raconter des idioties ! Ce chien est apprivoisé. Vous ne voyez pas qu'il tire un brancard ? grogna Astyan.

– Quelqu'un est étendu dessus ! fit remarquer Diekaard.

Le petit groupe s'avança avec prudence. Le chien se mit à gronder. Le Titan confia Sikky au capitaine et s'approcha de l'animal en lui parlant avec douceur. Peu à peu, le chien se détendit, flaira la main tendue, puis la lécha. Astyan lui caressa la tête et se pencha vers la personne gisant sur le brancard.

– C'est une femme ! s'étonna Jossem.

– Plutôt une adolescente, précisa Astyan.

Il dégagea doucement la couverture de peau d'aurochs qui la recouvrait.

– Elle est blessée, ajouta-t-il en apercevant les larges taches de sang qui maculaient les membres de l'inconnue.

Elle était évanouie. Il lui souleva la tête avec délicatesse. Épuisé et haletant, le chien se coucha en gémissant. Apparemment, il avait transporté sa maîtresse sur une assez longue distance [1]. La jeune fille respirait avec difficulté.

– C'est probablement une paysanne des hauts plateaux du Nord, avança Jossem.

Astyan examina les blessures. Elles ne semblaient pas très profondes, mais les plaies avaient commencé à s'infecter, et la fille avait perdu beaucoup de sang. Son front était brûlant de fièvre. Il prit une gourde d'eau et la lui glissa entre les lèvres. Elle s'éveilla et ouvrit des yeux effarés en découvrant les visages penchés sur elle.

– Peux-tu parler ? demanda Astyan.

Elle se redressa avec peine, saisit la veste de cuir du Titan et marmonna quelques mots incompréhensibles, les yeux exorbités. Puis elle retomba en arrière, épuisée.

– On dirait que quelque chose l'a terrorisée, dit le Thuléen.

– Sans doute une incursion des Écorcheurs de ce maudit Anthée, grommela Jossem avant de cracher sur le sol.

– Qui est Anthée ? demanda Astyan.

– Le roi de Lusitanie. C'est ainsi que l'on désigne les terres montagneuses situées à l'est. Elles sont peuplées de barbares qui se nourrissent de chair humaine. Parfois

1. À l'époque antique, le chien était souvent utilisé comme animal de trait.

ils s'attaquent à un village isolé inféodé à Leoness et massacrent ses habitants. Ces porcs répugnants leur arrachent la peau et les empalent sur des branches d'arbre. En représailles, notre phareïs a envoyé plusieurs fois ses troupes les combattre. Jusqu'à présent nous les avons toujours écrasés, et nous en avons fait des esclaves. Mais ils deviennent de plus en plus agressifs depuis qu'ils ont proclamé roi ce chien d'Anthée. Il prétend être le fils de la Terre elle-même. On dit qu'il est invincible tant qu'il reste en contact avec elle, car il puise ses forces dans le sol en combattant pieds nus. Ils ont dû attaquer la tribu de cette fille et elle a réussi à leur échapper.

– C'est possible. Mais la Lusitanie se trouve au sud, fit remarquer Diekaard, et elle vient du nord.

L'argument ébranla Jossem.

– Oui, c'est bizarre. En général, les Lusites ne remontent pas si haut.

– Où mène cette piste ? demanda Astyan.

– À un petit village du nom de Khalydonia. Il est situé dans les hautes collines, à plus de trente milles.

La jeune fille avait repris quelque couleur. Elle semblait avoir compris ce que disait Jossem. Au prix d'un violent effort, elle se releva à demi. Quelques sons faibles sortirent de sa gorge, que le Titan ne comprit pas, puis elle retomba sur le brancard, inconsciente. Astyan se tourna vers ses compagnons. Jossem écarta les bras, l'air étonné.

– Je ne comprends pas. Elle a dit : « La Bête ! La Bête a tué mes frères. » Elle utilise le langage des Varestans. C'est un clan de chasseurs qui vit dans les montagnes du Sud.

– Le Sud ? Alors pourquoi vient-elle des plateaux du Nord ?

Ils remarquèrent l'arc et la lance posés contre la jeune fille.

– Elle chassait peut-être dans la région de Khalydonia. Sans doute a-t-elle été blessée par un animal, suggéra Diekaard.

Jossem secoua la tête.

– Les Varestans possèdent leur propre territoire de chasse. Pourquoi s'aventureraient-ils si haut ? Varestan est à plus de cinquante milles au sud.

– Il a dû se passer quelque chose à Khalydonia, émit Astyan. Il faut prévenir les gardes.

Jossem haussa les épaules.

– Les gardes se moquent bien de ce qui peut arriver aux paysans des montagnes. Ils n'agissent que sur ordre du phareïs. Et celui-ci a d'autres soucis.

Astyan examina de nouveau la blessée.

– Tout cela est étrange. Ce brancard a été fabriqué à la hâte. On dirait que quelqu'un y a placé cette jeune fille pour la sauver.

– Dans ce cas, où est celui qui a fait ça ? demanda Jossem.

– Il n'était peut-être pas en mesure de la suivre. Nous allons la ramener avec nous. Je vais la prendre sur mon cheval. Si nous ne la soignons pas, elle va mourir.

Tandis qu'il soulevait la jeune fille avec précaution, Sikky entreprit de délier le chien. Soudain elle s'écria :

– Astyan, viens voir !

Le Titan la rejoignit. Les mains de la fillette étaient poissées de sang.

– Regarde ! Il est blessé, lui aussi.

Le chien s'étendit sur le dos, s'offrant avec confiance à l'examen de l'homme. Il portait une profonde plaie dans le flanc.

– Par les dieux ! gronda Astyan. Qu'est-ce qui a pu provoquer une telle blessure ?

– Un loup ? suggéra Diekaard.

– Non, ce n'est pas l'empreinte d'une mâchoire de

loup. On dirait qu'il a reçu un coup violent, comme si l'on avait cherché à l'éventrer.

– Ce sont les Lusites ! s'obstina Jossem. Ils sont remontés jusqu'à Khalydonia.

– Il ne s'agit pas d'une arme humaine, démentit le Titan. Les chairs sont déchiquetées. Ces blessures ont été causées par un animal de très grande taille. Ils ont dû livrer combat à une bête monstrueuse qui les a vaincus. Quelqu'un a construit cet attelage de fortune, y a placé cette fille, et le chien l'a menée jusqu'à nous.

– Il est très courageux, déclara Sikky. Il faut le soigner, lui aussi.

Elle leva les yeux vers le Titan.

– Astyan, je voudrais le garder avec nous. Je m'occuperai de lui, je te le promets.

– C'est d'accord, ma petite crevette.

À leur retour, Astyan installa la jeune fille dans une chambre proche de la sienne, afin de pouvoir veiller sur elle. Il nettoya ses plaies, mais la fièvre avait gagné du terrain. Lorsque l'inconnue ouvrait les yeux, elle se mettait à délirer, puis retombait dans un état semi-comateux.

– Elle est très belle ! s'extasia Sikky, qui l'assistait.

– C'est vrai, répondit le Titan.

La jeune fille devait être âgée de dix-huit à vingt ans. D'une taille plutôt grande pour une femme, elle avait des muscles longs et fins, parfaitement proportionnés. Son visage aux traits réguliers s'encadrait de courts cheveux noirs qui lui tombaient sur la nuque. Sa bouche aux lèvres finement ourlées trahissait l'adolescence qu'elle venait de quitter par leur dessin encore un peu enfantin. Il se dégageait d'elle un singulier mélange de force et de fragilité.

– Tu crois qu'elle vivra ? demanda anxieusement la fillette.

– Je l'espère. Mais il faudrait que la fièvre diminue.

Il enveloppa les membres blessés de bandages enduits d'onguents cicatrisants, puis il fit avaler à la jeune fille une décoction destinée à faire tomber la température. Elle manqua de s'étouffer, puis réussit à ingurgiter la mixture. Afin qu'elle soit plus à l'aise, Astyan ôta avec précaution la veste de cuir souple qu'elle portait encore, sur laquelle du sang avait séché. Dévoilant la poitrine de la jeune fille, il ne put retenir son étonnement : au-dessus du sein droit, l'inconnue portait une marque en forme de trident.

– Le signe des dieux anciens, s'exclama Sikky.

Astyan se tourna vers la fillette et lui prit la main.

– Sikky, personne ne doit savoir qu'elle possède cette marque. Je vais te confier une tâche importante : c'est toi qui vas veiller sur cette jeune fille.

– Je sais. À Leoness, on tue tous les bébés qui portent ce signe. On prétend qu'ils portent malheur.

– C'est faux. Les hommes croient souvent n'importe quoi. Mais cela veut dire qu'il faut la protéger. Lorsqu'elle sera guérie, nous la ramènerons parmi les siens. Elle a parlé de ses frères ; elle doit avoir une famille. D'ici là, elle restera avec nous.

La fillette se rengorgea.

– Tu peux me faire confiance, Astyan. Avec Tucos, nous nous occuperons d'elle.

– Tucos ?

– C'est son chien. Je l'ai appelé comme ça en souvenir d'un chat que j'avais apprivoisé dans les Fravennes. Mais les sans-couilles de Marasthos l'ont tué pour le bouffer.

Astyan soupira.

– Va pour Tucos. Mais j'aimerais que tu évites d'employer des mots comme ça, ma crevette.

– Ben quoi, c'est vrai ! Il faut être châtré pour s'attaquer à un pauvre chat sans défense !

Astyan renonça à discuter. Malgré ses efforts, il ne parvenait pas à corriger le langage cru de la gamine, le seul qu'elle ait jamais utilisé.

– C'est bien que Tucos soit avec nous, déclara-t-elle d'un ton péremptoire. Il nous aidera à garder la maison.

– Tu as raison, petite. Sa taille est impressionnante.

En effet, au garrot, le chien arrivait à la hauteur des épaules de la fillette. Il avait immédiatement adopté Sikky, qu'il ne quittait plus d'une semelle. Il s'était laissé faire lorsqu'elle l'avait soigné.

Plus tard, alors que la fillette s'était installée dans la chambre de la blessée, Astyan retrouva Diekaard, en compagnie duquel il se pencha sur les plans de l'*Arkas*.

– Mon compagnon, je suis à présent en possession de tous les éléments. Si mes calculs sont exacts, nous disposons d'une fortune suffisante pour construire notre navire. Dès demain nous ferons venir Phernaïm, cet architecte dont Jossem nous a parlé. Il sera notre maître d'œuvre. Nous allons commencer la construction.

Il saisit un flacon d'alcool de genièvre, dont il versa deux gobelets. Les deux hommes burent en silence, puis le Thuléen déclara :

– Seigneur, bien que je sois peiné d'avoir quitté Thulea et notre reine, je crois bien que je n'ai jamais été aussi heureux. La construction de l'*Arkas* est sans doute la plus belle entreprise de ma vie.

Ému, le Titan ne répondit pas immédiatement. Païdras avait pris une part active à la conception de l'*Hedreen.* N'était-ce pas la même aventure qui recommençait aujourd'hui ? Il posa la main sur le bras du Thuléen.

– Diekaard, je te promets que ce navire sera de loin le plus beau et le plus rapide que le monde connaisse actuellement.

Ils levèrent de nouveau leurs gobelets. Soudain l'air

sembla s'emplir de sable. Une vibration étrange fit trembler le genièvre dans le flacon. Le sol frémit, tandis qu'un grondement à peine perceptible secouait les entrailles des deux hommes.

– Un tremblement de terre ! murmura Diekaard, les sourcils froncés.

Il y eut des bruits de verre brisé, quelques craquements. Puis un silence de mort succéda au grondement.

– C'est fini, dit le Thuléen avec un soupir de soulagement.

Astyan, anxieux, se précipita dans la chambre où reposait la jeune fille. Mais la secousse tellurique ne l'avait pas réveillée. À ses côtés, Sikky dormait à poings fermés. Diekaard lui dit :

– Ne t'inquiète pas, Seigneur. Le sol tremble souvent à Leoness.

Le Titan ne répondit pas. Un court instant, une angoisse incoercible s'était emparée de lui. Il avait pourtant l'habitude des séismes : à Poséidonia, il s'en produisait régulièrement, à tel point que l'on avait imaginé une technique de construction particulière pour leur résister. Il secoua la tête pour chasser le malaise.

– Tu as raison, mon compagnon. J'aurais dû le savoir. La source sulfureuse que nous avons découverte prouve que ce royaume est instable. Je crois que j'ai été trop impressionné par les récits de ces marins. Il faut que j'oublie tout cela. Une bonne nuit de sommeil nous fera du bien.

Mais il était dit qu'ils ne dormiraient pas cette nuit-là. Fehron, qui montait la garde à l'extérieur, survint tout à coup.

– Seigneur, il y a là un homme qui désire te parler.

– À cette heure-ci ?

– Il dit que c'est important.

Astyan et Diekaard sortirent de la demeure. Un homme se tenait devant eux : l'inconnu à la cape grise.

– Tu te décides enfin à te faire connaître ? dit le Titan avec méfiance.

– Puis-je te parler, Seigneur ?

– Entre !

Quelques instants plus tard, tous quatre étaient installés dans la grande salle. L'individu paraissait assez jeune, malgré son visage maigre aux yeux creusés par la faim. Pourtant il ne se jeta pas sur la nourriture que lui proposa Astyan. Son regard trahissait une grande force de volonté. Il étudia le Titan avec une curiosité qu'il ne cherchait même pas à dissimuler, puis il se décida à parler.

– Seigneur, mon nom est Markus. Tu as dû t'étonner de la protection que j'ai demandé aux hommes de Marasthos d'exercer autour de toi.

– Je crois bien que ton intervention nous a sauvé la vie il y a quelque temps. J'aurais voulu t'en remercier, mais je n'ai pas compris.

– Nous te devons quelques explications. Cependant, je ne puis te les fournir moi-même. J'ai agi sur l'ordre de celui qui m'a envoyé vers toi, le Grand Initié Haldrean. Il désire te rencontrer. Malheureusement il ne peut venir sur le port lui-même ; les prêtres de Yawehah veulent le faire mettre à mort.

– Pourquoi ?

– Parce qu'il perpétue une tradition très ancienne qui combat le culte de Yawehah. Les prêtres ignorent que je suis moi-même son disciple. S'ils l'apprenaient, ils me feraient égorger en place publique.

Astyan observa son interlocuteur. Il percevait en lui un mélange de mysticisme et de lucidité. Une réelle autorité se dégageait de son corps apparemment chétif, mais rompu aux privations. Il semblait fasciné par le Titan.

– Où est-il ?

– Il vit dans les Fravennes, là où les gardes royaux n'osent jamais s'aventurer.

– Et tu désires que je me rende là-bas ? C'est un endroit dangereux.

– Tu ne cours aucun péril. Ceux des Fravennes ne te feront pas de mal.

– Qu'est-ce qui me le garantit ?

– Ma seule parole. Si les miens avaient voulu te nuire, crois-tu qu'ils n'en auraient pas déjà eu l'occasion ?

Astyan dut convenir que l'argument se tenait.

– J'ai pu constater qu'ils t'obéissaient aveuglément. Quel est donc ton pouvoir sur eux ?

– Le Grand Initié Haldrean est considéré comme le roi des Fravennes. C'est un homme de grande sagesse, qui détient un savoir que les citadins ont depuis longtemps oublié. Il connaît les plantes qui soignent et sait invoquer les esprits.

– Pourquoi désire-t-il me rencontrer ?

– Parce que nous pensons que tu es l'un des dieux du monde ancien, ceux que l'on appelait les Titans.

Stupéfait, Astyan ne répondit pas immédiatement.

– Qu'est-ce qui te fait croire ça ?

– Le Grand Initié Haldrean me l'a dit. Je ne suis que son disciple. Cependant, voici quelques lunes, il a eu la vision d'un homme de grande taille, aux cheveux d'un blond roux et aux yeux verts. Il affirme que cet homme est l'incarnation de l'un des premiers dieux qui ont régné sur ce monde avant l'avènement des forces du mal. Il est revenu pour les combattre, et pour restaurer l'antique religion d'Amour qui régnait sur l'empire disparu d'Atlantide, voici près de six mille ans.

– Six mille ans ?

Un vertige sans nom s'empara soudain d'Astyan, qu'il parvint à maîtriser au prix d'un violent effort. Markus poursuivit :

– Le Grand Initié t'avait décrit avec une telle précision que j'ai tout de suite su qui tu étais le soir de ton arrivée, lorsque tu t'es rendu dans la taverne de Myskhaos. C'est pourquoi j'ai demandé à ceux des Fravennes de te protéger. Je voulais aussi être sûr que je ne m'étais pas trompé. Je sais à présent que tu veux faire construire un navire destiné à retrouver l'archipel des Atlantes. Tu es donc bien ce dieu ancien surgi du passé. J'ai averti Haldrean, et il m'a demandé de venir te chercher. Tu n'as rien à redouter de nous. Nous ne désirons que t'apporter notre aide.

Il ajouta tout à coup, dans un atlante maladroit :

– Seigneur, sois le bienvenu parmi tes enfants.

Astyan sursauta. Même si les mots étaient déformés, l'idiome était correct. Une vive émotion l'envahit. Il répondit de même :

– Merci, Markus ! Que la bienveillance de Raâ s'étende sur toi et sur ta famille.

La méfiance d'Astyan avait fait place à une intense curiosité. Ainsi le souvenir de l'Atlantide n'avait pas été totalement effacé des mémoires... À présent, il brûlait d'impatience de rencontrer ce mystérieux Grand Initié.

– C'est bien, conduis-moi vers Haldrean.

12

Ils se dirigèrent vers le fleuve. Laissant la demeure sous la protection de Fehron, Astyan s'était fait accompagner par Diekaard. Soudain Marasthos surgit de la nuit, suivi d'une douzaine de ses hommes. Le colosse s'approcha du Titan et lui prit amicalement le bras.

– Le Sage parmi les sages m'a parlé, Seigneur. Si j'avais su qui tu étais, jamais je ne t'aurais attaqué. Je suis heureux que tu m'aies vaincu. À présent je suis ton ami et ton esclave. Ordonne, et j'obéirai.

– Je te remercie, Marasthos.

Suivant les quais, la petite troupe remonta le long de l'estuaire, jusqu'à la limite intérieure du port, où pourrissaient les carcasses de vieilles galères éventrées, entourées d'une myriade de petits bateaux de pêche, dont certains étaient réduits à l'état de squelettes. Nombre de miséreux avaient élu domicile au milieu de ces ruines, où les gardes royaux n'osaient pas s'aventurer. Des regards avides observèrent les arrivants, mais ils se détournaient lorsqu'ils reconnaissaient l'homme à la cape grise. Sur la rive attendait une longue embarcation plate dans laquelle Astyan et ses compagnons prirent place. Les hommes de Marasthos se saisirent des rames.

Après une traversée mouvementée due aux remous du Thagos, la barque aborda sur l'autre rive. Là s'étendait un monde dont la misère stupéfia le Titan. La puanteur qui régnait sur les lieux n'avait rien à envier à celle du port. Construites sur des tas d'immondices, les bâtisses branlantes s'enchevêtraient les unes dans les autres. Partout se faufilaient des rats agiles que des gamins tentaient de capturer. Malgré la nuit avancée, une foule innombrable et curieuse se rassembla en quelques instants autour du Titan et de Diekaard. C'était sans doute la première fois que des étrangers pénétraient sur le territoire des Fravennes.

La petite troupe s'engagea dans un dédale de ruelles et de placettes, dans lequel les deux hommes eussent été bien en peine de trouver seuls leur chemin. Enfin ils parvinrent devant une demeure insolite, de meilleure facture que les autres. Astyan remarqua avec surprise les deux colonnes qui encadraient la porte d'entrée : c'était une caractéristique de l'architecture atlante. Sur le seuil se tenait un très vieil homme, appuyé sur une canne aussi tordue que lui. Lorsque le Titan s'avança, le vieillard fut pris d'un tremblement, puis il s'agenouilla devant son invité, les yeux brillant de ferveur. Aussitôt la foule l'imita, à la stupéfaction du Titan.

– Seigneur Astyan ! Que ce jour soit béni entre tous. Mes rêves ne m'avaient pas trompé. Tu es là, devant moi ! Ah, je puis mourir à présent...

Le Titan se précipita pour aider le vieil homme à se relever.

– Sois remercié pour ton accueil, Haldrean. Pourtant, toi qui prétends connaître l'Atlantide, ignorerais-tu qu'aucun homme ne doit jamais plier le genou devant un autre ?

Le vieillard éclata d'un rire grêle.

– Que veux-tu ? C'est une règle qui n'existe plus dans le monde où nous vivons aujourd'hui. Pardonne-moi, et ne vois dans ce geste que la joie immense que j'ai à te rencontrer.

– Tu as désiré me voir...

– Et sois remercié d'avoir accepté mon invitation. Si tu veux bien pénétrer dans ma modeste demeure... J'ai tant de choses à te dire.

Il invita fébrilement les deux hommes à entrer. À l'intérieur régnait un capharnaüm invraisemblable. Sur des étagères taillées dans la pierre et usées par les siècles s'entassait un bric-à-brac hétéroclite : parchemins tombant en poussière, fioles, amphores brisées, instruments à l'usage indéfinissable, joyaux d'un autre âge. Au centre de la pièce trônait une table grossière encombrée des restes d'un repas frugal, que le vieillard devait sans doute à la générosité de ses voisins. Une couchette au matelas de paille complétait l'ameublement sommaire des lieux. Outre le désordre, la bâtisse se peuplait d'une cohorte de chats magnifiques, qui éveillèrent aussitôt les souvenirs d'Astyan. Les petits félins n'étaient-ils pas les véritables princes de Poséidonia ?

Haldrean fit asseoir les deux hommes sur un banc fatigué. Lui-même prit place sur une escabelle, tandis que Markus s'accroupissait sur le sol de terre battue, puis il prit la parole.

– Seigneur, tu connais déjà mon nom. Mais je suis aussi le dernier descendant de ceux que l'on appelait autrefois les *argontes*, les gouverneurs des cités de l'Empire atlante.

Astyan marqua un instant de surprise. L'homme avait utilisé le vieux terme d'« argonte » dans la langue atlante elle-même. Il répliqua, en atlante :

– Ainsi, tu connais toi aussi la langue de l'Empire ?

Haldrean hésita, puis, laborieusement, déclara dans le même idiome :

– Cela fait si longtemps que cette langue magnifique n'a pas été parlée, Seigneur. Seuls les Initiés se la transmettent, de génération en génération.

Une bouffée de chaleur inonda le Titan.

– Dis-moi ce que tu sais, Haldrean.

– Tout d'abord, il faut que je t'informe de certaines choses que tu ignores sans doute. Mes amis ont bavardé avec tes marins depuis ton arrivée. Ils m'ont rapporté ce qu'ils ont appris sur toi, ton combat contre les forces obscures qui gouvernaient la cité maudite d'Yshtia, le raz de marée qui l'a engloutie, la manière dont tu as détruit l'iceberg qui menaçait de détruire ton navire. Un songe m'avait annoncé la venue d'un dieu revenu d'entre les morts. Lorsque l'on m'a conté ces récits, j'ai tout de suite compris qu'il s'agissait de toi. Toi, le prince Astyan de Poséidonia, le plus grand des Titans, que l'on a aussi surnommé Atlas, le Pilier du Monde.

Astyan ne put retenir sa surprise.

– Comment sais-tu tout cela ?

– C'est une légende que se transmettent les Initiés depuis l'effondrement de l'Empire, voici plus de cinquante siècles. Au début, nous étions nombreux. Mais avec le temps, nous avons presque disparu, parce que nous étions pourchassés par les séides des nouvelles religions héritées des Serpents. À Leoness, je suis l'unique survivant de ces Initiés, dont la seule fonction était de conserver le souvenir de cet âge de lumière. C'est ainsi que ton nom glorieux est demeuré dans les mémoires.

« Les Titans, selon la tradition, disposaient d'une puissance bien supérieure à celle des mortels. Ils avaient le pouvoir de renaître de leurs cendres, parce qu'ils avaient été engendrés par les dieux venus de l'Infini pour apporter la sagesse aux hommes. En Atlantide régnait une religion fondée sur l'Amour universel. Mais un jour, des dieux mauvais surgis du néant se dressèrent pour combattre les Titans. Ceux-ci remportèrent tout d'abord une victoire éclatante sur leurs adversaires. Mais ceux-ci revinrent plus tard, et finirent par anéantir les Titans jusqu'au dernier.

Astyan sentit son estomac se nouer. Les paroles du

vieil homme confirmaient tout ce qu'il avait pressenti. Il se remémora une conversation qu'il avait eue avec Khallas, le Man'sha du village de Trois-Chênes [1]. Celui-ci lui avait parlé d'une civilisation très ancienne où les dieux vivaient au milieu des humains, leur apportant le savoir et la sagesse. On avait appelé cette période l'âge du Soleil. Puis des dieux funestes avaient surgi du néant et combattu les dieux bienveillants. Il avait conclu en affirmant qu'Urgann, le dieu tout-puissant du neuvième ciel, avait provoqué, dans sa colère, un cataclysme épouvantable qui avait détruit cette civilisation. Les Leonessiens eux-mêmes pensaient que leur dieu, Yawehah, avait vaincu les divinités maudites, les rejetant dans un gouffre sans fond situé au-delà de l'Océan. Se pouvait-il que ces légendes aient un rapport avec l'Atlantide ?

– Continue, Haldrean, dit-il d'une voix sourde.

– Lorsque les Serpents s'emparèrent du pouvoir, l'Empire atlante changea de visage. Soumis aux lois monstrueuses des nouveaux dieux, les hommes sombrèrent dans une décadence totale. Les plus puissants asservirent les plus faibles et en firent leurs esclaves. Une épouvantable débauche régnait partout : le crime, le viol, l'inceste étaient choses courantes. Ivres d'orgueil, les dieux maudits qui régnaient sur l'Empire ordonnèrent à leurs guerriers de mener des expéditions contre ceux qui vivaient au-delà, le long des côtes, ou même à l'intérieur de la mer du Milieu.

– La mer du Milieu ?

– C'est ainsi que l'on nomme la mer qui s'ouvre au sud de Leoness.

Astyan comprit que Haldrean faisait allusion à la mer d'Helles.

– Mais ils furent vaincus, car les différentes armées, dépendant chacune d'un dieu différent, se combattirent

1. Voir *Le Prince déchu.*

entre elles. Peu à peu l'Atlantide sombra dans le chaos. Ces cités qui jadis avaient été si belles tombèrent en ruines, car plus personne ne se souciait de rebâtir ce qui s'écroulait. Il s'écoula ainsi près de six siècles entre la disparition des Titans et la fin de l'Empire atlante, provoquée par un cataclysme terrifiant.

– Que s'est-il passé ?

– Nul ne le sait avec certitude, Seigneur. Un jour, les divinités du ciel qui avaient donné naissance aux Titans revinrent sur la Terre et constatèrent la dépravation des hommes. Bien sûr, tous n'étaient pas soumis aux nouveaux dieux. Certains résistaient et combattaient dans l'ombre. Mais leur lutte était sans espoir. Ils ne possédaient pas la puissance des dieux maudits, et seule la mort les attendait lorsqu'ils étaient capturés, souvent dénoncés par leurs voisins. Il leur fallut beaucoup de courage pour ne jamais baisser les bras. Ces résistants étaient dirigés par les descendants de ceux qui autrefois gouvernaient les nations atlantes, les argontes.

« On dit que les dieux du ciel apparurent à ceux qui avaient conservé leur foi en l'ancienne religion. Ils les avertirent qu'ils allaient détruire l'Atlantide, et avec elle tous ses habitants. Ils devaient fuir, en emmenant avec eux leurs familles, ainsi que des animaux pour perpétuer les espèces, et toutes les connaissances qu'ils avaient su conserver. Les dieux du ciel leur ordonnèrent de construire des bateaux capables de résister longtemps à la fureur des flots. On appela ces navigateurs les Noetes. Un peu partout, à l'insu des hordes inféodées aux dieux du Serpent, ils bâtirent des vaisseaux insubmersibles.

« Puis les dieux du ciel leur dirent de quitter la terre de leurs ancêtres, car celle-ci allait disparaître sous les flots. Les Noetes embarquèrent et s'éloignèrent des rivages de l'Atlantide. On ne sait combien de temps s'écoula entre leur départ et l'effondrement de l'archipel, mais la tradition affirme que celle-ci eut lieu tout soudainement. Un cataclysme d'une ampleur inimaginable secoua les fondements mêmes des îles ; les volcans explosèrent et déversèrent leur colère sur les plaines et les vallées. Puis un raz de marée gigantesque submergea les îles les unes après les autres. En un jour et une nuit, l'archipel tout entier disparut sous les flots, emporté par la fureur des dieux de l'Infini, avec tous ses habitants, et ses villes qui autrefois avaient été si belles. On dit aussi qu'une tempête terrifiante se déclencha ; les eaux du ciel se déversèrent sur la terre pendant plus de quarante soleils, et le niveau de l'Océan monta, engloutissant peu à peu toutes les terres habitées.

– Alors... il ne reste plus rien de l'Atlantide aujourd'hui ? demanda Astyan, bouleversé.

– Nul ne le sait, Seigneur. Depuis cette époque, plus personne n'a osé retourner sur les lieux. Aujourd'hui, à Leoness, les gens croient que Yawehah a combattu les dieux du Serpent et les a rejetés dans un gouffre situé au bout de la Grande Mer. Plus aucun marin ne se risque à affronter l'Océan. Il est vrai que les ouragans y sont très violents.

– Que sont devenus les Noetes ?

– Ils errèrent pendant des lunes sur les eaux en furie. Puis un jour ils abordèrent sur des rivages inconnus. Ils s'aperçurent ensuite qu'il s'agissait d'anciennes montagnes. Les côtes avaient été entièrement redessinées par la montée des eaux ; toute trace des anciennes colonies avait été effacée. Ils débarquèrent et fondèrent de nouveaux royaumes. Cependant, malgré l'intervention des dieux du ciel, certains avaient emporté avec eux les principes de pouvoir et de domination engendrés par les dieux maudits. Et peu à peu ces nouvelles cités sombrèrent à leur tour dans un magma de croyances contradictoires, fondées sur la superstition, qui permirent aux puissants d'asservir les peuples. L'ancienne religion de l'Amour universel était bien morte.

« Pourtant, malgré la déchéance des humains, les dieux du ciel n'intervinrent plus jamais. Peut-être éprouvèrent-ils du remords d'avoir effacé ainsi la population d'un empire entier. Lorsque la pluie cessa, au bout de quarante soleils, et que le soleil se remit à briller, un arc-en-ciel extraordinaire apparut dans les cieux. C'était un phénomène naturel, mais les hommes y virent le symbole de l'alliance que les dieux du ciel avaient passée avec les habitants de la Terre. Jamais plus ils n'interviendraient dans leur destinée.

« Ainsi chaque cité fut livrée à elle-même, et connut des fortunes diverses, au gré des rois qui se succédèrent à sa tête. Au début les argontes étaient nombreux, et voulaient reconstruire la magnifique civilisation atlante, en développant les bribes de Connaissance qu'ils étaient parvenus à sauver du désastre. Mais ils se heurtèrent à l'hostilité des hommes assoiffés de pouvoir et de conquête. Peu à peu ils entrèrent dans la clandestinité et prirent le nom d'Initiés. Leur nombre diminua et ils se transmirent la tradition de père en fils, conservant pour eux-mêmes les lambeaux de l'antique science atlante, qu'ils étaient les seuls désormais à détenir. Mais celle-ci se dilua au fil des millénaires. Pour ma part, je suis devenu tellement ignorant... Seule nous resta, intacte, cette langue si belle que nous utilisons aujourd'hui, et que j'ai transmise à mon fils Markus.

« Mais l'histoire ne s'arrête pas là. Car il existe une prophétie, qui affirme que les Titans reviendront un jour pour reconstruire un nouveau monde de paix et d'Amour. Cette prédiction dit aussi qu'il s'écoulera un temps très long entre l'engloutissement de l'Atlantide et la résurrection des dieux d'amour. Jamais je n'aurais cru assister au retour de l'un d'eux, si ce rêve prémonitoire ne m'avait averti il y a quelques lunes. Ce songe me montrait un homme de grande taille, aux yeux d'un vert semblable à l'émeraude la plus pure, et aux cheveux d'un blond roux. Cet homme... avait ton visage et ta voix, Seigneur. Et la prophétie s'est accomplie.

Le vieil homme se tut, essoufflé par son long monologue. Astyan demeura un long moment silencieux, puis il déclara :

– Ton rêve ne t'a pas trompé, Haldrean. Je fus, il y a fort longtemps, le prince de Poséidonia, la plus grande des cités atlantes. Tout ce que tu viens de me raconter ne fait que confirmer ce que j'avais supposé depuis que j'ai retrouvé ma mémoire profonde. Cependant, je ne sais si je suis celui qui doit reconstruire ce monde de paix et d'amour dont tu parles. Hors ma force supérieure à celle d'un humain, je ne possède plus les pouvoirs qui furent les miens jadis.

– Tu les possèdes, Seigneur, même si tu les as oubliés. Et je puis mourir en riant désormais. Ma vie a été mille fois comblée par ta seule présence.

– Ta confiance m'honore, Haldrean. Mais je ne suis plus aujourd'hui qu'un simple mortel. Et je crains bien que les dieux qui nous ont engendrés, mes frères Titans et moi-même, ne nous aient abandonnés. Sans doute parce qu'ils ne croyaient plus en l'avenir de l'homme.

– Ne dis pas cela, Seigneur Astyan. Ils sont toujours présents, parce qu'ils croient en nous autant que nous croyons en eux. Sinon, pourquoi t'auraient-ils permis de revenir à la vie ?

L'argument ébranla Astyan.

– Pardonne-moi, Haldrean. C'est toi qui as raison. Tant que subsistera le souvenir du monde merveilleux que fut l'Atlantide, nous ne devrons jamais perdre l'espoir de le reconstruire. Mais pour cela...

Il eut un sourire teinté d'amertume.

– Il faut que je sache s'il reste quelque chose de mon royaume. C'est pourquoi je dois construire ce navire.

Le vieil homme médita les paroles du Titan, puis déclara :

– Peut-être te faut-il affronter cette épreuve, Seigneur. Mais laisse aussi agir le Destin. Si tu sais lui accorder ta pleine confiance, il te mènera vers les buts qu'il a fixés pour toi. Car tu n'es pas revenu à la vie pour rien.

Vivement ému, Astyan prit les mains du vieillard dans les siennes.

– Je te remercie, Haldrean. Je n'aurai garde d'oublier tes conseils.

– À présent, les miens vont te raccompagner. Mais sache que tu pourras toujours trouver refuge ici.

Il ôta une bague qu'il portait au doigt et qui représentait un mandala en or ciselé. C'était l'un des signes principaux de l'Atlantide, qui symbolisait à la fois la mort et la résurrection, la succession des saisons, ainsi que la complémentarité entre les principes mâle et femelle.

– Que ce joyau soit le gage de notre rencontre, Seigneur. Il est très ancien.

Astyan prit le bijou, dont le métal conservait la marque de l'usure des doigts innombrables qui l'avaient porté de génération en génération. Le mandala était le signe des argontes ; peut-être l'un d'eux l'avait-il porté. Les yeux brillants, le Titan passa la bague à son auriculaire droit.

La nuit qui suivit, Astyan eut peine à trouver le sommeil. Ce qu'il avait appris le bouleversait. Il savait désormais qu'un gouffre de temps de près de six millénaires le séparait de sa compagne. Il réfléchit longuement aux dernières paroles du vieil homme : il devait laisser agir le Destin, cette puissance incontrôlable que même les dieux ne pouvaient maîtriser.

Au fond de lui, une voix hurlait que son projet de redécouvrir l'Atlantide était voué à l'échec. Son monde n'existait plus depuis trop longtemps. Anéa avait disparu, peut-être pour toujours. Sans doute eût-il été plus sage de renoncer. Pourtant il savait que rien ne le détournerait de son but, car tant que le doute subsisterait en lui, il ne connaîtrait pas de repos, et ne pourrait entreprendre aucune autre tâche.

Il devait construire son navire, le seul capable d'affronter les tempêtes du Grand Océan.

13

Le lendemain, répondant à la demande d'Astyan, Jossem lui présenta Phernaïm, un homme réputé pour être le plus habile architecte naval de Leoness. Solide gaillard âgé d'une cinquantaine d'années, le visage carré orné d'une barbe grise, il attira immédiatement la sympathie du Titan. Son regard était franc, sa poignée de main ferme et chaleureuse. Cependant, lorsque Astyan lui montra ses plans, il ne put dissimuler sa stupéfaction.

– Jamais je n'ai construit un navire semblable, Seigneur. Qui pourrait imaginer un vaisseau sans rameurs ? Es-tu sûr qu'il puisse naviguer ?

– Ne t'inquiète pas pour cela... J'ai seulement besoin d'une équipe compétente, que je formerai moi-même. Es-tu capable de me la fournir ?

– Je dispose des charpentiers les plus adroits de Leoness, Seigneur. Et je connais les meilleurs tisserands. Mais cela coûtera cher, très cher.

– J'ai déjà fait une étude à ce sujet. J'ai négocié des prix.

Phernaïm se pencha sur les plans, qu'il examina avec soin. Peu à peu un étonnement sans bornes se peignit sur ses traits, qui se transforma en un enthousiasme quasi juvénile.

– C’est fantastique, Seigneur. Je n’ai jamais rien contemplé de semblable. Cela paraît inconcevable, mais je pense que tu as raison : ce navire peut naviguer. Et même, je suis sûr qu’il n’aura jamais existé de vaisseau plus rapide. Par Yawehah, j’ai hâte de me mettre à l’ouvrage.

– Quand pourras-tu commencer ?

– D’ici quelques jours, le temps de réunir mes compagnons. Mais le travail sera long, peut-être deux soleils.

Astyan soupira. Il devait se faire à l’idée qu’il n’était plus à Poséidonia. Les moyens dont disposaient les Leonessiens étaient tragiquement plus limités que ceux des Atlantes.

– C’est bien. Je t’assisterai dans ton travail. Tes ouvriers devront être formés à des méthodes qu’ils ne connaissent pas, mais ils seront payés en conséquence. Est-ce qu’une somme de dix mille *sphernes* te semble raisonnable ?

L’autre le regarda avec des yeux ronds.

– C’est une fortune, Seigneur.

– Mais j’exige un ouvrage de qualité.

– Tu l’auras, Seigneur.

Plus tard, Sikky fit irruption dans la chambre d’Astyan, en proie à la plus vive excitation.

– Viens vite ! Elle s’est réveillée.

Après les événements de la nuit, le Titan avait presque oublié l’existence de l’inconnue de la forêt. Quelques instants plus tard, il était au chevet de la jeune fille. Bien que son visage demeurât marqué par la fatigue, elle avait repris des couleurs. Constatant avec soulagement que la fièvre avait baissé, il s’assit sur le lit et lui prit la main.

– Parles-tu la langue de Leoness ?

– Bien sûr !

– Comment te sens-tu ?

– Je crois que je vais un peu mieux. Où suis-je ?

– Chez moi, à Leoness. Je suis Astyan, prince de... enfin, je viens de Thulea. Je t'ai recueillie hier dans la forêt. Tu étais allongée sur un brancard tiré par ce gros chien.

Il désigna Tucos, qui avait posé la tête sur la couche de sa maîtresse et la contemplait avec des yeux remplis d'adoration. La jeune fille lui caressa la tête.

– Comment t'appelles-tu ? demanda Sikky, dévorée de curiosité.

– Attalante. Je viens du village de Varestan, dans le Sud. Je...

Tout à coup son visage se crispa, tandis que ses yeux s'agrandissaient. Un tremblement de frayeur rétrospective la saisit.

– La Bête ! Elle a tué les miens !

– Calme-toi ! Ici, tu es en sécurité. Peux-tu nous dire ce qui s'est passé ?

Elle respira profondément et serra les dents pour ne pas céder au flot de larmes qui embuait son regard.

– Je suis une chasseresse, comme tous ceux de mon clan. Nous connaissons bien les gens de Khalydonia ; nous faisons du troc avec eux. Ils élèvent des moutons, et nous échangeons le produit de notre chasse contre de la laine. Mais depuis quelque temps ils avaient espacé leurs visites. Nous avons appris qu'une bête féroce ravageait leurs collines. Ils sont venus implorer notre secours : plusieurs troupeaux avaient été décimés, leurs bergers éventrés et dévorés. Des maisons isolées avaient été détruites par la Bête. On a retrouvé les occupants piétinés, parfois déchiquetés en plusieurs morceaux.

– À quoi ressemble cette créature ?

– Nul ne le sait. Ceux qui l'ont vue n'ont jamais pu la décrire : elle les a dévorés. Les villageois pensent qu'il s'agit d'une malédiction envoyée par les dieux maudits. Ne sachant plus quoi faire, beaucoup ont déjà fui la Khalydonie. Ceux qui restaient nous ont demandé de les aider, parce que les Varestans ont la réputation d'être les meilleurs chasseurs du royaume. Nous sommes partis avec mes quatre frères et quelques compagnons, une douzaine de chasseurs en tout. On nous a indiqué l'endroit où la Bête avait tué des moutons pour la dernière fois. Nous avons relevé des empreintes, qui ne ressemblaient à rien de connu. Puis nous avons établi notre campement pour la nuit. Nous étions décidés à débusquer le monstre dès le lendemain. Nous avions apporté nos arcs, quantité de flèches, et des épieux capables de transpercer le cuir le plus épais. Nous étions sûrs de l'abattre. Malheureusement, nous n'avions pas prévu qu'il pourrait attaquer le premier.

Son regard devint fixe. D'une voix altérée, elle poursuivit :

– C'était un peu avant l'aube. Il faisait encore très sombre. Tout à coup, il y a eu un grand bruit dans la forêt, comme la charge d'un troupeau d'aurochs. Et puis, je... je ne sais pas ce qui s'est passé. Un de mes compagnons s'est mis à hurler de terreur, puis ses cris se sont tus. J'ai compris qu'il avait été tué. C'était effrayant. Je ne savais même pas de qui il s'agissait. J'ai saisi mes armes, mais on ne distinguait pas grand-chose. Je n'ai vu qu'une forme gigantesque, plus grosse qu'un aurochs mâle, qui se déplaçait très vite, parcourant le camp dans tous les sens. Nos chiens se sont jetés sur elle, mais elle les a éventrés les uns après les autres. C'étaient pourtant des *pyrennes*, de grands chiens dressés pour la chasse aux loups. Devant moi, l'un de mes frères a voulu charger la créature avec son épieu. Il a hurlé et...

Elle éclata en sanglots.

– Son bras est retombé à côté de moi. Il y avait du sang partout. Puis le monstre a foncé sur moi. Dans la lueur de l'aube, je n'ai vu que ses yeux : immenses, tout noirs. Les yeux de la mort elle-même. Et puis... je ne sais plus. J'ai sauté sur le côté. Il y a eu un choc. J'ai cru que mes membres éclataient. J'ai dû m'évanouir. Quand je suis revenue à moi, la Bête avait disparu. Mes compagnons étaient tous morts. Il ne restait que l'un de mes frères, Khoros. Il était gravement blessé, mais il a usé ses dernières forces pour que je puisse m'enfuir. Il a taillé des branches et coupé des lianes pour fabriquer un brancard, puis il l'a attaché au seul chien qui avait survécu. Tous les autres avaient été massacrés. Il m'a installée sur ce brancard et il a ordonné au chien de m'emmener. Je voulais qu'il vienne avec moi, mais il était trop faible.

Un long silence suivit son récit. Attalante ferma les yeux, respira profondément et se redressa sur sa couche.

– Je le vengerai. Je vengerai mes frères. Je veux retourner là-bas et détruire ce monstre !

Astyan lui caressa les cheveux.

– Nous reparlerons de tout cela plus tard. En attendant, il faut que tu reprennes des forces. Tu peux rester ici aussi longtemps qu'il te plaira.

Elle le regarda, puis ses lèvres s'étirèrent en un sourire crispé par la douleur.

– Sois remercié de ton aide. Sans toi, je serais morte.

– Ce n'est rien.

Le Titan la fit se rallonger avec douceur et lui posa la main sur le bras.

– Il vaudrait mieux également que l'on ne découvre pas le signe que tu portes sur la poitrine.

Attalante pâlit.

– Tu l'as vu ?

– Lorsque je t'ai soignée.

Elle soupira.

– Je t'en supplie, n'en parle à personne. Ici on supprime les enfants portant cette marque, à moins qu'ils ne soient de naissance noble.

– Ne crains rien. À Thulea, on ne tue pas les enfants qui possèdent ce signe. Tu es en sécurité parmi nous. Cependant, il serait préférable que tu repartes à Varestan dès que ton état le permettra. Nous t'y accompagnerons si tu le désires.

Attalante avait eu beaucoup de chance. L'attention sans doute attirée par un autre adversaire, le monstre n'avait pas eu le temps de la blesser sérieusement. Sa robuste constitution lui permit de se remettre sur pied en quelques jours. Elle décida aussitôt de partir, refusant même qu'on l'accompagnât.

– Je connais parfaitement la forêt, affirma-t-elle. Je n'ai besoin de personne. Et puis vous avez déjà été très bons avec moi.

Pour remercier Sikky de son aide, elle lui offrit Tucos en gage d'amitié, puis elle salua Astyan et ses compagnons et s'en fut. Astyan la regarda partir avec tristesse. Il y avait dans son départ une sorte de précipitation que le Titan ne s'expliquait pas. Plusieurs fois, il avait eu l'impression qu'elle avait envie de lui parler. Lui-même devait s'avouer qu'il n'était pas demeuré insensible à la séduction inconsciente qui se dégageait d'elle. Il aurait aimé la revoir. Mais c'était peu probable.

Lorsque la jeune fille fut hors de vue, il secoua la tête : il avait d'autres soucis en tête. La construction du navire devait bientôt démarrer, et il restait tant à faire.

Une lune plus tard, Astyan et Phernaïm se retrouvèrent sur le chantier de ce dernier, dans les quartiers ouest du port. Une cinquantaine d'artisans attendaient avec impatience. Durant les jours précédents, le Titan avait supervisé l'abattage des arbres qu'il avait sélectionnés. Des attelages de bœufs avaient charrié les énormes pièces de bois à peine dégrossies. Le travail de finition serait achevé sur place, à l'aide des outils métalliques inconnus qu'Astyan avait fait fabriquer par les artisans forgerons.

Il expliqua lui-même aux ouvriers le maniement des rabots, varlopes et autres scies de toutes tailles. La précision de la découpe était de loin supérieure à celle qu'ils obtenaient habituellement à l'aide de leur débitage approximatif à la hache.

Un tronc énorme et légèrement incurvé fut ainsi profilé par une équipe enthousiaste. Il deviendrait l'une des pièces maîtresses du navire : la quille.

Lorsqu'elle fut enfin terminée, tous les ouvriers se réunirent pour l'installer dans le berceau sur lequel serait peu à peu construit l'*Arkas* – un plateau prolongé par un plan incliné qui permettrait plus tard de glisser le vaisseau dans l'eau.

– En Atlantide, la pose de la quille d'un navire correspondait à son véritable acte de naissance, expliqua Astyan avec émotion à Phernaïm, lorsque l'énorme pièce fut en place. Que l'on offre une tournée de vin aux hommes. Ils l'ont bien méritée.

L'annonce fut accueillie avec joie. Sikky, qui suivait le Titan sur le chantier, flanquée de son inséparable compagnon à quatre pattes, ne fut pas la dernière à réclamer sa part.

Cependant, tandis que l'on emplissait les gobelets d'un rosé pétillant, spécialité des vignerons leonessiens, une troupe de gardes royaux vêtus de noir apparut à l'entrée du chantier. Elle précédait un palanquin surmonté d'un dais, porté par une demi-douzaine d'esclaves. À l'intérieur, un petit bonhomme bouffi, habillé d'une longue cape d'écarlate, posait sur le monde un regard hautain et méprisant. À son côté trottinait Jossem, le souffle court.

Astyan s'avança vers les arrivants et, malgré la répugnance que lui inspirait le poussah avachi dans le palanquin, le salua avec courtoisie.

– Qui que tu sois, sois le bienvenu !

Mais l'autre ne répondit pas à son salut, et se tourna avec une moue de mépris vers Jossem, qui affichait un visage morose.

– Eh bien, mon ami, pourquoi cet air sinistre ? dit Astyan au kommassir. Que se passe-t-il ?

Pour toute réponse, le vieillard lui prit le bras et l'amena devant le gros bonhomme. Malgré les douleurs dues à son grand âge, il s'agenouilla devant le poussah et déclara :

– Noble et puissant Tyffos, voici le seigneur Astyan, qui nous arrive de Thulea afin de faire construire un navire.

Astyan inclina légèrement la tête. Il était hors de question qu'il pliât le genou devant ce personnage qui ne lui inspirait que dégoût, et dont la présence n'annonçait rien de bon.

– Je suis flatté de te rencontrer, noble Tyffos, dit-il d'un ton neutre. À quoi dois-je le plaisir de ta visite ?

À peine avait-il prononcé ces mots que les gardes noirs pointaient leurs lances sur lui d'un air menaçant. Le Titan, interloqué, ne comprit pas leur réaction. Mais le poussah arrêta ses hommes d'un geste.

– Cet homme est étranger, clama-t-il d'un voix flûtée et essoufflée, due vraisemblablement aux excès de toutes sortes. Il ignore nos usages. Qu'il soit néanmoins le bienvenu dans la cité de lumière de Yawehah.

Les gardes noirs reculèrent et posèrent leurs armes. Un silence de mort s'était installé sur les lieux. Les ouvriers avaient arrêté leur ouvrage, attendant la suite des événements. Jossem se releva avec peine et s'adressa au Titan.

– Seigneur Astyan, voici le grand-maître Tyffos, le gouverneur de la Couronne, qui vient à toi au nom du tout-puissant phareïs, notre bien-aimé roi et prêtre divin. Mais sache qu'il est d'un rang trop élevé pour qu'un simple étranger puisse lui adresser directement la parole.

Astyan ne sut que répondre devant l'absurdité d'une telle coutume. Jossem poursuivit d'une voix tremblante :

– Le noble Tyffos, qui a néanmoins voulu te faire l'honneur de te rendre personnellement visite, a ordre, selon le bon plaisir du phareïs, représentant vivant de notre dieu Yawehah, de faire arrêter ce chantier.

14

Le Titan crut qu'il avait mal compris.

– Comment cela, arrêter le chantier ?

– Le phareïs exige que les ouvriers cessent le travail immédiatement et que le chantier soit placé sous contrôle de la garde.

Une bouffée de colère envahit Astyan, qu'il parvint à calmer au prix d'un effort violent.

– Mais pourquoi ? demanda-t-il d'une voix blanche. Je possède la somme nécessaire à la construction de mon navire, et les taxes royales ont été dûment versées.

Furieux de la réaction de cet individu qui osait discuter les désirs du dieu-roi, Tyffos s'égosilla :

– Telle est la volonté du phareïs. J'ordonne que tous les ouvriers quittent ce lieu sur-le-champ. Tous ceux qui ne se plieront pas à cet ordre seront mis à mort.

Il y eut un instant de flottement, puis les artisans commencèrent à s'en aller, sous l'œil vigilant des guerriers en noir, qui avaient armé leurs arcs. Astyan faillit exploser. Plus que jamais il regrettait d'avoir perdu ses pouvoirs. Il aurait pris grand plaisir à infliger une leçon cuisante à ce gros poussah imbu de son autorité. Mais la vie de ses ouvriers était en jeu. Il jeta un regard noir au dénommé Tyffos et fit signe à Jossem de le rejoindre chez lui. Le gros homme le regarda partir avec une lueur de triomphe dans les yeux : il adorait exercer son pouvoir, surtout lorsqu'il s'agissait de ces maudits étrangers qu'il haïssait. S'il n'avait tenu qu'à lui, il les aurait tous exterminés.

Quelques instants plus tard, Astyan, Jossem, Diekaard et Phernaïm se réunissaient dans la grande salle.

– Ce type est un gros sac de merde ! déclara tout à coup la petite voix de Sikky, qui les avait suivis. T'inquiète pas, Astyan, on va le construire quand même, ton bateau.

Le ton véhément de la fillette calma quelque peu le Titan. Il fit quelques pas, d'une démarche nerveuse.

– Explique-moi ce qui se passe ! gronda-t-il à l'adresse de Jossem.

– Je n'ai pas compris moi-même, Seigneur. Toute mise en chantier doit être acceptée par le phareïs et par le maître de la Marine, Hayorq. Or celui-ci estime que l'*Arkas* ne peut pas naviguer.

– C'est ridicule ! explosa-t-il. Que connaît-il à la navigation ?

– Calme-toi, Seigneur. Hayorq ignore tout de la construction d'un vaisseau, mais il a la haute main sur tout ce qui concerne la navigation. Il est tout-puissant. Il prétend qu'une telle expédition risque d'attirer la colère de Yawehah sur Leoness. Il a convaincu le grand-prêtre Faerkos de s'opposer à la construction d'un navire destiné à explorer la Grande Mer.

– Cela n'a pas de sens !

– C'est possible, Seigneur, mais il a obtenu gain de cause auprès du phareïs lui-même.

– Et Basérès a refusé de donner son accord pour la mise en chantier ?

– Pas exactement, Seigneur. Hayorq exige, afin d'apaiser la colère de Yawehah, une somme équivalente à celle du navire, soit trente mille sphernes !

Astyan fixa le vieux bonhomme dans les yeux.

– Est-ce là une de tes manœuvres pour m'extorquer encore plus d'argent, Jossem ?

– Non, Seigneur. Sur ma vie, ce n'est pas cela. Je... je suis même prêt à t'abandonner ma commission sur la construction si cela peut t'aider. Mais je doute qu'elle te soit utile. Hayorq s'est montré inflexible.

– C'est une monstrueuse escroquerie ! explosa le Titan. Il est hors de question que je verse une telle somme.

Phernaïm était abasourdi.

– C'est la première fois que cela se produit. D'ordinaire, la taxe royale représente un dixième de la valeur du bateau.

– Je dois rencontrer ce Hayorq, déclara vivement Astyan. Il me doit une explication.

– Pour cela, je peux te la donner, Seigneur, dit Jossem. Il sait que tu possèdes une certaine fortune. Il désire s'en approprier une partie.

– C'est ignoble. J'ai évalué la somme dont je dispose à soixante mille sphernes. Si je paye cette taxe exorbitante, il ne me restera rien pour payer le salaire de mes marins.

Jossem soupira :

– Que crois-tu qu'il advienne de l'argent que je prends à mes clients ? Les nobles en prélèvent plus de la moitié.

– Il faut que je voie cet individu, insista Astyan. Il doit être possible de trouver un arrangement.

– Il refusera de te recevoir, Seigneur. Hayorq, comme le phareïs, vit dans l'enceinte sacrée de la Shrinta. Nul ne peut y pénétrer sans y avoir été convié. Les gardes royaux te massacreraient.

– Est-ce donc ainsi que l'on traite les étrangers à Leoness ?

– Les Thuléens sont tolérés dans le royaume, parce

qu'ils nous apportent des marchandises que nous ne pouvons nous procurer autrement. Pour le phareïs, Thulea n'est qu'une petite bourgade perdue dans le Nord, avec laquelle nous entretenons des relations commerciales. Mais ses habitants sont considérés comme des hérétiques, parce qu'ils ne partagent pas notre croyance dans le vrai dieu, Yawehah. Tu n'y peux rien.

Astyan serra les dents.

– Si je comprends bien, il ne me reste plus qu'à payer si je veux mettre mon navire en chantier.

– Exactement.

– Dis-moi, ce Hayorq est bien renseigné sur la fortune dont je dispose...

– J'ai été obligé de lui fournir des informations. Le connaissant, j'ai même sous-évalué le prix de ton navire. Mais il a fait prendre des renseignements par ses espions.

Astyan laissa exploser sa colère.

– Par les dieux, cette ville est un repaire de voleurs, mais je ne me laisserai pas faire.

Il saisit Jossem par le revers.

– Écoute-moi bien, vieux brigand ! Tu vas retourner voir cette grosse larve de Tyffos et insister pour qu'il m'obtienne une entrevue avec ce... grand-maître de la Marine qui ne connaît rien aux navires.

– J'essaierai, Seigneur. Mais je doute d'y parvenir. Il t'a fait connaître les désirs de Hayorq ; il n'acceptera jamais que l'on discute les décisions d'un noble de haut rang.

– Il a raison, intervint Phernaïm. Ne t'en prends pas à Jossem, Seigneur. Comme moi, il n'est qu'un plévéien. Nous ne sommes rien par rapport à ceux de la Shrinta. Ils ont droit de vie et de mort sur nous.

– Comment cela ?

– Ici, tu n'es pas à Thulea. Si Jossem insiste trop, il

risque de provoquer la colère des nobles. Un simple caprice de leur part peut lui coûter la vie.

– Désires-tu ma mort, Seigneur ? demanda le vieil homme en gémissant. Ce que vient de te dire Phernaïm est vrai. Les nobles de la Shrinta sont d'une autre essence que nous.

– Nul être humain n'est supérieur aux autres ! rugit le Titan.

Puis il se tut, prenant conscience du sens dérisoire de ses paroles, dans un monde où existait une telle différence de classes. Il aurait dû s'en douter en découvrant la misère des habitants de la Ville-Basse et des Fravennes. Ici, les riches écrasaient les pauvres en les pressurant de taxes et d'impôts, en s'appuyant sur une religion monstrueuse et sur une armée puissante. L'écœurement l'envahit, renforcé par un sentiment nouveau : pour la première fois de sa longue vie, Astyan éprouvait la sensation amère d'être impuissant face à l'injustice, parce qu'il ne possédait plus la force suffisante pour faire valoir ses droits. Un sentiment qui habitait les autres depuis toujours, à tel point qu'ils l'acceptaient avec fatalisme. Il prit les mains de Jossem dans les siennes.

– Pardonne-moi, mon ami. Je sais que tu as fait tout ce qui était en ton pouvoir. Mais, dans le royaume d'où je viens, on avait une autre conception du rôle de prince.

Il crispa les mâchoires et ajouta :

– Tu vas dire à ce porc immonde de Tyffos que je n'ai pas les moyens de payer une telle taxe. J'abandonne la construction de l'*Arkas.*

15

Resté seul, Astyan médita les derniers événements, persuadé qu'ils n'étaient pas le fruit du hasard. Depuis son arrivée, les prêtres liges, espions du phareïs, n'avaient cessé de surveiller ses activités. Peut-être ce Hayorq voulait-il s'approprier une partie de sa fortune. Mais il soupçonnait une autre raison : on voulait délibérément l'empêcher de construire son navire. S'il payait cette taxe exorbitante, il n'aurait plus de quoi rémunérer ses marins : autant dire qu'il n'avait pas d'autre solution que de refuser. Fallait-il mettre cette manœuvre sur le compte du fanatisme aveugle des Leonessiens ? Dans ce cas, il eût été plus facile d'interdire le chantier avant même qu'il ne fût commencé. Il devait y avoir une autre explication. Mais il avait beau chercher, il ne trouvait pas le moindre indice.

Il resta de longues heures à contempler ses plans. Il avait impérativement besoin de l'*Arkas.* Une solution devait bien exister. Il pensa passer outre les ordres royaux, mais les ouvriers n'accepteraient jamais de travailler sans l'accord du phareïs. Le monarque n'hésiterait pas à lancer ses troupes sur le chantier pour massacrer tous ceux qui s'y trouvaient – et il ne pouvait lutter contre une armée entière.

Il envisagea de remettre le *Galea'ch* en état. En compagnie de Diekaard, il se rendit sur le navire, qu'il étudia sous tous les angles. Les avaries avaient été réparées, mais il ne serait jamais assez solide pour affronter les tempêtes océaniques, même si l'on renforçait sa coque.

– Existe-t-il une autre cité où l'on pourrait construire l'*Arkas*, mon compagnon ?

– Non, Seigneur. Leoness est la plus grande ville du monde connu. Les autres ne possèdent pas de chantiers navals suffisamment importants ; on n'y construit que de grossières barques de pêche. Jamais tu n'y trouveras la main-d'œuvre nécessaire. Même à Thulea on ne saurait fabriquer un tel vaisseau – sans compter l'absence de matières premières.

De retour à la demeure, Astyan se mit à tourner comme un lion en cage. La petite Sikky ne savait que faire pour le dérider. Elle se répandait en propos tous plus virulents les uns que les autres pour qualifier les nobles de la Shrinta. Astyan avait renoncé à lui faire abandonner son langage cru – peut-être parce que la fillette traduisait trop bien ce qu'il ressentait lui-même lorsqu'elle traitait Tyffos de « gros cul plein de merde » et Hayorq de « vomissure de porc ». Enfin le Titan déclara :

– Nous n'avons pas le choix. Il faut que je rencontre le phareïs. Je suis le compagnon de la reine Callisto ; en tant que tel, il peut me recevoir.

Diekaard soupira.

– Prends garde, Seigneur ! Tout cela sent le coup monté. Je me méfie des nobles de Leoness ; ce sont des êtres dépravés et fanatiques.

– Tant pis. Je dois essayer.

Le lendemain matin, Astyan se rendit dans la Couronne, suivi de son fidèle Diekaard. Ils franchirent sans encombre la porte d'accès. À l'intérieur régnait une animation inhabituelle.

Ils croisèrent un groupe de jeunes hommes qui commentaient une nouvelle avec passion. Il était question dans leurs propos de la région de Khalydonia, dévastée par un monstre terrifiant. Ses habitants, inféodés à Leoness, étaient venus implorer le secours du phareïs ; celui-ci avait répondu favorablement à leur supplique, et organisait une battue afin de détruire la Bête.

Astyan repensa aussitôt à Attalante. Si elle en avait entendu parler, la jeune fille participerait certainement à l'expédition. Il aurait eu grand plaisir à la revoir. Il s'informa auprès des jeunes gens.

– Dans deux jours, les meilleurs chasseurs du royaume se regrouperont sur la place principale de la Couronne, expliqua l'un d'eux. On dit même que des nobles de haut rang prendront part à la battue, avec leurs meutes de chiens.

Plus loin, ils furent pris dans le flot d'une foule qui convergeait vers une vaste esplanade située en bordure de la Shrinta. À travers des bribes de conversations, ils apprirent qu'une grande fête se préparait, consacrée à la déesse de la Fertilité. Autour d'eux les gens avaient revêtu des habits verts et blancs et avançaient en marmonnant des paroles incompréhensibles. Certains, des hommes comme des femmes, étaient torse nu et portaient des branches de rosiers armées d'épines acérées.

Intrigués, les deux hommes suivirent le mouvement. Bientôt les ruelles s'élargirent pour s'ouvrir sur une vaste place d'où l'on apercevait, au sommet de la colline septentrionale, le palais du phareïs. Depuis la large terrasse qui le longeait, un groupe de personnages aux costumes bariolés contemplaient le spectacle.

Les deux hommes se rapprochèrent. Il existait aussi une fête de la Fertilité à Poséidonia : elle était l'occasion de grandes réjouissances, où le vin coulait à flot. Cependant un sentiment de malaise envahit peu à peu le Titan, peut-être dû aux regards sombres qu'on leur lançait. Bien qu'il ne fût pas interdit aux étrangers de se mêler aux Leonessiens lors des fêtes rituelles, on leur faisait sentir qu'ils n'étaient que tolérés. Il se dégageait de la foule un sentiment d'hystérie effrayant. Un moment Astyan fut tenté de rebrousser chemin, mais il leur faudrait faire un détour pour gagner la porte de la Shrinta. Et surtout, une force insolite le poussait en avant.

Au centre de la place se dressait une estrade de pierre, sur laquelle avaient été érigées six potences. Le Titan ne voyait pas encore ce qui s'y déroulait. Autour de lui, des hommes et des femmes aux yeux hagards scandaient des paroles incompréhensibles, sur un rythme qui s'accélérait insensiblement. Peu à peu, chacun se défit des robes vertes ou blanches, dévoilant sa poitrine. Les porteurs de branches de rosiers les distribuèrent aux autres, sans prendre garde aux épines qui écorchaient les mains et les bras.

Soudain un hurlement de terreur à figer le sang dans les veines déchira les grondements de la foule. Bouleversé, Astyan s'approcha plus près de l'estrade. Découvrant le rituel horrible qui se préparait sous les yeux hallucinés des plévéiens, il ne put réprimer un haut-le-cœur.

– Par les dieux, gronda-t-il, quel crime ont pu commettre ces malheureux ?

Il comprenait à présent la raison d'être des six potences. Trois jeunes hommes et trois jeunes femmes entièrement nus y étaient suspendus par les pieds, les mains liées derrière le dos, la tête pendant au-dessus d'une vasque d'argile décorée de motifs étranges. Derrière chaque supplicié se tenait un prêtre vêtu d'une longue toge rouge.

Sur le devant de l'estrade, un officiant, les bras écartés, psalmodiait une litanie dans la langue de Leoness. Les yeux levés au ciel, il semblait invoquer des dieux invisibles.

Lorsque l'esplanade fut couverte de monde, l'officiant lança une phrase rituelle dans un langage sibyllin, où l'on reconnaissait les noms de Yawehah et d'une certaine Asdemeth.

– La déesse de la Fertilité, chuchota Diekaard.

La foule répondit avec ferveur au prêtre, qui lança une nouvelle phrase. Le bruit des voix surexcitées devint assourdissant. Enfin l'officiant écarta les bras ; un silence de mort s'étendit peu à peu sur la foule, troublé seulement par les gémissements des suppliciés. Astyan voulut s'avancer au plus près, mais Diekaard le retint par le bras.

– Non, Seigneur. Nous ne pouvons rien pour ces malheureux. Et je te sais assez fou pour intervenir.

– Mais qu'ont-ils fait ?

– Rien. Il s'agit d'une cérémonie sacrificielle. Je savais qu'il s'en pratiquait à Leoness, mais je n'y avais jamais assisté.

– Des sacrifices humains ? s'insurgea le Titan. Mais quelle sorte de dieux adorent-ils ici ?

Pris de colère, il tenta de se concentrer, de faire jouer ses pouvoirs télékinétiques pour empêcher le crime qui allait se commettre. Mais il ne ressentit qu'un vide effroyable, comme si l'on avait arraché de lui toute substance. Un intolérable sentiment d'impuissance s'empara de lui. Il ne possédait pour toute arme que le glaive et le poignard provenant d'Yshtia. Malgré sa force physique surnaturelle, il comprit qu'il ne pourrait rien faire pour les victimes de l'odieux sacrifice. La ferveur aveugle émanant de la foule le pétrifia : s'il tentait de s'interposer, il serait mis en pièces par la fureur fanatique de la population.

Il aurait voulu quitter l'endroit, mais une sorte de fascination le clouait sur place. Incrédule, il vit l'officiant baisser les bras, tandis qu'un murmure grandissant gonflait à nouveau toutes les poitrines. Au bas de l'estrade, des tambours rythmaient les paroles du prêtre. Leur roulement s'amplifia peu à peu, couvrant les hurlements de terreur des condamnés.

Une sorte de délire s'empara alors de la foule. Chacun commença de se balancer d'avant en arrière en émettant un bourdonnement étrange qui n'était autre que le nom de la déesse Asdemeth inlassablement répété. Puis les spectateurs se frappèrent le torse et le dos avec les branches hérissées d'épines. Des griffures, des déchirures apparurent sur la peau des participants, tandis que des gouttes de sang tombaient sur la poussière de la place. Une odeur âcre s'ajouta aux fortes senteurs des corps couverts de sueur. Astyan n'en croyait pas ses yeux. Peu à peu, le rythme s'accéléra, le grondement s'amplifia. Une atmosphère de démence enveloppa la place noire de monde ; sur le sol, de véritables rigoles écarlates se formaient.

Soudain, au plus fort du vacarme, le prêtre leva les bras et se tourna vers ses assistants. Avec un ensemble terrible, ils saisirent les cheveux des suppliciés, puis, à l'aide d'un grand couteau, leur tranchèrent la gorge sans aucune hésitation, tandis que les hurlements de la foule touchaient au paroxysme. Comme dans un cauchemar, Astyan vit le sang gicler des gorges ouvertes et se répandre dans les vasques décorées, qui se teintèrent aussitôt de rouge. Les cris des condamnés s'étaient éteints. Les corps furent encore agités de soubresauts désespérés, puis sombrèrent dans une immobilité effrayante.

Le Titan ressentit une soudaine envie de vomir. Redoutant un acte désespéré de sa part, Diekaard l'entraîna hors de la place. Parvenus dans un endroit plus calme, Astyan, les yeux à demi fous, saisit Diekaard par les revers de sa veste de cuir et hurla :

– Mais que s'est-il passé ? Quelle folie s'est emparée des hommes ?

Stupéfait, le Thuléen tenta de se dégager, sans succès.

– Seigneur, calme-toi !

Peu à peu, le Titan retrouva ses esprits. Il prit le Thuléen dans ses bras et le serra avec émotion.

– Pardonne-moi, mon compagnon, pardonne-moi, souffla-t-il.

– Viens, Seigneur, quittons ces lieux.

Ils reprirent le chemin de la Shrinta, suivis de deux prêtres liges. Mais Astyan n'en avait cure.

– Je comprends que cette coutume puisse te sembler monstrueuse. Mais il en a toujours été ainsi à Leoness, expliqua Diekaard. Le sacrifice de ces esclaves constitue un hommage rendu à la Terre, qui souffre pour offrir ses fruits aux hommes. C'est leur manière de la remercier de ses bienfaits. Il est juste que les hommes souffrent pour lui rendre grâce de sa générosité [1].

– C'est une croyance ignoble. Jamais la Déesse-Mère n'a exigé de tels sacrifices.

– Pour les Leonessiens, la Terre est la fille du dieu suprême, Yawehah. Et Yawehah exige toujours plus de sacrifices, en raison des abominations commises par les humains. On redoute que sa colère ne s'abatte une nouvelle fois sur la cité.

– Et tu partages cette croyance ?

– Certes non, Seigneur. Les dieux de Thulea ne sont

1. Ces sacrifices humains ont probablement existé dans la haute antiquité. Selon la tradition, le sang humain versé sur le sol était destiné à remercier la Terre-Mère, qui souffrait pour offrir ses fruits aux hommes. Certains y voient l'origine de mythes tels que celui d'Adonis, un jeune homme très beau aimé de Perséphone, épouse du dieu des Enfers, et d'Aphrodite, déesse de la Beauté et de l'Amour. D'après la légende, les deux divinités s'accordèrent pour qu'il passe la moitié de l'année avec chacune, symbolisant ainsi le cycle des saisons et de la végétation.

pas si cruels. Ils s'expriment à travers même la plus humble des créatures. Pour eux la vie humaine est sacrée.

Un flot d'émotion envahit le Titan : les croyances thuléennes se rapprochaient de celles de l'Atlantide. Cela expliquait pourquoi il avait pensé que Thulea était une province éloignée de l'Empire. Il savait à présent qu'il n'en était rien, mais il ne faisait aucun doute que les habitants de la vallée des Glaces descendaient des Atlantes.

Le sentiment d'écœurement ne voulait pas le quitter. Plus que jamais il avait la sensation de se trouver face à une civilisation en pleine décomposition – une décadence qui avait sans doute commencé voilà bien longtemps. Leoness était une cité moribonde, incapable de se développer, parce qu'elle s'était enferrée dans ses certitudes, des croyances religieuses absurdes, un goût immodéré du pouvoir et de la fortune. La puanteur qui s'en dégageait n'était que le reflet de celle émanant des esprits corrompus.

Au nord de la ville intérieure se dressait la citadelle, la fameuse Shrinta qui protégeait le phareïs et sa cour. La muraille interdisant son accès était encore plus élevée que celle de la Couronne. Une seule porte monumentale défendait l'entrée de l'enceinte sacrée, encadrée par deux énormes statues à l'effigie du dieu Yawehah – un homme à tête de taureau. Un cordon de guerriers noirs montait une garde sans faille. Seuls étaient autorisés à y pénétrer les prêtres liges et les serviteurs munis d'une tablette d'identité, chargés des victuailles destinées aux seigneurs.

Dès qu'Astyan s'approcha, les soldats lui barrèrent le passage.

– Je veux voir votre chef, dit-il.

Un gros homme aux sourcils broussailleux s'avança et le toisa avec dédain.

– Mon nom est Astyan. Je suis aussi le compagnon de Callisto, reine de Thulea. À ce titre, je voudrais obtenir une entrevue avec le phareïs.

– Une entrevue avec le phareïs ? s'exclama l'autre d'une voix rocailleuse. Crois-tu qu'il se dérangerait pour recevoir un pouilleux de ta sorte ? Tu n'es qu'un chien d'étranger !

L'insulte délibérée provoqua un mouvement de colère de la part du Titan. Mais il parvint à se maîtriser.

– Dans mon royaume, on ne traite pas les étrangers avec un tel mépris, cingla-t-il. Au contraire ils ont droit au respect et aux honneurs.

– Nous n'avons que faire de ton royaume d'hérétiques ! Je sais qui tu es, et j'ai des ordres à ton sujet.

Astyan eût volontiers fait avaler sa lance à ce capitaine pétri d'imbécillité et de suffisance. Mais une troupe d'une cinquantaine d'hommes en armes l'entourait.

– Tu peux t'estimer heureux que le grand-maître Hayorq n'ait pas encore confisqué ton navire, s'esclaffa l'autre avec un rire mauvais. Si tu n'avais pas été un étranger, ce serait déjà fait, et tu croupirais en ce moment dans les geôles de la Shrinta.

Puis il cracha dans sa direction. Comprenant que toute discussion était impossible, Astyan lui tourna le dos et revint vers Diekaard qui l'attendait plus loin.

– Allez, viens ! Nous n'avons rien à faire ici.

Soudain les deux prêtres liges vêtus de pourpre qui les avaient suivis depuis le matin se dressèrent devant eux.

– Seigneur Astyan, veuillez nous suivre, dit l'un d'eux. Le grand-prêtre Faerkos souhaiterait vous parler.

16

Astyan eut un mouvement d'étonnement, puis il acquiesça.

– Je serais en effet très heureux de rencontrer votre grand-prêtre.

Les quatre hommes revinrent vers la porte de la Shrinta. Cette fois-ci les gardes s'écartèrent sans formuler d'objections. Leur chef jeta au passage un regard de haine à Astyan.

De l'autre côté s'étendait un parc immense, qui s'élevait en plusieurs niveaux jusqu'au vaste terre-plein sur lequel était bâti le palais royal, en forme de pyramide. Des allées bordées d'ifs et de cyprès y menaient. Le groupe contourna l'énorme monument, dont chaque étage était bordé de galeries. Des courtisans fardés et vêtus avec outrance se promenaient le long d'un rempart qui surplombait la ville, commentant avec nonchalance le sacrifice auquel ils venaient d'assister. Certains accordaient un bref regard dédaigneux aux deux hommes, puis reprenaient leur conversation.

Suivant les prêtres liges, Astyan et Diekaard traversèrent une vaste esplanade au bout de laquelle, à l'orient, s'élevait une énorme statue à l'effigie du dieu, de nouveau un homme à tête de taureau. Sa hauteur devait dépasser les quarante coudées [1]. À ses pieds, deux feux énormes brûlaient dans des vasques sculptées.

Au nord de l'esplanade se dressait une autre construction de pierre sombre, de forme trapézoïdale, dont la façade s'enrichissait de cariatides stylisées représentant sans doute les différentes divinités de la cité.

– Voici le temple de Yawehah, le dieu de lumière, déclara l'un des prêtres liges. Notre maître vous y attend.

Ils pénétrèrent dans l'édifice. Délaissant la vaste salle centrale, ils suivirent un dédale de couloirs et de galeries. Enfin les prêtres introduisirent les deux hommes dans une grande pièce aux murs nus, d'allure austère. Nulle fresque n'ornait les murs. Seule la pierre froide, rigide, inquiétante, servait de décor au maître des lieux. Unique fantaisie, dans une cage, deux oiseaux minuscules égrenaient des trilles mélodieuses. Le Titan reconnut immédiatement des rossignols. Surpris de les entendre chanter en plein jour, il se rendit compte que les malheureux animaux avaient les yeux crevés. Il réfréna son écœurement: devant eux se dressait le grand-prêtre.

Faerkos avait sans doute dépassé la cinquantaine. C'était un homme de haute stature, au visage impénétrable, le corps mince, visiblement rompu aux exercices physiques. Ses yeux sombres lui conféraient un regard froid et calculateur. Il était vêtu d'une longue robe noire, serrée à la taille par une ceinture d'argent à laquelle pendait un long poignard courbe. Une demi-douzaine de prêtres se tenaient autour de son bureau, une table de bois épaisse sur laquelle trônaient des piles de parchemins. Ils observèrent les arrivants avec un mélange de curiosité et de mépris.

1. Environ 25 mètres. Voir en annexe les mesures atlantes (p. 411).

– Tu as désiré me rencontrer, noble Faerkos, dit le Titan. Me voici.

– C'est exact. Sois donc le bienvenu.

Il désigna des sièges en bois verni incrusté de nacre et invita les deux hommes à y prendre place. Cependant la froideur des yeux de leur hôte démentait sa courtoisie. Il prit la parole d'une voix feutrée.

– Voici bientôt deux années, les marins m'ont rapporté une étrange histoire. Jusqu'à cette époque existait une cité avec laquelle Leoness avait rompu toute relation depuis des siècles, et qui survivait au fond d'une baie gardée par une digue monumentale. Mes espions continuaient cependant à me fournir des renseignements sur cette ville fantôme, oubliée du monde. Or, depuis deux ans, elle a disparu. On raconte qu'elle fut détruite par la fureur d'un homme doué de pouvoirs supérieurs. Dans sa colère, il déclencha un raz de marée d'une puissance telle qu'il submergea la digue et anéantit la cité. Le nom de cette ville était Yshtia. Cela te rappelle-t-il quelque chose, Seigneur Astyan ?

– Peut-être. Poursuis ton histoire.

– Cet homme était vêtu de cuir rouge, comme tu l'es aujourd'hui. On dit qu'à cette occasion il a libéré la reine de Thulea, qui était retenue prisonnière par les Yshtiens. Il l'a séduite, et lui a même donné un fils.

Astyan sourit.

– Tes espions t'ont parfaitement renseigné, noble Faerkos. Mon fils s'appelle Arkas.

– C'est pourquoi tu veux donner ce nom à ton navire.

– Exactement.

– Mais je me dois de protéger cette cité. N'entrerait-il pas dans tes projets de la détruire à son tour ?

– Et pourquoi le ferais-je ? Ceux de Leoness n'ont pas réduit mon peuple en esclavage, comme c'était le cas d'Yshtia. Je ne désire qu'une chose : qu'on me laisse construire mon vaisseau. Dès qu'il sera achevé, je partirai. Tu n'as donc rien à redouter de moi.

Faerkos joignit les mains et médita quelques instants.

– Je le sais, Seigneur Astyan. De plus je n'ignore pas que tes pouvoirs ne sont pas aussi... efficaces qu'on le prétend.

– Tu me sembles bien sûr de toi.

– Tu l'as dit toi-même, mes espions me fournissent d'excellents renseignements.

Astyan ne répondit pas immédiatement.

– Qu'attends-tu de moi ?

– Tyffos t'a dit que l'interdiction émanait de Hayorq, le grand-maître de la Marine. Hayorq est un homme peu scrupuleux, pour qui tous les moyens de s'enrichir sont bons. Il espère par son zèle s'attirer les bonnes grâces de Lyukhas, le neveu du phareïs, qui est le plus sûr prétendant au trône, et auquel il reverse officieusement une partie de ses profits. Il pense être parvenu à me convaincre moi-même du danger de ton expédition, mais je dispose de l'autorité suffisante pour... disons, infléchir sa décision.

Il joignit ses mains, les doigts écartés, et marqua une pause.

– Seigneur Astyan, tu es un homme de valeur, doté d'une grande force physique et de connaissances surprenantes. Tu es aussi capable, dans certaines circonstances, d'utiliser des pouvoirs surnaturels qui n'appartiennent qu'aux dieux. Mais je sais aussi que tu n'es pas notre ennemi, même si tu n'approuves pas notre religion.

– Je ne peux approuver une religion qui pratique le sacrifice humain, répliqua sèchement le Titan.

Furieux, un prêtre vêtu d'une toge pourpre intervint :

– Qui te permet de porter un jugement sur le culte du vrai dieu ? s'exclama-t-il.

Astyan regarda l'individu. Dans ses yeux brillait une

fièvre fanatique inquiétante, qui trahissait une folie sous-jacente. Faerkos leva la main.

– Alpheros, nous n'avons pas fait venir le seigneur Astyan pour discuter de théologie.

L'autre, le visage haineux, n'osa insister.

– Alors pour quelle raison suis-je ici ? demanda Astyan.

– Nous désirons solliciter ton aide.

– Mon aide ? Dans ce cas, n'aurait-il pas été plus facile de m'inviter pour en parler, au lieu de faire interdire la construction de mon navire ?

– Je ne suis pas sûr que tu accepteras. C'est pourquoi il me fallait un moyen de pression. Hayorq m'en a fourni l'idée. Cependant, l'interdiction et la taxe seront levées si tu consens à nous apporter ton soutien.

– Explique-toi !

– Peut-être as-tu entendu parler d'Anthée, le roi de ce territoire que l'on appelle la Lusitanie. Les Lusites n'ont jamais représenté un réel danger pour nous. Mais depuis quelque temps cet Anthée a su regrouper toutes les tribus en un peuple, dont la puissance augmente sans cesse. Il devient une véritable menace. Il est encore trop faible pour lancer une attaque contre Leoness, mais je sais qu'il fait fabriquer des armes en grand nombre. Il a capturé des artisans qui lui ont apporté les connaissances qui faisaient défaut à son peuple. D'ici à deux ans, peut-être moins, il disposera d'une armée nombreuse, capable de nous envahir.

– Dans ce cas, pourquoi ne pas lui livrer bataille immédiatement, pendant qu'il est encore trop faible ?

– Nous l'avons tenté, mais il a fait incendier ses villages avant notre arrivée. Leurs habitants avaient fui en emportant les armes. En fait, il est impossible de les débusquer. La Lusitanie est plus grande que le royaume de Leoness ; c'est un vaste massif montagneux couvert de forêts ; il est facile à une tribu de s'y réfugier sans que nous puissions la retrouver. Nous ne pouvons combattre un ennemi qui ne cesse de fuir. Mais un jour, Anthée sera assez fort pour envahir le royaume de Leoness. Il a juré de détruire la ville et de libérer les esclaves.

– Je ne vois pas en quoi je puis t'aider. D'après ce que j'ai vu, Leoness dispose d'une armée puissante et bien équipée, parfaitement capable de repousser une attaque.

– Il est vrai que nous possédons un armement supérieur. Mais tu ne sais pas tout : une prophétie affirme que la cité sera anéantie à l'époque de la prochaine Jovahtia. Les augures l'ont maintes fois confirmée. À ce moment-là, Anthée sera prêt – et je suis certain que ce sera lui, l'artisan de cette prophétie.

– Nul ne peut aller contre la volonté des dieux, rétorqua Astyan.

– C'est exact. Cependant, la prédiction ajoute que la destruction de la cité sera provoquée par l'affrontement entre deux êtres dotés de pouvoirs surnaturels. L'un d'eux est Anthée. Il est marqué du signe des dieux, comme tu l'es toi-même ; on dit qu'il est invincible, parce qu'il reprend des forces chaque fois qu'il touche le sol. C'est pourquoi il combat toujours pieds nus. Aucun homme à Leoness n'est assez puissant pour s'opposer à lui. Mais la prophétie affirme que la victoire de son adversaire pourrait éviter l'anéantissement total de Leoness.

– Et tu penses que je suis cet autre homme ?

– Je le crois. C'est pourquoi nous avons besoin de toi.

– Anthée n'est pas mon ennemi. Je n'ai aucune raison de l'affronter.

– Il représente une menace pour notre cité. Et tu es notre allié.

– Un allié à qui tu viens de jouer un bien vilain tour.

Si je refuse, je suppose que tu maintiendras l'interdiction ?

– Tu ne peux refuser. Notre sort est entre tes mains.

Astyan ne répondit pas immédiatement.

– Il existe peut-être une autre solution.

– Laquelle ?

– J'ai cru comprendre que cet Anthée voulait libérer les Lusites que vous avez réduits en esclavage. Il serait plus simple de les libérer vous-mêmes : vous éviteriez ainsi le combat.

Faerkos s'insurgea.

– Tu déraisonnes ! Nous avons besoin d'eux.

– Nombre de miséreux de la Ville-Basse et des Fravennes manquent de travail et meurent de faim. Ils remplaceront avantageusement les esclaves.

– Il faudrait les payer.

– Ils se contenteraient de peu pour ne plus mourir de faim. Et j'estime normal qu'un homme soit rétribué pour son travail. De plus, cet argent serait rapidement réinvesti dans le commerce de Leoness ; cela ne peut qu'amener un développement de la cité.

– C'est absurde et sacrilège, s'écria Alpheros, hors de lui. Cet étranger est l'un des dieux maudits, revenu pour nous détruire.

Faerkos se tourna vers lui et le fixa avec sévérité. Alpheros insista :

– Ne sois pas aveugle, Faerkos ! N'oublie pas ce que dit la prophétie : un dieu mauvais, resurgi du néant, qui, dans son orgueil démesuré, sera la cause de la destruction de notre cité. Cet homme est l'incarnation de cette divinité funeste. Il faut le tuer !

– Ce dieu ne peut être qu'Anthée lui-même ! rétorqua Faerkos. Sinon, qui d'autre serait l'homme de la prédiction ? Toi, peut-être ? J'affirme que le seigneur Astyan est celui qui sauvera Leoness de l'anéantissement total.

Le Titan intervint :

– Je pense qu'il vaudrait mieux conclure la paix avec votre ennemi. Une guerre risque de coûter beaucoup plus cher que la libération des esclaves.

Faerkos se leva et fit quelques pas, le visage fermé.

– Yshtia a libéré ses esclaves peu avant d'être détruite. C'était ton œuvre, n'est-ce pas ?

– Oui. Le roi Gordlonn s'est rangé à mon avis.

– Mais cela ne t'a pas empêché d'anéantir la cité, riposta Alpheros.

– Asdahyat [1], la fille de Gordlonn, avait tué mon épouse, répliqua durement Astyan. En outre, jamais je n'ai voulu détruire Yshtia. J'ai failli périr moi-même dans le raz de marée déchaîné par ma colère.

– J'ignorais ce détail, dit Faerkos.

Astyan se leva.

– Je ne suis pas l'ennemi de Leoness, Faerkos. Mais je ne peux combattre des hommes qui se battent pour libérer les leurs.

– Tu oublies qu'eux aussi ont capturé des esclaves dans notre peuple. Ils ont massacré la population de villages entiers dans le sud du royaume. Va donc demander aux survivants ce qu'ils pensent des Lusites.

Astyan soupira.

– Je ne peux te donner de réponse sans réfléchir. Je ne suis pas un guerrier, même si tu sembles le croire.

– Qu'il en soit donc ainsi. Je te laisse trois jours pour me donner ta réponse. D'ici là, je maintiens l'interdiction. Mais n'oublie pas : Leoness a besoin de toi. Tu es le seul qui puisse la sauver. Et toi, tu as besoin de ce navire.

Astyan hocha la tête.

– Nul ne connaît les desseins des dieux, Faerkos.

Durant le retour, Astyan ne prononça pas un mot. La vision des corps égorgés devant la foule prise d'hystérie

1. Voir *Le Prince déchu.*

ne le quittait pas. Dans la Couronne, dans la Ville-Basse, il croisa d'innombrables esclaves décharnés, aux yeux résignés. Un sentiment de révolte le hantait ; il ne pouvait accepter de prendre la défense d'une cité dont les habitants étaient capables de telles ignominies. Même si pour cela il devait renoncer à la construction de son navire.

Une sensation d'étouffement l'envahit. Il lui fallait fuir cette ville puante, retrouver la nature, les arbres, les roches. Arrivé à la demeure, il se rendit à l'écurie et sella sa pouliche.

– Veille sur Sikky, dit-il à Diekaard.

– Où vas-tu, Seigneur ?

– Dans la forêt. J'ai besoin de respirer !

Sans attendre la réponse de son compagnon, il bondit sur sa monture et s'éloigna. Sikky agrippa la manche du capitaine.

– Diekaard ! On ne peut le laisser seul. Il n'est pas dans son état normal.

– Tu as raison. Je vais le suivre.

– Je veux aller avec toi !

– Non, cela peut être dangereux. Astyan est capable de choses terrifiantes lorsqu'il est en colère. Tu vas rester avec Fehron.

La petite n'osa insister. Diekaard sella son propre cheval et partit à son tour.

17

Astyan avait pensé qu'une évasion momentanée lui apporterait la paix. Mais la vue de la nature sauvage ne lui procura aucun réconfort. Il était placé devant un dilemme qu'il ne voyait pas comment résoudre.

Refuser la proposition de Faerkos le condamnait à renoncer à construire l'*Arkas*. Et jamais il ne pourrait partir à la recherche de l'Atlantide. Si toutefois il subsistait quelque chose de celle-ci...

Accepter le contraindrait à honorer sa parole lorsque les hordes d'Anthée envahiraient le royaume. Cependant, comment pourrait-il prendre la défense d'une cité capable de telles monstruosités, et combattre un peuple qui luttait pour sa liberté ?

Il songea un moment à prendre contact avec le roi des Lusites pour négocier la paix avec lui. Mais il savait d'avance que l'orgueil aveugle des Leonessiens les pousserait à la rejeter.

Traversant les champs cultivés par des paysans en haillons, il comprit qu'il tentait d'échapper à un piège dont il ne pourrait jamais sortir. Il poursuivait une chimère : en vérité, ce n'était pas Leoness et sa barbarie qu'il fuyait, mais le sentiment d'avoir été projeté très loin dans un avenir dont il ne voulait pas.

Rien ne pourrait jamais le ramener dans le passé. Il devait accepter l'inéluctable : l'Atlantide avait cessé d'exister, et avec elle ses splendeurs, ses fresques magnifiques, ses parcs peuplés de grands arbres et de chats majestueux, ses roses, ses statues d'or, ses palais à l'architecture si élégante... Son incomparable douceur de vivre, ses filles superbes, ses hommes beaux comme des dieux, ses parfums, sa magie...

Elle n'était plus qu'un mirage à jamais inaccessible. Comme le visage tant aimé de la belle Anéa, cette femme extraordinaire avec laquelle il avait partagé tant de vies différentes.

Anéa était morte depuis des millénaires, Poséidonia avait disparu, comme les autres villes de l'Empire. Un empire fantôme qui ne survivait plus que dans sa mémoire, et dans celle d'un vieillard au seuil de la mort, qui tentait de perpétuer, du fond de sa masure en ruines, ses rêves d'un autre temps où les hommes vivaient dans un monde d'amour et de beauté.

Thulea conservait encore des bribes de tradition atlante. Mais ses habitants ne se souvenaient même plus de leurs glorieux ancêtres. Ils les assimilaient à des divinités obscures, dont l'existence elle-même n'était peut-être qu'un mythe.

Astyan avait envie de hurler son désespoir à la campagne environnante, aux montagnes nimbées de brume à l'horizon. Cet univers n'était pas le sien.

Cet univers n'était plus le sien...

Presque sans y penser, il parvint dans la forêt qu'il avait achetée. Il traversa au pas les secteurs où les ouvriers avaient déjà abattu tant d'arbres somptueux, dont le bois pourrirait par la volonté imbécile des princes de Leoness. À moins qu'il n'accepte de combattre Anthée, ce qu'il refusait d'envisager.

Il franchit les limites de la zone d'abattage et s'enfonça encore plus loin, sous les frondaisons millénaires, insensible à la paix sauvage qui se dégageait des lieux. Il n'entendait pas les chants des oiseaux saluant le soleil magnifique qui baignait la forêt, le bruissement léger du vent dans les feuilles, ni les appels des prédateurs guettant leur proie. Il ne remarqua même pas qu'il était suivi.

Parvenu dans une clairière cernée de roches couvertes de mousse et de lichen, il se laissa glisser à terre et fit quelques pas, en proie à la nervosité. Le lieu lui rappelait un peu la forêt immense qui servait d'écrin à son petit village de Trois-Chênes, là-bas dans le Nord, alors qu'il n'était qu'un jeune chasseur parmi d'autres. Pourquoi n'était-il pas retourné avec ses compagnons après le cataclysme d'Yshtia ? Il serait devenu leur chef, et la vie aurait repris son cours normal.

Mais il avait suivi Callisto, et lui avait donné un enfant. Il aurait pu demeurer près d'elle. Un instant, il envisagea de repartir pour Thulea. Mais il abandonna cette idée ; son destin l'entraînait ailleurs.

Quelle force terrifiante le poussait ainsi toujours en avant, vers un avenir qui lui apparaissait chaque jour plus incertain ?

Peu à peu, la colère qui couvait en lui devint douleur ; la sensation d'étouffement atteignit son paroxysme. Alors il explosa. S'adressant à la forêt, à la roche, au ciel immuablement bleu, il hurla :

– Mon père ! Pourquoi m'as-tu ramené à la vie ? Pourquoi m'as-tu autrefois apporté ton aide, pour m'abandonner aujourd'hui ?

Seul le bruissement du vent répondit à sa fureur.

– Père ! C'est toi qui m'as donné la vie, il y a bien longtemps. Pourquoi as-tu laissé périr Anéa et tous mes frères Titans ? Si les hommes sont trop stupides pour accéder à la sagesse, je n'ai plus rien à faire avec eux. Père, je te somme de me répondre !

À quelque distance, dissimulé par un bouquet de

genêts, Diekaard, atterré, observait son compagnon. Il ne comprenait pas ses paroles, parce que Astyan s'exprimait en atlante, semblant invoquer un dieu ignoré. Pourtant les intonations éveillèrent en lui de curieuses réminiscences.

Il se demanda s'il devait intervenir. Son ami paraissait frappé de folie. De toute son âme, il aurait voulu pouvoir l'aider, lui apporter le secours de son amitié inconditionnelle. Jamais auparavant il n'avait éprouvé pour un homme un tel attachement. Et surtout, d'où lui venait cette sensation étrange de connaître Astyan depuis toujours ?

Soudain un phénomène hallucinant se déroula sous les yeux du Thuléen. Une lumière douce, aux reflets d'azur et d'or, baigna les lieux. Elle semblait émaner des arbres, de la pierre, de la terre elle-même. Effrayé, il fut tenté de fuir, mais quelque chose le retint sur place, comme si un esprit supérieur avait pris possession de sa volonté.

Sur un énorme rocher, face au Titan, apparut un gigantesque loup noir. Diekaard le reconnut : c'était le même animal qui suivait Astyan lorsqu'il était arrivé à Thulea, et qui avait disparu quelques lunes plus tard. Stupéfait, Diekaard se demanda comment il était arrivé là. Il comprit alors qu'il avait affaire à une divinité.

Le loup contempla longuement Astyan de ses yeux d'or aux reflets énigmatiques.

– Père ! Réponds à mes questions ! Que dois-je faire ? murmura le Titan.

Il s'avança vers l'apparition, puis tomba à genoux, les yeux rivés sur le fauve. Un flot d'images l'envahit tout à coup ; ce ne furent pas exactement des paroles, mais une série de sensations nouvelles, qui peu à peu lui apportèrent un éclairage nouveau sur l'expérience difficile qu'il était en train de vivre.

L'espace d'un éclair jaillit en lui la vision d'un lieu

qui n'en était pas un, dans lequel il était demeuré enfermé pendant des millénaires. Un tourbillon terrifiant, qui ressemblait étrangement au monde de souffrance où le fantôme d'Anéa était retenu prisonnier. Cette réclusion dans les limbes avait amoindri ses pouvoirs. En lui s'était répandu un poison néfaste, dont il ne parviendrait à triompher qu'après d'innombrables épreuves : le Doute.

Astyan et ses compagnons avaient toujours vécu dans un monde d'amour, qui ignorait la violence et l'angoisse. Mais les douleurs endurées durant cet exil au-delà de la « non-vie » avaient semé en lui les germes d'un mal destructeur, qui avait inéluctablement détruit sa puissance.

Son père ne pouvait la lui rendre. Chaque homme était seul maître de son avenir. Astyan n'était plus cet enfant pur que les Entités avaient destiné à devenir le prince d'un monde merveilleux, fondé sur l'Amour. Depuis des millénaires, il avait souffert dans son essence même. Peu à peu il comprit que l'ennemi le plus imprévisible qu'il devrait affronter n'était autre que... lui-même.

Il devait retrouver cette foi lumineuse qui l'avait guidé durant les millénaires où il avait régné sur son île d'Avallon. Une île où les morts reprenaient vie, selon les Thuléens. N'y avait-il pas derrière cette croyance une référence à la résurrection des Titans ?

Un sentiment de paix descendit dans son esprit. Son père divin ne l'avait pas abandonné, comme il l'avait redouté. Cependant, Euneor ne voulait plus intervenir directement. Sans doute à cause de cette erreur originelle qui avait consisté à offrir aux hommes les moyens d'évoluer plus vite. Ceux-ci n'étaient pas prêts ; il en était résulté l'apparition des Géants, qui cristallisaient les aspects sombres de l'âme humaine. Ils avaient fini par triompher des Titans, et avaient propagé leurs idées destructrices dans l'esprit des humains. Puis ils avaient disparu à leur tour, et les cités nées des cendres de l'Atlantide n'abritaient plus que le pâle reflet des croyances effrayantes auxquelles ils avaient soumis les hommes. Des hommes devenus esclaves de leurs angoisses et de leurs ambitions.

Il ne subsistait de l'Empire atlante que le souvenir d'un âge d'or, où l'amour et l'harmonie guidaient les pensées et les actes des humains. Astyan devait réapprendre à vivre dans ce monde en mutation, d'où disparaîtraient bientôt ces cités moribondes, mais où surgiraient aussi d'autres civilisations. C'est dans cet univers en gestation qu'il avait un rôle à jouer. Mais quel était ce rôle ?

Soudain un flot d'énergie coula en lui, provenant de l'Infini. Il comprit que son père divin, avant de le quitter, désirait lui offrir un nouvel atout.

Lentement, il dégaina son glaive d'acier et son poignard et les posa devant lui, sur l'herbe de la clairière. Une image s'imposa à lui instantanément : celle d'une vingtaine de jeunes gens entièrement nus, réunis au sommet de la montagne de Xhadan, l'île des dieux. Le souvenir d'une nuit magique, qui avait duré plus de dix années terrestres, durant laquelle, avec ses frères Titans et sa compagne Anéa, il avait percé le secret des forces fabuleuses qui régissaient l'univers.

Mais aujourd'hui il était seul. Le dernier des Titans.

Tapi derrière son buisson de genêts, Diekaard observait la scène, fasciné. Il ressentit physiquement les vibrations invisibles qui émanaient de l'esprit de son compagnon lorsque celui-ci concentra sa volonté sur les deux armes. Peu à peu le Thuléen vit les muscles d'Astyan se tendre, son visage se contracter. L'air sembla se charger d'énergie. Il frissonna. Jamais il n'avait vu un être vivant dégager une telle puissance.

Un court instant, une terreur pure s'insinua en lui. Le loup, incarnation mystérieuse d'une divinité inconnue, ne quittait pas le Titan de ses yeux d'or. Avait-il le droit, lui, simple mortel, d'assister ainsi à la rencontre de ces deux êtres surnaturels ?

Mais ses craintes s'évanouirent. Astyan était son ami, son seigneur ; il était foncièrement bon, et ne pouvait lui vouloir de mal. Peu à peu il comprit que le loup divin n'ignorait pas qu'il assistait à la scène. Il ressentait autour de lui comme l'écho d'une présence chaleureuse, rassurante.

Il n'avait pas suivi son ami sans raison. Le loup l'avait appelé, lui aussi. Lentement, une sensation de plénitude l'imprégna : rien ne prévaudrait jamais contre la force du Titan. Et lui, Diekaard, lui apporterait l'appui de son dévouement et de son amitié inconditionnelle. Il le suivrait partout, et l'aiderait à triompher de ses ennemis, dût-il lui-même y perdre la vie. Il savait désormais que la mort n'était rien.

Avec stupeur, il vit soudain les deux armes s'élever dans les airs, sans autre support que la volonté du Titan, tandis qu'une lumière dorée illuminait la clairière. Tout à coup, l'air sembla se déchirer ; les deux armes se mirent à luire comme si un feu intérieur les dévorait. Et Diekaard vit.

La forme et la couleur de chacune des armes se modifièrent sous l'effet d'une puissance inexplicable. Il ne comprit pas que le Titan opérait une redistribution des atomes qui les composaient, afin de les recréer à l'image qu'il conservait gravée dans son esprit. Le Thuléen n'osait plus faire un geste, de peur de briser le charme. Il avait conscience d'être le témoin d'un événement extraordinaire, auquel nul être humain n'avait assisté depuis des temps immémoriaux : la transmutation de la matière par la puissance de l'esprit.

Enfin la lumière diminua. À l'endroit où quelques instants plus tôt se trouvaient deux armes de métal grossier, une épée magnifique et un poignard courbe reposaient, forgés dans un métal noble dont les reflets rappelaient ceux de l'or et de l'argent. Épuisé, Astyan reprit son souffle. Une fatigue extrême se lisait sur ses traits. Puis il se redressa et saisit la longue épée, qu'il fit tournoyer quelques instants autour de lui, témoignant d'une adresse incomparable. Un sourire de reconnaissance éclaira son visage.

– Merci, mon père ! Pardonne-moi ma colère !

Le loup poussa une longue plainte, puis, après un dernier regard de ses yeux d'or, disparut dans les profondeurs de la forêt. Astyan contempla longuement le rocher vide, sentant à peine les larmes de nostalgie et de joie qui ruisselaient sur ses joues. Puis, se tournant vers le buisson où se dissimulait Diekaard, il lança :

– Approche, mon compagnon !

Intimidé, Diekaard s'avança.

– Seigneur, tu... tu savais que j'étais là ?

– J'ai ressenti ta présence.

– Es-tu en colère contre moi ? Je... je me faisais du souci pour toi.

Astyan lui passa le bras autour de l'épaule.

– Comment pourrais-je t'en vouloir, à toi, mon plus fidèle ami ?

Diekaard contempla les armes avec admiration.

– Jamais je n'ai rencontré un tel métal, Seigneur.

– C'est de l'orichalque, que seuls les Titans peuvent obtenir, par transmutation.

– Les Titans...

– Les Titans étaient les princes de l'Atlantide, Diekaard. Nous étions vingt, dix hommes et dix femmes, qui régnaient sur le plus bel empire qui se puisse imaginer.

Il s'assombrit.

– Mais aujourd'hui, il semble bien que je sois le dernier de ces princes. Et je ne conserve aucun lien qui me rattache encore à mon royaume.

Il releva les yeux sur le Thuléen et précisa :

– Aucun lien, sauf un seul.

– Lequel, Seigneur ?

– Toi, mon ami.

– Moi ? Que veux-tu dire ?

– Bien que cela puisse te sembler étrange, nous nous connaissons depuis fort longtemps. Tu représentes la seule trace tangible qui me relie à mon passé. Car tu as été, toi aussi, un Atlante.

– Je suis né à Thulea...

– Je le sais. Mais la mort n'est qu'un passage, une passerelle vers d'autres vies. Un peu comme le sommeil qui permet de supporter la vie, la mort du corps permet à l'âme immortelle de se séparer d'une enveloppe charnelle pour en rejoindre une autre. Les hommes ignorent ce phénomène, mais les Titans savent le dominer.

Il soupira, puis ajouta :

– Ou du moins, ils le savaient.

Il prit le Thuléen par les épaules.

– Tu as vécu d'autres vies avant celle-ci, Diekaard. Dans l'une d'elles, peut-être la dernière, tu fus l'un de mes plus chers compagnons. Et le commandant de mon navire, l'*Hedreen*, le plus magnifique vaisseau qui ait jamais navigué sur l'Océan. Notre *Arkas* ne possédera malheureusement pas toutes ses qualités.

– L'*Hedreen...* murmura Diekaard. Ce nom me semble étrangement familier.

– Accepteras-tu de m'aider ?

– Je ferai ce que tu voudras, Seigneur !

– Je veux tenter une expérience avec toi. T'aider à

retrouver la mémoire de cette vie. Mais tu dois savoir que cette aventure peut être dangereuse, parce que je ne possède plus les pouvoirs qui étaient les miens. Acceptes-tu ?

Bouleversé, le Thuléen ne sut comment réagir. Il y avait comme un appel au secours dans la voix d'Astyan.

– Que dois-je faire, Seigneur ?

– Assieds-toi en tailleur face à moi, et plonge tes yeux dans les miens.

Diekaard obéit. Astyan prit les mains du capitaine dans les siennes et se concentra. Les yeux d'émeraude du Titan, éclairés par le soleil filtrant à travers les frondaisons, luisaient de reflets insoutenables. Le Thuléen sentit peu à peu sa volonté lui échapper, comme si un esprit supérieur se mêlait au sien. Il n'éprouva pourtant aucune frayeur. Lentement, une torpeur mystérieuse l'envahit. Puis un flot de souvenirs remontèrent à la surface, le projetant toujours plus loin dans le passé. Il se revit dans les bras d'une belle Thuléenne, à laquelle il avait fait trois enfants avant qu'elle ne meure de maladie. Ses trois fils étaient grands à présent. Il se retrouva adolescent, grimpant dans la voilure du premier navire sur lequel il avait embarqué. Puis un tourbillon l'emporta vers son enfance, une enfance turbulente passée sur les quais de Thulea. Le visage d'une femme qui lui souriait – sa propre mère. Un homme aussi, sévère, à la voix grave – son père. Puis tout se noya dans un magma confus. Il y eut une sensation de douleur, d'une langue de feu pénétrant ses poumons. Tout à coup, un tourbillon vertigineux l'emporta dans l'infini d'un univers dont il ne soupçonnait pas l'existence, un monde de lumière bleu et or, qu'il remonta jusqu'à une gangue poisseuse qui tentait de l'engloutir dans le néant.

À travers l'esprit du Thuléen, Astyan revivait avec lui ces instants inimaginables. Une effroyable sensation de douleur l'envahit lorsque la gangue visqueuse l'environna lui aussi. Il banda toute sa volonté et lutta. En lui se forma l'image d'un cristal indestructible, dans lequel il intégra l'essence même de son compagnon. Il ignorait ce que signifiait cette boue mentale, mais il devait la franchir, aller au-delà, plus loin encore dans le passé.

Soudain une terrifiante sensation de brûlure les saisit tous deux. Une lumière éblouissante jaillit de leur âme. Ils eurent l'impression que leurs corps se consumaient. Puis de nouvelles images surgirent : celles d'un navire aérien, dans lequel Païdras – Païdras ? – attendait son prince. Puis d'autres encore : le souvenir d'un palais lumineux, d'une femme aux yeux d'émeraude, de deux petites filles. Celui d'un navire immense, doté d'armes terrifiantes, qui avait nom l'*Hedreen.* Un navire qu'il commandait en l'absence de son prince. Son seigneur, l'un des dix rois de l'Atlantide.

Poséidonia surgit alors de la mémoire oubliée du capitaine thuléen. Poséidonia, avec ses palais, ses canaux innombrables, ses femmes si belles, son arbre millénaire, le « Grand-Père », abattu par des fanatiques. Des images de combat aussi, l'éblouissement des explosions, puis le souvenir enivrant d'une victoire sans précédent. Toute une vie afflua en lui, qui remonta jusqu'à sa prime enfance. Une enfance heureuse, passée sur les rives d'un grand fleuve au bord duquel s'élevait la plus belle cité du monde.

Un flot de larmes brouilla les yeux du Thuléen. Astyan relâcha son emprise mentale. Diekaard secoua la tête, puis se redressa et regarda le Titan.

– Seigneur Astyan... c'est toi ?

Il avait parlé en atlante, une langue pourtant inconnue à Thulea. Stupéfait, il porta la main à sa bouche, étonné d'en entendre sortir des sons inhabituels, et pourtant familiers.

– C'est moi, Païdras ! répondit le Titan, la voix tremblant d'émotion.

Les deux hommes tombèrent dans les bras l'un de l'autre et s'étreignirent avec force. Ils restèrent ainsi un long moment, puis le Thuléen s'écarta d'Astyan et déclara, toujours dans la langue retrouvée :

– Je sais à présent pourquoi j'éprouvais l'envie de te suivre, où que tu ailles.

Il reprit la main du Titan.

– Désormais je ne suis plus Diekaard, le Thuléen. Je veux redevenir Païdras, ton ami, le commandant de la légion des Braves, le capitaine de l'*Hedreen*. L'atlante sera notre langage secret.

– Pour moi, tu as toujours été Païdras. Le seul lien qui me rattache encore à Poséidonia.

Païdras-Diekaard regarda encore Astyan longuement, puis éclata de rire.

– Nous construirons l'*Arkas*, Seigneur. Et nous découvrirons ce qu'il est advenu de l'Atlantide. Je te le promets.

Païdras observa de nouveau les deux armes, qu'il reconnaissait à présent. Une vive émotion s'empara de lui : Astyan avait reconstitué la réplique exacte de ses armes de Titan. Des objets sacrés datant d'une période si ancienne que les Atlantes eux-mêmes l'avaient oubliée. L'origine de l'Atlantide...

– Avec de telles armes, plus rien ne te résistera désormais, déclara-t-il avec enthousiasme.

– Hélas, je n'ai pas retrouvé mes pouvoirs divins. Mon père m'a aidé à opérer la transmutation, mais il s'écoulera encore du temps avant que je ne retrouve cette puissance qui fut la mienne.

Il passa les armes dans son ceinturon et ajouta :

– Viens, nous allons tâcher de trouver un artisan habile capable de me fabriquer des fourreaux dignes de ces armes.

Ils dénichèrent, dans la Ville-Basse, une boutique sombre où croupissait un bonhomme âgé, qui contempla avec stupéfaction les deux armes d'orichalque. Sa spécialité était le travail du cuir, dont il fabriquait essentiellement des souliers destinés aux riches négociants leonessiens. Lorsqu'il aperçut le reflet doré des lames, il balbutia :

– Que les dieux me pardonnent... Jamais je n'ai vu d'armes plus belles. On dirait qu'elles ont été forgées dans le métal sacré que seuls les dieux antiques savaient fabriquer.

Il prit les dimensions de l'épée et du poignard, et se mit aussitôt à l'ouvrage.

– Ce sera prêt demain, Seigneur, dit-il. S'il te plaît de repasser me voir...

Lorsqu'ils ressortirent de l'échoppe, ils constatèrent une certaine effervescence. Des petits groupes bavardaient avec animation sur les quais, sur les terrasses des auberges. Marasthos surgit soudain devant eux.

– Seigneur Astyan !

– Que me veux-tu ?

– Il se passe des choses incroyables en ville. Le phareïs réunit en ce moment les plus vaillants chasseurs de Leoness. On dit qu'un monstre effroyable dévaste le plateau de Khalydonia. Les villageois fuient la région. Ils ont demandé l'assistance des guerriers de la garde royale.

– Je le sais. Et alors ?

– Alors j'ai vu la fille, tu sais, celle que tu as ramenée de la forêt. Elle fait partie des chasseurs. Je me suis dit que ça pouvait t'intéresser.

Une vive émotion s'empara du Titan. Il n'avait pas oublié le visage de la petite Varestane.

– Je te remercie, Marasthos.

– Tu devrais y aller, Seigneur. Toi seul possèdes la force suffisante pour vaincre ce monstre.

Il posa la main sur le bras du Titan et ajouta :

– C'est une chance inespérée pour toi. Le phareïs a fait savoir qu'il recevrait personnellement ceux qui tueraient le monstre.

Astyan réfléchit. Pour tuer la Bête, il fallait la débusquer ; or il possédait un avantage sur les autres chasseurs. Tucos l'avait déjà affrontée. Il saurait la retrouver. Et puis il avait très envie de revoir Attalante.

– Marasthos, je compte sur toi pour veiller sur ma demeure en mon absence.

– Tu commandes et j'obéis, Seigneur !

Lorsque le truand se fut éloigné, Astyan se tourna vers Païdras.

– Mon ami, cela fait bien longtemps que je n'ai pas chassé. Je crois que je vais me joindre à cette troupe.

– Sois prudent, Seigneur. On raconte que ce monstre a tué tous ceux qui ont tenté de l'abattre.

18

Le lendemain matin, Astyan passa chez le vieil artisan pour récupérer les fourreaux qu'il avait fait confectionner pour ses armes. Puis, sous l'œil curieux des badauds, il rejoignit le groupe des chasseurs, qui se rassemblait à la porte nord de la cité. Il y avait là une trentaine de jeunes gens entourés d'une foule nombreuse qui hurlait son enthousiasme. Tyffos en personne s'était déplacé pour transmettre les ordres du phareïs. Le gros homme consentit à descendre de son inséparable palanquin pour s'adresser aux chasseurs. Parmi eux se trouvaient une demi-douzaine de personnages hautains et richement vêtus, visiblement des membres de la cour. Une troupe de guerriers les assistaient, portant leurs armes et leurs bagages, et dirigeant les meutes de chiens de chasse.

Tyffos prit la parole de sa voix de fausset.

– Nobles chasseurs, vous savez quelle tâche est la vôtre. Le monstre qui dévaste Khalydonia n'est pas un animal comme les autres. Nul ne sait à quoi il ressemble. Il a déjà dévoré une vingtaine de vos camarades, ainsi qu'une trentaine de paysans. Vous devez le tuer et rapporter sa tête au phareïs. Grande sera la gloire des vainqueurs ; ils seront reçus par notre bien-aimé souverain en personne. Que les dieux de la chasse marchent à vos côtés, car il ne fait aucun doute que ce monstre est envoyé par les dieux des forces obscures.

Une clameur joyeuse monta des poitrines de tous les chasseurs, et fut reprise aussitôt par la foule. Astyan chercha Attalante des yeux ; elle se tenait à l'écart du groupe, le visage fermé. Ses joues étaient marquées par trois stries noires, dont les chasseurs de son clan avait coutume de se maquiller afin d'éloigner les mauvais esprits. Sa frange sombre lui retombait sur les yeux, accentuant son aspect encore enfantin. Elle était vêtue de sa longue veste de cuir noir, serrée à la taille par une ceinture, à laquelle pendait un long poignard de chasse à manche de corne. Ses cuisses et ses bras portaient encore la trace des cicatrices récentes. Autour de son torse étaient passés un grand arc et un carquois. Une longue lance à lame triple complétait son équipement. Un curieux pincement serra le cœur du Titan ; l'air farouche et déterminé de la jeune fille l'attirait bien plus qu'il ne l'aurait voulu.

Il se rendit compte qu'elle l'avait aperçu, mais qu'elle n'osait pas s'approcher. Reconnaissant son ancienne maîtresse, le chien Tucos courut à sa rencontre et lui fit fête. Astyan les rejoignit.

– Seigneur Astyan ! Je suis heureuse de te revoir !

– Que les dieux te protègent, Attalante ! Moi aussi, j'ai plaisir à te retrouver. Comment vont tes blessures ?

– Elles sont refermées. Elles ne m'empêcheront pas de courir.

– Tu ne sais pas monter à cheval.

– C'est inutile. Je cours plus vite et plus longtemps que n'importe quel homme.

– Pourquoi ne te joins-tu pas aux autres chasseurs ?

Elle haussa les épaules.

– Ils se moquent de moi parce que je suis une femme. Lorsque je suis arrivée, hier, ils m'ont dit que je ferais mieux de retourner dans ma hutte pour coudre des peaux.

Elle serra les dents et ajouta :

– Mes frères, eux, me respectaient. Ils disaient que personne n'était plus adroit que moi à l'arc. Mais ils sont morts ; et aujourd'hui, je suis la seule de mon clan. Je suis venue pour les venger, et je prouverai à ces imbéciles qu'une femme peut valoir plus que le meilleur d'entre eux.

– Je suis sûr que tu es une excellente chasseresse, Attalante. Si tu l'acceptes, je suis prêt à faire équipe avec toi.

Ses yeux, d'une couleur qui mêlait le vert et l'ocre, s'éclairèrent d'une lueur intense. Elle lui dédia un sourire éclatant, qui dévoila ses dents blanches et parfaites.

– Ce serait un grand honneur, Seigneur Astyan.

– Alors mettons-nous en route immédiatement. La route est longue jusqu'à Khalydonia. Nous devons passer la nuit au village. Et demain, avec l'aide de Tucos, nous débusquerons la Bête.

Suivant le groupe des chasseurs qui prenait la piste sous les vivats de la foule, ils passèrent devant Tyffos, qui s'était de nouveau affalé dans son palanquin. Apercevant Astyan, il lui adressa un regard chargé de mépris. Le Titan le salua cependant avec une courtoisie feinte.

– Que les dieux te soient propices, Tyffos. Tu vois, je me suis trouvé une nouvelle occupation. Je ne pense pas qu'il soit interdit à un étranger de participer à cette chasse.

– Cette expédition est ouverte à tous. Mais je doute que tu parviennes à surpasser les nobles chasseurs de l'entourage du phareïs. Ils sont rompus à l'art de la vénerie depuis leur plus jeune âge.

– Les dieux seuls tiennent notre destin entre leurs mains, Tyffos. Puissent-ils te garder jusqu'à mon retour !

La nuance d'ironie qu'il avait glissée dans ses propos n'échappa pas au poussah, qui émit un grognement de dépit, puis cravacha l'un des porteurs pour qu'on le ramenât au palais. Astyan le regarda s'éloigner avec un sourire amusé. Ce gros bonhomme imbu de lui-même était la plus parfaite expression de l'imbécillité.

– Allons-y, petite. Il règne ici des puanteurs qui m'empêchent de respirer.

Les autres chasseurs ayant amené leurs montures, Astyan proposa à Attalante de la prendre en croupe. Mais elle refusa.

– Ne t'inquiète pas pour moi, Seigneur, les chevaux ne me distanceront pas, dit-elle en se mettant à courir.

Astyan se rendit vite compte qu'elle n'avait pas menti. Malgré le train soutenu imposé par le groupe des cavaliers de tête, composé des six nobles, elle parvint à se maintenir sans difficulté à la hauteur du groupe. Sa foulée était souple et puissante, son souffle régulier. Un peu gêné de la voir courir à ses côtés alors qu'il était confortablement installé sur sa monture, le Titan se laissa glisser à terre et la rejoignit. Elle faillit éclater de rire.

– Es-tu sûr que tu parviendras ainsi à Khalydonia, Seigneur ? demanda-t-elle.

– Nous verrons bien ! Économise ton souffle.

Ils se mirent à courir de conserve, sous l'œil goguenard des cavaliers qui caracolaient devant eux. Par jeu, ceux-ci accélérèrent l'allure. Astyan et Attalante réagirent immédiatement en allongeant leur foulée ; le pauvre Tucos lui-même avait du mal à les suivre. Dépités, les chasseurs constatèrent qu'ils ne pouvaient pas décrocher les deux coureurs.

Cependant, ceux-ci étaient hors d'haleine lorsqu'ils parvinrent au village, sous les quolibets des autres chasseurs – dont beaucoup avaient les fesses en compote. Le chien, la langue pendante, se précipita dans le torrent qui traversait le village. Attalante, les yeux brillants, déclara d'une voix essoufflée :

– Je t'admire, Seigneur. Tu es le premier homme qui ait pu me suivre ainsi. Sais-tu que nous avons parcouru plus de trente milles ?

– Je m'en doutais un peu. Mais je suis moi aussi un chasseur. Lorsque je vivais encore à Trois-Chênes, dans le golfe de la Petite Mer, je suivais les cerfs à la course. Et je les ai toujours rattrapés.

Elle hocha la tête en direction des autres.

– Ces imbéciles peuvent se moquer aujourd'hui. Demain, ils seront obligés de poursuivre à pied. Il est impossible d'emmener les chevaux dans les hautes combes. Ils riront moins alors.

Khalydonia, qui avait donné son nom à la région montagneuse environnante, regroupait un ensemble de pauvres bâtisses, que beaucoup d'habitants, des bergers pour la plupart, avaient fui. Les plus courageux, demeurés sur place, accueillirent les chasseurs comme des libérateurs. Un repas de veillée d'armes avait été préparé avec les quelques réserves dont disposaient les villageois. Malgré la saison, un froid pénétrant s'était abattu sur la région. Sur de grands feux rôtissaient quatre moutons que les paysans avaient sacrifiés pour rassasier leurs sauveurs.

Les nobles se conduisaient comme en terrain conquis. Tard dans la nuit ils lutinèrent les filles des villageois, qui n'osaient s'opposer à leurs entreprises. Attalante ne cachait pas son écœurement.

– Ces porcs n'ont pas conscience de ce qu'ils vont affronter demain. Comment pourront-ils s'attaquer au monstre après une nuit de beuverie ?

Au moment où Astyan et Attalante regagnaient la masure qu'on leur avait réservée, trois des nobles s'approchèrent d'eux d'une démarche titubante. Le plus grand se dressa devant la jeune fille.

– Mais voilà notre belle chasseresse, balbutia-t-il d'une voix pâteuse. Tu ne vas pas rester seule la veille d'une si rude bataille. Je t'invite à partager ma couche.

Attalante toisa les arrivants. Astyan attendait la suite, prêt à intervenir.

– Ne rêve pas ! Tout nobles que vous soyez, je ne vous crains pas, gronda la jeune fille. Laissez-moi passer, ou vous aurez affaire à moi.

– Ho-ho, la femelle sort ses griffes, dirait-on, dit le deuxième.

– Putain de paysanne ! cracha le grand. On va t'apprendre le respect !

Le dernier tenta de s'interposer.

– Allons ! Laissez-la tranquille. C'est une chasseresse, comme nous.

– Lâche-nous, Frahden ! Tu as entendu comme elle nous a parlé !

Il s'avança d'un air menaçant. Astyan se plaça à côté d'Attalante.

– Écoute ton ami ! Cela vaudra mieux.

L'autre marqua un temps d'arrêt devant la silhouette impressionnante du Titan. Mais l'alcool avait altéré sa lucidité.

– Écarte-toi, chien d'étranger ! cracha l'homme. J'ai deux mots à dire à cette fille !

Il se rua sur Attalante. Astyan n'eut même pas le temps de réagir : la jeune femme décocha un violent coup de pied dans la mâchoire de son agresseur, qui s'écroula pour le compte. Le second, furieux, se précipita sur elle à son tour. L'instant d'après il s'écroulait lui aussi, le nez en sang. Furieux, il se mit à bramer à l'adresse du dernier :

– Salope ! Frahden, appelle les gardes !

– Non ! répondit l'interpellé. Tu as eu ce que tu méritais.

Il secoua la tête et s'avança vers Astyan et Attalante.

– Pardonnez à mes camarades, dit-il. Je crois qu'ils ont un peu abusé de la boisson.

– Ils feraient mieux d'aller dormir, répondit Astyan.

Il saisit les deux hommes et les chargea sur ses épaules sans effort apparent. Ils grognèrent pour la forme, mais se laissèrent faire. Suivi par le troisième noble, le Titan les porta dans une cabane mise à leur disposition par les villageois, puis les bascula sur les paillasses prévues à leur intention. Ils s'endormirent presque tout de suite.

Astyan et son nouveau compagnon revinrent près d'Attalante.

– Mon nom est Frahden, dit le Leonessien en tendant la main. Que cet incident ne nous empêche pas d'être amis.

Le Titan serra la main tendue.

– Je suis un neveu du phareïs, ajouta Frahden. Mais j'adore la chasse. C'est sans doute pour cela que je me sens proche des chasseurs, et que je les respecte.

– Mon nom est Astyan. Je viens de Thulea.

– J'ai entendu parler de toi. Tu es cet original qui veut faire construire un navire pour affronter l'Océan profond.

– C'est exact. Et voici mon amie, Attalante de Varestan.

Il s'inclina élégamment devant la jeune fille.

– La beauté alliée à la force, dit-il avec un sourire charmeur. Que les dieux te protègent, Attalante ! Et toi aussi, Astyan !

Il les salua, puis rejoignit ses compagnons.

Plus tard, alors qu'ils s'étaient allongés sur leurs couches de paille, Astyan déclara :

– Tu ne t'es pas fait que des amis.

– Je m'en moque. Je ne mets presque jamais les pieds à Leoness ; je préfère la forêt.

– Oui, mais il faudra te méfier d'eux. Ce Frahden me semble honnête, mais les deux autres ne vont pas oublier l'affront.

– Tout cela est ridicule. Ces vaniteux s'imaginent qu'ils sont capables d'abattre la Bête à eux seuls. Mais jamais nous ne pourrons vaincre cette créature sans lui tendre un piège infaillible. Elle est plus puissante qu'un troupeau d'aurochs, et elle est intelligente.

– Leurs armes seront inefficaces contre le monstre. Il faut en utiliser d'autres.

Il se tourna vers elle avec un sourire énigmatique.

– Nous ne sommes pas obligés de nous joindre à eux, dit-il. Un berger m'a confié l'endroit où la Bête avait commis son dernier méfait. Tucos saura nous y conduire.

– Tu te sens de taille à affronter ce monstre tout seul ?

– Peut-être ! Mais cela risque d'être dangereux. Es-tu prête à me suivre ?

– Oui ! Il serait plus prudent d'organiser la battue avec les autres, mais je n'ai aucune confiance en eux.

Les yeux d'Attalante s'allumèrent d'un reflet farouche sous la lueur de la lampe à huile.

– Et je veux tuer la Bête moi-même.

– Alors c'est d'accord. Nous partirons à l'aube. Même si les autres voulaient nous suivre, nous aurions tôt fait de les semer.

Le lendemain, un temps brumeux avait remplacé le soleil de la veille. Des nuées impalpables se répandaient sur les sommets environnants, coulant dans le fond des vallons comme des fantômes mouvants. Après avoir confié la pouliche à un paysan, Astyan et Attalante se mirent en route. Les autres chasseurs, épuisés par leur soûlerie de la veille, dormaient encore.

Quatre jours auparavant, un troupeau de moutons avait été dévoré dans une haute combe située vers le nord. On n'avait pas retrouvé le berger. Mais la Bête se déplaçait beaucoup ; il n'était pas sûr qu'elle fût encore dans les parages. Il faudrait sans doute la pister.

Après une course soutenue, ils parvinrent sur les lieux en fin de matinée, et s'approchèrent avec prudence. Peu rassuré, le chien Tucos poussait des gémissements plaintifs et paraissait inviter ses compagnons humains à rebrousser chemin.

– Il a peur, dit le Titan. Il a reconnu l'odeur du monstre.

Mais l'endroit semblait désert.

– Apparemment il n'est plus là, dit Attalante, essoufflée.

Astyan se laissa tomber sur un tronc d'arbre.

– Eh bien, tant mieux. Je ne me sentais pas de taille à l'affronter après une course pareille. Où donc as-tu appris à courir comme ça ?

– Je suis une fille de la forêt.

Elle hésita, puis ajouta :

– C'est elle qui m'a élevée.

Astyan comprit au ton de sa voix qu'elle avait envie de lui avouer quelque chose. Mais elle n'était pas encore décidée. Il n'osa insister. Après avoir repris son souffle, il se releva et étudia les lieux.

– Il n'y a plus rien. Je me demande si nous n'avons pas perdu notre temps.

Ils fouillèrent la combe rocailleuse. Tout à coup Attalante interpella le Titan. Elle s'était aventurée au creux d'une ravine, au fond de laquelle coulait un torrent.

– Astyan, viens voir !

Il la rejoignit, suivi par Tucos. Une odeur pestilentielle se dégageait d'une sorte de renfoncement situé sous le plateau granitique. Ils s'avancèrent avec précaution et découvrirent un véritable charnier.

– Ce sont des moutons ! dit la jeune fille.

Elle examina les restes macabres.

– Mais qu'est-ce qui a pu les déchiqueter ainsi ? Jamais un loup n'aurait causé ces blessures.

– Ce ne sont pas des loups. Ils les auraient dévorés entièrement et n'auraient laissé que les os.

– Alors quoi ?

Astyan écarta les mains en signe d'impuissance.

– Aucune idée.

Attalante se hissa sur une plate-forme rocheuse surplombant la ravine. Soudain elle poussa un hurlement. Astyan bondit pour la rejoindre. Elle semblait pétrifiée d'horreur.

– Là ! Regarde !

Sur le sol gisait le cadavre d'un homme. Ou ce qu'il en restait.

19

Attalante se détourna pour vomir. Astyan lui-même ne put retenir un haut-le-cœur. Le corps de l'homme était à demi sectionné à la hauteur de l'abdomen ; des nuées d'insectes et de petits charognards avaient déjà commencé leur œuvre de nettoyage. Sur les chairs déchiquetées un sang noir avait coagulé. Une odeur insoutenable émanait du cadavre ; le visage dévoré ne comportait plus qu'un œil, qui regardait fixement les deux jeunes gens. L'homme était lui aussi chasseur, comme en témoignait la lance acérée qu'il tenait encore dans la main. À quelques pas, son autre main, arrachée, était encore refermée sur une hache de belle taille, preuve que l'homme avait dû combattre avant d'être mis en pièces.

– Par les dieux, murmura Attalante, qu'est-ce qui a pu le massacrer ainsi ?

Elle resserra sa veste de cuir autour d'elle, dans un geste de protection.

– Je me demande si nous avons été bien prudents de nous lancer à la poursuite de cette abomination tout seuls.

Astyan s'accroupit et étudia les traces laissées sur le sol. Puis il se releva, le visage perplexe.

– Je crois savoir de quel animal il s'agit. Mais c'est impossible, jamais il n'en a existé de cette taille.

– Qu'est-ce que c'est ?

– Regarde !

La jeune femme se pencha sur une empreinte.

– On dirait... la marque d'un sanglier.

– Oui ! Un sanglier géant.

Attalante se redressa.

– Ce doit être un véritable monstre.

– Lorsqu'il a attaqué le campement de tes frères, n'as-tu rien vu ?

– Non, il faisait trop sombre. J'ai pensé à un énorme aurochs, mais ceux-ci ne mangent pas de chair humaine.

– En revanche, les sangliers sont aussi des carnivores. En général ils se nourrissent de végétaux, mais ils mangent aussi des escargots ou de petits rongeurs. Celui-ci, en raison de sa taille, n'hésite pas à s'attaquer à des troupeaux. Même les meutes de loups doivent le fuir.

Elle s'appuya sur sa lance.

– Mais comment allons-nous faire pour le tuer ? Son cuir doit être aussi dur que du bois.

– Tout d'abord, il faut savoir où il se trouve. Il est passé ici il y a près de six jours, mais nous devrions pouvoir suivre ses traces. Ses empreintes sont parfaitement visibles.

Suivant la piste du monstre, ils découvrirent dans la soirée les restes d'un cerf.

– Il n'hésite pas à s'attaquer à des herbivores de grande taille, dit Astyan.

Épuisée, Attalante se laissa tomber sur le sol.

– Nous ne viendrons jamais à bout de ce monstre, Astyan. Comment veux-tu que nos lances le transpercent ?

Astyan s'assit à ses côtés.

–Nous n'utiliserons pas nos lances. J'ai une autre idée.

Il posa la main sur son grand sac de cuir. Elle le regarda, intriguée.

–Qu'est-ce que tu as là-dedans ?

–Je t'expliquerai demain. Nous allons nous arrêter pour la nuit. Le soleil est presque couché. Nous ne pouvons rien faire de plus aujourd'hui.

Attalante acquiesça d'un signe de tête, puis demanda :

–Tu ne crains pas que les autres ne retrouvent le monstre avant nous ?

–Il vaudrait mieux pour eux qu'ils ne le découvrent pas. Leurs armes ne parviendront jamais à le tuer.

À quelque distance, il repérèrent une caverne creusée dans le flanc de la falaise.

–Nous allons nous installer ici. Je crains qu'il ne pleuve cette nuit.

Ils se dirigèrent vers la grotte. Soudain un grondement inquiétant se fit entendre ; l'instant d'après, un énorme ours brun surgissait des sous-bois. Astyan saisit sa lance et lui fit face.

–Non ! cria Attalante. Laisse-moi faire !

Avec angoisse, il vit la jeune fille se diriger calmement vers le fauve tout en lui parlant. L'ours marqua un temps d'arrêt, puis s'avança vers elle en émettant de légers grognements. Stupéfait, le Titan vit sa compagne caresser l'animal comme s'il s'était agi d'un chien.

–Tu peux venir. Il ne te fera pas de mal, dit-elle.

Il s'approcha à son tour. L'ours vint le flairer, puis se frotta contre ses jambes. Satisfait, il s'éloigna ensuite vers la forêt, comme il était venu.

–Comment fais-tu cela ? s'étonna-t-il.

–Les ours sont mes amis, répondit-elle d'un air énigmatique.

Astyan secoua la tête, songeant à Callisto et à l'ourse

Deïra. Décidément, les femmes qu'il rencontrait avaient la passion de ces animaux.

Peu après, ils s'installèrent dans la grotte. Tandis qu'Astyan se mettait en devoir d'allumer un feu de camp, elle l'observa. Elle n'avait même plus la force de l'aider. Lorsqu'il revint s'asseoir près d'elle, elle déclara :

– Tu es un homme extraordinaire, Astyan. On dirait que la fatigue n'a pas de prise sur toi. J'ai peine à l'admettre, mais c'est la première fois que je rencontre quelqu'un de plus résistant que moi.

Il sourit, mais ne répondit pas. Il sortit de son bandoulier de cuir de larges portions de viande fumée, qu'il découpa en trois parts ; il en tendit une à sa compagne et l'autre à Tucos.

– Nous avons tous besoin de reprendre des forces. Demain, une rude tâche nous attend.

Plus tard, alors que la nuit s'était installée sur la forêt, Attalante se rapprocha du Titan.

– Je suis heureuse de faire équipe avec toi, Astyan. Parmi tous les chasseurs, tu es le seul qui m'ait prise au sérieux. Les autres me méprisent parce que je suis une femme. Ils n'ont qu'une idée en tête : passer la nuit avec moi.

– Il ne faut pas leur en vouloir. Tu es très belle.

Un peu gênée, elle répondit, après un court silence :

– Je ne sais pas. Dans mon clan, les hommes me respectaient. Jamais ils n'ont tenté de m'approcher. La vieille Balasha l'avait interdit.

– Qui est Balasha ?

– La vieille femme qui dirige le clan. Elle sait entrer en communication avec le monde des esprits. Elle a prédit que je ne devais jamais connaître l'homme. Si un jour cela se produisait, cela déclencherait une catastrophe effroyable, qui engendrerait la mort et la destruction.

Astyan sourit.

– À ce point-là ?

– Ne te moque pas, Astyan. Ses prédictions se sont toujours vérifiées. Et les hommes du clan la croyaient.

– Et toi ?

– Moi aussi. C'est elle qui m'a élevée.

Elle médita quelques instants, puis commença une étrange histoire.

– En vérité, je n'ai jamais connu mes parents. Dans la tribu, les chasseurs racontent qu'ils m'ont trouvée dans la forêt alors que je n'avais pas plus d'un an. J'étais couverte de boue, et je vivais en compagnie de deux oursons. Ils ont dit qu'une ourse m'avait recueillie et élevée avec ses petits. J'ignore si c'est vrai, mais je sais que les ours ne m'effraient pas. Jamais je n'ai pu les tuer. Lorsque j'en rencontre un dans la forêt, je marche vers lui et je lui parle. Il vient à moi et je peux le caresser. J'ai l'impression de les comprendre.

« Les chasseurs m'ont confiée à Balasha. Normalement, elle aurait dû me donner à une femme qui ne pouvait pas avoir d'enfant. Mais elle a voulu me garder près d'elle. J'ai été élevée avec ses fils.

Elle essuya ses yeux brillants de larmes.

– Ils étaient quatre, tous plus âgés que moi. Les plus vaillants chasseurs du royaume. Et ce monstre les a tués. Khoros m'a sauvée en construisant ce brancard, mais il y a laissé la vie.

Astyan l'attira contre lui. Troublée, elle se laissa faire.

– Nous les vengerons. Je te le promets.

– Balasha affirme que je ne suis pas une femme comme les autres. Elle pense que le sang des dieux coule dans mes veines, à cause de ce signe que tu as découvert quand tu m'as soignée. C'est pour cela que je dois rester vierge. Sinon, les divinités s'offenseront et déchaîneront leur colère. Elle a dit que l'homme qui m'aimera sera cause de ma mort.

– Rien n'est jamais inéluctable, Attalante. Chacun est maître de son destin. La volonté de vivre peut repousser la mort elle-même.

– Tu ne crois pas à la prédiction ?

– Il est possible que Balasha ait entrevu quelque chose, une menace à laquelle tu serais liée. Certaines personnes sont douées de double vue. Mais tu peux vaincre le sort si tu sais te montrer forte, et que tu fais confiance aux dieux bienveillants. Jamais ils n'accepteraient qu'une femme se contraigne à rester vierge si elle ne le désire pas.

– Mais ils sont les maîtres de nos vies...

– Non ! Ils nous respectent. Seuls de faux dieux pourraient vouloir dominer les hommes. Mais il est toujours possible de les combattre, et de les vaincre.

Un peu timidement, elle demanda :

– Tu as déjà combattu des dieux ?

Il serra les dents, puis répondit :

– Oui ! Ou des êtres qui se faisaient passer pour tels. Ils ne sont pas invincibles. À présent, nous allons dormir. Tucos nous préviendra s'il se passe quelque chose.

Attalante n'osa insister. Elle s'enroula dans sa couverture et se rapprocha du feu. Astyan la regarda longuement. Une nostalgie étrange s'empara de lui. Attalante ne possédait pas la beauté éblouissante d'Anéa, ni celle, plus fragile, de Callisto. Ses cheveux coupés courts lui conféraient un peu l'allure d'un garçon. Mais il se dégageait d'elle une sensualité sauvage que venait renforcer le parfum d'herbe sèche qui émanait de sa peau. Et son corps était magnifiquement proportionné : ses jambes étaient longues et fines, sa poitrine haute et ferme. La chaleur de l'haleine de la jeune fille dans son cou avait troublé Astyan bien plus qu'il ne l'aurait souhaité. Un peu nerveux, il s'enveloppa dans sa propre couverture.

Depuis bien longtemps, il n'avait pas goûté la douceur de la peau d'une femme. Mais il fit taire son envie de la prendre dans ses bras. Elle désirait rester vierge et lui avait accordé sa confiance : il était hors de question de la trahir. Il sourit intérieurement. Le corps de l'homme était-il donc si faible ?

Mais il y avait autre chose que l'attrait charnel. Il s'était attaché à la jeune chasseresse : il aimait sa compagnie, sa conversation, appréciait son enthousiasme, sa joie de vivre, sa sensibilité, son intelligence subtile. Il s'endormit en respirant son parfum, mêlé aux effluves de résine qui se dégageaient du feu.

Le lendemain, Astyan s'éveilla à l'aube. Le soleil de la veille n'était plus qu'un souvenir ; des nuages sombres avaient envahi le ciel, plongeant la forêt dans un univers de brumes mouvantes. Il ranima le feu et sortit de son sac de cuir un étui contenant une étrange poudre sombre. Lorsque Attalante s'éveilla à son tour, elle s'étonna.

– Que fais-tu ?

– Je prépare les armes qui vont nous permettre de tuer la Bête.

Intriguée, elle le vit introduire la poudre mystérieuse dans de courts cylindres de bois évidés, dans l'axe desquels il avait fait passer de longues flèches.

– C'est quoi, cette poudre ?

– Une mauvaise surprise pour notre monstre. Un mélange de salpêtre, de charbon d'aulne et de soufre. Je l'avais fabriquée en vue de mon départ, je ne pensais pas en avoir besoin avant. Il me faudrait aussi autre chose. Pourrais-tu me ramasser un maximum d'éclats de silex ? Tu en trouveras le long de la falaise.

Elle acquiesça. Lorsqu'elle eut terminé sa récolte, il

ajouta les morceaux de silex dans les cylindres, qu'il scella avec de la résine. Il prépara ainsi une douzaine de flèches, qu'il équipa de pointes d'acier acérées. Lorsque tout fut prêt, Attalante demanda :

– Es-tu sûr que ces... choses seront suffisantes pour abattre la Bête ?

– Nous allons bien voir.

Il prit une flèche, dont il enflamma la mèche, puis tendit son arc. Le trait décrivit une parabole lumineuse et vint se ficher dans une souche morte.

– Mais... cela ne lui fera rien ! s'exclama Attalante.

Elle avait à peine fini de parler qu'une déflagration assourdissante réveilla les échos de la forêt. Une fumée épaisse s'élevait à l'endroit où, quelques instants plus tôt, se trouvait le tronc d'arbre. Astyan et sa compagne s'avancèrent ; stupéfaite, Attalante constata que la souche avait été déchiquetée.

– Çà alors, dit-elle. C'est de la magie !

– De la chimie tout au plus. Viens, nous pouvons nous remettre en route.

Cependant, la poursuite du monstre ne s'avéra pas aisée. Contrairement à ce qu'il avait espéré, Astyan ne pouvait compter sur le secours de Tucos. Celui-ci se mettait à gémir comme un chiot dès que le Titan l'incitait à suivre les traces laissées par la Bête.

Vers le milieu de l'après-midi, ils arrivèrent sur un escarpement rocheux dominant une vallée qui menait vers le village de Khalydonia. Une épaisse forêt de chênes et de châtaigniers s'élançait à l'assaut de promontoires couverts d'une brume que le jour ne parvenait pas à dissiper.

Soudain une immense clameur retentit dans le fond de la vallée.

– Que se passe-t-il ? s'écria Attalante.

– J'ai l'impression que d'autres chasseurs ont débusqué la Bête, dit-il.

– Ils l'auront tuée avant que nous ne les ayons rejoints.

– Je l'espère pour eux. Mais je pense qu'il vaudrait mieux leur porter secours.

Ils dévalèrent les pentes abruptes en direction du lieu d'où émanaient les échos d'une bataille furieuse. Répercutés par les hautes collines cernant la vallée, des hurlements déchiraient le silence de la forêt. Le cœur battant, Astyan et sa compagne ne percevaient que des bribes du combat. Mais les clameurs rageuses du début firent bientôt place à des cris de terreur et d'agonie. Enfin ils atteignirent le fond de la vallée, où coulait un torrent chargé des pluies du printemps.

– Il n'y a personne, s'écria Attalante, hors d'haleine. Où sont-ils passés ?

Astyan ne répondit pas. Il s'approcha du cours d'eau tumultueux puis se détourna. Son visage était d'une pâleur mortelle.

– Nous sommes arrivés trop en aval, dit-il.

La jeune femme se pencha à son tour sur le torrent et se mit à vomir. À peu de distance, une masse sanglante qui ressemblait à une jambe sectionnée glissait lentement au fil du courant.

20

Astyan saisit sa lance, tous les sens aux aguets. Mais le tumulte de la bataille avait cessé. En raison de la brume rampante, la vue ne portait pas à plus d'un lancer de flèche.

– Reste près de moi, intima le Titan à sa compagne.

La jeune femme obéit. Elle ne redoutait aucun des fauves qui hantaient les forêts. Elle avait déjà secouru des hommes blessés ou tués par des carnassiers, comme les loups géants ou les tigres-sabres. Mais on pouvait abattre ces animaux avec de bonnes armes. Avec circonspection, ils remontèrent le cours du torrent. Des geignements de douleur émanaient d'un endroit situé en amont.

– On dirait des chiens, suggéra Attalante, plus morte que vive.

Devant eux apparut une cascade, dont les eaux bouillonnantes avaient pris une teinte rosée. La jeune fille pâlit.

– Du sang ! souffla-t-elle.

– Je vais passer devant ! dit le Titan à sa compagne.

Contournant la chute d'eau, ils escaladèrent un amas rocheux menant au niveau supérieur. Devant Astyan apparut soudain une clairière, au milieu de laquelle s'étendait un petit étang né d'un éboulement qui avait entravé la course du torrent. Une odeur âcre le prit à la gorge. Lorsque Attalante le rejoignit sur la plate-forme rocheuse dominant l'étang, Astyan la prit contre lui.

– Par les dieux ! Ne regarde pas ! dit-il d'une voix blanche.

– Laisse-moi ! Je suis une chasseresse, dit-elle en se dégageant.

Elle s'écarta de lui, puis sa bouche s'ouvrit sur un cri qui ne voulait pas sortir. Elle hoqueta de stupeur et revint se blottir contre Astyan, bredouillant d'une voix tremblante :

– Mais que s'est-il passé ?

Deux cadavres de cerfs éventrés baignaient à demi dans l'eau glacée de la mare. Mais ils n'étaient pas seuls. Tout autour gisaient les corps d'une vingtaine de chasseurs. Certains avaient été déchiquetés et traînés sur le sol ; d'ignobles guirlandes sanglantes jonchaient les lieux, mêlant sans distinction les restes des chiens de chasse et de leurs maîtres. Trois vautraits encore vivants, couverts de sang, poussaient des gémissements lugubres. Aucun des humains n'avait survécu. Le monstre semblait s'être acharné sur eux afin de les réduire en pièces. Des lances brisées, des arcs, des carquois vides s'éparpillaient un peu partout, inutiles et dérisoires.

– C'était le groupe des nobles, dit le Titan en reconnaissant le corps de l'individu qui avait agressé Attalante la veille.

La mort dans l'âme, il s'approcha de l'un des chiens. Blessé à l'abdomen, celui-ci ne survivrait pas à ses blessures. L'animal lui jeta un regard implorant. Alors Astyan dégaina son poignard d'orichalque, saisit la tête de la bête et murmura :

– Pardonne-moi, petit frère !

Puis il lui trancha la gorge d'un geste imparable. Il renouvela l'opération avec les autres, tous deux éventrés. Lorsqu'il se releva, Attalante le contemplait avec des yeux effrayés.

– C'était la seule chose à faire, petite. Ils souffraient trop.

Elle se mit à sangloter.

– Astyan, nous ne pouvons vaincre ce monstre. Il vient de tuer plus de vingt chasseurs en quelques instants.

– Raison de plus pour le détruire.

Soudain un appel retentit à quelque distance.

– On dirait que ça vient de plus haut.

Ils s'avancèrent avec prudence ; en raison de la brume, ils ne voyaient pas très loin. Tout à coup une voix les interpella.

– Au secours !

Ils levèrent les yeux, pour découvrir l'un des nobles perché dans les plus hautes branches d'un arbre. Astyan le reconnut immédiatement.

– Frahden !

Il ne semblait pas blessé, mais ses yeux reflétaient la terreur.

– Tu peux descendre, lui lança Astyan. Le monstre est parti.

Il se laissa glisser à bas de l'arbre. C'est à peine s'il pouvait parler. Tremblant de tous ses membres, il gémit :

– Il va tous nous tuer...

– Que s'est-il passé ? demanda Astyan.

– Nous avions établi notre campement ici pour la nuit. Nous savions que des animaux viendraient boire le lendemain. Il y avait déjà ces deux charognes de cerfs ; nous étions sûrs qu'ils avaient été tués par la Bête. Avec un peu de chance, nous pensions qu'elle se montrerait. Nous avons armé nos arcs, préparé nos lances, et patienté. Nous avions vu juste. Vers la fin de l'après-midi, le monstre est apparu. Mais nous ne nous attendions pas à une telle abomination.

Ses yeux s'agrandirent d'effroi.

– Cela ressemblait à un sanglier. Mais c'était plus gros qu'un aurochs. Ses yeux noirs paraissaient dépourvus de vie. Sa gueule monstrueuse était pourvue de deux énormes défenses, plus longues que les deux bras d'un homme.

Il désigna une trouée menant vers les hauteurs.

– Il est venu par là. Il nous a regardés, puis il a déboulé sur nous comme la foudre. Nous l'avons criblé de flèches et de lances, mais son cuir est si épais que pas une arme n'a pu l'entamer. Nous avons lâché les chiens ; il les a éventrés les uns après les autres.

Il se mit à sangloter.

– Astyan, cet animal est une monstruosité envoyée par les dieux des Ténèbres. Nous ne pouvons rien contre lui. Il nous a poursuivis, l'un après l'autre. Ce fut un carnage. Pas un de mes compagnons n'en a réchappé. Il s'est acharné sur leurs corps et les a dévorés.

– Et toi ?

– J'avais tellement peur... J'ai réussi à grimper sur cet arbre. Par chance, il ne m'a pas vu.

Il saisit soudain la veste d'Astyan.

– Il te tuera, comme il a tué les autres. Fuis pendant qu'il est encore temps. Et emmène cette fille avec toi ; elle est trop belle pour mourir ainsi.

Il se remit à pleurer.

– Je ne suis pas un lâche, Astyan. Je suis un chasseur. Mais que pouvais-je faire ? Aucune arme n'est capable d'entamer sa cuirasse.

Le Titan regarda autour de lui. Il comprenait le Leonessien. Devant une telle boucherie, le plus brave des hommes eût été pris de terreur. Il dit doucement :

– Tu n'as rien à te reprocher, Frahden. Tu vas regagner la cité avec Attalante. Cette chasse est trop dangereuse pour elle.

– Je ferai ce que tu voudras.

La jeune fille intervint.

– Astyan ! Il est hors de question que je redescende à Leoness. Je reste avec toi.

– C’est de la folie ! Tu as vu ce dont est capable cette abomination !

– Et alors ? Crois-tu être assez fort pour le vaincre seul ?

– Je possède des armes capables de le détruire. Et je ne veux pas que tu meures.

Elle vint à lui et lui prit les mains.

– Moi aussi je tiens à toi, Astyan. Je refuse de t’abandonner. Je suis libre ; tu n’as pas à me dicter ma conduite. Et j’ai un compte à régler avec cette saloperie. Je suis sûre que tu détiens le moyen d’anéantir ce monstre. Mais tu n’y parviendras pas seul ; il te faut de l’aide.

– Et pourquoi ?

– Pour servir d’appât.

– D’appât ?

– Cette monstruosité a l’habitude de venir chasser autour de cet étang. C’est ici que nous l’attendrons. Je me tiendrai sur la rive. Toi, tu l’intercepteras avec tes flèches avant qu’il ne puisse me tuer.

– Tu es folle ! s’écria le Titan. Tu ignores si mes armes sont assez puissantes !

– C’est un risque à courir.

Le Leonessien les contempla avec des yeux ébahis.

– Vous êtes aussi cinglés l’un que l’autre. C’est un monstre envoyé par les dieux. On ne peut pas le tuer. Il vous dévorera, vous aussi.

– Tu n’es pas obligé d’assister à la scène, répliqua sèchement Attalante. Tu ferais mieux de partir tout de suite, au cas où il reviendrait.

L’autre s’écarta. Puis il contempla les corps de ses compagnons, les chiens morts... Il revint vers eux.

– Alors je reste aussi, clama-t-il farouchement. Je pourrai vous être utile. Par Yawehah, j’y laisserai peut-être la vie, mais s’il existe une chance de détruire cette ordure, je veux la courir.

Astyan le prit par l'épaule.
– Voilà qui est parlé en homme, Frahden.

Surmontant leur écœurement, tous trois se mirent en devoir d'ensevelir les corps des chasseurs et de leurs chiens. Puis Astyan vérifia les armes qu'il s'était fabriquées la veille. Elles constituaient leur seul atout. Plusieurs fois, il tenta de raisonner Attalante, mais celle-ci refusa d'entendre ses arguments.

– Ton odeur va faire fuir les cervidés qui viennent boire ici à l'aube, dit-elle. Moi, je ne risque pas de m'enfuir. Il me chargera. Alors ma vie reposera entre tes mains.

– Tu es complètement folle.

– Non ! Nous pouvons lui tendre un second piège. Et c'est là que notre ami Frahden va nous aider.

– Comment cela ?

– Regarde !

Elle désigna deux arbres rapprochés, situés sur les rives de l'étang.

– Ce sont des saules. Leur bois est souple. Imagine une rangée d'épieux acérés, plaqués au sol, mais reliés aux branches de ces arbres par des cordes tendues. Il suffirait de trancher les cordes pour que, au dernier moment, le monstre vienne s'empaler sur les épieux. Je me tiendrai derrière pour l'attirer dans le piège.

– C'est de la démence ! s'écria Frahden.

– Non, plutôt une idée audacieuse, répondit Astyan d'un air pensif.

Il hocha la tête et ajouta avec enthousiasme :

– Mettons-nous au travail.

Le soir venu, ils avaient taillé une douzaine d'épieux qu'ils relièrent entre eux à l'aide de lianes, formant ainsi une sorte de herse aux pointes acérées, qu'ils bloquèrent contre une butée de roches prélevées dans le torrent.

Puis ils plaquèrent la herse contre le sol. Astyan plia les branches des deux saules de manière à amorcer le piège. Un cordage solide fut tendu, qu'il suffisait de trancher pour que les épieux se redressent à hauteur d'homme en une fraction de seconde. Après un essai concluant, le Titan déclara :

– Je persiste à dire que tu es folle, petite. Mais je pense que cela peut fonctionner.

Astyan dégaina son épée d'orichalque et le tendit à la jeune femme.

– Tu n'auras pas droit à l'erreur. La corde doit être tranchée d'un seul coup. Alors je te confie cette arme. Aucun être humain ne l'a utilisée jusqu'à présent.

Stupéfaite, Attalante saisit l'épée, émerveillée par sa beauté. Astyan se tourna vers Frahden.

– Es-tu prêt à m'aider, toi aussi ?

– Où devrai-je me placer ?

– Près de moi. Tu enflammeras mes flèches lorsque je te le dirai.

La nuit venue, personne ne put fermer l'œil. Au fond, chacun redoutait que le monstre ne survînt avant l'aube. Malgré la bravoure dont il voulait faire preuve, Frahden tremblait de peur ; il ne parvenait pas à oublier les images abominables qui hantaient son esprit. Ses cinq compagnons avaient été déchiquetés sous ses yeux. Et ce n'était pas avec des flèches enflammées que l'on parviendrait à détruire la Bête.

Lorsque vint le matin, une petite pluie fine se mit à tomber. Soudain, au milieu de la matinée, un grondement caverneux retentit dans les sous-bois, en provenance des hautes combes.

– Le voilà ! murmura Frahden, plus mort que vif.

21

Attalante avait pris place sur la rive de l'étang, derrière le piège de la herse dissimulé sous des feuilles mortes. Elle tenait fermement l'épée d'orichalque en main. Astyan et Frahden attendaient, postés en retrait. Près d'eux, les flèches explosives étaient posées sur le sol, prêtes à l'emploi.

Le grondement s'amplifia, mêlé à des craquements de branchages brisés. Tout à coup, un animal effrayant apparut à l'orée de la forêt. Le Titan avait deviné juste : il s'agissait bien d'un sanglier ; mais, pour une raison inconnue, il s'était développé de manière anormale. Sa taille atteignait celle d'un éléphant ; deux défenses épaisses saillaient de sa gueule énorme, longues de plus de trois coudées. Une meute de loups géants eût été incapable d'en venir à bout. Cependant, malgré ses dimensions impressionnantes, il se déplaçait avec une rapidité étonnante.

Prise de frayeur, Attalante faillit s'enfuir. Puis elle se maîtrisa et attendit, les mains fermement agrippées à la poignée de l'épée. Astyan sentit son sang se figer dans ses veines ; face au monstre, la jeune fille paraissait si fragile... Adressant une prière muette à son père divin pour que son stratagème fonctionne malgré l'humidité de la nuit, Astyan saisit son arc, qu'il arma d'une flèche.

Le sanglier géant marqua un temps d'arrêt et huma l'air, scrutant les lieux de ses yeux noirs, vides de toute expression. Repérant la petite silhouette qui semblait le narguer, là-bas, à proximité de l'eau, il gratta le sol avec fureur, puis chargea.

– Astyaaaan ! hurla la jeune femme.

– Le piège ! hurla le Titan. Sers-toi de l'épée quand je te le dirai !

Voyant le monstre se ruer sur elle, Attalante eut un mouvement pour trancher immédiatement la corde qui retenait la herse. Mais elle arrêta son geste au dernier moment : il était trop tôt. Avec courage, elle attendit que la Bête fût assez proche.

– Maintenant ! hurla le Titan.

La jeune fille porta un coup violent sur le cordage ; l'instant d'après, les douze épieux se dressèrent devant le monstre. Celui-ci, emporté par son élan, s'empala sur les pointes acérées, qui s'enfoncèrent profondément dans son poitrail. Il poussa un épouvantable rugissement de douleur et de fureur, tandis qu'Attalante s'esquivait. L'animal se débattit, tentant d'arracher les piques fichées dans son cuir épais. Mais le Titan les avait taillées en crochets, afin qu'elles restassent plantées dans les chairs.

Astyan enflamma la résine, banda son arc et tira. Une traînée de feu s'inscrivit dans le ciel et vint se loger dans le cou de l'animal, qui brama de plus belle.

– Une autre ! ordonna le Titan à son compagnon.

Frahden alluma une deuxième flèche, qui se ficha dans l'œil même de la Bête. Une odeur de chair grillée se répandit dans l'air. Une troisième, puis une quatrième suivirent. Soudain une déflagration secoua les entrailles des trois chasseurs : la poudre contenue dans les gaines de métal venait d'exploser. Deux autres lui succédèrent.

– Par Yawehah, quelle est cette sorcellerie ? balbutia le Leonessien.

– Une petite invention de ma part, expliqua le Titan.

Un grondement furieux retentit ; le monstre, dans un ultime effort, était parvenu à se dégager du piège de la herse. Sa chair était mutilée en plusieurs endroits ; des rigoles de sang coulaient sur ses flancs énormes. Malgré cela, il vivait toujours. La flèche plantée dans son œil n'avait pas explosé. Rendu dément par la douleur, il tenta de s'en débarrasser.

Soudain les deux hommes virent la jeune chasseresse bondir vers le monstre et sauter sur son échine, l'épée brandie.

– Nooon ! hurla le Titan.

Mais elle n'écoutait pas. Malgré les mouvements de l'animal, elle parvint à se hisser sur son dos, leva l'épée et frappa de toutes ses forces, juste derrière la nuque. L'arme s'enfonça jusqu'à la garde. Le monstre poussa un grondement horrible puis effectua un saut en arrière. Attalante, désarçonnée, bascula sur le sol. Le sanglier se retourna, l'aperçut et chargea. La jeune fille n'eut que le temps de bondir sur le côté pour éviter l'assaut. Sa rapidité à la course la sauva. Elle revint vers ses compagnons, qui avaient assisté, impuissants, à son exploit.

La Bête, chancelante, hésita, puis, ayant repéré l'ennemi, fonça sur le groupe. Astyan saisit un lourd épieu qu'il avait gardé en réserve et écarta les deux autres. Le sanglier se rua sur lui. Il l'attendit de pied ferme, puis chargea à son tour. Bandant ses forces, il enfonça l'épieu dans l'autre œil du monstre ; celui-ci, aveuglé, tenta d'éventrer son adversaire à l'aide de ses défenses. Mais il était trop tard. Astyan s'était placé hors de portée. Il revint vers son arc et arma une autre flèche, qu'il ficha dans la gorge même du sanglier. Sous l'explosion, la tête de la Bête fut déchiquetée par les éclats de silex. Enfin la masse monstrueuse s'écroula, inanimée.

Après la fureur du combat, un silence de mort s'installa sur les lieux. Puis Attalante s'avança avec prudence vers le cadavre énorme, et arracha la lame d'orichalque gluante de sang.

– Nous l'avons vaincu ! Nous l'avons vaincu ! hurla-t-elle.

Elle se précipita contre Astyan et éclata en sanglots. Puis tous deux ouvrirent les bras à Frahden. Celui-ci, étonné d'être encore en vie, déclara :

– Par Yawehah, jamais je n'ai rencontré de chasseurs de votre trempe. Je serai fier de vous présenter moi-même à Basérès, notre bien-aimé phareïs.

– Une part de la victoire te revient aussi, compagnon, dit Astyan.

Au sentiment de triomphe qui l'avait envahi se mêlait un autre : il allait enfin rencontrer le dieu-roi qui gouvernait la cité. Il pourrait alors lui parler de son navire, et peut-être infléchir sa décision.

Mais le Destin, qui aime tant à se jouer des hommes et des dieux, lui réservait une surprise encore plus étonnante.

22

Lorsque les trois chasseurs arrivèrent au village de Khalydonia, le lendemain, on les accueillit avec un enthousiasme proche du délire. La mort de la Bête signifiait la fin d'un long cauchemar. On organisa aussitôt une grande fête en leur honneur. Chacun se pressait pour admirer les défenses prélevées sur le monstre. Pendant que la grande majorité des villageois festoyaient, des messagers partirent annoncer la victoire à Leoness.

Aux abords de la cité, une foule en liesse les attendait, qui les escorta bruyamment à travers la Ville-Basse jusqu'à la Couronne, où elle fut arrêtée par les gardes. Les pauvres n'avaient pas le droit d'y pénétrer. Mais à l'intérieur, le récit du combat était déjà sur toutes les lèvres, et les plévéiens, délaissant leurs occupations habituelles, se bousculaient pour admirer les vainqueurs.

Peu rassurée, Attalante avait accepté de monter en croupe derrière Astyan. Une foule de pensées occupait l'esprit du Titan. Les Leonessiens constituaient un peuple bien étrange, capable de s'enthousiasmer pour quelques héros, mais aussi de sacrifier des esclaves à leur dieu cruel. Ces gens qui les acclamaient étaient ceux-là mêmes qui avaient assisté, quelques jours plus tôt, à l'immolation des victimes offertes à leur déesse de la Fertilité.

Traversant la ville intérieure, les trois chasseurs se dirigèrent vers la haute porte qui gardait l'entrée de la Shrinta. Le chef des gardes eut un mouvement de dépit en reconnaissant Astyan, qu'il avait éconduit sans ménagement quelques jours plus tôt. Mais le phareïs avait donné ses ordres : les vainqueurs devaient être accueillis avec courtoisie. Il fit s'écarter ses hommes, ouvrant le passage aux héros, qui durent toutefois abandonner leurs montures. Bien entendu, la foule des plévéiens ne fut pas autorisée à pénétrer à l'intérieur de l'enceinte sacrée.

Au-delà des portes, une armée de courtisans s'était déplacée pour accueillir les chasseurs. L'un des leurs figurait parmi eux ; l'honneur était donc sauf. L'abattage de la Bête revenait à son seul mérite ; les autres n'avaient fait que l'assister. N'étaient-ce pas eux qui portaient chacun une défense prélevée sur le monstre ? Leur taille témoignait des dimensions fabuleuses que devait avoir l'animal.

Cependant, on restait intrigué par le géant aux étranges yeux verts. De même, les hommes détaillaient avidement la jeune femme qui marchait à ses côtés. Son regard farouche, couleur d'or et d'émeraude, sa poitrine bien faite, devinée sous la veste de cuir noir, ses jambes longues et joliment dessinées attiraient l'œil. Sa beauté sans artifice tranchait avec insolence sur celle des femmes outrageusement maquillées de la cour.

Le cortège gravit ainsi l'allée bordée de cyprès menant vers la terrasse du palais royal. Parvenus sur l'esplanade qui dominait la cité, les chasseurs se retrouvèrent devant le gros Tyffos, qui pour une fois avait délaissé son palanquin. Il dédaigna de saluer le Titan et sa compagne, mais s'inclina de façon obséquieuse devant le jeune noble. À ses côtés se tenait Faerkos, qui observait Astyan de son regard énigmatique, dépourvu de sentiments.

– Le grand-prêtre est l'homme le plus puissant du royaume après le phareïs, expliqua discrètement Frahden.

– Nous nous sommes déjà rencontrés, répondit Astyan.

Il avait décidé d'accorder sa confiance au jeune noble. Il connaissait assez les hommes pour savoir que Frahden possédait un fond d'honnêteté, que sa vie au sein de la cour n'avait pu totalement pervertir. L'admiration qu'il éprouvait pour Astyan et Attalante était sincère.

Cependant, le Titan se tenait sur ses gardes. Frahden pouvait très bien s'attribuer seul le mérite de la victoire. Personne ne songerait à mettre sa parole en doute. Il était déjà assez frustrant de devoir accueillir dans l'enceinte sacrée des représentants de ces sous-humains qui peuplaient la Ville-Basse ; que l'un d'eux fût un étranger était un affront supplémentaire. Mais le phareïs avait décidé de les recevoir. Basérès, fin politique, prétendait qu'il fallait de temps à autre mettre des gens du peuple en valeur. Leur gloire rejaillissait sur les autres et calmait les velléités de rébellion.

Écartant le gros Tyffos, pour lequel il ne dissimulait pas son mépris, Faerkos guida les trois chasseurs vers un trône surélevé, surmonté d'un dais orné d'une étoffe écarlate. Sur les marches étaient assises une douzaine de jeunes femmes à demi nues : les favorites du phareïs. Celui-ci se dressa pour accueillir les vainqueurs. C'était un homme de haute taille, au visage taillé à coups de serpe, aux traits marqués, qui devait approcher des soixante ans. Des rides profondes creusaient sa peau, mais son corps conservait une souplesse que lui auraient enviée des hommes bien plus jeunes. On racontait qu'il se livrait chaque matin à des séries d'exercices physiques sévères afin d'entretenir sa forme. Frahden avait expliqué à ses compagnons que le règne du phareïs s'achèverait dans moins de deux soleils, à moins qu'il ne parvînt à vaincre celui qui le défierait. Le jeune homme s'en était attristé. Basérès était un homme d'une grande rigueur morale, épris de justice, et profondément dévoué à la cause de la religion. Son dauphin le plus probable, Lyukhas, était un homme énigmatique, que tout le monde craignait un peu. Mais il comptait beaucoup de partisans à la cour, en raison de la fortune que sa charge de maître du Commerce lui avait permis d'accumuler.

Basérès scruta les trois chasseurs de son regard noir. Un silence de mort s'étendit sur la foule des courtisans. Puis le dieu-roi parla :

– Soyez les bienvenus, nobles chasseurs. Et toi tout d'abord, Frahden, mon neveu bien-aimé. On m'a rapporté que tu as accompli un exploit de grande valeur.

Frahden s'inclina, puis désigna ses compagnons.

– Si Notre Roi divin, fils de Yawehah, le permet, j'aimerais rétablir la vérité. Le mérite de cette victoire ne m'appartient pas. Car, sans les deux personnes que tu vois devant toi, je n'aurais pas le plaisir de te parler aujourd'hui. C'est à leur ingéniosité et à leur courage qu'il faut rendre grâce, mon divin oncle. C'est pourquoi j'ai tenu à ce qu'ils t'offrent eux-mêmes les défenses de la Bête.

Un murmure parcourut l'assemblée, que calma aussitôt un geste de Basérès.

– Cette loyauté t'honore, Frahden, dit le phareïs de sa voix basse. Est-ce donc à eux que je devrai verser la récompense ?

– Le plaisir d'être encore en vie et de te revoir m'est une récompense suffisante, noble Phareïs, répondit

Frahden en s'inclinant avec respect. Mais mon ami ici présent a une requête à formuler.

– Qu'il s'avance et parle en toute confiance, répondit le souverain d'une voix sourde.

Le Titan prit la parole.

– Pour ma part, je ne sollicite aucune récompense, noble Basérès.

Le roi eut un sourire amusé.

– Voilà une réaction plutôt inattendue.

– Je n'appartiens pas à Leoness, noble Phareïs. Mon nom est Astyan, prince de Poséidonia.

L'autre ne répondit pas immédiatement.

– Je le sais. Tu es cet étranger à moitié fou qui désire construire un navire invraisemblable pour vaincre l'Océan.

– Il n'y a aucune folie dans ce projet, Phareïs. Ce navire sera plus rapide que la meilleure de toutes les galères. La puissance des vents est de bien loin supérieure à celle des bras humains.

– Ce n'est pas ce que prétend mon conseiller, Hayorq.

– Il ignore sans doute certaines techniques que l'on connaît dans mon royaume. Mais tu ne peux lui en tenir rigueur. Le monde les a oubliées depuis bien longtemps. Pourtant l'*Arkas* peut devenir le plus beau vaisseau jamais construit à Leoness. Et je suis prêt à enseigner mon savoir aux constructeurs de ta cité, en échange de la levée de cette taxe ruineuse dont ton conseiller a cru bon de m'écraser.

À ce moment, un individu au regard sournois s'avança.

– N'écoute pas cet individu, Phareïs. Cet étranger est un fourbe et un hérétique. Sitôt son navire construit, il quittera Leoness en emportant sa fortune et ses secrets.

Astyan rétorqua sèchement :

– Qui que tu sois, sache que dans mon pays les étrangers sont accueillis avec courtoisie. Et ils restent libres de leurs actes, à condition qu'ils respectent les lois.

– Comment oses-tu m'adresser la parole ? riposta l'autre, vert de rage.

Astyan poursuivit calmement, s'adressant au phareïs.

– Noble Roi, j'ai déjà transmis nombre de mes secrets aux hommes qui travaillent sur le chantier. Les plans de mon navire resteront ta propriété. Le maître Phernaïm sera à tout moment capable de construire un autre vaisseau semblable au mien. Je ne demande qu'à partager mes connaissances avec vous.

– Tu mens ! cingla l'autre.

– Silence ! gronda Basérès. Hayorq, tu m'ennuies.

Puis il se tourna vers Astyan.

– Tu n'es pas un homme ordinaire, Astyan. Tu prétends être le prince d'un royaume qui, selon les légendes, n'existe plus. On dit aussi que tu possèdes des pouvoirs surnaturels, qui font de toi l'égal d'un dieu.

Astyan ne répondit pas. Le roi poursuivit :

– Faerkos m'a rapporté la manière dont tu as détruit la cité oubliée d'Yshtia, et nombre d'autres exploits. Tu viens d'en accomplir un nouveau. Pourtant tu as refusé de nous apporter ton aide dans la guerre qui se prépare contre les Lusites.

– Je suppose qu'il t'en a expliqué les raisons, Phareïs. Je ne peux combattre un peuple qui se bat pour sa liberté.

– Comment dans ce cas puis-je accéder à ta requête ? Car je suppose que tu désires me demander de lever la taxe exigée par Hayorq...

– C'est la seule récompense que je demande, Phareïs. En échange, je m'engage à te confier mes secrets. Et nombre d'autres qui pourraient faire de Leoness une cité puissante et riche.

– Ne l'écoute pas ! s'écria le conseiller. Cet homme est un étranger, et un hérétique.

Basérès leva la main.

– Hayorq, je suis seul maître de la décision à prendre. Je dois réfléchir aux propositions de cet homme. Elles me semblent honnêtes.

– Noble Roi...

– Silence ! hurla Basérès. Tu parleras quand je t'y autoriserai.

L'autre, furieux, s'exécuta, puis recula dans l'ombre du trône, en lançant un regard de haine pure au Titan. Contournant le trône, un autre personnage s'avança. C'était un homme de haute stature, âgé d'une trentaine d'années, vêtu d'habits aux couleurs chatoyantes, qui portait au côté un long sabre dont la poignée était ornée de pierreries. On s'écarta respectueusement sur son passage.

– Noble Roi, ne prends pas ombrage de la réaction de mon ami Hayorq. Il ne désire que défendre les intérêts de Yawehah et de Leoness. Cependant, je partage ton opinion au sujet de notre invité. Ses connaissances peuvent nous être utiles. Et puis, les Lusites ne représentent pas encore un grand danger pour nous. Ils ne s'attaquent qu'à des villages isolés. Je pense que le seigneur Astyan a largement mérité le droit de construire son vaisseau. Le moment venu, je suis certain qu'il saura nous prouver sa reconnaissance, au cas où ce chien d'Anthée lancerait une grande offensive contre le royaume.

– Tes paroles sont sages, Lyukhas, répondit Basérès après une courte réflexion. Astyan, je t'accorde donc le droit de poursuivre tes travaux. Et je lève la taxe demandée par Hayorq.

– Je te remercie, noble Phareïs. Et toi aussi, Seigneur Lyukhas.

L'autre le salua d'un signe de tête. Tout à coup, une impression étrange envahit le Titan : il lui semblait avoir déjà rencontré l'individu ; pourtant son visage lui était totalement inconnu.

Basérès se tourna alors vers Attalante. Frahden intervint.

– Noble Roi, je te présente la chasseresse Attalante. Sache que jamais je n'ai rencontré de femme plus courageuse : elle n'a pas hésité à bondir sur l'échine du monstre, alors qu'il était encore vivant, pour lui enfoncer une épée dans le cœur.

L'enthousiasme du jeune homme amusa Basérès.

– Curieux métier que celui de chasseur pour une femme, dit-il enfin. Approche, jeune fille. Rappelle-moi ton nom...

– Attalante, Seigneur !

Elle se dirigea d'un pas hésitant vers le phareïs. Celui-ci l'observa avec acuité ; tout à coup, son visage pâlit. Au mépris le plus absolu de l'étiquette, il descendit les marches du trône et se planta devant elle.

– D'où viens-tu ? demanda-t-il d'une voix blanche.

– Je fus élevée au Sud, dans le village de Varestan.

– Varestan ? Près des montagnes de Lycadie ?

– C'est là que des chasseurs m'ont trouvée, alors que je n'étais encore qu'un bébé. Ils disent que je fus nourrie par une ourse.

– Par Yawehah tout-puissant, murmura le dieu-roi.

Basérès posa une main tremblante sur l'épaule d'Attalante, puis, lentement, écarta sa veste de cuir noir, dévoilant sa poitrine nue. Pétrifiée, elle n'osa interrompre son geste. Au-dessus du sein droit apparut le signe en forme de trident. Des cris de stupeur montèrent de la foule.

– Silence ! s'écria le monarque.

Bouleversé, il caressa le visage d'Attalante, qui le laissa faire, effrayée. Elle lança un regard désespéré à Astyan, mais celui-ci lui adressa un sourire rassurant. Il avait déjà compris : les traits du dieu-roi et de sa jeune compagne présentaient des ressemblances indiscutables. Le Titan s'approcha.

– Je crois que tu as deviné juste, Phareïs. Cette jeune femme n'est autre que ta propre fille, que tu fis abandonner il y a longtemps dans les montagnes de Lycadie. Tu refusais d'avoir une fille et l'offris en sacrifice aux dieux. Mais ceux-ci lui ont conservé la vie. Et ils t'ont refusé toute autre descendance.

Basérès se tourna vers Astyan, furieux.

– Comment oses-tu...

Astyan ne se laissa pas impressionner.

– Et toi, voudrais-tu te laisser aller à la colère, alors que les dieux, dans leur immense bonté, te rendent aujourd'hui une fille que tu avais condamnée en raison de ton orgueil insensé ?

Un silence de mort s'était abattu sur la foule.

– Personne ne m'a jamais parlé sur ce ton, Astyan ! gronda Basérès.

– Parce que tu es entouré de courtisans qui redoutent de te dire la vérité en face. Je ne suis pas un courtisan, mais un prince, moi aussi. Et jamais je n'aurais abandonné l'une de mes filles aux bêtes féroces, comme tu l'as fait. Elle t'est redonnée aujourd'hui. Alors que ce jour reste dans les mémoires comme un jour de liesse et de fête.

Stupéfait, Basérès n'osa répondre. L'autorité émanant du Titan dominait la sienne. Et surtout ses paroles sonnaient juste. Il ne résista pas lorsque Astyan prit la main d'Attalante et la glissa dans celle de Basérès. Le dieu-roi, bouleversé, ne sut comment réagir. Puis il serra longuement sa fille dans ses bras. Lorsqu'il s'écarta d'elle, ses yeux brillaient.

– Pardonne-moi, ma fille, murmura-t-il. Cet homme a raison. Je n'ai écouté que mon orgueil. Mais les dieux sont bons, qui t'ont épargnée. Que le plus grand d'entre tous, Yawehah, soit remercié.

L'instant d'après, un grondement d'enthousiasme monta de la foule des courtisans. Basérès passa son bras autour des épaules d'Astyan et déclara :

– Écoutez-moi, tous ! Je veux que désormais cet homme ne soit plus considéré comme un étranger, mais comme un ami. La Shrinta ne lui sera plus jamais fermée, il pourra nous y rendre visite aussi souvent qu'il lui plaira. Que l'on prépare de grandes réjouissances.

Il s'adressa ensuite au Titan.

– On ne m'avait pas trompé, Astyan. Tu n'es pas un homme comme les autres. Sois sans crainte, je lève cette taxe exorbitante ; dès demain, tu pourras commencer la construction de ton vaisseau.

Demeuré en retrait, Lyukhas observait la scène. Un sourire étira ses lèvres.

23

– Voilà Attalante, s'écria Sikky, toujours flanquée de son inséparable Tucos.

Comme chaque jour depuis près de quinze lunes, la princesse venait rendre visite au Titan, sur le chantier où la construction de l'*Arkas* se poursuivait sans encombre. Les citadins avaient fini par adopter Astyan et ses Thuléens, qui bénéficiaient de la protection particulière du phareïs. Marasthos et ses truands poursuivaient leur garde insolite, se mêlant parfois aux ouvriers pour observer avec curiosité l'avance des travaux.

Astyan avait dû consacrer beaucoup de temps à l'instruction des charpentiers, forgerons et autres tisserands, mais ils avaient fini par assimiler l'art que leur enseignait le Titan. À présent la coque du navire était entièrement terminée, et l'on s'apprêtait à dresser les mâts. D'énormes grues avaient été fabriquées pour permettre la pose des grands troncs, désormais finement taillés et recouverts d'un vernis résistant.

Sikky se laissa glisser à bas de la poutre sur laquelle elle était juchée et s'approcha du Titan. Il s'accroupit pour être à sa hauteur.

– Tu sais ce que tu devrais faire, Astyan ?

– Non ! Mais je ne vais pas tarder à le savoir !

– Tu devrais l'épouser. Elle est vraiment belle.

Il prit la fillette dans ses bras et se redressa.

– J'y songerai, ma petite crevette. Mais tu sais qu'un étranger ne peut pas épouser la fille du phareïs.

– Mais tu l'aimes ! Et elle aussi, elle t'aime !

Il faillit éclater de rire.

– Comment sais-tu cela ?

– Ça crève les yeux ! T'as pas vu comment elle te regarde ? Et toi, c'est pareil.

Astyan ne répondit pas. Il ne pouvait pas expliquer à la gamine qu'il ne désespérait pas de retrouver la trace de sa propre épouse, Anéa, disparue depuis plus de cinq mille ans. Un espoir qu'il voulait retenir à toute force, mais qui s'amenuisait chaque jour. En effet, depuis son arrivée à Leoness, plus jamais la jeune femme n'était venue hanter ses rêves. Ces visions oniriques n'avaient peut-être été engendrées que par le souvenir et la douleur d'avoir perdu sa compagne. Mais il ne l'admettrait complètement qu'après avoir retrouvé ce qui restait de l'Atlantide. Peut-être ces rêves se manifesteraient-ils à nouveau là-bas.

Cependant la solitude lui pesait. Parfois il se traitait de fou. À la vérité, chaque jour qui passait l'attachait un peu plus profondément à la jeune femme, qui le lui rendait bien. Une amitié ambiguë s'était établie entre eux, que ni l'un ni l'autre ne voulait trahir : lui en raison du souvenir douloureux incrusté dans sa mémoire, elle à cause de la prophétie de la vieille Balasha, qui lui avait ordonné de rester vierge.

Attalante avait expliqué cette prédiction à son père, qui n'y avait pas accordé grande importance. Les divagations d'une vieille sorcière ne revêtaient aucun caractère sacré. Au contraire les augures du palais avaient préconisé son mariage avec Lyukhas, le prochain prétendant au trône. Basérès s'était rangé, de mauvais gré, à leur avis.

Attalante, furieuse, avait dit à son père qu'elle n'épouserait jamais Lyukhas. Basérès avait invoqué la raison d'État : il espérait grâce à elle conserver la trace du sang divin sur le trône de Leoness, puisque Lyukhas ne portait pas le signe des dieux. Mais la jeune fille avait menacé de regagner sa forêt pour toujours. Le phareïs aurait pu la faire enfermer, mais il ne s'y était pas résolu. Il avait découvert en elle un être jeune et fier, capable de lui témoigner une tendresse réelle, dont il avait manqué cruellement depuis vingt ans. Aussi avait-il sursis à ses projets de mariage. Attalante n'épouserait Lyukhas que si celui-ci parvenait à le tuer lors de la prochaine Jovahtia. Il avait cédé d'autant plus facilement que Lyukhas lui déplaisait de plus en plus. S'il n'avait tenu qu'à lui, Basérès eût écarté ce prétendant du chemin du trône. Celui-ci avait tendance à se conduire parfois comme s'il était déjà le nouveau souverain de la cité. Héritier ambitieux d'une famille rivale fortunée, il bénéficiait de l'appui d'une grande partie de la cour. Lyukhas avait su tisser, à force de ruse, de patience, et d'arrangements financiers, une toile d'intrigues qui lui assurait le soutien des prêtres et des grandes familles du royaume. La puissance occulte du personnage était grande. Aucun autre noble n'oserait plus se placer sur sa route désormais.

Basérès lui-même ne pouvait plus compter que sur l'appui de ses amis fidèles, dont le nombre se restreignait chaque jour. L'approche de la fin du cycle de Zorohous amenait les courtisans à prendre parti. Et l'on doutait des chances que le phareïs avait de vaincre Lyukhas, de vingt ans son cadet, et réputé pour être un redoutable guerrier, doué d'une force étonnante. Alors on s'éloignait de lui, insensiblement. Seuls demeuraient près de lui des sujets loyaux comme Frahden, ou encore Slenthor, le capitaine de la garde royale, qui vouait à son suzerain une véritable adoration.

Astyan n'ignorait rien de ces manœuvres. Attalante lui rapportait les longues conversations qu'elle avait avec ce père auquel elle avait pardonné depuis longtemps, et qu'elle commençait à aimer. Sous ses dehors rigides, c'était un homme d'une grande sensibilité, très attaché à sa religion, qu'elle-même ne comprenait pas vraiment. Mais la tendresse qui était née entre le père et la fille les aidait à se soutenir mutuellement.

Attalante détestait l'atmosphère hypocrite et sournoise de la cour. Elle se moquait bien d'être devenue une princesse, et regrettait souvent sa forêt et sa tribu d'adoption. Mais Basérès s'était montré bon avec elle, et il avait besoin de son affection. De plus, elle avait trouvé un appui solide en la personne de Frahden, qui s'était lié d'amitié avec elle. Elle avait senti qu'il était un peu amoureux d'elle, mais que jamais il n'oserait le lui avouer. Alors il était devenu son confident. Un confident qui, de son côté, avait parfaitement compris la force des sentiments qui unissaient Astyan et Attalante. Il accompagnait souvent la jeune fille sur le chantier.

Cette fois pourtant elle était seule. Astyan reposa Sikky à terre et s'avança à la rencontre d'Attalante. Selon la coutume des chasseurs, ils se serrèrent mutuellement le coude de la main droite, tandis que leurs mains gauches se joignaient à hauteur des yeux. C'était un rite qu'ils continuaient à observer, malgré le temps écoulé, parce qu'il scellait leur amitié. Astyan ressentit immédiatement la gêne obscure qui oppressait sa compagne, et qu'elle tentait de dissimuler sous un air enjoué.

– Que les dieux te soient propices, Astyan. Je vois que ton navire prend forme, dit-elle en désignant les longs troncs de chêne sur lesquels s'affairaient des charpentiers.

– Sois la bienvenue, petite princesse. Demain nous

fixerons les mâts. La coque est entièrement terminée ; les voiles sont tissées et prêtes à être montées aux vergues. Les hommes de Phernaïm ont fait du bon travail.

Il lui prit la main et l'entraîna sur le chantier. La silhouette élégante de l'*Arkas* attirait toujours une foule importante de badauds, stupéfaits par la ligne inhabituelle du navire ; sa beauté subjuguait les curieux. On avait hâte de le voir terminé. Certains prenaient même des paris au sujet de sa capacité à naviguer.

Astyan amena Attalante sur le pont, pour lui montrer les derniers progrès accomplis. Les ouvriers la saluèrent ; Phernaïm vint s'incliner devant elle avec respect. Parce qu'elle avait partagé la vie du peuple, on adorait cette princesse, qui dédaignait de s'habiller comme les femmes nobles de la Shrinta et préférait conserver ses vêtements de chasseresse. Les truands des Fravennes l'avaient immédiatement adoptée, et lui formaient une escorte d'honneur chaque fois qu'elle quittait l'enceinte sacrée.

– Tu as quelque chose à me dire, petite, dit Astyan alors qu'ils s'éloignaient du navire.

Elle ne répondit pas tout de suite. Enfin elle déclara, les yeux brillants :

– Oh, Astyan, c'est terrible. Basérès a perdu la raison.

– Comment cela ?

– Il sait qu'il n'a plus que quelques lunes de règne devant lui. Jusqu'à ces derniers temps, il avait accepté que son adversaire fût Lyukhas. Mais depuis qu'il m'a retrouvée, de nouvelles idées lui sont venues. Et s'il réussit, je ne vais pas avoir d'autre choix que de tuer... ou d'épouser mon propre père.

24

– Explique-toi ! Je ne comprends pas.

– Mon père m'a parlé ce matin. Il estime que Lyukhas ne fera pas un bon phareïs. Il s'entraîne tous les jours dans l'espoir de le tuer. Mais il n'est plus très jeune et il doute de ses forces. Alors il a imaginé un autre stratagème. Il veut tenter de modifier la loi. Il voudrait que ce soit moi qui lui succède.

– Toi ? Ce serait une bonne solution...

– Non ! Ce serait terrible au contraire ! Si les prêtres acceptaient qu'une femme monte sur le trône de Yawehah, la coutume exigerait que je le tue de mes propres mains. Et... il m'a dit qu'il me laisserait l'égorger sans se défendre.

Elle éclata en sanglots.

– Mais je ne peux pas faire ça. Je ne veux pas de ce trône. Je refuse de tuer mon père ! C'est trop ignoble !

Le Titan serra la jeune fille contre lui.

– N'aie crainte. Quoi qu'il arrive, tu n'auras jamais à commettre un tel acte. Je m'y opposerai.

– Il a ajouté : « La mort me sera douce, si c'est toi qui me la donnes ! »

Elle se tordit les mains.

– Oh, Astyan... J'aurais dû retourner chez les miens, à Varestan. Là-bas il n'y avait pas d'esclaves, ni de sacrifices humains. Toute ma vie j'ai rêvé de connaître mes parents. Je pensais qu'ils étaient des chasseurs, comme les autres, qu'ils avaient été tués par les grands fauves... Souvent je songeais à mon père. Je l'imaginais fort, courageux, plus rapide que les autres. Les dieux ont voulu que je le retrouve, et qu'il soit le dieu-roi de la plus grande cité du monde. Et il me demande de l'assassiner pour lui succéder.

– Calme-toi, petite. Je vais parler à Basérès. Il faut que je parvienne à faire supprimer ce rituel ignoble.

– Ils n'accepteront jamais, rétorqua-t-elle. C'est une coutume sacrée à laquelle les Leonessiens sont très attachés. On me l'a expliquée. S'il est vaincu, il devra se mutiler lui-même d'une manière horrible.

– Tu m'as dit aussi que ton père voulait t'épouser...

Elle se remit à sangloter.

– Basérès affirme que seul un être présentant le signe des dieux peut lui succéder. Et je suis la seule à posséder cette marque dans la famille royale.

– Cela peut infléchir le clergé.

– Peut-être. Mais si les prêtres refusent ma candidature, il fera alors tout pour vaincre Lyukhas. Et s'il parvient à le tuer, il veut que... je devienne sa femme !

Astyan ne put retenir sa stupeur.

– Mais pourquoi commettrait-il un acte aussi répugnant ?

– Il prétend que le sang des dieux doit rester pur ! Il pense que nos enfants présenteront eux aussi la marque divine.

Elle se blottit contre lui. Il lui caressa les cheveux.

– Ce monde est fou, Astyan. Si Basérès tue Lyukhas, il me contraindra à l'épouser. S'il est vaincu, je serai obligée de me marier avec Lyukhas. Et si le clergé accepte de modifier la loi, je devrai égorger mon propre père !

Astyan demeura un long moment silencieux.

– Je dois parler au phareïs, dit-il enfin. Peut-être m'écoutera-t-il. Mais il y a un autre problème.

– Lequel ?

– Il faut te méfier de Lyukhas. Quelle que soit la décision des prêtres, il n'appréciera certainement pas de voir surgir un autre prétendant, surtout si celui-ci est une femme. Malgré l'amitié qu'il semble me porter, je n'ai aucune confiance en lui.

– Il désire toujours m'épouser. Il a déjà trois concubines, mais il m'a dit un jour qu'il était amoureux de moi, et qu'il les quitterait si j'acceptais de devenir sa femme.

– Ce qui ferait de lui un membre de la famille royale à part entière. C'est un être assoiffé de pouvoir. Il fera tout pour s'emparer du trône de Yawehah. Je pense que ta vie sera en danger dès qu'il connaîtra les intentions de ton père. Si le clergé donne gain de cause à Basérès pour modifier la loi, à cause du signe que tu portes, tu deviens un obstacle pour Lyukhas.

– Tu crois qu'il oserait me tuer ?

– Il n'agira pas lui-même. Mais il compte de nombreux partisans à la cour, qui n'hésiteront pas à t'éliminer pour se concilier les bonnes grâces du futur maître de la cité.

Il eut un geste d'impatience.

– Si au moins tu pouvais demeurer ici avec moi. Tu serais en sécurité.

Elle soupira.

– Ce n'est pas possible. Beaucoup n'apprécient déjà guère que je te rende visite tous les jours.

Ils firent quelques pas en silence. Soudain Attalante se tourna vers lui.

– Astyan, j'ai peur ! Balasha a dit que je devais rester vierge. Mais ils me forceront à épouser un homme, sans tenir compte de la prophétie. Lyukhas ou mon père, qu'importe... Mais je ne veux pas...

Elle se blottit contre lui avec force.

– Le seul que je voudrais épouser, si je le pouvais... c'est toi, Astyan. Lorsque tu seras parti, je serai seule, et ma vie n'aura plus aucun sens. Depuis plus d'un soleil, je ne vis que dans l'idée de venir sur ce chantier, pour te voir, te parler, sentir ma main dans la tienne.

Elle leva vers lui des yeux brillants et lui caressa doucement le visage. D'une voix étranglée, elle murmura :

– Je t'aime, Astyan. Je voudrais... que tu m'emmènes avec toi lorsque ton navire sera achevé. Je ne peux plus retourner vivre avec ceux de mon clan à présent. Et je n'ai pas envie de demeurer dans cette ville.

Vivement ému, il répondit :

– Moi aussi je t'aime, Attalante. Mais tu sais que nous devons accomplir un voyage terrifiant, dont nous ne sommes pas sûrs de revenir.

– Je m'en moque. De toute façon, ici, c'est la mort qui m'attend. Même si je succédais à mon père, dans douze ans un autre prétendant me défiera, et me tuera à mon tour.

L'image d'un fantôme disparu depuis six mille ans passa un instant devant les yeux d'Astyan, puis s'évanouit. Il chassa la douleur qui lui nouait l'estomac, puis il déclara :

– Je t'emmènerai, petite. Si tout va bien, l'*Arkas* sera prêt dans deux ou trois lunes. Nous pourrons partir avant la fin du cycle de Zorohous. Mais jusque-là il faut que tu sois protégée. Viens !

Il l'entraîna sur les quais voisins, où rôdaient toujours les truands à la solde de Marasthos. Il interpella l'un d'eux et lui demanda d'aller chercher son chef. Le colosse survint peu après.

– Me voici, Seigneur. Tu ordonnes et j'obéis.

Avec le temps, l'admiration du bandit pour Astyan ne s'était pas démentie. Pas un instant la surveillance de ses hommes ne s'était relâchée depuis qu'Haldrean lui avait donné l'ordre de protéger l'étranger. Plusieurs fois le Titan l'avait invité à partager son repas. Malgré sa moralité douteuse, il avait fini par s'attacher à ce personnage singulier, menteur, voleur, et qui avait certainement beaucoup de sang sur les mains. Mais sa loyauté était sans faille dès que l'on s'en était fait un ami.

– Je te remercie d'être venu si vite, compagnon. Je voudrais que tu me rendes un service.

– Ce sera un honneur pour moi, Seigneur !

– Je souhaiterais que tu protèges Attalante à l'intérieur de la Shrinta.

– De... de la Shrinta ? Mais comment ? Nous n'avons même pas le droit de pénétrer dans la Couronne.

– Les esclaves peuvent y entrer. Je voudrais que tu choisisses une douzaine de tes hommes les plus sûrs. Il faudrait aussi quelques femmes. Ils se feront passer pour les serviteurs de la princesse, et ils devront veiller sur elle jour et nuit. J'ai de bonnes raisons de croire que l'on risque d'attenter à sa vie.

– À sa vie ? Mais qui oserait ?

– Lyukhas. Et tous ceux de son parti. Il faudra vous en méfier et les surveiller.

– J'ai compris.

– Tes amis n'auront d'esclaves que le titre. Je leur verserai un salaire pour cela. Mais je veux des hommes solides, capables de se faire tuer pour elle au besoin !

– Accorde-moi une demi-journée. Je te les amène dès ce soir.

Le truand s'éclipsa.

Après le départ de Marasthos, Astyan entraîna sa compagne dans la Ville-Basse, où il devait rencontrer un forgeron auquel il avait commandé de nouveaux outils. L'homme, un gaillard moustachu à la trogne rougie par le feu de sa forge, les accueillit avec un large sourire.

– Ce que tu m'as demandé est prêt, Seigneur.

Il posa sur une table de bois brut une grande varlope, dont il lui fit apprécier le tranchant.

– C'est parfait, dit le Titan. Voici pour ta peine.

Il déposa sur la table une pièce de deux sphernes. Le sourire de l'homme s'élargit.

– Si tous mes clients étaient comme toi, je mangerais tous les jours à ma faim, Seigneur.

Ce fut alors qu'Astyan remarqua un gamin qui jouait sur le sol avec des pierres.

– Mon fils, déclara le forgeron avec fierté.

Intrigué, Astyan se pencha sur le petit garçon et examina les morceaux de roche. Il préleva une pierre noire et s'adressa au forgeron.

– Tu emploies bien du bois pour ta forge ?

– Oui, Seigneur. Même qu'il m'en faut de sacrées quantités. Et cela me revient cher.

– Je veux savoir d'où vient cette pierre. C'est très important.

– Je l'ignore. Les enfants en échangent parfois entre eux.

– Qui t'a donné cela, petit ? demanda Astyan.

– Un homme, sur le quai.

– Saurais-tu le retrouver ?

– Bien sûr. C'est un braconnier de la forêt. Il vient vendre le produit de sa chasse aux mendiants. Des fois il rapporte de beaux cailloux et il nous les donne.

– J'aimerais que tu me le présentes. Il y aura une récompense pour toi et ton père.

Le gamin bondit sur ses pieds et disparut. Le forgeron regarda Astyan avec perplexité.

– Cette pierre noire t'intéresse donc, Seigneur ?

– Si je peux trouver l'endroit d'où elle provient, et si

elle existe en quantité suffisante, tu vas avoir bientôt un énorme travail à accomplir pour moi, mon ami.

L'homme renonça à comprendre. Peu après le garçon revenait en compagnie d'un individu singulier, aux membres interminables et aux yeux d'une mobilité surprenante. Apercevant Astyan et Attalante, il se raidit. Le Titan lui montra la pierre noire, dont les reflets argentés étincelaient sous la lueur de la forge.

– Ne crains rien, l'homme. Je veux seulement connaître l'endroit où tu as trouvé cette pierre.

– Ça ? Il y en a plein dans la montagne de Lycadie. Je vais parfois chasser par là-bas. Mais cela ne vaut rien ; aucune herbe ne pousse là où l'on trouve ces cochonneries.

Astyan sortit une pièce de cinq sphernes.

– Je veux que tu me mènes là-bas. Si le gisement est suffisamment important, cette pièce est à toi !

– La Lycadie, c'est mon pays ! s'exclama Attalante. Je veux venir avec toi. Mon père ne peut pas me refuser de retourner voir mes anciens compagnons.

– C'est d'accord. Je serai plus tranquille de te savoir avec moi.

Plus tard, Astyan montra la pierre à Païdras.

– Par les dieux, murmura le capitaine. On dirait...

– De l'anthracite, mon compagnon. Si ce braconnier a dit vrai, nous allons pouvoir équiper l'*Arkas* d'une machine à vapeur qui lui donnera une puissance encore plus grande.

Fébrilement, Païdras étala les plans du navire sur une table.

– C'est réalisable ! s'exclama-t-il avec enthousiasme. Regarde ! Il suffirait de modifier légèrement la coque. On peut installer ici, à l'arrière, deux turbines alimentées par la vapeur, et on obtient un turbopropulseur. Nous n'obtiendrons jamais la puissance de l'*Hedreen*, mais nous gagnerons au moins un tiers de vitesse en plus.

Attalante ne comprenait rien au langage des deux hommes, mais elle aimait la lueur qui brillait dans les yeux d'Astyan. Elle aurait voulu que le navire fût déjà construit et qu'il l'emportât avec lui.

Parfois elle se surprenait à douter de la prophétie de la vieille Balasha. Elle aurait aimé qu'Astyan la prît dans ses bras et la serrât très fort. Et... ses yeux se fermaient. Elle n'osait imaginer la suite. Elle désirait sentir ses mains se poser sur elle, la caresser, la posséder. Elle voulait être à lui, et oublier le cauchemar qui l'attendait chaque fois qu'elle retournait dans la Shrinta.

Vers le soir, Marasthos revint en compagnie d'une douzaine d'hommes et de femmes vêtus d'une robe de lin grossière, à la manière des esclaves.

– Voilà, Seigneur, dit le colosse. Ils sont à toi, et à la princesse. Tous sont prêts à donner leur vie pour elle.

– J'espère qu'ils n'auront pas à le faire, compagnon. Sont-ils armés ?

– Pour cela, ne t'inquiète pas ! Tous, les femmes comme les hommes, sont capables d'affronter les plus redoutables des gardes. Ils l'ont déjà fait.

Les pseudo-esclaves s'inclinèrent devant Attalante.

– Mon nom est Stolfios, dit l'un d'eux. Nous sommes à tes ordres, Princesse.

– Merci, répondit-elle. Mais comment vais-je les faire entrer dans la Shrinta ? ajouta-t-elle en se tournant vers Astyan.

– Tu es la fille du phareïs. Rien ne t'empêche de t'acheter des esclaves.

Il la serra contre lui.

– Prends garde à toi, petite ! Et rejoins-moi après-demain à l'aube. Nous aurons une longue route à faire.

25

Le surlendemain, le soleil se levait à peine lorsque Astyan et Attalante retrouvèrent le braconnier à la sortie de la cité. L'homme ne tenait pas à passer la nuit à l'intérieur des murs. Il se méfiait aussi bien des truands que des gardes. C'était un bonhomme étrange, gris de poil, au visage chafouin, qui semblait toujours suspecter quelque danger. La forêt et ses pièges avaient dû lui enseigner la prudence.

Avec le temps, Attalante avait appris à monter à cheval. Astyan prit l'individu en croupe, afin de gagner du temps. Ils parcoururent ainsi la vaste plaine qui bordait le Thagos, et traversèrent le fleuve pour prendre la direction de la Lycadie, située au sud du cours d'eau. Bientôt, le paysage se désertifia. Après les plaines cultivées et parsemées de hameaux peuplés de paysans, le relief s'éleva, tandis que la piste s'enfonçait dans des défilés dominés par de hautes collines rocailleuses. Là comme ailleurs, Astyan remarqua les traces de récentes cassures de terrain. Peu avant midi, un léger frémissement du sol les contraignit à mettre pied à terre.

Attalante remarqua l'inquiétude qui s'était emparée d'Astyan. Plusieurs fois déjà, il lui avait fait part de ses préoccupations au sujet d'un possible tremblement de terre dans la région de Leoness. Elle avait eu alors le sentiment qu'il soupçonnait un bouleversement terrifiant.

Cependant la secousse ne dura pas. Ils se remirent en route. Le braconnier ne cessait de surveiller les alentours.

– Ne t'inquiète pas, dit la jeune fille. Les Lusites n'ont attaqué aucun village depuis des lunes.

Il ne répondit pas.

– Cela ne veut rien dire, objecta Astyan. Peut-être préparent-ils une offensive importante. Cependant ce répit comporte un avantage : Faerkos ne m'a plus reparlé de lutter contre Anthée.

– Il sait que tu refuseras.

– Oui. Mais je ne serai vraiment tranquille que lorsque l'*Arkas* aura quitté ce pays. D'ici là, je ne voudrais pas être mêlé à...

Soudain il se tut et posa la main sur le bras de sa compagne.

– Attends ! Il se passe quelque chose d'anormal.

Ils arrêtèrent leurs chevaux. La piste traversait à présent une immense forêt menant vers les montagnes de Lycadie. À quelque distance, elle franchissait une sorte de défilé rocheux qui remontait le cours d'un ruisseau. L'ouïe développée d'Astyan avait décelé, malgré le murmure du cours d'eau, un craquement insolite. Il huma l'air longuement.

– On dirait que des hommes se cachent un peu plus haut.

Il avait à peine prononcé ces mots qu'une flèche sifflait dans leur direction. Aussitôt, Astyan bouscula sa compagne qui tomba sur le sol, stupéfaite. Sans la promptitude des réflexes du Titan, la flèche eût frappé la jeune fille en pleine poitrine.

– Cours, hurla-t-il.

L'instant d'après, le braconnier sautait à bas de la monture du Titan et disparaissait dans la forêt. Astyan et Attalante coururent se mettre sous le couvert d'un petit groupe d'arbres bordant le ruisseau. Une volée de flèches jaillit d'un amas rocheux, qu'ils parvinrent à éviter. La jeune femme pesta et arma son arc.

– On dirait qu'ils nous attendaient, gronda le Titan.

Soudain un concert de hurlements déchira le silence de la forêt. Une horde de guerriers vêtus de peaux de bêtes surgit de l'amas rocheux qui gardait l'entrée du défilé et se rua vers eux.

– Des Lusites ! s'écria Attalante.

– Lusites ou pas, ils vont avoir une mauvaise surprise.

Astyan avait conservé dans son carquois quelques-unes des flèches explosives fabriquées lors de la chasse au sanglier de Khalydonia.

– Ils sont trop nombreux, gémit Attalante.

Astyan enflamma la résine de la flèche et tira. Le trait décrivit une superbe parabole avant de se planter au beau milieu de la troupe. Une déflagration secoua l'atmosphère ; touchés par les éclats de silex, plusieurs agresseurs s'écroulèrent sur le sol en bramant de douleur. Astyan tira une seconde flèche, qui arrêta l'offensive ; décontenancés, les guerriers hésitèrent.

Profitant de leur désarroi, le Titan dégaina son épée d'orichalque et bondit sur eux, l'arme haute. Attalante se saisit de sa lance à triple lame et le suivit. Une bataille violente s'engagea aussitôt. Les assaillants étaient encore une vingtaine. Astyan comprit qu'ils cherchaient surtout à atteindre la jeune fille ; mais Attalante n'avait pas été élevée parmi les chasseurs pour rien, elle savait se battre. Quant à lui, il n'avait rien perdu de la science du combat apprise en Atlantide. Bientôt une dizaine d'hommes gisaient sur le sol, le ventre ouvert ou le crâne éclaté. Malgré leur rage, les agresseurs comprirent qu'ils n'auraient pas le dessus. Ils déguerpirent et s'évanouirent dans la forêt sans demander leur reste. Hormis une blessure légère à l'épaule pour la jeune femme, tous deux étaient indemnes.

Astyan pansa rapidement sa compagne, puis appela le braconnier.

– Tu peux revenir, ils sont partis !

Mais l'individu ne se montra pas.

– Il a peut-être été tué, émit Attalante.

Astyan secoua la tête.

– Non, je ne crois pas. On nous avait tendu un piège.

– Un piège ?

– Personne ne savait que nous devions passer sur cette piste aujourd'hui, hormis Païdras, le forgeron, et ce braconnier. Je ne serais pas étonné qu'il ait vendu le renseignement à ceux qui désirent ta mort.

– Lyukhas ?

– Oui !

– Mais ces hommes étaient bien des Lusites. Je les connais. À Varestan, nous faisions du troc avec eux. Jamais ils ne se sont montrés hostiles.

Astyan secoua la tête.

– Alors pourquoi se sont-ils aventurés si loin à l'intérieur du royaume ?

– Il s'agit peut-être d'une bande incontrôlée. Mon père n'a averti les prêtres qu'hier matin ; en admettant même qu'il ait été prévenu tout de suite de sa décision, Lyukhas ne pouvait pas organiser aussi vite une expédition pour me tuer.

– C'est tout de même une coïncidence étrange. Tout comme la disparition de ce braconnier.

– Il faudrait admettre que Lyukhas est en relation avec les Lusites et qu'il les a prévenus. Mais c'est impossible : il les hait. Si cela ne tenait qu'à lui, il aurait déjà envoyé l'armée entière pour les exterminer.

Astyan réfléchit.

– Tu as peut-être raison. Quoi qu'il en soit, il va te falloir redoubler de prudence au palais.

– Mes « esclaves » veillent sur moi, dit Attalante avec un sourire. Je ne peux pas faire un pas sans qu'ils me suivent.

– Cela me rassure un peu. Cependant la trahison de ce braconnier m'ennuie : lui seul savait où se situe ce gisement d'anthracite.

– Aucune importance, dit la jeune fille. Je saurai le trouver, moi.

– Toi ?

– J'ai bavardé avec ce bonhomme. Il m'a expliqué l'endroit d'où venait cette pierre. N'oublie pas que j'ai passé toute mon enfance dans les montagnes de Lycadie.

– Alors montre-moi !

Ils se remirent en selle et reprirent la piste.

Vers la fin de la journée, ils parvinrent enfin dans un vallon rocailleux, où, comme l'avait dit le braconnier, « aucune herbe ne poussait ». C'était exagéré, mais, au fur et à mesure que l'on s'élevait, la végétation se raréfiait. La terre était d'un gris très sombre, comme parsemée de paillettes luisantes. Astyan se pencha sur la roche et poussa un cri de satisfaction.

– Ce traître avait raison, dit-il. Ce vallon est une véritable mine de charbon à ciel ouvert. Dès demain, je vais acheter ce terrain et le faire exploiter. Ce brave Jossem va encore s'engraisser à mes dépens.

– Que comptes-tu faire de ces roches noires ? demanda la jeune femme, intriguée par l'enthousiasme de son compagnon.

– Elles constituent un combustible bien plus puissant que le bois lui-même, petite. Ce serait compliqué à t'expliquer. Mais il faut que je retourne à Leoness pour établir les plans de la machine qu'elles feront fonctionner. Par les dieux, l'*Arkas* va devenir le plus rapide de tous les navires.

Avec émotion, Attalante contempla son compagnon, qui examinait les roches avec une joie quasiment enfantine. Elle percevait le travail intense qui se livrait dans son esprit, ébauchant les plans de machines extraordinaires dont il était le seul à connaître les secrets.

Une sensation étrange avait pris possession de son corps. Elle avait envie de poser sa bouche sur la sienne, de se fondre à lui. Une fois encore, il lui avait sauvé la vie. À ses côtés, elle sentait qu'elle n'aurait jamais rien à redouter. Il semblait si fort...

Bien sûr, il y avait cette malédiction. Mais cela voulait dire qu'elle devrait renoncer pour toujours à cette chaleur qu'elle devinait dans les yeux d'Astyan. Balasha n'était pas infaillible. Elle pouvait s'être trompée. Il fallait qu'elle se soit trompée. Jamais Attalante n'avait eu envie d'un homme auparavant. Elle avait toujours considéré ceux de son clan comme des camarades. Les nobles de la cour ne l'intéressaient pas : ils étaient grossiers et infatués d'eux-mêmes, ou encore touchants, comme Frahden. Astyan était différent. Il se montrait si délicat avec elle... Elle savait qu'il la désirait lui aussi. Quel mal pouvait-il y avoir à cela ?

Le Titan revint vers elle.

– Nous allons être obligés de passer la nuit ici, petite, déclara-t-il. La nuit va bientôt tomber.

Elle n'en demandait pas plus.

Plus tard, après un repas frugal, ils s'allongèrent l'un à côté de l'autre. Astyan lui fit admirer la qualité des pierres.

– Elles sont d'une pureté rare, affirma-t-il avec exaltation. Cette mine est un cadeau des dieux.

Elle était ravie qu'il fût heureux. Mais les pierres lui importaient peu. Elle avait envie qu'il la prenne dans ses bras. Tellement envie...

Une chaleur équivoque l'envahit. Peut-être Lyukhas parviendrait-il à la tuer. Peut-être ce père qu'elle venait de retrouver vaincrait-il son adversaire, et ferait d'elle son épouse. Elle savait que jamais elle n'accepterait une telle ignominie. Elle préférerait la mort.

Mais elle ne voulait pas mourir sans avoir connu la puissance d'un homme en elle. Et elle désirait que ce fût lui, Astyan, son ami, son fidèle compagnon, qui lui fît connaître l'amour. Mais jamais il ne prendrait l'initiative. Il la respectait, comme il respectait son vœu de chasteté. Elle devait donc faire le premier pas.

Pour être inexpérimentée, Attalante n'en était pas moins femme. Il était difficile de lui résister, malgré toutes les bonnes résolutions qu'Astyan avait prises à son égard. Et surtout, il la désirait tellement, lui aussi...

Lorsqu'elle se glissa contre lui, il fut trop heureux de la laisser faire, et l'enveloppa de ses bras. L'air était doux en cette nuit de printemps. Il se tourna vers elle. Ils restèrent un instant sans parler, puis leurs lèvres se rapprochèrent, s'unirent. Fébrilement, Astyan caressa le visage d'Attalante, puis ses épaules. Il aurait voulu se retenir, lui expliquer, lui rappeler la prophétie ; mais la fièvre qui les gagnait était trop forte. Leurs vêtements glissèrent comme dans un rêve. Sevrés l'un de l'autre depuis des lunes, leurs corps se rapprochèrent, s'apprivoisèrent, pour se fondre en un seul. Ce fut un instant d'éblouissement total, transcendé par l'odeur âcre de la roche noire proche, et par une sensation d'interdit qui exacerbait leurs sens. L'ombre de la malédiction pesant sur sa virginité perdue poussa le plaisir de la jeune femme au paroxysme, aux limites de la douleur.

Plus tard, lorsque la fièvre amoureuse se fut calmée, Astyan demeura longtemps étendu sur le corps de sa compagne, encore intimement mêlé à elle, l'esprit en désordre. Pendant toute la durée de leur délire amoureux, le visage d'Anéa n'avait cessé de l'obséder. Un remords effrayant le déchirait. Bien sûr, d'autres femmes avaient dormi dans ses bras depuis sa dernière résurrection : Myria, sa douce épouse de Trois-Chênes, la belle Callisto, à qui il avait donné un fils, Noïrah, cette fille qu'il avait arrachée aux griffes des Mangeurs d'hommes au cours de son voyage vers Yshtia. Mais il ignorait à ce moment-là qui il était. Cette fois, il avait la sensation d'avoir trahi sa compagne.

Il tenta de se raisonner. Anéa avait disparu depuis si longtemps... Pouvait-il demeurer fidèle à une femme morte depuis plus de cinq millénaires ? Elle ne hantait même plus ses rêves. Et pourtant ce navire, c'était pour elle qu'il le construisait, pour retrouver sa trace. Parce qu'il l'aimait toujours. Aucune autre jamais ne saurait la remplacer.

Aucune autre...

Il contempla le visage endormi d'Attalante, épuisée par leur tendre joute. Une bouffée de tendresse l'envahit. Attalante était bien vivante. Elle lui avait donné du plaisir, mais elle lui avait apporté aussi plus que cela : elle s'était donnée entièrement, sans arrière-pensée. L'amour qu'elle éprouvait pour lui était pur, sauvage, passionné. Pour lui, parce qu'elle l'aimait, elle avait osé braver la malédiction qui pesait sur elle. Il se souvint de ses paroles : « L'homme qui m'aimera sera cause de ma mort ! »

Ainsi parlait la prophétie de la sorcière de Varestan. Malgré cela, elle s'était offerte à lui. Il eut un sursaut de révolte. Attalante ne devait pas mourir. Il l'arracherait à Leoness. Elle resterait à ses côtés. Parce que...

Parce qu'il devait bien s'avouer qu'il l'aimait, sa petite chasseresse. Elle était gaie, enjouée, généreuse, incapable de la moindre perfidie, elle s'enthousiasmait pour tout ce qu'il lui faisait découvrir.

Il la protégerait. Délicatement, il posa un baiser sur ses lèvres tièdes de sommeil. Elle lui sourit sans se réveiller.

Engourdi par la douce chaleur de la peau de sa compagne, Astyan ne remarqua pas, dans l'ombre d'un buisson, une silhouette furtive qui n'avait rien perdu de leurs ébats.

26

Sur le chemin du retour, les deux jeunes gens observèrent un lourd silence. Ils ne parvenaient pas à regretter leur acte ; au fond d'eux-mêmes, ils avaient toujours su que cela finirait par arriver. Sans doute avaient-ils eu envie l'un de l'autre dès le moment où ils s'étaient rencontrés. Une grande complicité les unissait depuis ce jour où ils avaient chassé ensemble le monstre de Khalydonia, quinze lunes auparavant.

Cependant Astyan ressentait un étrange malaise au creux de l'estomac. Le souvenir d'Anéa le perturbait. Depuis son arrivée à Leoness, elle ne lui était plus apparue dans ses rêves. Le sentiment inavoué qu'il éprouvait pour Attalante avait-il chassé son fantôme ? Pourtant il n'avait pas rencontré la jeune femme tout de suite...

De son côté, Attalante redoutait les conséquences de leur union. La sorcière avait prédit qu'elle devait demeurer vierge, sous peine de provoquer la colère des dieux, et elle avait trahi son serment. Astyan avait tenté de la rassurer, mais en vain. La prophétie avait été annoncée depuis sa plus tendre enfance : aucun homme ne devait la toucher. Pourtant elle savait qu'elle recommencerait.

Astyan lui avait expliqué ses origines et les raisons de sa quête. Il désirait partir à la recherche de son royaume oublié. Elle savait aussi qu'il espérait retrouver sa compagne, une femme disparue depuis près de six millénaires, mais qui, comme lui, possédait le pouvoir de se réincarner. Elle n'en éprouvait même pas de jalousie. Astyan n'était pas un mortel. Elle avait été aimée par un dieu qui avait pris une apparence humaine.

Un ami fidèle et solide, un amant extraordinaire... Elle ne souhaitait plus qu'une chose à présent : demeurer près de lui. Elle avait hâte que la construction de l'*Arkas* soit achevée, pour partir avec lui. Peu importait qu'il retrouvât son épouse divine. Elle était prête à le partager avec une autre. Cela n'avait rien d'extraordinaire : nombre d'hommes vivaient avec deux femmes.

À moins que la malédiction de la sorcière ne vînt la frapper auparavant...

Ils se séparèrent en se promettant de se revoir le lendemain.

Le soir même, Astyan convoqua Jossem, qui promit de lui fournir, moyennant une somme rondelette, la plus grande quantité possible d'anthracite.

Plus tard, Astyan et Païdras se penchèrent sur les plans de l'*Arkas.* Le capitaine déclara avec enthousiasme :

– J'ai déjà commencé à tracer les plans de la chaudière, et à prévoir l'emplacement des conduits de pression. Depuis que tu m'as parlé de cette possibilité, cela m'a travaillé l'esprit. Regarde !

Il désigna, sur un croquis hâtivement dessiné, un appareil logé à l'arrière de la cale.

– La vapeur d'eau sous pression passe dans un système hélicoïdal qui entraîne un axe, et celui-ci actionne les hélices. On peut amener la vapeur de cette manière jusqu'à un double turbopropulseur. Nous pouvons coupler deux hélices, qui rendront le navire encore plus maniable.

– Tu as fait un excellent travail, mon compagnon. Il va nous falloir aussi une grande quantité de minerai de fer. La construction de cette machine va nous demander quelques lunes de plus, mais elle en vaut la peine.

– Le fer ne pose pas de problèmes, nous en avons acheté une quantité suffisante. Mais nous allons devoir former des chaudronniers ; ils ne vont pas comprendre au début ce qu'on leur demandera.

– Ils apprendront vite. Et puis nous les assisterons personnellement.

Ils passèrent la nuit à définir les dimensions et à déterminer les différents éléments de la future machine à vapeur. Lorsqu'ils s'endormirent, au matin, les plans du turbopropulseur étaient achevés.

Astyan dormait encore lorsque Fehron frappa à la porte de sa chambre.

– Seigneur ! Viens vite !

Épuisé par sa nuit de veille, le Titan se vêtit à la hâte et sortit. Le visage du maître de nage était blême.

– Que se passe-t-il ?

– Une escouade de guerriers est là, dirigée par ce gros bonhomme qui est déjà venu interdire le chantier, il y a quinze lunes.

– Tyffos ? Que veut-il ?

– Je ne sais pas, Seigneur !

Astyan sortit de la demeure. Comme à son habitude, Tyffos s'était fait amener dans son palanquin. Le visage réjoui qu'il arborait n'inspirait aucune confiance au Titan. Le personnage ne l'aimait pas. Serviteur zélé – et intéressé – de la religion, il ne manquait pas de lui témoigner son mépris à chaque fois qu'Astyan était invité au palais. Il n'appréciait pas la bienveillance que Basérès témoignait à l'étranger. Fin calculateur, il faisait une cour discrète à Lyukhas, en espérant que celui-ci deviendrait le nouveau phareïs de Leoness.

Dès qu'Astyan apparut, il s'égosilla :

– Gardes ! Emparez-vous de cet homme !

27

– Pour quelle raison ? demanda Astyan. Que me reproche-t-on ?

– Silence ! hurla Tyffos.

Il y eut un instant de flottement parmi les gardes. Le tumulte avait attiré Païdras et les Thuléens, ainsi que quelques ouvriers travaillant sur le chantier proche. Tous se regroupèrent aussitôt autour d'Astyan ; quelques glaives et poignards apparurent. Personne n'aimait le gouverneur. Le Titan leva les bras pour les calmer.

– Rangez vos armes, compagnons. Je suis sûr qu'il s'agit d'un malentendu.

Il prit Païdras à part.

– Poursuis le travail comme convenu. Dès cet instant, tu prends le commandement.

– À tes ordres, Seigneur !

– Tyffos, je suis prêt à te suivre.

– Enchaînez-le ! rugit le gros bonhomme.

– Crois-tu que ce soit nécessaire ? Je n'ai pas l'intention de m'enfuir.

Impressionnés par la stature et le regard vert du Titan, les guerriers hésitèrent. Ivre de rage, Tyffos s'égosilla :

– Gardes, obéissez, ou je vous fais écorcher vifs !

Astyan eut un sourire amusé devant la colère ridicule du gouverneur. Celui-ci tenait aux entraves, afin d'humilier ce maudit étranger dont il ne supportait pas l'arrogance. Trois gardes s'avancèrent, munis de chaînes. Astyan leur présenta lui-même ses poignets, et glissa à l'un d'eux :

– Surtout, serre-les bien. On ne sait jamais.

L'autre acquiesça avec un sourire jaune.

La traversée de la cité procura à Tyffos une joie sans mélange ; enfin les choses rentraient dans l'ordre. L'étranger allait certainement être sacrifié en raison de son crime. Les regards stupéfaits des citadins le faisaient jubiler. Depuis plus d'une année que ce maudit Thuléen s'était installé à Leoness, il y avait acquis une popularité grandissante. Il refusait d'employer des esclaves, payait ses ouvriers grassement. Et surtout, il possédait un savoir mystérieux qu'il ne pouvait avoir reçu que des puissances des ténèbres. Dans la Couronne, les plévéiens le considéraient comme un héros. Jusque dans l'enceinte sacrée de la Shrinta, beaucoup de nobles lui accordaient leur sympathie. Cet imbécile de Frahden ne cessait de vanter les mérites de celui qu'il n'hésitait pas à appeler son ami.

Astyan et son escorte franchirent enfin la porte de l'enceinte sacrée, pour gravir l'allée menant au palais. Il comprit que l'affaire était d'importance lorsqu'on l'introduisit directement dans la salle du trône. Située au cœur même de la pyramide, celle-ci s'ornait de colonnes de différentes hauteurs, qui soutenaient les étages de l'édifice. Au centre, elle atteignait dix fois la hauteur d'un homme. Des fresques circulaires de couleurs vives y narraient les exploits et mérites du phareïs. Patinées par les ans, elles seraient remplacées lors de l'avènement du nouveau roi, à l'époque de la Jovahtia.

Une foule nombreuse attendait, dans un silence inquiétant. Le souverain avait pris place sur le siège royal, entouré de ses conseillers. Les traits de Basérès reflétaient une colère rentrée, qui menaçait d'exploser à tout moment. À sa droite se tenait Attalante, dont les yeux rougis disaient qu'elle avait pleuré. Lorsqu'elle aperçut Astyan, elle se précipita vers lui et l'entoura de ses bras. Basérès se dressa et tonna :

– Ainsi donc, ce que l'on m'a dit est vrai !

– Oui, mon père, répliqua vertement la jeune femme. Je ne sais qui a pu lâchement me dénoncer ainsi, mais il a dit la vérité. J'aime cet homme, et j'exige que tu le relâches immédiatement.

– Silence, ma fille. Cet individu n'est qu'un étranger. Je le croyais notre ami, mais il a trahi notre confiance en te séduisant.

Attalante s'insurgea :

– Et toi, ne m'as-tu pas trahie, en m'imposant un trône dont je ne veux pas ? Je refuse de te succéder si pour cela je dois te tuer de mes propres mains. Je veux que tu vives, et que tu demeures le phareïs de Leoness. Cette coutume est répugnante, et je préfère la mort plutôt que de m'y soumettre.

– Je te somme de te taire ! hurla Basérès.

– Non, je ne me tairai pas. Car, même si tu terrassais Lyukhas, jamais je ne t'épouserais. Tu es mon père, Basérès, ne l'oublie pas. Ce serait commettre un sacrilège !

Rouge de fureur, le phareïs descendit de son trône et s'approcha d'Attalante.

– Crois-tu que cela me réjouisse d'être obligé de faire des enfants à ma propre fille ? Mais nous avons le devoir sacré de conserver pur le sang des dieux qui coule dans nos veines. Or nous sommes les seuls ici à posséder la marque divine.

– Non, riposta Attalante. Astyan la possède aussi.

– Je le sais. Mais il est un étranger. Il ne peut faire valoir aucune prétention au trône.

– Il n'en a pas l'intention !

– Pauvre innocente ! grinça Basérès. Tu n'as donc pas

compris qu'il se servait de toi ! Il sait que je désire te voir me succéder lorsque la fin de mon règne viendra. Devenant ton époux, il régnera avec toi.

– Je me moque de ce trône. Tu peux le garder, ou l'offrir à n'importe qui. Je veux partir avec Astyan lorsque son navire sera terminé.

– Tes désirs n'entrent pas en ligne de compte, Attalante. Tu feras ce que j'ai ordonné. Ainsi est la loi de Yawehah. Les prêtres ont donné leur accord : tu es digne de me succéder. Quant à cet homme, il sera mis à mort pour avoir osé te souiller !

– Nooon ! hurla Attalante en se plantant devant le Titan. S'il doit mourir, je veux périr avec lui.

– Personne ne mourra ! tonna soudain la voix d'Astyan.

– Comment oses-tu interrompre le phareïs ? s'exclama Faerkos. Gardes...

Mais il n'acheva pas son ordre. Ce n'était pas sans raison qu'Astyan avait demandé aux guerriers de serrer les chaînes : elles seraient ainsi plus faciles à briser. Sous les yeux médusés de la cour, il banda ses muscles et fit éclater ses liens, qui tombèrent à ses pieds avec un bruit de métal. Il saisit alors un long morceau de chaîne, qu'il fit tournoyer d'une manière menaçante, et s'avança au-devant du phareïs. Celui-ci recula, impressionné.

– Gardes, emparez-vous de cet homme ! ordonna-t-il d'une voix tremblante.

– Restez où vous êtes ! gronda Astyan.

D'abord hésitants, les guerriers lui obéirent. L'autorité qui se dégageait du Titan les figeait sur place. Astyan fixa le roi dans les yeux.

– Basérès, tiens-tu à déclencher ma colère sur Leoness, comme elle s'est déjà déclenchée sur Yshtia ?

Il s'agissait là d'un gigantesque coup de bluff. Si les gardes se décidaient à attaquer, Astyan savait qu'il ne pourrait les vaincre tous. Mais c'était pour lui la seule manière de sortir de ce piège.

– Tu mens ! répliqua le grand-prêtre. Tu ne possèdes plus aucun pouvoir.

– N'en sois pas si sûr, Faerkos. Ils peuvent se manifester à tout moment. Désires-tu prendre le risque que j'anéantisse ce palais et tous ceux qui s'y trouvent ?

Simultanément, la lourde chaîne vint percuter les dalles de marbre, qui éclatèrent sous l'impact. Le vacarme se répercuta longtemps sous les voûtes, pétrifiant l'assistance. Un homme capable de briser ainsi des chaînes aussi grosses ne pouvait être un simple mortel. Inquiets, les gardes reculèrent lentement.

– Prenez garde, tous ! tonna le Titan. J'ai détruit Yshtia parce que mon épouse avait été tuée d'une manière abominable par la fille même du roi Gordlonn. Je ne tolérerai pas qu'il soit fait le moindre mal à la princesse Attalante.

Une seconde fois, la chaîne fit vibrer les échos du palais. Un silence de mort s'était emparé de la cour. Basérès lui-même ne savait plus comment réagir.

– Écoutez-moi bien ! reprit Astyan. Nul n'a le droit de contraindre un être humain, de quelque manière que ce soit. Si Attalante ne veut pas occuper le trône de Leoness, personne n'a le droit de l'y forcer – pas même son propre père, qui l'a abandonnée à sa naissance. Si elle le souhaite, la princesse restera à mes côtés. Et personne ne pourra l'en empêcher, ou bien toute la cité en subira les conséquences.

Il se tourna de nouveau vers le phareïs.

– Tu m'as bien compris, Basérès : j'autorise vos coutumes barbares et sanguinaires pour la succession au trône, mais qu'Attalante n'y soit pas mêlée. Jamais !

Il revint vers la jeune femme, qu'il prit par la main, et, sans un mot, ils se dirigèrent vers la porte. Soudain Lyukhas se dressa devant eux. Astyan n'avait pas revu le prétendant au trône depuis sa dernière visite au palais, deux lunes auparavant. Curieusement, celui-ci ne s'était pas montré lorsqu'on l'avait amené, couvert de chaînes, quelques instants plus tôt.

– Astyan ! Ta force surhumaine te donne peut-être le pouvoir d'imposer ta volonté à cette cour. Mais n'oublie pas que tu es notre invité. Et en tant que tel, tu dois respecter les lois de la cité qui t'accueille.

– Non ! Ces lois sont monstrueuses. Écarte-toi !

Mais l'autre ne bougea pas et poursuivit :

– Tu n'as pas le droit d'emmener ainsi la princesse. De par sa naissance, elle appartient à Leoness. Puisque les prêtres ont donné leur accord, elle doit accepter d'assumer son rôle et de devenir la nouvelle suzeraine de la cité. Je me soumets à leur volonté.

Astyan fit tournoyer la chaîne mais Lyukhas ne recula pas. Le Titan reconnut qu'il ne manquait pas de courage. Plus exactement, il sentit que l'autre savait qu'il ne le toucherait pas.

– Que veux-tu dire ? demanda-t-il.

– Je m'incline devant la décision du phareïs. Si Attalante avait été un homme, je l'aurais défiée, et je l'aurais vaincue, car je désire devenir roi lorsque s'achèvera le cycle de Zorohous. Mais je ne peux me résoudre à combattre une femme.

Astyan comprit à quoi il faisait allusion. Dans le cas où plusieurs prétendants se présentaient, ils devaient lutter les uns contre les autres, jusqu'à ce qu'il n'en subsiste plus qu'un. Celui-là affrontait alors le phareïs en place. En refusant de combattre Attalante, Lyukhas renonçait au trône. Le Titan se demanda où il voulait en venir : il n'était pas homme à s'avouer vaincu aussi facilement.

Lyukhas s'avança vers Basérès.

– Phareïs, j'ai une autre solution à proposer. Attalante deviendra bientôt la déesse-reine de Leoness et devra épouser un homme de son rang. Si je ne puis la combattre, je peux devenir son mari. J'aime la princesse, et je désire qu'elle devienne mon épouse. Nous éviterons un affrontement funeste en scellant l'union de nos deux familles, et la tradition sera respectée.

– Je refuse ! clama la jeune femme.

Elle revint vers le prétendant.

– Je crois que tu n'as pas compris, Lyukhas. Je ne veux pas devenir la reine de Leoness, et encore moins ton épouse. Je ne t'aime pas.

L'autre accusa le coup, puis se ressaisit.

– Je crains que tu n'aies pas le choix, Attalante. Tu dois obéir aux ordres du phareïs.

Faerkos intervint.

– Non Lyukhas ! Elle a le choix. La loi est formelle : les prétendants au siège de Yawehah doivent le désirer de toute leur âme, et accepter de consacrer leur vie à notre dieu, car ils deviendront son incarnation vivante. Or la princesse ne souhaite pas monter sur le trône : cela signifie que Yawehah ne l'a pas élue. Et nul, pas même Basérès, n'a le droit de la contraindre. Je crois que tu restes le seul successeur possible.

Lyukhas regarda le grand-prêtre, puis acquiesça :

– Qu'il soit fait selon la volonté de Yawehah.

Les traits altérés, Basérès s'adressa à sa fille.

– Ta décision m'afflige, ma fille. Toi seule étais digne de me succéder.

– La décision ne t'appartient pas, noble Roi ! déclara Faerkos. Seul Yawehah peut trancher.

Il s'avança à son tour vers Astyan.

– Cependant ce qu'a dit le seigneur Lyukhas est vrai, Astyan : un étranger ne peut nous arracher ainsi l'une des nôtres, fût-il aussi puissant que toi. Attalante appartiendra à celui qui acceptera de l'épouser. Elle est une princesse de sang royal et divin.

– Alors qu'elle devienne ma femme ! s'exclama Lyukhas.

– Nooon ! hurla Attalante.

Faerkos se tourna vers le conseiller.

– Attalante est libre de son choix, Lyukhas. Telle est la loi. Et elle peut choisir d'épouser tout homme de haut rang, même s'il est étranger. Rien ne l'interdit, si le phareïs donne son accord, et si la princesse elle-même le désire.

Astyan eut un léger sourire : le grand-prêtre avait su habilement profiter de la situation. Épouser Attalante scellerait son alliance avec Leoness – mais c'était aussi le seul moyen de la sauver. Il déclara :

– Tes paroles sont sages, noble Faerkos. Je suis moi aussi de sang royal et divin, comme le prouve la marque que je porte. Si elle y consent, j'accepte d'épouser la princesse Attalante !

La jeune femme se jeta dans ses bras. Dépité, Lyukhas recula. La foule des courtisans s'anima. Tous se tournèrent vers Basérès. Celui-ci s'avança vers le Titan et lui prit les mains.

– Astyan, par deux fois tu as sauvé la vie de ma fille. Et tu viens de me prouver que j'avais tort de vouloir l'épouser afin de conserver pur le sang divin. Elle sera en sécurité près de toi. Aussi je lui donne mon accord. Tu es peut-être un étranger, mais jamais je n'ai rencontré d'homme plus loyal ni plus courageux que toi.

Il s'adressa à la cour.

– Vous avez tous entendu : si telle est la volonté de Yawehah, je donne ma fille à Astyan de Thulea. Que chacun se prépare à de grandes réjouissances...

Une clameur d'enthousiasme monta alors de la foule. Astyan serra Attalante dans ses bras.

Soudain une voix clama derrière lui :

– Astyan ! Attention !

Il fit face : un lourd javelot piquait sur lui. Une fois

de plus, la rapidité de ses réflexes le sauva. Il s'écarta et saisit la lance au passage. Sans l'intervention opportune, l'arme se fût plantée dans son dos.

Frahden s'avança. C'était lui qui avait crié.

– Merci, mon ami ! dit Astyan.

Tout à coup, un long hurlement de douleur retentit. Tout le monde se retourna. Lyukhas retirait son poignard ensanglanté de la poitrine d'un homme qui le regardait, les yeux exorbités, la bouche grande ouverte sur un air qui refusait de gonfler ses poumons. Hayorq !

Aux côtés des deux hommes se tenait un garde hébété, auquel le maître de la Marine venait d'arracher sa lance. Sous les yeux stupéfaits de la foule, Hayorq s'écroula, sans vie, aux pieds de Lyukhas. Celui-ci se tourna vers la cour pétrifiée. Il s'adressa au Titan.

– Tu es peut-être mon adversaire, Astyan, et tu viens de me vaincre dans le cœur de la princesse. Mais je ne pouvais laisser quelqu'un te frapper lâchement dans le dos. Hayorq était mon ami, mais il semble qu'il ait perdu la raison. Puisses-tu lui pardonner.

Il s'avança vers le couple.

– Je m'incline donc devant le choix de la princesse. Avec tristesse, car je renonce à elle pour toujours. Mais aussi avec joie, parce que cette union va nous apporter un allié puissant et un ami fidèle.

28

Des sentiments contradictoires agitaient l'esprit d'Astyan. Il ne savait plus que penser. Bien sûr il n'oublierait jamais Anéa. Il continuerait de l'aimer malgré les six millénaires qui le séparaient d'elle. Mais il ne pouvait rester fidèle à un fantôme.

Pour sauver Attalante, il n'avait eu d'autre choix que de proposer de l'épouser. Et il ne regrettait pas sa décision. Car il aimait la petite chasseresse, il aimait sa spontanéité, sa générosité, sa joie de vivre. Elle était jeune, bien vivante. Souvent au cours de ces derniers mois, il avait envisagé de la choisir pour compagne. Jamais il ne le lui aurait proposé, à cause de la menace qui pesait sur elle. Mais elle avait décidé à sa place. Alors si telle était la volonté des dieux...

La prophétie de Balasha ne cessait de le hanter. « L'homme qui t'aimera sera cause de ta mort ! »

Mais il protégerait Attalante de la malédiction, il vaincrait la mort elle-même. Il se redressa et contempla la jeune femme endormie à ses côtés. Puis il l'enveloppa dans ses bras. Dans son sommeil, la jeune femme sourit et lui prit la main.

Les pensées du Titan revinrent sur Lyukhas. Le personnage l'intriguait ; il devinait en lui un être à la fois rusé et courageux, prêt à tout pour satisfaire ses ambitions. La mort de Hayorq lui laissait une étrange impression de malaise. Il avait lu dans les yeux du mourant comme le reflet d'un étonnement intense. Sans doute ne s'attendait-il pas à être frappé ainsi par son ami. Mais Astyan décelait quelque chose de trouble derrière ce geste de fanatisme désespéré.

Par ailleurs, Lyukhas provoquait chez le Titan une sensation bizarre. Il se dégageait de lui comme l'écho d'un souvenir très ancien, mais cela restait flou. Astyan et la princesse allaient bientôt quitter Leoness. Attalante écartée, il demeurait le seul prétendant au trône ; il avait toutes les chances de vaincre Basérès lors de la Jovahtia. Il resterait ainsi seul maître de la cité.

Alors pourquoi Astyan éprouvait-il parfois l'impression angoissante que Lyukhas le haïssait et le redoutait plus que tout ?

Quelques jours plus tard, la cité de Leoness était en pleine effervescence. La nouvelle avait fait le tour de la ville : l'étranger original qui construisait un navire extraordinaire, le héros qui avait abattu la Bête de Khalydonia, et qui avait rendu sa fille unique au phareïs, allait épouser la princesse. Sur ordre du dieu-roi, la ville avait été pavoisée ; de grandes festivités avaient été organisées partout, depuis la Ville-Basse jusque dans l'enceinte sacrée de la Shrinta, où étaient réunis la noblesse et le haut clergé.

La cérémonie devait avoir lieu sur la vaste esplanade dominant la cité. Exceptionnellement, les Thuléens, compagnons d'Astyan, avaient été admis à pénétrer dans la Shrinta. Tyffos, plus gros et plus hypocrite que jamais, les accueillit avec obséquiosité. Astyan devenait un personnage puissant du royaume, et il valait mieux s'attirer ses bonnes grâces.

À l'extrémité de l'esplanade se dressait l'énorme statue représentant le dieu Yawehah, dressée sur son socle de marbre. De part et d'autre de l'effigie, deux feux brûlaient en permanence, entretenus par des prêtresses vierges. La tête de taureau de la divinité posait sur la foule rassemblée à ses pieds un regard quasi vivant, dû aux pierres incrustées dans ses orbites.

Le cortège nuptial s'avança vers l'autel situé au pied du dieu, acclamé par la foule installée de chaque côté. Au premier rang venaient Faerkos et ses officiants ; derrière eux suivaient Basérès et les grands seigneurs ; enfin le jeune couple apparut, revêtu de blanc, symbole du mariage. Une ovation enthousiaste les salua.

Tandis qu'elle avançait au côté d'Astyan, Attalante lui serrait très fort le bras. Les paroles de la vieille Balasha ne cessaient de la hanter. Pourtant elle ne regrettait rien. Peut-être la mort la prendrait-elle bientôt. Mais elle aurait au moins vécu un amour intense avec un homme qu'elle chérissait plus que tout.

Malgré les acclamations, la foule l'effrayait un peu. Elle aurait voulu que tout fût achevé, être déjà à bord de l'*Arkas*. Mais celui-ci ne serait pas terminé avant trois lunes, lui avait dit Astyan. Au moins, ils partiraient avant la fin du cycle de Zorohous. Elle ne serait pas obligée d'assister à la mort de son père. Celui-ci lui avait fait part de sa déception, mais il s'était résigné : la volonté de Yawehah devait être respectée. La longue conversation qu'ils avaient eue la veille avait bouleversé la jeune femme. Au-delà des mots, elle avait compris que Basérès était las du pouvoir, des complots incessants dont la cour était le théâtre. Elle avait eu envie de lui proposer de s'enfuir avec eux, mais elle avait renoncé : elle savait que jamais il n'aurait accepté. Sa foi était trop profonde. Le moment était venu pour lui de se fondre enfin à ce dieu tout-puissant dont il avait été l'incarnation vivante durant le temps de son règne, l'un des plus longs qu'ait connus Leoness. Devinant son trouble, Astyan lui adressa un regard complice. Cette cérémonie lui pesait également, mais ils devaient respecter la tradition.

Faerkos et ses acolytes prirent place derrière l'autel, au pied même de la gigantesque statue. Le grand-prêtre invita le jeune couple à s'agenouiller face à eux. Basérès et les grands nobles s'assirent de chaque côté, près des vasques de feu.

Faerkos s'approcha alors du couple et leur lia les mains avec une cordelette rouge, couleur du dieu. Il éleva ensuite un grand poignard vers les cieux, puis saisit les mains des deux jeunes gens, qu'il entailla légèrement. Deux rigoles écarlates coulèrent le long de leurs bras.

– Que le sang de l'homme se mêle à celui de la femme, pour qu'ils soient unis, jusqu'à ce que la mort les sépare.

Puis le grand-prêtre se tourna vers la statue et écarta les bras :

– O puissant Yawehah ! Accepte en ce jour le mariage de cet homme et de cette femme, qui portent en eux les traces de ton propre sang. Si cette union t'agrée, accorde-leur ta protection et guide-les de ta lumière éblouissante.

Soudain un hurlement d'épouvante jaillit de la foule :

– Regardez ! La statue bouge !

29

– Yawehah ! Yawehah ne veut pas de ce mariage ! hurla un homme dans la foule.

Muet de stupeur, Faerkos vit l'énorme effigie vaciller sur sa base, puis, avec une lenteur terrible, commencer à basculer vers l'avant. Un mouvement de panique se déclencha aussitôt, mais la presse était telle que plusieurs personnes s'écroulèrent et furent piétinées.

Attalante hurla de terreur. Astyan comprit qu'il ne pouvait rien faire pour écarter sa compagne de la trajectoire de la statue ; le phareïs, les prêtres et les nobles allaient être écrasés avec eux sous l'énorme masse.

– La prophétie ! gronda-t-il.

Derrière lui, l'inconnu ne cessait de s'époumoner.

– Cette union est un sacrilège ! Yawehah se venge !

La jeune femme allait être tuée. Mais il ne le voulait pas, il le refusait de toute son âme. Soudain, comme provenant de l'infini, un flux d'énergie indomptable monta en lui. Une puissance familière, formidable, qu'il concentra sur le colosse de pierre. La statue oscilla, puis s'arrêta sous la pression mentale du Titan. Une étrange lueur verte jaillit de ses mains tendues, qui repoussa peu à peu l'effigie. Celle-ci reprit lentement sa position verticale. Dans la foule, le mouvement de panique avait cessé, pour faire place à la stupeur. Des clameurs de surprise s'élevèrent un peu partout.

Astyan, le visage tendu sous l'effort, murmura d'une voix rauque à Attalante :

– Elle est déséquilibrée ! Il s'est passé quelque chose !

Tout à coup, la statue s'effondra d'une coudée dans son socle, puis se stabilisa. Astyan relâcha peu à peu sa pression psychokinétique. La lueur verte s'effaça comme par enchantement. Il y eut un instant de flottement dans la foule, puis la voix se remit à hurler :

– Cet étranger est maudit ! Il a voulu détruire la statue de notre dieu !

– Silence ! tonna Basérès. Il l'a sauvée, au contraire. Qu'on arrête cet homme !

On se tourna vers l'individu, mais celui-ci se fondit dans la foule et disparut. Impressionnés, les courtisans hésitaient à se rapprocher de l'autel. Lyukhas surgit alors et interpella le roi :

– Noble Phareïs, viens voir !

Le souverain le suivit, en compagnie d'Astyan, d'Attalante et des prêtres. Ils contournèrent ainsi le socle. Du côté opposé, Lyukhas leur désigna une excavation récente.

– Par Yawehah, grogna Basérès, qu'est-ce que c'est ?

Astyan s'introduisit dans le souterrain, dont il ressortit quelques instants plus tard en déclarant :

– La statue de ton dieu a été sabotée, noble Phareïs. Regarde !

Il lui montra une corde.

– Quelqu'un a miné le socle et placé des étais de bois en équilibre instable. Un système de cordes devait provoquer, au moment opportun, l'écroulement de l'édifice. Yawehah n'a jamais eu l'intention de refuser notre mariage ; ceci est l'œuvre des hommes. Des hommes qui n'ont pas hésité à détruire l'effigie de Yawehah pour tenter de nous tuer tous.

– C’est insensé, répliqua Basérès. Il a fallu que quelqu’un tire sur cette corde sans que l’on s’en aperçoive... Mais qui a pu commettre un acte aussi sacrilège ?

Lyukhas s’approcha.

– Il y a peut-être une explication, Phareïs, dit-il.

– Parle !

– Mes serviteurs m’ont informé que des esclaves ont travaillé hier autour de la statue. Ils ont cru qu’ils l’entretenaient, et ne se sont pas méfiés. Mais je pense à présent que ces esclaves ne sont autres que des Lusites, qui ont réussi à s’introduire dans l’enceinte sacrée. Je ne sais comment, ils ont dû être informés de la cérémonie de mariage qui devait avoir lieu aujourd’hui.

Il se tourna vers le Titan.

– Sois remercié, noble Astyan. Sans tes pouvoirs surnaturels, notre roi et nombre de ses seigneurs auraient trouvé la mort.

Astyan hocha la tête. Le ton de l’autre était empreint de la plus grande sincérité. S’était-il trompé sur son compte ?

Mais il n’eut guère le loisir d’approfondir la question. Le grand-prêtre l’invita à reprendre place sur l’autel, en compagnie d’Attalante. Basérès leva les bras pour calmer la foule, parcourue par des murmures contradictoires.

– Calmez-vous, clama le phareïs. Ce que vous avez vu n’est pas une manifestation de notre dieu bien-aimé. Un ennemi sournois et sacrilège a volontairement profané son effigie. Par chance, grâce à la puissance mystérieuse qui est la sienne, notre ami et allié, à qui je viens d’offrir ma fille unique, est parvenu à la sauver. Tout sera mis en œuvre pour châtier les coupables d’un si grand crime.

Bien plus tard, alors que le Titan et sa jeune épouse avaient retrouvé le calme de leur demeure, Attalante demanda :

– Crois-tu vraiment que ce soient les Lusites qui ont accompli ce forfait ?

Astyan fit une grimace.

– Je l'ignore. Je trouve que Lyukhas n'a pas été long à trouver l'origine du sabotage. N'est-ce pas le meilleur moyen de détourner les soupçons ? J'ai aussi remarqué qu'il se tenait à l'écart durant la cérémonie.

– Tu penses que c'est lui qui a déclenché l'effondrement de la statue ?

– Ou l'un de ses amis, à qui il a transmis un ordre au bon moment.

– Mais pourquoi aurait-il fait cela ? Il n'a plus aucune raison de me tuer à présent. Il est le seul prétendant au trône. De plus, jamais un noble leonessien ne prendrait le risque de provoquer ainsi la colère de Yawehah. Ils sont très attachés à leur dieu.

Astyan médita la remarque de sa compagne.

– C'est vrai ! dit-il enfin. Mon raisonnement ne se tient pas.

Il frappa légèrement ses poings l'un contre l'autre.

– Il y a quelque chose que je ne comprends pas derrière tout ça. Si Lyukhas est hors de cause, qui aurait intérêt à provoquer notre mort ? Et surtout, qui oserait s'attaquer directement à l'effigie de Yawehah ?

– Peut-être les Lusites. Ils ne respectent pas le dieu de Leoness. Si la statue s'était effondrée sur nous, en tuant mon père et les grands nobles, Leoness se serait trouvée privée de gouvernement. Et surtout, une telle action aurait frappé les habitants de la ville... et les aurait affaiblis devant une éventuelle agression des Lusites.

– Cela voudrait dire qu'ils envisagent d'attaquer bientôt...

Attalante se blottit contre lui.

– Oh, Astyan, je voudrais tellement que ton navire fût déjà achevé. J'ai envie de quitter cette cité.

– Nous partirons bientôt, petite, je te le promets.

30

La présence d'Attalante à ses côtés avait apporté un sens nouveau à l'existence d'Astyan. Bien sûr, il lui arrivait parfois d'évoquer le souvenir d'Anéa ; jamais il ne parviendrait à oublier les multiples existences qu'ils avaient traversées ensemble. Mais il lui fallait regarder la vérité en face : le gouffre de temps qui la séparait d'elle était infranchissable. Depuis plus d'un soleil à présent, ses visions cauchemardesques ne s'étaient plus manifestées. Si elle était revenue à la vie, il était persuadé qu'ils auraient réussi à communiquer, d'une manière ou d'une autre. Mais cela ne s'était pas produit. Il ne pouvait demeurer fidèle à un fantôme qu'il ne retrouverait peut-être jamais.

Attalante était jolie, et terriblement attachante. Enchantée d'avoir quitté l'atmosphère trouble de la cour, elle avait apporté dans la demeure une note de fraîcheur et de spontanéité. D'humeur toujours égale, elle avait séduit jusqu'aux plus endurcis des marins, qui ne juraient plus que par elle. Une grande complicité l'unissait à la petite Sikky, qui l'entraînait dans tous les recoins de la Ville-Basse, où elle connaissait tout le monde.

Par ailleurs, Attalante avait pris une part active à l'avancement des travaux. Son intelligence naturelle lui permettait de comprendre les mécanismes compliqués du vaisseau. Astyan passait de longues heures à lui expliquer le fonctionnement des équipements de l'*Arkas*.

Peu à peu celui-ci prenait forme. Après trois lunes de travail intensif, la chaudière génératrice de vapeur d'eau et le turbopropulseur furent montés dans la cale du navire. Des essais avaient été réalisés dans le plus grand secret dans un endroit isolé du chantier. La machine fonctionnait à la perfection. Lorsqu'elle fut au point, Phernaïm s'exclama avec enthousiasme :

– Avec cet appareil, l'*Arkas* sera le plus beau et le plus puissant navire de tous les temps.

Astyan se garda bien de le démentir. Mais il échangea un regard nostalgique avec Païdras : pour eux, le plus beau resterait l'*Hedreen*.

Grâce à l'efficacité discrète de Jossem, l'anthracite continuait à arriver par chariots jusqu'au chantier. Les citadins s'étonnaient un peu de l'intérêt que portait Astyan à cette pierre noire, mais on avait pris l'habitude de ses excentricités. Et puis la princesse semblait parfaitement heureuse avec lui. Alors que désirer de plus ? Grâce à eux, les hauts personnages de la cour sortaient parfois de leur enceinte sacrée pour venir leur rendre visite sur le chantier. Même s'ils affichaient toujours une attitude hautaine, il leur arrivait à présent de se mêler aux gens du peuple, et même de bavarder avec eux. Certains avaient conquis leur sympathie, comme Frahden, qui était devenu l'un des plus fidèles amis du couple.

Marasthos et ses hommes étaient ravis. La naïveté des nobles était déconcertante ; il était si facile de subtiliser leurs bourses tandis qu'ils admiraient le vaisseau fabuleux.

Jamais le commerce n'avait été aussi florissant. Toute

rumeur de révolte dans la Ville-Basse s'était éteinte. Avec l'été revenu, un soleil triomphant régnait en maître sur le royaume.

Lyukhas avait fait arrêter une demi-douzaine d'esclaves d'origine lusite, qui confessèrent le sabotage de la statue. Les accusés furent condamnés à être écorchés vifs sur la place principale de la Couronne. Astyan et Attalante refusèrent d'assister à l'exécution.

– Leurs aveux ne constituent pas une preuve, dit le Titan à sa compagne. Les Tourmenteurs ont la sinistre réputation de pouvoir faire avouer n'importe qui. Mais cette manœuvre est suffisante pour rassurer Basérès, et pour convaincre la population. On ne connaîtra jamais les véritables coupables.

– Tu penses toujours à Lyukhas ?

– Je n'en sais rien. Il n'avait pas de mobile pour vouloir nous tuer. Dans moins de deux lunes, il a toutes les chances de devenir le nouveau phareïs. A moins qu'il n'ait peur de ton père...

Attalante s'assombrit. Astyan la prit contre lui.

– Je suis désolé. Je me sens tellement impuissant...

– Cette coutume est abominable ! s'insurgea-t-elle. Mais jamais le clergé n'acceptera de la modifier.

– Je sais. J'en ai parlé avec Faerkos. Il soutient que le phareïs étant l'incarnation de Yawehah, il ne doit jamais paraître vieux ni malade. C'est la tradition.

– Mon père n'aura pas la force de vaincre Lyukhas.

– Je pourrais peut-être apporter mon aide à Basérès, suggéra Astyan. S'il acceptait que je lui enseigne l'art du combat atlante, il augmenterait ses chances.

– Cela ne servirait à rien. Je crois qu'il n'a plus envie de lutter.

Astyan soupira :

– Il connaissait les lois lorsqu'il a désiré devenir phareïs. Il règne déjà depuis trois cycles. Je doute que beaucoup de rois de ce pays en aient vécu autant.

N'oublie pas qu'il a eu le terrible courage de tuer son propre père pour accéder au trône. Et il n'a pas hésité à te sacrifier à ta naissance, parce que tu étais une fille...

– Je lui ai pardonné, rétorqua la jeune femme. Il est tellement imprégné de cette religion...

– Alors nous ne pouvons rien faire pour lui. Chacun doit suivre le destin qu'il s'est tracé, petite.

Elle étouffa un sanglot.

– Tu as raison. C'est lui qui a choisi. Mais je voudrais tant que l'*Arkas* fût déjà prêt, et que nous quittions cette ville maudite.

– Si tout va bien, il sera achevé dans quelques jours.

Un jour, Attalante éprouva l'envie de retourner à Varestan, pour revoir le clan où elle avait été élevée. Suivis du fidèle Païdras, de la petite Sikky et de son chien, ils prirent la piste menant au village lycadien.

Ce fut peu avant midi qu'eut lieu la première secousse. Sous les sabots des chevaux, le sol se mit soudain à trembler, à tel point qu'ils furent obligés de mettre pied à terre. Autour d'eux, l'air surchauffé s'emplit d'une poussière jaunâtre, tandis que de longues fissures se creusaient dans le sol. Sur le flanc d'une colline proche, un pan entier de terrain glissa tout à coup, emportant avec lui des arbres et d'énormes rochers.

Lorsque le séisme se calma, le Titan demeura un long moment silencieux. L'air préoccupé, il observa le paysage où flottait une brume opaque, puis les lignes de fracture.

– Que se passe-t-il ? s'inquiéta Attalante. Ce n'est pas le premier tremblement de terre que subit cette région.

– Je le sais. Ne t'alarme pas. Celui-ci était juste particulièrement intense. J'espère que Leoness n'a pas été touchée.

– On a l'habitude de ces foutues secousses, intervint

Sikky. Les vieux disent qu'il s'agit d'un monstre énorme que Yawehah a enfermé sous la terre il y a bien longtemps. De temps en temps, il essaye de sortir. Mais le dieu lui flanque un bon coup sur la tête, et il finit toujours par se calmer. Seulement, des fois, il arrive à foutre des maisons sur la gueule de ceux qui y habitent.

Païdras éclata de rire. Le langage de la petite n'avait rien perdu de sa verdeur.

– Cela arrive aussi à Thulea, dit-il.

Astyan sortit une carte de son sac de cuir et se rapprocha de son compagnon. Depuis plus d'un soleil qu'il arpentait le royaume, il avait eu le temps de constituer une topographie des lieux, relevant les cours d'eau, les collines, les montagnes. Ce passe-temps l'avait toujours distrait, depuis l'époque où il parcourait son île d'Avallon pour en découvrir toutes les richesses. À l'aide de la plume dont il ne se séparait jamais, il reporta sur la carte l'orientation des lignes de force de ce dernier séisme, qui vinrent s'ajouter à celles qu'il avait déjà notées.

– Regarde ! dit-il à son compagnon. Les directions de toutes ces secousses telluriques convergent vers un point central.

– Leoness ! dit Païdras.

Le Titan resta un long moment silencieux, puis déclara :

– Il vaudrait mieux que nous terminions l'*Arkas* au plus vite. Je n'aime pas ce qui se prépare ici.

– Crois-tu que la région soit menacée ?

– Ces glissements de terrain sont la preuve que la cité est bâtie sur une zone très sensible sur le plan sismique. Peut-être la rencontre de deux plaques tectoniques, je ne sais pas. Je ne dispose pas des instruments nécessaires pour effectuer des recherches approfondies. Mais je pense qu'il se prépare un cataclysme d'une grande ampleur. Le problème, c'est que j'ignore quand il aura lieu, et quelle sera sa puissance. Il faut que j'en avertisse Basérès.

De retour à Leoness, ils constatèrent que le séisme avait également touché la cité. En plusieurs endroits les murs étaient lézardés ; ailleurs des masures s'étaient effondrées, faisant quelques victimes. Mais, comme l'avait dit la fillette, les Leonessiens avaient appris à vivre avec ce phénomène impressionnant.

Astyan se rendit dans la Shrinta en compagnie d'Attalante et demanda à rencontrer le phareïs. Depuis son mariage avec la princesse, le chef des gardes de la porte avait radicalement changé d'attitude envers le Titan. Il le laissa passer avec mille courbettes.

Basérès fut heureux de voir Attalante. Il regrettait fort que le couple ait refusé de venir s'installer à l'intérieur de l'enceinte sacrée, mais le Titan avait invoqué la nécessité d'habiter à proximité du chantier.

– Sois la bienvenue, ma fille, dit-il. Et toi aussi, Astyan.

– Que la bienveillance des dieux soit sur toi, répondit le Titan. Je souhaiterais que tu m'accordes une audience privée.

– C'est une coïncidence, je désirais moi-même te rencontrer.

Les deux hommes s'isolèrent dans la salle de travail du roi, située sous le sommet du palais de forme pyramidale. C'était une pièce de dimensions modestes, dont les murs se couvraient d'étagères chargées de parchemins. Une vaste baie ouvrait au sud sur la ville écrasée par un soleil de plomb. De là, on découvrait la vaste esplanade où les ouvriers avaient consolidé la statue de Yawehah.

– Grâce à tes conseils, ils ont fait du bon travail, dit Basérès. Tu es un homme précieux, Astyan. Parfois je me demande...

– Quoi donc ?

– Rien, éluda le roi d'une voix lasse. Il m'arrive d'avoir des idées étranges. Peut-être parce que j'aime trop cette ville. Parfois il me vient l'envie d'entamer de grands travaux de rénovation. Malheureusement, nous avons perdu le savoir de nos ancêtres. Et de toute façon, jamais je ne vivrai assez vieux pour voir le résultat d'une telle entreprise. Alors je laisse les choses en l'état. Ainsi fera Lyukhas à son tour, comme tous ceux qui m'ont précédé. Et Leoness dépérira lentement avec le temps, jusqu'au moment où elle ne sera plus que ruines.

– Rien n'est inéluctable, Basérès, dit Astyan. Tu connais mon avis sur la coutume du sacrifice du roi : si le clergé acceptait de modifier cette loi absurde, la ville pourrait renaître et se développer.

– La loi de Yawehah doit être respectée ! rétorqua le roi. Je l'ai appliquée moi-même à chaque fin de cycle de Zorohous ; il est donc juste que je m'y soumette une nouvelle fois.

– Si tu le désires, je peux t'apporter mon aide. Je connais un art du combat qui peut augmenter tes chances de battre Lyukhas.

Basérès eut un sourire pâle.

– Tu es généreux, Astyan, mais je dois accepter de subir la volonté de Yawehah.

Astyan n'osa insister. Attalante avait raison : Basérès n'avait plus envie de lutter. Il était vaincu d'avance. Le Titan préféra changer de sujet.

– J'ai quelque chose à te montrer...

Il déplia sa carte sur la table de travail du phareïs. Celui-ci s'émerveilla.

– Par Jovaht ! Jamais mes cartographes n'ont effectué un travail aussi précis. Tes talents sont innombrables.

– Merci, Basérès. Mais je voudrais que tu observes ces marques.

Il désigna les lignes de fracture qu'il avait notées.

– Il s'agit des traces laissées par les récents séismes. Tu peux constater qu'elles convergent toutes vers la cité. J'ai étudié différents points de ton royaume depuis mon arrivée. La sismologie est un domaine que je connais bien. Or la fréquence des tremblements de terre, leur orientation, ainsi que d'autres éléments m'amènent à penser qu'il se prépare ici un cataclysme de grande envergure, qui risque de détruire Leoness.

Le phareïs demeura un long moment silencieux. Puis il murmura :

– La prophétie !

– Quelle prophétie ?

– Depuis longtemps les augures ont prédit que cette cité était vouée à disparaître. Son anéantissement sera provoqué par l'affrontement entre deux surhommes. Il est dit aussi qu'un demi-dieu venu d'au-delà des mers interviendra, et évitera sa destruction totale.

– Faerkos m'a déjà dit quelque chose de ce genre. Il pense que je suis cet homme. Mais il estime, lui, que la menace vient des Lusites. C'est pourquoi il voulait que je combatte Anthée.

– Précisément ! C'est à ce sujet que je voulais te voir. Mes éclaireurs ont signalé une nouvelle recrudescence des incursions des hordes d'Anthée. Il semble qu'il prépare une grande offensive contre le royaume.

– Et tu voulais me demander, à ton tour, de t'apporter mon aide.

– Nous avons besoin de ta force et de tes connaissances, Astyan.

– J'avais déjà répondu à Faerkos. Je ne peux combattre un peuple qui lutte pour sa liberté. Pour moi, l'esclavage est une hérésie.

– Donc, tu refuses de nous aider !

Astyan ne répondit pas tout de suite.

– Je n'ai pas dit cela. En épousant ta fille, je suis devenu ton allié. Et je ne voudrais pas que ceux de

Varestan soient victimes des troupes lusites. Cependant je refuse de déclencher l'offensive. Voilà ce que je te propose : pour l'instant, ton armée est suffisamment puissante pour défendre les villages frontaliers. De mon côté, je vais faire fabriquer des armes dont je connais le secret. Mais elles ne seront utilisées que dans le cas où Anthée envahirait le royaume.

Basérès hocha la tête.

– Cela me semble raisonnable. Mais Faerkos a dû te dire que ce porc immonde d'Anthée possédait une force surhumaine, qu'il tire de la terre.

– Je connais cette légende.

– C'est pourquoi nous aurons besoin de ta puissance. Toi seul peux t'opposer à lui.

– Nous verrons le moment venu. N'oublie pas que je ne désire pas demeurer à Leoness, et mon navire sera bientôt achevé. Mais je te laisserai des armes en nombre suffisant. Nul homme n'est invincible ; cependant mon opinion est qu'il vaudrait mieux négocier la paix avec Anthée, au cas où il attaquerait. La guerre n'engendre que ruine et désolation.

– Aucune paix n'est possible avec les Lusites. Ce sont des barbares.

Il se laissa tomber sur un siège.

– De toute manière, je ne verrai peut-être même pas cette guerre. La Jovahtia approche, et je sais que Lyukhas me tuera.

Astyan explosa.

– Par les dieux, tout cela est grotesque !

Le phareïs voulut se rebeller, mais Astyan le prit par les épaules.

– Non ! Cesse de te lamenter ! A présent, tu vas m'écouter ! Tu ignores qui je suis réellement, et d'où viennent mes pouvoirs. Je vais te le dire : je suis moi-même le fils d'un dieu venu de l'Infini. J'ai l'apparence d'un être très jeune, ayant à peine dépassé les vingt soleils. En réalité, j'ai déjà vécu de nombreuses existences, dans un royaume puissant, bien plus grand et plus riche que Leoness. Sa capitale à elle seule comptait plus de deux millions d'habitants. J'ai régné sur ce royaume pendant plus de six mille années.

Basérès le regarda avec stupéfaction. Astyan poursuivit.

– C'est de ces vies passées que je tiens tout le savoir qui est le mien. Tu ignores à quoi ressemble le monde véritable, Basérès ; tu n'en connais que ce que te laissent entrevoir les œillères de ta religion. Mais à cette époque bien lointaine, nul n'avait entendu parler de ton dieu. Ces divinités que les hommes adorent aujourd'hui ne sont que la cristallisation de leurs frayeurs et de leur angoisse vis-à-vis de la mort et des mystères qu'ils ne comprennent pas. Mais les vrais dieux existent : ce sont des esprits, des êtres supérieurs, dont l'un est mon propre père. Alors je voulais te dire ceci : *jamais* les dieux n'ont exigé que les hommes versent leur sang pour eux. Les prêtres ont mal interprété la volonté de celui que tu appelles Yawehah. Sans doute parce que cela leur permettait d'exercer un pouvoir occulte sur le peuple. Mais les dieux ne désirent qu'une chose : que la vie s'épanouisse et se développe, et que les hommes acquièrent la sagesse, dans la paix et l'amour. C'est pourquoi il faut que cette ignoble coutume de la Jovahtia soit abolie.

– Jamais le clergé n'acceptera de modifier la loi !

– Ouvre les yeux ! Tu n'adores qu'une idole de pierre, un objet sans âme. Tu dois parler à Faerkos. Cède le trône à Lyukhas s'il te pèse : je suis prêt à t'emmener avec moi sur l'*Arkas* si tu le désires.

– Tu n'y songes pas ! Je suis le représentant vivant de Yawehah dans sa cité.

– C'est faux, Basérès ! Tous les hommes qui vivent dans ce monde sont les enfants des dieux. Plus que cela, même : ils font partie des dieux. Vous avez donné au vôtre le nom de Yawehah, mais il n'est pas différent des autres. Et vous l'offensez en sacrifiant des vies humaines, la tienne comme celles des esclaves.

– C'est toi qui l'offenses en ce moment même !

– Ah oui ? Alors qu'il se manifeste et me détruise si je ne dis pas la vérité.

Pétrifié, Basérès n'osait plus faire un geste. Il bredouilla :

– Crois-tu qu'il se montrerait pour un étranger, un hérétique qui ne croit pas en lui ?

Astyan revint vers le phareïs.

– C'est là que tu commets une erreur, Basérès. Pour Yawehah, toutes les créatures se valent et lui appartiennent. N'est-ce pas ce qu'affirment les prêtres ?

– Si !

– Alors si nous admettons qu'ils ont raison, je lui appartiens aussi. Et il n'y a ni étrangers ni hérétiques. Son silence confirme seulement qu'il m'approuve. Il ne désire pas la mort, mon ami, mais la vie !

Il répéta, avec force :

– *La vie !*

Ébranlé par les arguments du Titan, Basérès se releva.

– Si je parle de tout cela à Faerkos, il va croire que j'agis ainsi par peur de la mort. Ce qui est faux.

– Rien ne t'empêche d'abdiquer et de te désigner un successeur.

– Lyukhas ? Sous ses dehors séduisants, c'est un être assoiffé de pouvoir.

Il prit Astyan par le bras.

– En vérité, voici l'idée qui m'est venue tout à l'heure. C'est toi que je souhaiterais voir monter sur le trône de Leoness. Tu ne ferais qu'une bouchée de Lyukhas. Il y a une telle sagesse en toi. Le peuple t'aime. Tu ferais un merveilleux phareïs. Et ma fille régnerait à tes côtés.

– Je ne peux l'accepter, Basérès. Mon destin m'appelle ailleurs. La reine Callisto elle-même aurait souhaité que je demeure près d'elle. Et je l'ai quittée, malgré le fils qu'elle a eu de moi. Et puis, n'oublie pas que je suis déjà le prince d'un royaume. Même si les légendes prétendent qu'il a disparu, je n'en ai pas encore la preuve absolue. Alors s'il existe la plus petite chance de retrouver ce royaume, je dois la tenter. Mon navire est presque achevé ; dans quelques jours, nous le mettrons à flot. J'aimerais que tu assistes à son lancement.

Le phareïs soupira :

– J'y serai, mon ami ! Mais j'aimerais que tu réfléchisses à ma proposition.

31

Païdras, le visage noir de charbon, se tourna vers Astyan, tout aussi sale que lui.

– Cet anthracite est d'excellente qualité. Et son poids assurera la stabilité du navire.

Devant eux trônait l'énorme chaudière, d'où partaient de gros tuyaux de cuivre aboutissant à deux cylindres volumineux. Dans des coffres de bois reposaient des pièces métalliques destinées à remplacer celles qui pourraient céder au cours du voyage. Au-delà de la chaudière, occupant la majeure partie de la basse cale, s'étendaient de vastes compartiments chargés à ras bord d'une quantité impressionnante de charbon.

Païdras montra la grosse cuve de cuivre qui surmontait la machine.

– L'étanchéité du circuit d'eau est parfaite. Les derniers réglages sont effectués. Cette fois tout est prêt, Seigneur. Il ne reste plus qu'à mettre ce gros bébé à l'eau. Il est prêt pour le départ.

Astyan prit son ami dans les bras et le serra avec affection.

– Nous avons réussi, Païdras. Avec ce navire, nous allons enfin pouvoir quitter ce pays et partir à la recherche de notre royaume.

Ils remontèrent sur le pont, déserté par les derniers

ouvriers. L'*Arkas* reposait encore sur son berceau. Devant lui, un plan incliné équipé de rondins menait jusqu'à la mer. Des étais maintenaient le vaisseau prisonnier de son lieu de naissance ; de lourds cordages permettraient de les ôter le lendemain, date prévue pour le lancement.

Les deux hommes contemplèrent l'Océan, à l'horizon duquel s'étalait un voile de nuages rouge et or, étirés par des bourrasques lointaines. Une odeur d'algue et d'iode leur emplit les poumons, tandis que des nuées d'oiseaux marins tournoyaient au-dessus des flots dans le crépuscule.

– Les Atlantes sont les fils de l'eau, Seigneur, dit Païdras. Toutes nos cités étaient construites au bord de l'Océan. Crois-tu que nous retrouverons nos descendants ?

– Je pense que tous les hommes qui vivent aujourd'hui sur ces côtes portent un peu de notre sang dans leurs veines. Mais ils l'ignorent ; seules de vieilles légendes le leur rappellent, dont ils ont oublié la signification.

Païdras posa sa main sur le bras du Titan.

– Je ne te remercierai jamais assez d'avoir réveillé en moi le souvenir de notre monde, Seigneur. Le capitaine Diekaard n'a pas été un mauvais homme, je crois ; enfin il n'a jamais fait le mal volontairement. Mais cette expérience m'a rendu encore plus tolérant envers les autres, parce qu'elle m'a prouvé que nous appartenons totalement à cette Terre. Nous ne faisons pas qu'un bref séjour sur elle. Si les hommes savaient qu'ils vivront plusieurs vies dans ce monde, ils deviendraient meilleurs. Ils sauraient qu'ils doivent le préserver, pour qu'il soit encore plus beau lorsqu'ils reviendront sous une autre enveloppe charnelle.

– Les Atlantes le savaient, Païdras. Mais les hommes d'aujourd'hui l'ont oublié. Ils ont perdu le souvenir de l'antique sagesse, et je crains qu'ils ne la retrouvent pas de sitôt. Mais que pouvons-nous y faire ? Leur destin leur appartient.

Il se tourna vers la cité éclairée par le soleil couchant et repensa à la proposition de Basérès ; peut-être aurait-il pu l'accepter. Mais au fond de lui, une voix lui soufflait que cette ville n'avait aucun avenir. Une guerre se préparait – stupide, comme toutes les guerres. Mais dans ce conflit imbécile, il risquait de n'y avoir ni vainqueurs ni vaincus. La menace qui pesait sur le royaume était beaucoup plus grave, et il ne se sentait ni la force ni l'envie de s'opposer au Destin.

Le lendemain, une foule nombreuse s'était réunie sur le quai longeant le chantier. Une grande partie de la noblesse s'était déplacée pour assister au lancement. Au premier rang, Basérès, en compagnie d'Attalante, admirait la silhouette élégante du navire.

Derrière la Cour, au-delà d'une barrière de gardes armés jusqu'aux dents, la population de la Ville-Basse se pressait, mêlée aux plévéiens curieux, qui avaient quitté le quartier de la Couronne. Beaucoup se demandaient si le bateau n'allait pas se briser en pénétrant dans la mer. Jamais on n'en avait vu de si grand ; de la proue au gouvernail, il devait mesurer plus de quatre-vingts coudées. On ne savait que penser de ces mâts immenses, sinon que leur poids allait certainement le faire basculer sur le flanc.

Sur la grève, les dizaines d'ouvriers qui avaient travaillé à la construction trépignaient d'impatience. Phernaïm n'était pas le moins nerveux. Depuis dix-huit lunes, il ne dormait presque plus. À son côté, Jossem se frottait les mains, signe chez lui d'une intense agitation, en adressant des prières muettes à Yawehah.

Sur la rive, les marins thuléens attendaient près de leurs barques que le navire fût mis à flot pour le rejoindre et le manœuvrer. Selon la tradition atlante, aucun homme ne devait se trouver à bord lorsque le vaisseau ferait son entrée dans l'élément liquide.

La marée haute avait envahi le port et recouvrait à demi le plan incliné. À présent, on attendait fiévreusement qu'Astyan fît sauter le système de filins et de poutres qui retenait le navire sur son berceau.

Un murmure monta de la foule lorsque le Titan s'approcha des cordages qui devaient libérer le navire. On le vit dégainer son épée couleur d'or. Mais personne ne l'entendit murmurer :

– Allez, petit, montre-leur qui tu es !

Il leva son arme et l'abattit d'un coup sec sur le filin. Celui-ci, tendu à craquer, sembla littéralement exploser sous l'effet de la tension. Les étais s'écroulèrent les uns après les autres. Un grondement formidable fit vibrer les entrailles de l'assistance. Certains eurent un mouvement de recul lorsqu'ils virent l'énorme masse vaciller. L'*Arkas* semblait avoir pris vie. Il s'avança lentement, sa proue parut décoller au-dessus du plan incliné ; puis, dans un vacarme infernal, il bascula sur les rondins, prit de la vitesse et pénétra majestueusement dans l'eau, faisant naître des gerbes d'écume.

Il y eut un moment de stupeur, puis un hurlement d'enthousiasme se déchaîna, faisant exploser le silence qui avait succédé au vacarme du lancement. Phernaïm se mit à pleurer comme un enfant ; jamais il n'avait dirigé la construction d'un si beau navire. Les yeux humides de larmes, il rejoignit Astyan.

– Viens, mon ami ! dit le Titan en l'entraînant vers les barques. Nous allons monter à bord et leur montrer de quoi notre *Arkas* est capable.

Quelques instants plus tard, Astyan se tenait sur le pont en compagnie de Païdras, de Phernaïm et des marins thuléens, dont certains étaient déjà grimpés dans les vergues.

– Larguez les voiles ! ordonna le Titan.

Aussitôt, celles-ci se déployèrent comme les ailes d'un oiseau gigantesque. Sous l'action de la houle, elles se gonflèrent. Astyan, qui avait rejoint la barre, plaça le navire en position ; celui-ci parut s'ébrouer comme un coursier, puis, lentement, se dirigea vers la sortie de la rade.

– Nous avons bien choisi notre jour ! s'écria Païdras avec enthousiasme. Le vent est puissant !

Sur le quai, l'assistance médusée vit le vaisseau prendre de la vitesse et s'éloigner vers la haute mer, filant à une allure inimaginable. Frahden s'exclama :

– Jamais nos galères ne pourraient rivaliser avec ce navire. Cet homme est un magicien, Phareïs !

– Non, répondit Basérès, c'est un dieu. Ce vieux fou qui se cache dans les Fravennes a sans doute raison : Astyan est l'une de ces divinités antiques dont parlent les légendes du vieil Haldrean.

Il prit Attalante, dont les yeux brillaient d'émotion, contre lui.

– Ma fille, mon cœur se serre à l'idée que tu vas bientôt me quitter pour suivre cet homme. Il t'a rendu à moi, et il te reprend. Mais je me réjouis à l'idée de ce que tu vas vivre avec lui. Et je mourrai en paix d'avoir pu le connaître.

– Mon père ! Je ne veux pas que tu meures. Astyan acceptera de t'emmener avec nous.

Basérès eut un sourire triste.

– Non, ma fille. Il me l'a proposé, mais il serait lâche de vouloir échapper à mon destin. Viens, j'ai hâte de monter à bord de cette merveille.

Tandis que l'*Arkas* effectuait une large courbe pour rejoindre le port, la Cour se transporta sur le quai où il devait aborder, suivie par une foule qui délirait de joie.

Habilement manœuvré par le Titan, le navire pénétra dans la rade, puis vint se ranger en douceur contre le môle.

Lorsque le phareïs et les courtisans furent à bord, on largua les amarres et le vaisseau quitta le quai. La plupart des nobles n'avaient jamais mis le pied sur un bateau, et beaucoup n'étaient guère rassurés. Sous le regard amusé des Thuléens, ils se tenaient au centre du pont, n'osant s'approcher du bord.

Basérès quant à lui se montra d'une grande curiosité lorsque le Titan lui fit visiter le navire.

– De l'étrave à l'arrière, il mesure quatre-vingt-cinq coudées, expliqua Astyan. Son tirant d'eau est de huit coudées. Il peut emporter une cargaison importante, et plus de deux cents personnes. Mais une vingtaine de marins suffisent pour le manœuvrer.

– Pourquoi l'avoir prévu si grand ? demanda le phareïs.

– Il doit être puissant pour affronter les tempêtes de l'Océan profond. Et puis, peut-être devrai-je un jour embarquer des passagers.

Il lui montra le bouclier et l'éperon de cuivre protégeant l'étrave, destinés à briser les glaces flottantes. Il lui fit ensuite visiter le château arrière, où se trouvait la timonerie, la chambre des cartes, ainsi que les cabines de commandement. Au-dessous logeraient les marins.

Basérès ne put cacher sa stupéfaction en découvrant les vastes compartiments des différents niveaux, que l'on chargerait bientôt de vivres et de matériel.

Puis l'on descendit dans la cale, où Païdras avait mis la chaudière à vapeur en marche. Devant le ronflement infernal de la machine, plusieurs nobles prirent peur et remontèrent sur le pont.

– Ne crains rien, dit Astyan au roi. Il n'y a aucun danger.

Il lui expliqua le fonctionnement de l'appareil.

– La vapeur d'eau sous pression passe à l'intérieur de ces cylindres jumeaux où elle actionne des turbines. Celles-ci entraînent les axes des hélices qui propulsent le navire. Il peut acquérir ainsi une vitesse encore supérieure.

Il remontèrent sur la passerelle. Au-dessus du château arrière se dressait une cheminée qui crachait une fumée noire. Sur l'ordre d'Astyan, les marins relevèrent les voiles.

– À présent, nous naviguons uniquement grâce aux turbopropulseurs.

Utilisant un système de communication phonique qui le reliait à la salle des machines, il lança à Païdras :

– Pleine vitesse !

Le grondement s'amplifia, puis le navire sembla poussé en avant par une force irrésistible. Inquiets, les passagers observaient les flots défilant à une allure folle. Des gerbes d'eau salée vinrent s'écraser sur le pont.

– C'est de la magie ! murmura Faerkos, peu rassuré.

Il avait suivi avec attention toutes les explications du Titan, mais n'en avait pas compris grand-chose, sinon qu'une machine utilisant le feu et l'eau faisait avancer le navire.

– Avec de tels navires, nous pourrions conquérir le monde ! s'exclama Basérès.

– Oui, mais sera-t-il capable de survivre au grand gouffre qui borde l'Océan ? grommela le grand-prêtre.

– Ce gouffre n'existe pas, Faerkos, répliqua le Titan. Au-delà de l'Océan s'étendent d'autres terres. Des mondes magnifiques et hospitaliers. Ce sont ces mondes que l'*Arkas* va me permettre de rejoindre.

L'autre ne répondit pas.

La nuit suivante, Astyan et Attalante, blottis dans les bras l'un de l'autre, eurent peine à trouver le sommeil.

– J'ai l'impression de rêver, dit doucement la jeune femme. Quand partons-nous ?

– D'ici à quatre ou cinq jours. Le temps de charger les vivres et le matériel dont nous aurons besoin. J'ai fait fabriquer des voiles de rechange, et des pièces pour la machinerie. Il faut tout prévoir. Nous risquons de rencontrer des tempêtes importantes, mais l'époque est favorable. Avec l'*Arkas*, nous devrions rallier Avallon en six ou sept jours, si tout va bien.

– Parle-moi de ton royaume, Astyan.

Il resta un moment silencieux, puis déclara :

– C'était le plus beau pays qui se puisse imaginer. Un grand fleuve le traversait, qui franchissait deux lacs, dont l'un était bleu et l'autre vert. Poséidonia était une cité magnifique, où les roses éclataient par millions. Partout s'étendaient des parcs immenses, avec des arbres géants. Les demeures avaient des toits d'or...

Il lui raconta la beauté du palais des Orchidées, avec ses deux sources, l'une chaude, l'autre froide ; les canaux innombrables où glissaient de longues barques plates ; les chats majestueux et les écureuils apprivoisés qui venaient manger dans la main des habitants ; la vallée de Nysa et ses vignobles incomparables ; la mystérieuse forêt de Floorande où vivaient les salamandres géantes...

Tout en parlant, il se rendait compte qu'il évoquait un monde fantôme, disparu depuis des millénaires. Mais peut-être une nouvelle civilisation s'était-elle reconstruite après le grand cataclysme. C'est elle qu'il devait retrouver.

Si elle existait...

La nuit qui suivit, Attalante s'endormit sur la vision d'un monde plein de lumière et de couleurs, d'une ville aux mille ponts, aux toits d'or...

Même si ce monde n'était plus qu'un rêve inaccessible, elle s'en moquait ; elle serait au côté d'Astyan. Elle commençait à croire que la vieille Balasha s'était trompée. La prophétie était fausse.

Pourtant une angoisse informulée la saisit trois jours plus tard, au matin, lorsqu'une escouade de gardes se présenta à la porte du Titan. Avant même qu'ils n'eussent parlé, elle comprit que le rêve était sur le point de s'effondrer.

– Seigneur Astyan, dit leur chef, le phareïs te réclame de toute urgence. Il a de bien tristes nouvelles à t'annoncer.

32

Précédé par les gardes à cheval, Astyan traversa à toute allure la ville encore endormie pour gagner la Shrinta. On le mena dans la grande salle du palais, où l'attendait Basérès, entouré de ses conseillers. Lyukhas accourut vers lui, le visage bouleversé par la colère et la douleur.

– Seigneur Astyan, nous avons tenu à te prévenir tout de suite ! Vois ce que les Lusites ont fait à notre bien-aimé Frahden.

Le Titan s'avança. Basérès et les courtisans s'écartèrent, dévoilant, sur une litière, le corps méconnaissable du jeune homme. Une nausée tordit l'estomac d'Astyan : la peau du malheureux avait été arrachée par plaques, laissant la chair à vif ; les oreilles, les mains et les pieds avaient été tranchés, les yeux crevés. Sur la poitrine était badigeonné à la poix un sigle étrange.

– La signature de ces porcs, cracha Lyukhas.

Pétrifié, le Titan n'osa dire un mot. Depuis plus de dix-huit lunes, il avait tissé avec le jeune homme de vrais liens d'amitié, nés de la chasse de Khalydonia. Celui-ci lui avait souvent rendu visite sur le chantier, et il gardait le souvenir de soirées joyeuses où Frahden, contrairement à ceux de sa caste, n'hésitait pas à se mêler aux gens du peuple. Astyan refoula les larmes de peine et de colère qui lui brûlaient les yeux. Basérès s'approcha de lui.

– Il était ton ami, Astyan. Ce chien d'Anthée l'a torturé d'une manière abominable avant de le tuer.

– Rien ne peut justifier une telle cruauté, grinça le Titan.

Lyukhas amena un garde qui tremblait d'émotion et de peur.

– Cet homme faisait partie de son escorte.

Il se tourna vers le guerrier.

– Raconte ce qui est arrivé, Pheloon !

D'une voix marquée par l'épouvante, le garde commença son récit.

– Il y a deux jours, le seigneur Lyukhas nous a envoyés en reconnaissance vers le pays des Lusites, afin d'observer leurs mouvements. Nous étions une douzaine, bien armés. Nous faisions preuve de prudence, car nous savions que quelques bandes isolées rôdaient aux abords de la frontière.

– Où étiez-vous ? demanda le Titan d'une voix blanche.

– Dans les montagnes de Lycadie. Nous étions encore sur le territoire du royaume lorsque nous sommes tombés dans un piège tendu par une horde de Lusites. Nous avons tenté de nous défendre, mais ils étaient dix fois plus nombreux que nous. Leur chef, Anthée, était à leur tête. Six des nôtres ont été tués, les autres capturés. Et alors...

Il éclata en sanglots.

– Ce fut horrible, Seigneur. Ils nous ont attachés à des arbres. Pendant toute la nuit, les Lusites se sont acharnés sur mes camarades, et surtout sur notre chef, le noble Frahden. J'entends encore ses hurlements. Ce maudit Anthée – que les dieux lui dévorent le foie et le cœur ! – l'a torturé lui-même. Et il riait...

– Mais ils t'ont épargné, gronda sourdement le Titan.

– Oui. Ils m'avaient attaché à part, face à mes compagnons. Je n'ai pas compris pourquoi au début : je pensais qu'ils me réservaient un sort encore plus horrible. J'étais mort de peur. Je suis un guerrier, Seigneur Astyan, je peux mourir au combat. Mais pas de cette manière-là !

– Que s'est-il passé ensuite ?

– À l'aube, Anthée s'est approché de moi et m'a dit : « Tu vas rapporter ce que tu as vu à ton roi, et lui dire que bientôt les Lusites feront subir le même sort à tous les Leonessiens. » Puis ils ont chargé le corps du seigneur Frahden sur un cheval, et m'ont ordonné de le ramener au palais.

– À quoi ressemble cet Anthée ? demanda le Titan.

– C'est un homme de très grande taille, comme toi, Seigneur. Il porte de longs cheveux noirs, noués par-derrière avec un lacet de cuir ; il est vêtu d'une veste de cuir et d'une peau d'ours. Il combat toujours pieds nus, armé d'un long poignard et d'une énorme massue.

Soudain le guerrier s'agenouilla devant Astyan.

– Il faut que tu le combattes, Seigneur. Ce n'est pas un homme, c'est un démon envoyé par les dieux des ténèbres. Toi seul possèdes la puissance pour le vaincre.

Astyan releva le garde, encore terrorisé par ce qu'il venait de vivre. Puis il se tourna vers Basérès.

– Il existe désormais entre Anthée et moi une dette de sang – celui de Frahden. Phareïs, je suis prêt à partir le combattre si tu le désires toujours.

Un grondement d'enthousiasme s'éleva de toutes les poitrines des nobles.

– Nous pendrons tous les Lusites avec leurs tripes ! hurla un capitaine.

Basérès saisit les mains du Titan.

– Sois remercié, Astyan. Une armée de deux mille guerriers est déjà prête à partir. J'aimerais que tu en prennes le commandement.

– Donne-moi deux jours, le temps de préparer mes armes.

– C'est d'accord. Demain, nous donnerons une sépulture à mon neveu bien-aimé. Tu partiras ensuite.

Il ajouta, la voix grinçante de colère rentrée :

– Et ne tue pas Anthée toi-même. Capture-le et amène-le-moi. Je te jure qu'il paiera son crime très cher.

L'instant d'après, une douzaine de jeunes gens, amis de Frahden, entourèrent le Titan.

– Nous voulons venger notre compagnon, Seigneur ! Accepte-nous à tes côtés. Nous serons fiers de combattre sous tes ordres.

– Il était le meilleur d'entre nous, renchérit un autre, les yeux brillants de larmes.

– Alors, répondit le Titan, allez préparer vos armes et vos montures.

Attalante était effondrée.

– Frahden était le plus charmant des compagnons, et le plus loyal des amis. Pourquoi ont-ils commis une telle atrocité ? Pourquoi lui ?

Astyan ne répondit pas. Un profond dégoût s'était emparé de lui. Comment des êtres humains pouvaient-ils commettre de pareilles horreurs ? Jamais encore il n'avait rencontré une telle barbarie, sinon peut-être chez la perfide Asdahyat. Mais elle était animée par la plus effroyable des jalousies. Quelles souffrances avaient pu engendrer une haine aussi terrifiante chez les Lusites ?

Une joie malsaine l'habitait à l'idée de bientôt les combattre. Il ne pouvait chasser de son esprit l'image du corps atrocement mutilé de son ami. Il éprouvait l'envie d'égorger Anthée de ses propres mains. Rien ne pouvait justifier de tels actes, pas même la libération des esclaves.

– Je dois aider les Leonessiens, petite, dit-il en serrant Attalante contre lui. D'après les derniers renseignements rapportés par les espions de Basérès, les Lusites ne seront pas plus nombreux que nous. Avec les armes que j'ai fait fabriquer, nous devrions les vaincre rapidement. Je serai de retour dans quelques jours. Ensuite nous quitterons ce monde absurde. Mais en attendant, promets-moi de prendre soin de toi.

Elle eut un pâle sourire.

– Ne t'inquiète pas. Tu sais bien que Sikky veille sur moi.

Ils s'embrassèrent longuement, puis Astyan rejoignit la Shrinta. Au pied de la colline sur laquelle se dressait le palais, une caserne abritait la plus grande partie de l'armée de Leoness, placée sous les ordres directs du phareïs. Celui-ci attendait le Titan. Devant tous les hommes et leurs capitaines, il lui remit une courte lance d'or, symbole du commandement.

– Par cette arme, je fais de toi le général de mes troupes, Astyan. Mène-les à la victoire, et rapporte-moi ce chien d'Anthée. Je veux le voir périr.

Puis il serra le Titan contre lui. Après une courte cérémonie religieuse où Faerkos invoqua le nom de Yawehah, l'armée se mit en route, sous les acclamations de la population.

La troupe comportait près de six cents cavaliers et quinze cents fantassins armés d'arcs et de lances. Des chariots transportaient les armes secrètes du Titan. Le convoi prit la direction de la Lycadie ; il était probable que le plus gros de l'armée lusite s'y était concentrée.

Un malaise obscur refusait de quitter l'esprit d'Astyan. Quelque chose le gênait dans cette affaire sordide. Il était vrai que l'on surnommait les guerriers d'Anthée les Écorcheurs, mais ce surnom était exagéré. Ils se contentaient généralement d'attaquer et de piller les villages frontaliers ; ils tuaient ceux qui leur résistaient et emmenaient les autres en esclavage, tout comme le faisaient les Leonessiens. Aucun des survivants des villages dévastés n'avaient rapporté de semblables actes de torture. Mais peut-être Frahden était-il tombé sur une horde particulièrement belliqueuse ? On l'avait traité ainsi parce qu'il était un noble, dont Anthée avait voulu faire un exemple. Cependant un élément troublait le Titan dans le récit du guerrier : leur petite troupe semblait avoir été attirée dans un piège. Or Astyan connaissait la prudence des éclaireurs de Leoness ; rares étaient ceux qui se faisaient prendre.

Ou alors il fallait envisager que les Lusites aient déjà envahi la Lycadie et infestassent le pays. Il fit accélérer l'allure ; le petit village de Varestan, où Attalante avait vécu, était situé en lisière des monts lycadiens.

Deux jours plus tard, l'armée atteignit le village de Varestan, qui par bonheur n'avait subi aucune attaque. Situé à l'entrée d'une vallée remontant vers les montagnes de Lycadie – qui n'étaient en réalité qu'une succession de hautes collines rocailleuses et désertiques –, Varestan comportait essentiellement une population de chasseurs, ainsi que quelques cultivateurs.

Tandis que l'armée prenait ses quartiers en bordure du village, Astyan rendit visite à la vieille Balasha. Celle-ci l'accueillit d'un ton rogue : elle ne lui pardonnait pas d'avoir épousé Attalante. Lors de leur dernière visite, elle les avait prévenus : « Vous avez offensé les dieux ! Attalante ne devait pas connaître l'homme. Votre union engendrera une grande catastrophe. Et tu seras cause de sa mort ! » avait-elle ajouté à l'intention d'Astyan.

Cette fois encore, elle réitéra ses menaces. Puis elle entraîna le Titan dans sa masure, une cabane de pierre qui comportait trois pièces, dont la plus grande était destinée à recevoir le conseil des femmes. En effet, curieusement, la tribu varestane fonctionnait suivant un système matriarcal. Balasha, en raison de ses dons particuliers, avait été élue « mère » du clan.

– Tu ne me crois pas, Astyan, grommela-t-elle. Et pourtant les augures sont formels : jamais elle n'aurait dû quitter le village.

– Elle était la fille du phareïs. Et tu le savais...

Elle hocha la tête.

– Oui. J'avais aperçu une fois le roi lors d'un voyage à Leoness, et j'avais remarqué la ressemblance qui existait entre Attalante et lui. Lorsque l'on a accouché toutes les femmes d'une tribu, comme moi, on sait reconnaître ces choses. Je savais aussi qu'il avait fait conduire sa fille, encore bébé, dans les monts Lycades. La montagne des Loups, comme on l'appelle ici. Attalante était protégée par les dieux, elle porte leur signe. Mais je savais que si elle retournait à Leoness, c'était la mort qui l'attendait.

– Alors tu as imaginé cette prophétie, pour la protéger.

– Non ! La prophétie existe. J'ai vu... un grand cataclysme. Et j'ai aussi vu la mort d'Attalante, un sacrifice, à cause de l'homme qu'elle aimerait... Je ne sais pas. Parfois les signes sont difficiles à interpréter.

Elle soupira :

– Elle m'a toujours écoutée. Jusqu'au jour où elle a croisé ta route. Lorsqu'elle est revenue, seule, de cette chasse où tous mes fils avaient été tués, elle était devenue différente. Elle ne cessait de parler de toi, de ta force, de ta sagesse. J'ai tout de suite su que tu étais cet homme qui causerait sa mort.

– Je ne désire pas sa mort, Balasha. Et rien n'est inéluctable.

– Je sais que tu possèdes toi aussi des pouvoirs divins. Tu portes la marque des dieux. Et peut-être possèdes-tu la puissance suffisante pour faire reculer la mort elle-même. Mais prends garde ! Le destin frappe souvent au moment où l'on s'y attend le moins.

– Je te promets de veiller sur elle. Mais ce n'est pas pour cela que je suis venu te voir.

– Que veux-tu savoir ?

– L'un de mes amis a été tué voici quelques jours dans les montagnes de Lycadie, par une horde de Lusites. Ils l'ont torturé de manière abominable.

– Je me souviens d'un jeune seigneur qui est passé ici il y a cinq ou six jours. Je le connais bien. Son nom est Frahden. Il est parfois venu chasser en notre compagnie. Est-ce lui dont tu parles ?

– Oui.

– Pauvre garçon, murmura la vieille femme. Je n'aime guère les nobles, mais celui-ci était différent. Courageux et loyal. Il apportait toujours quelque cadeau pour les mères.

– Tes chasseurs ont-ils remarqué quelque chose ?

– L'un d'eux m'a dit qu'il avait aperçu une horde d'une centaine d'hommes en provenance du nord, un ou deux jours avant l'arrivée de Frahden.

– Du nord ? Mais la Lusitanie est à l'est. Étaient-ce bien des Lusites ?

– Il l'ignore. Il les a vus de loin, et il s'est enfui pour venir nous prévenir. Nous redoutions une attaque. Nous sommes allés nous cacher dans les cavernes. Mais il ne s'est rien passé. Jusqu'à aujourd'hui où tu es arrivé avec ton armée.

– Ils n'ont donc pas poursuivi leur incursion jusqu'ici, s'étonna Astyan. C'est étrange. Rien ne les en empêchait. J'ai redouté le pire pour Varestan.

– Peut-être ont-ils rejoint les leurs en Lusitanie ?

– Oui, c'est possible.

Il prit congé de la vieille femme.

Le soir, tandis qu'il inspectait le camp en compagnie de ses capitaines, il médita les paroles de Balasha. Le comportement des Lusites ne reflétait aucune logique : Anthée aurait pu venir attaquer le village après son forfait. Or il n'en avait rien fait. Était-il en train de regrouper son armée de l'autre côté des collines, là où commençait la Lusitanie ?

C'est sur ces terres inconnues, peuplées d'hommes à demi sauvages, que les Leonessiens effectuaient des razzias afin de fournir la cité en esclaves. Par commodité, on avait pris l'habitude de désigner ces régions sous le nom de Lusitanie. Cependant, il ne s'agissait pas d'un véritable royaume. Constituée par un ensemble de nations indépendantes les unes des autres, elle s'étendait sur un territoire dix fois plus vaste que le domaine inféodé à Leoness. Les habitants se répartissaient en clans, dont beaucoup ignoraient encore la sédentarité. Par le passé, des affrontements incessants avaient opposé les différentes tribus entre elles, pour la possession d'une zone de chasse, d'un cours d'eau, d'une forêt, ou simplement en raison des caprices de deux chefs belliqueux.

Cependant depuis une dizaine d'années était apparu un homme, connu sous le nom d'Anthée, sur lequel couraient de nombreuses légendes. Sa personnalité exceptionnelle était parvenue à regrouper tous les peuples disparates de Lusitanie sous sa bannière. Des bandes de plus en plus nombreuses s'étaient constituées. Au début, elles s'en étaient prises aux petits villages fortifiés des marches du royaume ; par endroits tout avait été brûlé, et les habitants emmenés en esclavage. Pourtant à chaque fois, Anthée avait laissé sur place des survivants, chargés de transmettre ses exigences au phareïs, c'est-à-dire la libération de tous les prisonniers retenus à Leoness. Il avait promis en échange le retour de tous les prisonniers leonessiens. Bien entendu, le dieu-roi avait refusé toute négociation. La cité avait besoin d'esclaves ; de plus, les Lusites n'étaient pas considérés comme des hommes. Ils bafouaient le dieu Yawehah, et certains affirmaient qu'ils se livraient à l'anthropophagie.

Astyan ne comprenait pas. Ce qu'il savait d'Anthée ne correspondait pas à l'acte de barbarie auquel il s'était livré sur Frahden et ses guerriers.

Il dormit peu cette nuit-là.

Au matin, un patrouilleur fit irruption dans le camp en hurlant :

– Ils arrivent ! Ils arrivent !

33

Astyan fit venir l'éclaireur.

– Je les ai vus, Seigneur, dit l'homme avec excitation. Ils arrivent par le col du Vieil Ours et se dirigent sur Varestan par le défilé des Roches noires. Ils sont très nombreux.

Ainsi Balasha avait peut-être vu juste, se dit le Titan. Après avoir fait sa jonction avec son armée, Anthée envahissait le royaume de Leoness. Il réunit ses capitaines.

– Nous allons leur livrer bataille dans la plaine elle-même, déclara-t-il. Voici mon plan. Notre armée dispose de six cents cavaliers ; la moitié va se poster dans les collines du sud, et l'autre moitié dans la forêt située au nord. Lorsque l'ennemi aura franchi le défilé, ils le prendront en tenaille. C'est toi, Ganyhm, qui commandera de la cavalerie du sud ; toi, Larkhos, tu dirigeras celle de la forêt. Mais vous n'attaquerez que sur mon signal.

– Quel sera-t-il ?

– Une flèche de feu de couleur rouge, que j'enverrai lorsque je jugerai le moment venu.

– Les Lusites ne savent pas monter à cheval, déclara Ganyhm. Nous allons les tailler en pièces.

– Le reste de l'armée prendra position devant Varestan.

– Ils vont vous charger, fit remarquer Larkhos.

– C'est bien ce que j'espère, répondit Astyan. Il faut que l'ennemi s'imagine qu'il peut nous écraser grâce à sa supériorité numérique. Tout reposera sur les archers. Les chariots contiennent des flèches explosives, dont je vais vous expliquer le fonctionnement. Mais il faudra que les hommes respectent une discipline rigoureuse.

– Avec ces armes, nous sommes sûrs de la victoire ! dit Maaldred, qui commandait les fantassins.

Astyan traça sur le sol un plan d'occupation du terrain. Les archers devaient se répartir sur trois lignes, qui tireraient alternativement leurs traits, pendant que les autres réarmeraient leurs arcs.

– Un quatrième front de défense se tiendra à l'arrière, armé de lances et de haches. Si l'ennemi parvient à percer les rangs d'archers, ceux-ci devront se replier. Les lanciers chargeront, tandis que les archers reprendront une nouvelle position pour harceler l'ennemi depuis l'arrière.

Merohüs, un capitaine nouvellement admis dans l'entourage du phareïs, grommela :

– Tout cela est stupide. Ces chiens ne savent pas se battre. Il suffit de les charger, ils s'enfuiront à la première attaque.

– Je ne t'empêche pas de les charger tout seul si tu le désires, répliqua sèchement Astyan. Mais je refuse que tu fasses massacrer tes hommes stupidement.

– Qu'avons-nous à faire des guerriers ? rétorqua l'autre. Ils sont là pour se battre et mourir.

– Imbécile ! cingla Astyan. Tous ces hommes ont autant le droit de vivre que toi.

L'autre serra les dents et s'en fut, vexé.

– Ne te préoccupe pas de lui, dit Ganyhm en posant la main sur le bras d'Astyan. Sa famille vient d'être admise à la cour ; depuis, il se prend pour le meilleur stratège de Leoness. Il avait même espéré que Basérès lui confierait le commandement de cette armée.

– Je n'ai que faire de sa jalousie. Tant qu'il sera sous mes ordres, il obéira. La victoire dépend de notre cohésion.

Plus tard, en compagnie de Larkhos et de Ganyhm, Astyan effectua une patrouille de reconnaissance sur les hauteurs avoisinantes. L'éclaireur n'avait pas menti : au fond du défilé des Roches noires – celui-là même d'où Astyan avait fait extraire l'anthracite – une armée importante se dirigeait vers Varestan.

– Ils sont au moins trois mille, souffla Larkhos.

– Vos cavaliers sont-ils en place ?

– Oui, Seigneur ! répondit Ganyhm. Prêts à charger.

– Il est important que vous attendiez mon signal. Lorsque vous aurez rejoint le champ de bataille, les archers ne pourront plus utiliser leurs flèches explosives ; ils risqueraient de vous atteindre.

– C'est compris !

Un frisson parcourut soudain le Titan. Larkhos s'inquiéta.

– Qu'as-tu, Seigneur ?

– Beaucoup d'hommes vont mourir. Et je n'aime pas cela.

– Mais nous ne faisons que nous défendre, avança Ganyhm.

– Je sais, mais je m'inquiète pour nos guerriers. Je voudrais éviter qu'un trop grand nombre soient tués.

– C'est bien la première fois que je vois un chef de guerre s'inquiéter ainsi pour ses hommes.

– La guerre n'est pas une bonne chose, mon compagnon. Elle n'engendre que la mort et la haine. Les vaincus n'auront de cesse de se venger. C'est un cycle qui n'a pas de fin. Mais, comme tu l'as dit, nous devons nous défendre.

Il remonta en selle.

– Venez ! Nous allons gagner nos positions. Si tout se déroule comme prévu, ce jour nous apportera la victoire.

Les Lusites apparurent le lendemain à l'orée du défilé. En quelques instants, la vallée se couvrit d'une troupe innombrable et vociférante, qui marcha sur les lignes leonessiennes sans concertation. Les doigts d'Astyan se serrèrent sur la poignée de son épée d'orichalque. Autour de lui, les guerriers attendaient ; les armes étaient prêtes, les hommes placés en fonction de la configuration du terrain. Le moindre repli offrant un abri avait été utilisé.

Cependant, devant le nombre des Lusites, une onde de frayeur parcourut les défenseurs. Les hurlements de l'ennemi, amplifiés par les échos des collines voisines, semèrent l'angoisse parmi les plus jeunes, qui n'avaient encore jamais livré de véritable combat. Merohüs lui-même, qui la veille prétendait qu'il suffisait de charger ces « chiens de Lusites » pour qu'ils s'enfuient, n'en menait pas large. Astyan bondit sur sa pouliche et parcourut les rangs pour galvaniser ses guerriers.

– Que personne ne bouge ! hurla le Titan. Vous savez tous ce que vous avez à faire. Vos armes sont supérieures à celles de l'ennemi. Celui qui reculera trahira les siens. Vous avez choisi d'être des guerriers : alors prouvez que vous êtes des hommes ! Cette victoire sera la vôtre !

Sur l'ordre d'un cavalier noir planté au milieu de la marée ennemie, la horde des Lusites déferla bientôt à travers la plaine en direction des rangs d'archers. Selon les consignes du Titan, ceux-ci avaient posé leur arc sur le sol. Lorsqu'il estima que les assaillants étaient à bonne portée, il hurla :

– Enflammez les flèches !

Aussitôt, le premier rang des archers embrasa ses traits.

– Tirez !

Suivant la tactique enseignée par Astyan, les archers pointèrent leurs flèches selon un angle de portée optimale de quarante-cinq degrés. Une nuée de traits de feu siffla en direction des attaquants ; décontenancés, ceux-ci marquèrent un temps d'arrêt. Mais leur nombre les encouragea et ils reprirent leur ruée désordonnée vers un ennemi qu'ils devinaient très largement inférieur en nombre. La volée de flèches vint se ficher parmi la première vague d'assaut, n'atteignant presque personne. Il y eut quelques vociférations de triomphe prématuré, qui cessèrent instantanément lorsqu'une série de déflagrations secoua les rangs des assaillants. Assourdis ou déchiquetés par les projections d'éclats de silex, de nombreux Lusites s'écroulèrent.

– Tirez !

La seconde volée de flèches s'envola et retomba sur l'ennemi. Les assaillants crurent que le sol s'embrasait sous leurs pieds. Mais les troupes venant de l'arrière interdisaient toute retraite. Malgré les morts et les blessés, la horde poursuivit son assaut, galvanisée par ses chefs, qui hurlaient le nom de leur roi, Anthée.

Les tirs se succédèrent, semant le désarroi chez l'ennemi. Une écœurante odeur de chair brûlée empuantissait l'air. Peu à peu la plaine de rocaille se couvrit de corps mutilés, tandis qu'une fumée épaisse envahissait le champ de bataille. La masse hurlante ne progressait plus ; Astyan comprit qu'elle allait se replier. Il arma son arc et tira deux flèches lumineuses, l'une en direction de la colline du sud, l'autre vers la forêt. Peu après les deux groupes se jetèrent dans la bataille, prenant l'ennemi en tenaille sur son arrière-garde. La déroute fut totale. Les guerriers à cheval, hurlant leur chant de guerre, écrasèrent les dernières poches de résistance, traversant les rangs ennemis, taillant, tranchant, massacrant.

En quelques instants, la panique s'installa dans les rangs des Lusites. La pluie de flèches explosives avait cessé. Sur l'ordre du cavalier noir, ils se ruèrent vers les défenseurs, espérant sans doute rompre l'étau qui se refermait sur eux ; mais les longues piques, fermement plantées dans le sol, constituaient une barrière infranchissable sur laquelle vinrent s'empaler les assaillants.

Astyan brandit son épée et ordonna aux hommes demeurés en réserve de charger en groupes serrés. Un corps à corps sauvage s'engagea alors, qui tourna rapidement à l'avantage des Leonessiens. Parcourant le champ de bataille, Astyan culbuta plusieurs grappes d'ennemis qui tentaient de s'enfuir, sans succès. Peu à peu la cavalerie encercla ce qui restait de l'armée lusite, dont près de la moitié avait été terrassée par les flèches explosives.

Le combat n'avait duré qu'une demi-journée, et déjà des centaines de corps jonchaient la plaine. La grande majorité appartenaient au camp adverse ; les Leonessiens n'avaient perdu qu'une cinquantaine d'hommes, crochetés par des guerriers vindicatifs. La stratégie et la supériorité des armes leur avaient apporté un avantage incontestable. Un peu partout, sur l'ordre du grand cavalier qui les commandait, les Lusites rompirent l'engagement et jetèrent leurs armes. Un hurlement de triomphe gonfla les poitrines des Leonessiens.

Astyan tenait la victoire. Une victoire incontestable, presque trop facile. Il ordonna à ses hommes de cesser le combat, puis s'avança en direction du roi ennemi. Celui-ci se laissa glisser à bas de sa monture. Il correspondait tout à fait à la description qu'en avait faite le guerrier rescapé du massacre : un homme de très grande taille, aux longs cheveux noirs, noués par un lacet de cuir, vêtu d'une veste de cuir et d'une peau d'ours. Un long poignard pendait à sa ceinture ; dans une main, il tenait fermement une énorme massue capable d'assommer un aurochs. Ses pieds étaient nus. Le Titan descendit de cheval et s'approcha de lui.

Le géant s'avança au-devant de son adversaire. Autour d'eux s'établit un silence de mort. À lui seul, Anthée avait abattu plus d'une dizaine de Leonessiens. Il se planta devant Astyan et tonna :

– Tu as peut-être vaincu mon peuple, mais tu ne m'as pas encore défait.

L'image du corps de Frahden écorché vif traversa un instant l'esprit du Titan. Un flot de haine l'envahit, qu'il eut peine à maîtriser.

– Rends-toi, Anthée, ou j'aurai plaisir à te tuer de mes propres mains !

– Viens donc me chercher ! Et je t'étranglerai avec tes tripes !

Les deux hommes s'observèrent un moment, puis se ruèrent l'un contre l'autre. Une lutte féroce s'engagea, dont la violence stupéfia les spectateurs. Malgré sa force surnaturelle et sa science du combat, héritée de six mille ans de pratique, Astyan comprit qu'il avait affaire au plus redoutable adversaire qu'il ait jamais rencontré, hormis peut-être Kronos, le Titan d'Etrusia. Mais les joutes qui les avaient opposées étaient toujours amicales. Cette fois, il s'agissait d'une lutte à mort.

Pendant un long moment, la bataille resta indécise. La résistance du colosse était incroyable : l'épée du Titan avait déjà entaillé sa chair en plusieurs endroits, mais il demeurait inébranlable. Chaque fois qu'il tombait sur la terre, un flot d'énergie coulait en lui, qui lui donnait la force de se relever. Astyan avait encaissé deux coups de massue, et son épaule droite le faisait souffrir. La violence de ses coups ne parvenait pas à affaiblir son adversaire. Autour d'eux, les combattants des deux camps, fascinés par la rencontre des géants, observaient un silence de mort.

Soudain, sous un coup plus violent que les autres, l'énorme massue du Lusite se fendit en deux, tranchée par la lame d'orichalque. Anthée jeta son arme, désormais inutile, et recula. Astyan hésita, puis se débarrassa de son épée et de son poignard. Face à lui, le Lusite dégaina son propre poignard et le lança sur le sol.

– Nous voici à armes égales, gronda-t-il.

De nouveau ils se ruèrent l'un sur l'autre. Dans les deux armées, personne n'osait faire un geste. Le combat se poursuivit. Chaque fois qu'il tombait, Anthée se relevait et se précipitait sur le Titan, pour tenter de l'étouffer dans ses bras épais comme des troncs d'arbre. Plusieurs fois Astyan roula sur le sol. Il comprit que la force de l'homme venait bien de la terre elle-même, peut-être parce qu'il s'était persuadé qu'elle était réellement sa mère. Il ne lui restait qu'une solution : l'empêcher de toucher le sol. À la suite d'une feinte, il saisit son adversaire à bras-le-corps par derrière et le souleva dans les airs. Puis il serra les bras autour de sa taille et, faisant appel à toute son énergie, lui comprima l'abdomen. L'autre se débattit, tentant en vain de retrouver le contact avec le sol. Peu à peu sa puissance étonnante faiblit, tandis qu'un cri de triomphe jaillissait des rangs leonessiens. Dans un ultime effort, Astyan modifia sa prise et hissa d'un coup le colosse sur ses épaules, dans le but de lui briser les reins.

– Souviens-toi de Frahden ! dit-il.

L'autre souffla d'une voix rauque :

– Qui est Frahden ?

– Celui que tu as écorché vif il y a quelques jours.

– Mais jamais je n'ai...

Il ne put terminer sa phrase. Astyan, affermissant son

assise, commença à serrer lentement, broyant les muscles. Un gémissement de douleur suinta des lèvres de son adversaire. Soudain un doute s'empara du Titan. L'ennemi était vaincu, au bord de la mort ; Frahden allait être vengé. Et pourtant toute colère l'avait quitté. Un bref instant, il lui sembla pénétrer l'esprit de son rival : l'autre ne comprenait pas les raisons de cette haine féroce.

Tout à coup il projeta Anthée à terre. Malgré le secours de ce contact, l'autre ne put se relever. Le Titan se rua sur lui et l'immobilisa. Le Lusite, exténué, les membres rompus de douleur, souffla :

– Tu es vainqueur. Épargne mon peuple !

– Tu me dois le prix du sang, Anthée, gronda Astyan. Tu as tué l'un de mes amis.

Le géant contempla le champ de bataille, couvert de morts et de blessés.

– Et toi, combien as-tu massacré des miens aujourd'hui ?

– Aujourd'hui était un jour de bataille. Mais je parle de cet homme que tu as torturé voici cinq jours, auquel tu as arraché la peau et crevé les yeux, avant de lui trancher les mains et les pieds !

Anthée lui jeta un regard stupéfait.

– Tu es fou ! Jamais je n'ai torturé un homme de cette façon !

– Le guerrier que tu as épargné a donné une parfaite description de toi.

– Quel guerrier ? Et qui est cet homme que j'aurais dépecé ?

– Frahden, mon ami, un noble de Leoness, et neveu du phareïs. Je t'ai fait grâce, mais Basérès te fera payer ton crime comme tu le mérites.

L'étonnement de son adversaire amena Astyan à relâcher son étreinte. Anthée reprit son souffle et déclara :

– Écoute ! Je n'ai pas pour habitude de supplicier les

prisonniers. J'ai tué nombre de guerriers au combat, et j'en ai emmené beaucoup en esclavage, ainsi que le fait ton phareïs avec mon peuple. Mais je n'ai pas tué ton ami Frahden.

La sincérité du géant ébranla Astyan.

– Alors *qui* a commis ce crime ? hurla-t-il.

L'autre se releva avec difficulté.

– Je l'ignore ! Où a-t-il eu lieu ?

– Ici même, dans les monts Lycades, il y a cinq jours. Tes hordes avaient tendu un piège à un groupe d'éclaireurs que dirigeait Frahden.

– C'est impossible, gronda le Lusite. J'étais dans le Sud à ce moment-là. Je réunissais mon peuple.

Autour du Titan s'étaient regroupés les capitaines de Leoness, parmi lesquels Ganyhm, Larkhos et Merohüs. Ce dernier hurla :

– Il ment ! Il faut le mettre à mort !

– Tais-toi, Merohüs ! Basérès a demandé qu'on lui amène Anthée vivant.

– Non ! Je le tuerai moi-même !

Il saisit une lance et se précipita vers le colosse. Mais le Titan fut plus rapide. Il rattrapa Merohüs et tenta de l'arrêter. L'autre retourna sa lance contre lui, et frappa. Astyan parvint de justesse à dévier l'arme, qu'il saisit et brisa ; puis il expédia un violent coup de poing à son adversaire, qui s'écroula, à demi assommé.

– Gardes ! Enchaînez cet homme ! Pour désobéissance et pour avoir tenté de tuer son commandant.

Merohüs cracha une dent et grinça :

– Tu me paieras ça, Astyan. Le phareïs te jugera.

– Je ne pense pas que Basérès appréciera ton initiative.

– Basérès ne sera plus phareïs très longtemps !

– Emmenez-le ! rugit Astyan.

Les gardes emportèrent le prisonnier, qui dégorgea sa haine en de vibrantes imprécations. Aucun des autres capitaines ne tenta de prendre sa défense. La sincérité du roi lusite les avait ébranlés. Le Titan revint vers Anthée, qui déclara :

– Tu m'as vaincu. J'accepte de devenir ton prisonnier et de te suivre à Leoness. Mais je refuse d'expier pour un crime que je n'ai pas commis.

– Alors qui est cet homme aux cheveux noirs, vêtu d'une peau d'ours, qui, comme toi, combat pieds nus ?

– Comment veux-tu que je le sache ? Il y a cinq jours, j'étais loin de ces montagnes. Des éclaireurs sont venus m'avertir qu'une armée importante allait passer par Varestan pour envahir la Lusitanie. Devant cette menace, j'ai réuni les tribus de la région, pour attaquer le premier.

Les capitaines leonessiens échangèrent des regards étonnés.

– C'est impossible ! gronda Ganyhm. Comment ces hommes pouvaient-ils savoir qu'une armée de Leoness viendrait sur Varestan, alors que la décision n'était même pas encore prise ? C'est le meurtre de Frahden qui l'a provoquée.

– C'est pourtant la vérité, riposta Anthée. Il y a sept jours, des pisteurs envoyés par mon frère, Bhorlée, sont venus me prévenir de cette attaque.

– Où sont ces pisteurs ?

– Ils ont rejoint mon frère, qui commande l'armée du Nord.

Une sourde colère envahit le Titan. Ganyhm intervint :

– Il semble sincère, Seigneur !

– Je le crois aussi. Tout cela n'est pas clair. Quelqu'un nous a manipulés ; on a délibérément provoqué un affrontement entre nos deux peuples.

– Mais qui ? Et pourquoi ? demanda Larkhos.

– Je l'ignore ! Mais je t'assure que nous découvrirons qui se cache derrière tout ça. La vérité, c'est qu'Anthée n'est pas responsable de la mort de Frahden. On a volontairement attiré notre compagnon dans un piège, et on l'a supplicié d'une manière atroce pour attiser ma haine, parce que l'on savait que c'était le seul moyen de m'empêcher de quitter Leoness. Ceux qui l'ont tué ont épargné l'un des gardes pour qu'il puisse raconter ce qu'il avait vu : un homme répondant à la description d'Anthée, prenant plaisir à torturer sa victime. Ils savaient qu'après cela j'accepterais de venir combattre moi-même les Lusites. Ils escomptaient nous voir combattre l'un contre l'autre, et espéraient que l'un de nous deux mourrait. Peut-être même les deux...

Après avoir médité un court instant, Astyan s'adressa aux Lusites :

– Déposez les armes. Vous êtes tous libres.

Ganyhm intervint :

– Mais, Seigneur, ils sont nos prisonniers !

– Non ! Je ne veux pas d'esclaves. Leoness en compte assez comme ça. Ces gens ont déjà perdu trop des leurs, et cette bataille n'aurait jamais dû avoir lieu.

Il répéta d'une voix forte :

– Vous avez compris ? Rentrez dans vos tribus. Et ne reprenez plus jamais les armes contre Leoness.

Indécis, les Lusites commencèrent à quitter le champ de bataille, abandonnant leurs armes et leurs morts sur le terrain. Lorsque le dernier fut parti, Astyan se tourna vers Anthée.

– Toi, tu es mon prisonnier. En échange de la liberté de tous les autres.

– Cela me semble un marché honnête, répondit le géant.

Plus tard, l'armée quitta Varestan. Enchaîné, Anthée chevauchait à côté d'Astyan. Malgré ses entraves, il gardait la tête haute. Le Titan l'observa : l'homme était un rude guerrier, capable de tuer un grand nombre d'adversaires. Mais il le sentait incapable de torturer un ennemi de sang-froid. Anthée était un homme de valeur, qui n'avait d'autre but que de libérer son peuple retenu en esclavage à Leoness. Lui-même n'avait-il pas livré une lutte semblable, deux ans plus tôt, contre Yshtia ? Le combat d'Anthée était digne d'estime.

Malgré sa victoire écrasante, Astyan éprouvait l'impression inexplicable d'avoir été victime d'une machination. Il tenta de faire le point. Il allait quitter Leoness lorsqu'on était venu l'avertir que son ami Frahden avait été massacré par une horde de Lusites. Touché par la mort de son compagnon, il avait accepté – enfin – de diriger l'armée de Leoness : on avait besoin de lui pour éliminer Anthée. Alors ce crime odieux n'était-il pas un moyen de le retenir plus longtemps dans la capitale ?

Dans ce cas, il fallait admettre que la mort de Frahden n'était pas le fait des Lusites, mais des Leonessiens eux-mêmes. Mais qui avait pris la terrible décision de sacrifier le jeune homme ? Lyukhas ? Basérès ? Faerkos ? Ou un autre ?

Tout cela était absurde. Logiquement, les Leonessiens n'avaient nul besoin de lui pour gagner cette bataille. Le roi des Lusites était un adversaire redoutable ; cependant son armée ne pouvait tenir devant celle de la cité, équipée des armes nouvelles offertes par le Titan. Donc, les éclaireurs envoyés par Bhorlée, le frère d'Anthée, avaient délibérément envoyé leur roi dans un piège.

S'il s'agissait bien de Lusites...

Car ceux-ci ne pouvaient connaître les décisions que prendrait le phareïs après la mort de Frahden. Cela voulait dire qu'il y avait un traître à la cour, qui entretenait des relations secrètes avec l'ennemi. Un homme qui avait provoqué la confrontation des deux armées, et surtout le combat entre Anthée et lui-même. Un homme qui savait aussi que l'armée des Lusites serait écrasée par celle de Leoness.

Ses pensées s'orientèrent aussitôt sur Lyukhas. C'était lui qui avait ordonné à Frahden d'effectuer cette mission de reconnaissance. Il était le seul à connaître sa destination. Alors avait-il envoyé ses propres troupes, déguisées en Lusites, à la poursuite du jeune homme pour le massacrer, ceci à seule fin de provoquer sa colère ? Il avait compté sur son désir de vengeance pour provoquer un affrontement entre Anthée et lui, espérant que les deux hommes, de force égale, se massacreraient mutuellement.

Le Titan secoua la tête. Son hypothèse n'était guère fondée ; le prétendant n'avait donc aucune raison de le retenir par un subterfuge aussi odieux. Anthée ne représentait pas un réel danger pour Leoness, malgré ce qu'en pensait Basérès. Et lui-même, Astyan, ne constituait certes pas un obstacle pour Lyukhas. Il avait refusé la proposition du phareïs de devenir son successeur et devait quitter la capitale sans espoir de retour, en emmenant son épouse avec lui. Lyukhas le savait, et ce départ prochain servait ses objectifs. Il demeurait ainsi le seul candidat au trône, et quasiment certain de vaincre Basérès.

Alors Faerkos ? Ce n'était pas impossible. Le grand-prêtre avait beaucoup insisté pour qu'il demeurât à Leoness et livrât combat à Anthée. La prophétie annonçant la destruction de la cité l'obsédait assez pour qu'il en vînt à sacrifier un homme pour la sauver. Mais la sauvagerie de ce meurtre ne lui ressemblait pas.

Par ailleurs, Astyan n'oubliait pas le sabotage de la statue. Il avait l'intuition que les deux événements étaicnt liés. Et il voyait mal Faerkos organiser la destruction de la statue de son dieu. D'autant plus qu'il aurait certainement été tué lui-même.

Basérès ? Mais quels pouvaient être ses mobiles ? La

peur de la mort ? Dans ce cas, il eût envoyé Lyukhas lui-même au combat. De plus, il aimait beaucoup son neveu Frahden.

Astyan serra les poings. Tout cela faisait partie d'un complot remarquablement orchestré, dont il était l'une des pièces maîtresses. Quelque chose lui échappait. Un élément important...

Mais lequel ?

34

Des messagers avaient déjà annoncé la victoire remportée sur les Lusites. Lorsque l'armée arriva en vue de Leoness, une foule délirante s'était massée sur la piste pour venir acclamer les vainqueurs.

Lorsque Astyan et ses capitaines réussirent enfin à atteindre la Shrinta, Basérès les reçut dans la grande salle du trône, avec leur prisonnier. Attalante se jeta dans les bras du Titan en pleurant de joie. Durant ces derniers jours, elle n'avait pas vécu.

Le phareïs se leva et écarta les bras.

– Astyan, et vous mes nobles sujets, soyez remerciés pour l'exploit que vous venez d'accomplir. En ce jour, Leoness vous doit sa plus belle victoire sur un ennemi sanguinaire. Vous serez tous récompensés pour votre bravoure.

Il s'approcha d'Anthée, toujours enchaîné. Le roi des Lusites redressa la tête et regarda fièrement Basérès dans les yeux.

– Chien de Lusite, cracha le phareïs. Tu vas enfin payer tes crimes. Tu seras exécuté dès demain sur l'autel de Yawehah.

– Non ! clama Astyan.

Basérès se tourna vers lui, stupéfait.

– Comment, non ?

– Anthée est mon prisonnier. Il m'appartient, et je refuse qu'il soit supplicié pour un crime qu'il n'a pas commis.

Le roi rétorqua :

– Astyan, es-tu devenu fou ? Tu as vu toi-même le corps de Frahden.

– Je l'ai vu, et j'aimerais tuer son meurtrier de mes propres mains. Mais Anthée n'est pour rien dans cette affaire.

Il conta au phareïs ce qu'il avait appris. Ébranlé, Basérès ne sut que répondre. Astyan ajouta :

– Je demande que le guerrier épargné par les assassins de Frahden soit confronté au prisonnier. Nous saurons ainsi la vérité.

Le souverain s'exclama :

– Gardes, vous avez compris ? Allez chercher cet homme.

Un lieutenant s'avança, l'air embarrassé.

– Eh bien, qu'y a-t-il ? demanda Basérès.

– C'est que, noble Phareïs, Pheloon est mort.

– Mort ? Comment cela ?

– Cette nuit, il montait la garde près du chantier, sur l'esplanade. À un endroit, les remparts ont été endommagés depuis le dernier tremblement de terre. Il s'est sans doute approché trop près du vide parce qu'il faisait sombre, et il est tombé. Nous n'avons retrouvé son corps que ce matin.

– Voilà une mort bien singulière ! intervint Astyan. Il était le seul à pouvoir identifier formellement Anthée. Ou bien l'innocenter.

Faerkos prit la parole.

– Quoi qu'il en soit, cet homme est le roi du peuple ennemi du nôtre. Il doit être mis à mort.

– Je m'y oppose, riposta Astyan. Anthée n'a jamais eu l'intention d'attaquer Leoness. Il a envahi la Lycadie parce que quelqu'un l'a averti que notre armée s'apprêtait à investir son royaume. Il a alors constitué une armée pour défendre les siens. C'est une attitude digne de respect. N'est-ce pas ce que nous avons fait nous-mêmes ? On a délibérément provoqué une guerre entre nos deux peuples. Aussi restera-t-il mon prisonnier, et nul ne le touchera avant que le mystère de la mort de Frahden ne soit élucidé.

– Mais... commença Faerkos.

Astyan l'interrompit.

– Écoutez bien, tous ! J'affirme qu'il y a ici un ou plusieurs traîtres, qui ont fomenté un complot afin de provoquer une guerre entre les Lusites et Leoness. Des individus cruels et sans scrupules qui n'ont pas hésité à sacrifier l'un des leurs pour servir leurs ambitions. J'ignore encore qui ils sont, mais je ferai tout pour les découvrir avant de quitter le royaume.

Lyukhas, qui n'avait pas prononcé un mot depuis le début, prit la parole.

– Je suis de l'avis d'Astyan. Il faut que ces traîtres soient démasqués et châtiés. J'ordonne qu'une enquête soit immédiatement entreprise.

Il s'approcha du Titan.

– N'aie crainte, mon ami. Nous confondrons les coupables. Frahden sera vengé. Et permets-moi de te féliciter pour cette superbe victoire.

– Merci, répondit sobrement le Titan.

L'attitude du personnage ne le disculpait pas à ses yeux. Dirigeant lui-même les recherches, il lui serait facile d'orienter Basérès sur de fausses pistes, voire de désigner des coupables qui ne pourraient se défendre. Cependant, si Lyukhas tirait les ficelles de ce complot, Astyan ne parvenait pas à comprendre ses motivations. Il décida de mener une contre-enquête. Il disposait pour cela d'atouts non négligeables : les pseudo-esclaves qui protégeaient Attalante lorsqu'elle résidait au palais n'avaient pas quitté les lieux. Personne ne leur accordait la moindre attention. Pour donner le change, il déclara :

– Je connais l'efficacité de tes espions, noble Lyukhas. Qu'ils agissent donc promptement !

– Ils vont se mettre au travail dès cet instant, dit Basérès. Mais que cela ne nous empêche pas de célébrer comme il convient la belle victoire que tu nous as offerte. Que l'on prépare un festin digne de nos héros !

Plus tard, Astyan et Attalante se retrouvèrent dans les appartements que le phareïs avait conservés pour sa fille. Après les épreuves de la bataille, le Titan dut subir un nouvel assaut, bien plus agréable celui-là, mais tout aussi épuisant. Les désirs de virginité de la jeune femme n'étaient plus qu'un lointain souvenir, et elle ne se souciait plus de la malédiction.

Lorsqu'enfin leur fièvre fut calmée, Astyan put reprendre son souffle.

– Que penses-tu de cette affaire ? lui demanda-t-il.

– Je crois, comme toi, que Anthée est innocent. Jamais les Lusites n'ont attaqué Varestan auparavant. Au contraire mes frères faisaient du troc avec eux. Ils n'étaient pas agressifs avec nous.

– Ce que je ne comprends pas, c'est la raison de toute cette histoire. Lyukhas n'avait aucun besoin de provoquer cette bataille. Il est presque sûr à présent de succéder à ton père.

– À moins qu'il n'ait rien à voir avec tout cela, suggéra Attalante.

– Alors qui ?

– Quelqu'un qui avait intérêt à organiser une confrontation entre Anthée et toi. Tu étais le seul capable de le vaincre. Quelqu'un voulait l'éliminer, et s'est servi de toi.

– J'ai pensé à Faerkos, mais cela ne tient pas non plus.

– Il ne reste que les Lusites eux-mêmes, dit la jeune femme.

– Anthée m'a parlé de son frère, un nommé Bhorlée. C'est lui qui aurait envoyé des messagers pour l'avertir de l'attaque imminente de notre armée. Si l'on admet qu'il est jaloux de son frère et qu'il désire le remplacer, il lui suffisait en effet de l'attirer dans ce piège, avec la complicité d'un informateur placé dans l'entourage de ton père, qui l'aura renseigné sur les missions des éclaireurs, et particulièrement de Frahden.

– Ce qui veut dire que Lyukhas ou Faerkos ne sont pas forcément en cause. Il peut s'agir d'un homme proche de l'un d'eux, qui transmet les informations à Bhorlée.

Astyan secoua la tête.

– Il faudrait démasquer cet homme – si toutefois il existe. Tout cela ne repose que sur des suppositions.

Il appela les compagnons de Marasthos, auxquels il confia la mission d'espionner discrètement tout ce qui se passait dans l'entourage des grands personnages de la Cour.

Le lendemain, Astyan et Attalante eurent à peine le temps de rendre une courte visite à leurs compagnons. Ceux-ci avaient achevé le chargement de l'*Arkas*, qui n'attendait plus que le couple pour prendre la mer. Basérès avait satisfait à l'exigence d'Astyan en ce qui concernait Anthée. Aussi le Titan avait-il amené son prisonnier avec lui sur le navire. Le Lusite n'avait pas protesté. Lorsque Astyan l'enferma dans la cale, il dit :

– Je te remercie d'avoir pris ma défense, Seigneur. Mais pourquoi l'avoir fait ? Je suis ton ennemi.

– Non ! Seule la mort de Frahden m'a amené à te combattre. Mais je n'approuve pas la politique de Leoness envers ton peuple. Lorsque nous aurons quitté cette ville, je te libérerai quelque part sur la côte, afin que tu puisses retrouver les tiens.

– Tu es vraiment un personnage étrange, Astyan.

– Peut-être. D'ici là, ne tente pas de t'échapper. Mes hommes sont là pour te garder, mais aussi pour te protéger.

– Je l'ai bien compris. Tu as ma parole. Cependant je dois te dire quelque chose.

– Je t'écoute !

– Les troupes que tu as vaincues ne représentent qu'une partie de mes forces. En réunissant toutes les tribus de Lusitanie, je peux disposer d'une armée cinq fois plus nombreuse. À Varestan, j'ai paré au plus pressé, pour éviter l'invasion de mon pays, parce que je le croyais menacé. Mais il est vrai que je comptais un jour attaquer Leoness, pour délivrer tous les Lusites qui y sont retenus en esclavage.

– Je m'en doutais un peu. Mais dis-moi, quelles relations as-tu avec Bhorlée ?

– Il est mon frère cadet. Il m'a suivi depuis que j'ai entrepris de rassembler toutes les nations de Lusitanie. Il ne possède pas ma force, mais il est très puissant, lui aussi. Si je ne revenais pas, c'est lui qui deviendrait roi à ma place.

– Et tu as toute confiance en lui...

– Il est mon frère, Astyan.

– Oui, répondit doucement le Titan, tandis qu'une image lui revenait à la mémoire.

Ashertari était la sœur jumelle d'Anéa. Cela ne l'avait pas empêchée de lui vouer une haine mortelle, dissimulée sous une hypocrisie consommée.

– J'ai un mauvais pressentiment, Seigneur, confia Païdras au Titan. Comme si une force malveillante nous retenait dans ces lieux pour empêcher notre voyage, et nous entraîner dans la tourmente qui menace cette cité.

Il se passe de drôles de choses en ville. Les compagnons de Marasthos ont observé de nombreux mouvements de troupes pendant ton absence.

– C'est normal. Basérès redoutait une invasion des Lusites.

– Oui, peut-être. Mais je n'aime pas ce qui se passe.

– De toute façon, nous allons bientôt partir. Rien ne pourra ramener ce pauvre Frahden. Alors, que les Leonessiens se débrouillent entre eux ! Nous lèverons l'ancre demain, après la réception que le phareïs donne en notre honneur ce soir. Que les hommes se tiennent prêts.

– Que fait-on du prisonnier ?

– Je crains que sa vie ne soit en danger. Si l'on attaque le navire pour le capturer, libère-le et donne-lui des armes afin qu'il puisse au moins se défendre.

– Bien, Seigneur !

Basérès savait que les festivités données en l'honneur de la victoire de son armée seraient les dernières auxquelles il assisterait. Alors il avait voulu qu'elles fussent grandioses. Jusque dans la Ville-Basse, on avait organisé des banquets, grâce aux sommes offertes par le phareïs sur les caisses royales. Des troupeaux entiers avaient été sacrifiés, et des moutons, chèvres et autres aurochs rôtissaient un peu partout, à la grande joie des miséreux qui ce soir mangeraient à leur faim. Lorsque Attalante et Astyan traversèrent la Couronne, des farandoles parcouraient les ruelles au son des tambourins et des chants des bateleurs, qui exceptionnellement avaient été invités à pénétrer dans la ville intérieure.

Dans la grande salle du trône, illuminée par des centaines de lampes à huile et de candélabres, les tables débordaient de mets de toutes sortes. Des esclaves faisaient circuler des amphores de vin et de bière.

Allongés sur des lits courts, les nobles leonessiens

mangeaient et buvaient, interpellant les danseuses nues qui évoluaient parmi les convives. Parfois un homme entraînait l'une d'elles dans l'une des petites pièces qui cernaient la salle du trône. Les jongleurs et autres montreurs d'animaux rivalisaient d'habileté, à la grande joie des convives. Parmi eux se trouvait un prestidigitateur à l'adresse stupéfiante : entre ses doigts, les objets apparaissaient et disparaissaient comme par magie.

Alors que la plupart des invités donnaient des signes évidents de fatigue, due à l'abus d'alcool et de nourriture, il se présenta devant la table royale, où étaient installés Basérès, Astyan et sa compagne, ainsi que les capitaines qui avaient accompagné le Titan. L'homme salua puis entreprit de faire une démonstration de ses talents. Astyan lui-même ne s'aperçut pas de l'escamotage de son poignard d'orichalque, que le bateleur lui rendit sous les rires de l'assistance. Lorsque l'homme eut terminé son numéro, on lui jeta une pluie de pièces, qu'il empocha prestement.

Deux heures plus tard, alors qu'il avait regagné les appartements d'Attalante, Astyan ressentit d'étranges douleurs à l'estomac.

35

Cela commença par une violente nausée. Puis une souffrance aiguë lui envahit l'abdomen. Une sensation de brûlure atroce le pénétra, qui peu à peu se répandit dans son corps tout entier. Affolée, Attalante fit appeler les médecins du phareïs. Deux hommes en longue toge bleue se présentèrent quelques instants plus tard, les yeux rougis par l'alcool ; comme les courtisans, ils avaient fêté la victoire. Ils examinèrent longuement Astyan, à demi inconscient. Puis l'un d'eux déclara :

– Nous ne savons pas, princesse. Il a sans doute mangé un aliment avarié, ou peut-être abusé de la boisson. Nombre de seigneurs sont malades, cette nuit.

– Mais Astyan n'a pratiquement rien bu ! explosa la jeune femme. Il faut faire quelque chose !

– Nous allons lui donner une potion calmante. Cela atténuera la douleur. Mais nous ne pouvons rien faire de plus.

– Comment, rien de plus ?

Elle revint vers le lit. Son compagnon était d'une pâleur mortelle ; une fine sueur perlait sur sa peau, tandis que son corps était agité de tremblements.

– Astyan ?

Il tourna les yeux vers elle, puis les referma.

– Il va... mourir ?

– Il est robuste, répondit l'un des médecins d'une voix pâteuse. Peut-être survivra-t-il.

– Partez ! cingla-t-elle. Vous n'êtes que des bons à rien !

Les médecins s'en furent, la tête basse. Désespérée, Attalante revint vers le lit et prit la main d'Astyan dans les siennes. La douleur déformait les traits du Titan. Elle lui épongea le front, furieuse contre elle-même de ne pouvoir agir. Des larmes lourdes roulèrent sur ses joues.

– Oh, Astyan, souffla-t-elle, pourquoi ne sommes-nous pas partis plus tôt ?

Il voulut dire un mot, mais sa tête retomba en arrière. La jeune femme se mit à hurler.

– Astyan ! Astyaaan !

Les serviteurs accoururent.

– Il faut que je prévienne mon père, dit-elle. Restez ici et veillez sur lui.

– Bien, princesse !

Elle se précipita hors de la chambre et courut jusqu'aux appartements du phareïs.

– Père ! Père, Astyan est en train de mourir !

– Astyan ? Mais comment...

– Viens !

Tous deux revinrent dans la chambre. Trois servantes se tenaient près du lit, en larmes.

– Astyaaan ! hurla Attalante.

Elle se jeta sur le lit. Mais son compagnon ne bougeait plus. Une jeune esclave la prit dans ses bras.

– C'est fini, princesse. Il n'y a plus rien à faire.

– Nooon !

Basérès s'approcha à son tour, posa la main sur le cou du Titan.

– Elle a raison, ma fille. Je suis désolé. Il est mort.

Attalante éclata en sanglots, puis s'écroula sur le

corps de son compagnon. Le roi la prit par les épaules et l'entraîna avec lui.

– Viens, ma fille. Ne reste pas là.

L'esprit en déroute, la jeune femme laissa son père la guider vers ses propres appartements. Un médecin, convoqué d'urgence, lui fit boire un breuvage soporifique. Épuisée, Attalante sombra bientôt dans un sommeil entrecoupé de cauchemars.

Le lendemain, Basérès fit venir Lyukhas et Faerkos dans son bureau. Il les invita à prendre place et déclara :

– La nouvelle est encore secrète, mais je voulais que vous l'appreniez par ma bouche. Notre allié, le seigneur Astyan, est mort.

– Je le sais, dit Lyukhas.

– Comment le sais-tu ?

– Un esclave m'a renseigné. Les nouvelles circulent vite dans ce palais.

Basérès soupira.

– Sa mort me semble suspecte. Quelle est votre opinion ?

Faerkos sembla méditer un instant, puis déclara :

– Je pense que la main de Yawehah a frappé notre ennemi de sa justice divine !

Stupéfait, le phareïs ne répondit pas tout de suite.

– Tu déraisonnes ! Il a vaincu les Lusites pour défendre Leoness !

– C'est ce qu'il nous a fait croire. Mais tu ignores encore ce que je viens d'apprendre.

– Quoi ? Qu'as-tu appris ?

– D'après certains guerriers, les Lusites vaincus par Astyan n'étaient guère nombreux. Il a remporté une victoire facile. De plus, il n'a voulu faire aucun prisonnier. Cela m'a semblé étrange sur le moment, mais je viens de comprendre : cette bataille n'était qu'une diversion. En fait, il a sauvegardé un maximum de combattants. Car les Lusites sont beaucoup plus nombreux que nous ne le pensions. Et j'accuse Astyan d'être ce traître qu'il prétendait vouloir démasquer.

– Astyan, un traître ? Tu es fou !

– Je crains que Faerkos n'ait raison, Seigneur, renchérit Lyukhas. D'après mes éclaireurs, près de dix mille barbares assoiffés de sang se dirigent en ce moment même sur Leoness.

– Frahden avait sans doute découvert la vérité, ajouta Faerkos. C'est pour cela qu'il l'a fait tuer. Et il s'est servi de cette mise en scène pour nous tromper. Tu lui avais toi-même proposé de prendre le commandement de l'armée : l'occasion était trop belle.

– Mais pourquoi aurait-il fait cela ?

Faerkos grommela :

– Je l'ai compris trop tard, malheureusement. Il voulait s'emparer de Leoness, avec l'aide des Lusites, et anéantir notre civilisation pour la livrer à ces barbares. Voilà pourquoi il a tant insisté pour préserver la vie de ce maudit Anthée. Il est son allié.

– C'est impossible, riposta faiblement Basérès.

– Au contraire tout concorde, dit Lyukhas. Astyan a effectué de nombreux voyages hors de la cité pour la construction de son navire. Il lui était facile de prendre contact avec les Lusites et de conclure un accord avec eux.

– Je ne peux pas le croire. J'ai proposé à Astyan de me succéder. Il avait épousé ma fille, et il était marqué du signe des dieux. Mais il a refusé.

– Détrompe-toi ! rétorqua le grand-prêtre. Ce n'est pas le trône qu'il a refusé. Cet homme se prenait pour un dieu ; il voulait détruire la civilisation de Leoness, et surtout sa religion, celle de notre dieu Yawehah. Ne t'a-t-il pas dit à plusieurs reprises qu'il ne comprenait pas nos rites, qu'il jugeait barbares ?

– C'est vrai !

– J'aurais dû me méfier plus tôt. Il désirait instaurer son propre culte. Il voulait que le peuple l'adore comme un dieu.

– Pourquoi alors avoir construit ce navire ?

– Ce voyage n'était qu'un prétexte pour égarer les soupçons. Mais surtout, la construction de ce bateau lui a permis de gagner la confiance des gueux de la Ville-Basse et des Fravennes. Il s'est assuré leur fidélité, afin qu'ils se rangent à ses côtés lors du combat qu'il voulait déclencher contre nous. Tu sais parfaitement que la populace n'observe guère les préceptes de la religion. Plusieurs fois, il a rendu visite à ce chien d'Haldrean, qui perpétue le souvenir d'une civilisation disparue, fondée sur la renaissance des dieux anciens – ces dieux maudits que Yawehah combattit autrefois. Voilà quel était le véritable but d'Astyan.

– C'est insensé. Il nous faudrait des preuves.

– J'en tiens une à ta disposition.

– Laquelle ?

Faerkos se tourna vers Lyukhas, qui déclara :

– J'ai été surpris, lors du retour de l'armée, de l'absence de l'un des capitaines. Je me suis renseigné, et j'ai appris qu'on l'avait arrêté. Je suis donc allé l'interroger. Après ses déclarations, je l'ai présenté à Faerkos.

– Où est cet homme ?

– Il attend à côté. Je vais le chercher.

Lyukhas fit alors entrer un homme que Basérès ne reconnut pas immédiatement.

– Que Yawehah te protège, noble Phareïs, dit l'autre en s'inclinant.

– Qui es-tu ? demanda le roi.

– Mon nom est Merohüs. Ma famille vient tout juste d'être anoblie par toi, noble Phareïs. Et tu m'avais nommé capitaine dans l'armée qui devait combattre les

Lusites. J'étais sous les ordres de... de cet étranger qui a épousé la princesse.

La lueur de haine qui passa dans les yeux de l'individu n'échappa pas à Basérès.

– J'ai combattu vaillamment. Mais il faut dire que les Lusites ne nous ont pas opposé une bien grande résistance. Comme je m'étonnais qu'il relâche les prisonniers, Astyan m'a fait arrêter et enchaîner. Il a réussi à duper nombre d'autres capitaines. Mais pas moi ! Je lui ai dit ce que je pensais. J'ai cru qu'il allait me tuer. Mais il m'a envoyé au cachot pour insubordination. Heureusement, le seigneur Lyukhas m'a fait libérer.

– Je n'ai pas compris sur le moment, avoua le conseiller. C'est pourquoi j'ai immédiatement alerté Faerkos.

Le grand-prêtre poursuivit :

– Cet homme n'a fait que confirmer les soupçons que je nourrissais depuis quelque temps envers notre « allié ». Lorsque Lyukhas m'a averti de l'arrivée des hordes lusites, tout est devenu clair pour moi. Astyan avait partie liée avec Anthée.

– Si nous ne l'arrêtons pas, l'ennemi sera là demain, précisa Lyukhas. Il faut réagir très vite.

Effondré, Basérès souffla :

– Mais demain commence le cycle de Zorohous !

– Nous n'avons pas le choix, Seigneur. Il est urgent de réunir l'armée et de l'envoyer combattre les Lusites.

– Qu'en penses-tu, Faerkos ?

– Je partage l'opinion de Lyukhas. Mais je crains qu'il ne soit déjà trop tard. La prophétie est en train de s'accomplir : la destruction de Leoness sera provoquée par l'affrontement de deux surhommes, Astyan et Anthée. Nous ne pouvions deviner qu'ils étaient tous deux nos ennemis.

– Bien ! Je vais donner les ordres nécessaires, dit Basérès d'une voix lasse.

– Désires-tu que je m'en charge, Seigneur ? En prévision de ta décision, j'ai déjà réuni les capitaines qui prendront la tête des troupes. Cette fois, malheureusement, le combat sera plus rude. L'ennemi est nombreux. Mais sois sans crainte, nous repousserons ces chiens une nouvelle fois. Cependant il serait plus prudent que tu demeures ici, dans le palais, sous la protection des gardes. Nous allons annoncer la mort du traître, et je redoute une réaction de la part du bas peuple.

– Je suis de l'avis du seigneur Lyukhas, noble Phareïs, ajouta Faerkos.

Basérès médita quelques instants, puis déclara d'une voix lasse :

– Bien ! Agissez ainsi que vous l'entendez !

Quelques heures plus tard, la moitié de l'armée, dirigée par Ganyhm, Larkhos et Maaldred, prenait la direction de l'est, où des paysans en fuite avaient confirmé la présence de nombreuses hordes ennemies. Basérès les regarda partir avec résignation. Sans doute ne verrait-il pas leur retour ; la Jovahtia était prévue pour le surlendemain. Il devrait alors combattre Lyukhas.

Le soir, il revint dans ses appartements, où Attalante avait passé la journée dans un état de prostration. Elle n'avait pas osé retourner dans sa chambre. Le roi observa sa fille. Il ne savait comment lui annoncer ce qu'il avait appris.

Soudain elle s'éveilla. Au dehors, le crépuscule avait étendu sur la ville un manteau de lumière rouge. Elle eut un sourire triste à l'adresse de son père.

– J'ai vu Lyukhas et Faerkos, commença-t-il. Ils...

Et puis, à quoi bon ? D'autres se chargeraient bien de lui apprendre la vérité.

– Tu devras affronter Lyukhas, n'est-ce pas ?

– Oui ! Faerkos estime que les rites doivent être respectés.

La jeune femme se redressa.

– La vie m'est indifférente à présent. Balasha avait raison : j'aurais dû demeurer à Varestan, et conserver ma virginité. Mon mariage n'a engendré que du malheur. J'ai trouvé ici un mari et ce père que je n'avais jamais connu. J'ai vécu quelques lunes de bonheur. Mais Astyan est mort, et mon père s'apprête à mourir à cause de rites stupides et cruels.

– Ma fille ! Tu insultes notre dieu !

– Non ! Astyan avait raison. Les dieux favorisent la vie, ils n'exigent pas la mort.

Sa réaction sacrilège le décida à parler.

– Attalante, il faut que tu saches : ton mari nous a trahis...

Frappée de stupeur, elle s'écria :

– Mais c'est faux ! Il vient au contraire de sauver Leoness.

– Tu ne sais pas tout.

Il lui conta ce que venaient de lui avouer Lyukhas et Faerkos. Abasourdi, elle se leva, chancelante, et déclara :

– Je ne veux rien entendre de plus, père. Tout cela est un tissu de mensonges. Je veux... je veux retourner près de lui.

Elle se dirigea vers la porte. Basérès, embarrassé, la suivit. Un rude combat se livrait en lui ; un doute insidieux ne voulait pas le quitter. Et si Lyukhas et Faerkos s'étaient trompés...

Dans la lumière sombre du crépuscule, ils gagnèrent les appartements d'Attalante. Tout à coup l'une des esclaves de la jeune femme se dressa devant eux.

– Princesse, souffla-t-elle, je dois te parler.

– Je t'écoute !

– Pas ici ! dit l'esclave en désignant du coin de l'œil deux prêtres liges qui déambulaient dans la galerie.

Elle entraîna Attalante et Basérès dans la salle de réception des appartements de la jeune femme.

– Alors ? demanda le roi, agacé par le manège de l'esclave.

– Noble Phareïs, on a retrouvé le corps d'un homme, égorgé, au pied de la falaise.

– Quel homme ?

– Le prestidigitateur qui vous a distraits hier. Mais ce n'est pas tout : on a découvert cela sur lui.

La jeune femme sortit une petite fiole de sa poche. Basérès prit le flacon et l'examina.

– Par Yawehah ! Du poison ! dit-il, stupéfait.

– Astyan a été empoisonné ! s'écria Attalante.

Basérès devint pâle.

– Mais alors...

Attalante ne l'écoutait plus. Folle de douleur, elle se précipita dans la chambre.

Mais le corps du Titan avait disparu.

36

Bouleversée, Attalante se tourna vers l'esclave.

– Où est-il, Mérée ?

La jeune femme se mit à trembler.

– Je... je l'ignore, princesse. Il était là ce matin. Nous l'avons veillé toute la nuit, comme tu l'avais ordonné.

– Et ensuite ? tonna Basérès.

– Certains de mes compagnons sont restés. Moi, je ne suis pas revenue dans la chambre de la journée.

– Qu'as-tu fait ?

La fille se jeta aux pieds du roi.

– Le seigneur Astyan nous avait demandé d'assurer la sécurité de la princesse, noble Phareïs. Alors je me suis promenée dans le palais, pour écouter ce qui se disait.

– Maudite chienne, tu espionnais !

Attalante s'interposa.

– Père ! Astyan redoutait que Lyukhas ne veuille attenter à mes jours. Il avait placé des gens autour de moi pour me protéger. Mérée n'a fait que ce qu'il lui avait demandé ! Elle m'est fidèle !

– Pourquoi Lyukhas aurait-il voulu te faire tuer ?

– Parce que tu voulais que je te succède.

– Mais il n'avait plus de raison de le faire, puisque tu avais refusé !

– Astyan avait peur pour moi lorsque je séjournais au palais. C'est pourquoi il voulait que je sois entourée de serviteurs dévoués.

Basérès explosa :

– Des espions ! Faerkos avait donc raison.

Il saisit la fille par les cheveux. Attalante voulut intervenir, mais le roi la repoussa.

– Parle ! Qui est resté ici après toi ?

La fille se tordit de douleur.

– Stolfios et ses frères. Ils devaient continuer de garder le corps de notre seigneur jusqu'au retour de la princesse.

– Tu mens !

– Non, noble Phareïs. Sur ma vie, je ne sais rien de plus.

– Père ! explosa Attalante. Tu oublies qu'Astyan a été empoisonné. Il est mort ! Tu ne comprends pas qu'il a été lui-même victime du complot que Faerkos et Lyukhas lui attribuent ?

Basérès relâcha Mérée et fit quelques pas nerveux.

– C'est vrai, admit-il enfin. Mais pourquoi a-t-on enlevé le corps ?

Attalante éclata en sanglots.

– Comment le saurais-je ? Je ne comprends rien à ce qui se passe...

– Celui qui a fait empoisonner Astyan devait craindre que l'on ne découvre les traces de poison. Si tes esclaves n'avaient pas retrouvé cette fiole, nous aurions ignoré qu'il avait été assassiné !

Il frappa du poing sur une table.

– Il faut retrouver ce Stolfios et le faire parler.

La jeune femme ravala ses larmes.

– Rien ne prouve que ce soit lui, père. Il était dévoué à Astyan.

Elle se tourna vers l'esclave.

– Va le chercher, Mérée. Tente de savoir ce qu'il est devenu.

– Bien, princesse.

Elle se retira. Basérès grommela :

– Si je n'avais pas constaté sa mort par moi-même, je penserais que ce diable d'homme s'est enfui.

Attalante se jeta dans les bras de son père.

– Tu l'as vu comme moi. Son corps était dur. Son cœur ne battait plus...

Quelques instants plus tard, tous deux pénétraient dans les appartements de Lyukhas, qui s'était réuni avec quelques amis, dont Merohüs. Tous se levèrent à la vue du roi.

– Lyukhas, est-ce toi qui as fait enlever le corps d'Astyan de la chambre de ma fille ?

L'autre devint soudain très pâle.

– Que dis-tu ?

– Son cadavre a disparu !

– Comment cela, disparu ?

– Où est-il ? hurla Basérès.

– Mais je l'ignore ! Comment veux-tu...

Chez le jeune noble, la stupéfaction céda le pas à une fureur noire.

– Mais qui a pu faire cela ? Où est-il passé ?

– Je te le demande !

Lyukhas ignora la question et se mit à marcher de long en large.

– Es-tu sûr qu'il était bien mort ? demanda-t-il avec véhémence.

– Son corps commençait à refroidir.

L'émotion sincère de son rival désarçonna quelque peu Basérès. Visiblement, il était hors de cause. Alors, Faerkos ?

– Il faut le retrouver ! clama Lyukhas. Il ne faut pas qu'il s'échappe.

– Il ne pouvait aller bien loin dans son état, riposta Basérès.

– Mais d'autres pouvaient l'emporter. Il faut savoir pourquoi, et les arrêter. Gardes ! hurla-t-il.

Une escouade pénétra aussitôt dans la salle.

– Vous allez fouiller le palais et la Shrinta. Le corps d'Astyan a disparu. Je veux qu'on le retrouve et qu'on l'amène ici !

– Bien, Seigneur !

Les guerriers sortirent. Lyukhas se tourna vers Attalante et l'attaqua violemment :

– Tu le savais, toi, qu'il se préparait à s'emparer de Leoness !

Atterrée par la haine qu'elle lisait dans les yeux de l'homme, la jeune femme recula.

– C'est faux. Il désirait quitter le royaume. Il a refusé à mon père de devenir son successeur.

– Mensonges ! Il avait partie liée avec les Lusites. Il voulait écraser notre religion, et installer la sienne à la place. Il se prenait pour un dieu ! C'est lui qui a fait tuer Frahden, parce qu'il avait découvert la vérité. Et il s'est servi de ce prétexte pour prendre la tête de l'armée.

Attalante pointa un doigt accusateur sur Lyukhas.

– C'est faux ! C'est toi qui l'a fait empoisonner.

L'autre riposta :

– Empoisonné ? Que veux-tu dire ? Yawehah l'a puni pour sa trahison.

– Astyan n'a pas trahi, explosa Attalante.

L'autre riposta :

– Alors, s'il a vaincu les Lusites, pourquoi une horde de plusieurs milliers d'entre eux déferle-t-elle sur Leoness en ce moment ?

Il porta la main à sa dague et hurla :

– Je le tuerais volontiers de mes propres mains s'il n'était déjà mort. C'est la main de notre dieu lui-même qui l'a frappé.

– Tu mens !

Attalante voulut se jeter sur lui, mais son père la retint. Lyukhas tonna :

– Noble Phareïs ! Fais donc enfermer ta fille dans ses appartements tant que cette histoire n'est pas tirée au clair. Rien ne prouve qu'elle n'avait pas partie liée avec lui. Et n'oublie pas : dans deux jours s'achèvera le cycle de Zorohous. Alors, selon la loi de Yawehah, nous devrons nous affronter. Malgré le danger qui pèse sur Leoness, cette loi doit être respectée.

Basérès fixa Lyukhas d'un regard noir et jeta :

– Je n'ai garde de l'oublier. Mais tu ne m'as pas encore vaincu !

– Yawehah nous jugera !

Basérès prit Attalante par les épaules et l'entraîna à l'extérieur. La jeune femme pleurait.

– C'cst lui qui a tué Astyan, j'en suis sûre.

– Il n'avait aucune raison de le faire, répondit doucement le roi. Sauf s'il pensait qu'Astyan voulait vraiment s'emparer du trône.

– Mais c'est faux, père... Il n'avait qu'un désir, quitter cette ville. Astyan était le plus merveilleux des hommes, dit-elle en sanglotant. Et il avait de l'amitié pour Frahden. Jamais il n'aurait commis un tel crime.

– Certains hommes ne reculent devant rien pour satisfaire leurs ambitions démesurées, ma fille. Et ils savent parfaitement jouer la comédie.

– Astyan ne jouait pas la comédie. C'est Lyukhas le coupable.

– Mais pourquoi aurait-il monté toute cette mise en scène ? Il est presque assuré de me vaincre et de devenir le nouveau phareïs.

Attalante ne sut que répondre. Basérès soupira :

– Rejoins tes appartements, ma fille. Demain nous aviserons.

Plus tard, dans sa chambre, Attalante donna libre

cours à son chagrin. Elle était certaine que le prestidigitateur qui avait empoisonné son mari était aux ordres de Lyukhas. Astyan représentait un danger pour lui, parce qu'il contrariait ses plans.

Mais quels pouvaient être ces plans ? Il avait trente ans de moins que le phareïs, et possédait parfaitement la science des armes. Le roi n'avait aucune chance contre lui. À cette pensée, son chagrin redoubla. Elle allait aussi perdre son père, et Lyukhas allait lui succéder. Mais alors pourquoi aurait-il monté ce complot incompréhensible ?

Soudain une phrase du conseiller lui revint en mémoire : « Il voulait écraser notre religion, et y installer la sienne. Il se prenait pour un dieu ! »

Elle resta un long moment interdite, puis une nouvelle hypothèse s'élabora en elle. N'était-ce pas son propre but que Lyukhas avait dévoilé ainsi ?

Nerveuse, Attalante se redressa dans son lit. Un lent travail se fit dans son esprit à la lumière de ce nouvel élément. Peu à peu elle comprit la machination perfide du futur souverain.

« Certains hommes savent parfaitement jouer la comédie ! » avait dit son père.

Il pensait à Astyan, mais Lyukhas était lui aussi capable de dissimuler. En vérité, malgré le respect dont il faisait montre envers la religion, il n'avait nullement l'intention de ne régner que pendant un cycle de Zorohous. Dans douze soleils, il lui faudrait à son tour affronter un autre prétendant, comme le voulait la terrible coutume de Leoness. Il n'avait alors qu'une solution : anéantir le culte de Yawehah, et imposer le sien !

C'était lui, Lyukhas, qui se prenait pour un dieu !

Mais pour cela, il lui fallait renverser la puissance des prêtres, soutenue par l'armée. Il avait alors conclu une alliance avec les Lusites. Une alliance dont Anthée lui-même n'était pas informé. Astyan avait fait part à

Attalante des soupçons qu'il nourrissait à l'égard du propre frère du roi, Bhorlée. Bhorlée, qui désirait sans doute prendre la place d'Anthée à la tête du royaume.

Lyukhas avait tenté une première fois d'éliminer l'armée, en provoquant, grâce à l'assassinat de Frahden, un affrontement direct entre Anthée et Astyan. Il pensait que les deux hommes s'entre-tueraient, et que leurs deux armées se détruiraient mutuellement. Mais il avait compté sans les armes secrètes d'Astyan. Celui-ci avait vaincu sans presque perdre de guerriers ; il était revenu couvert de gloire, et sans avoir tué Anthée.

Lyukhas n'avait dès lors eu d'autre solution que de le supprimer d'une manière ignoble et lâche. Vivant, il représentait un danger, parce qu'il prendrait la défense de Leoness.

Une fois Astyan mort, Lyukhas restait maître du palais. Attalante avait constaté lors de sa visite dans ses appartements qu'il n'avait gardé autour de lui que des amis dévoués. Les autres capitaines étaient partis combattre les hordes lusites. Les troupes qui demeuraient au palais étaient fidèles à Lyukhas, hormis la garde personnelle du phareïs, dirigée par le capitaine Slenthor.

Elle comprenait à présent le plan démoniaque du félon. L'armée, privée des armes d'Astyan, et en nombre inférieur, n'allait pas pouvoir résister aux milliers de Lusites qui marchaient sur la capitale. Elle serait anéantie. Lyukhas combattrait Basérès, se ferait officiellement nommer phareïs. Puis, avec l'aide des Lusites et de ses fidèles, il renverserait la religion de Yawehah et instaurerait la sienne.

Tout s'éclairait à présent. Une foule d'images lui revinrent en mémoire : les Lusites qui les avaient attaqués dans la forêt de Varestan appartenaient sans doute aux troupes de Bhorlée. Et le braconnier était à la solde de Lyukhas. Il l'avait probablement averti de ce qui s'était passé ensuite entre elle et Astyan ; et Lyukhas avait prévenu Basérès. Mais Astyan avait retourné la situation à son avantage en offrant de l'épouser : Lyukhas avait alors ordonné à Hayorq, son ami dévoué, d'abattre le Titan dans le dos. Mais, devant son échec, il l'avait poignardé, afin qu'il ne parlât pas.

C'était lui aussi qui avait ordonné le sabotage de la statue de Yawehah... Seul un homme décidé à renverser la religion pouvait oser commettre un tel sacrilège. Astyan avait remarqué qu'il se tenait à l'écart. De même, il avait très vite découvert l'origine du sabotage, dont il avait immédiatement accusé des esclaves lusites.

Bouleversée, elle se releva, s'habilla à la hâte et se glissa, au cœur du palais endormi, jusqu'aux appartements de son père. Devant la porte, des gardes veillaient, parmi lesquels elle reconnut le fidèle Slenthor.

– Je dois parler à mon père, souffla-t-elle.

37

Le soleil se levait à peine lorsque Merohüs se fit annoncer dans les appartements de Lyukhas.

– Nous avons fouillé partout, Seigneur ! dit-il. Le corps de ce chien reste introuvable.

– C'est insensé ! s'exclama Lyukhas. Il faut qu'il soit quelque part.

– Personne n'a rien vu. Mais, avec le départ de l'armée, il était facile à des esclaves de sortir un cadavre, caché dans une malle ou une couverture.

Lyukhas poussa un juron énorme, puis donna un violent coup de poing sur une table qui se fendit sous l'impact.

– Mais où l'ont-ils emmené ? Et pourquoi ?

Il revint vers Merohüs qu'il saisit par le cou.

– Il faut le ramener, tu entends ? Vous allez fouiller la ville entière, et surtout son navire.

– Je l'ai fait, Seigneur ! répondit l'autre en se dégageant doucement. Je me suis rendu à bord de l'*Arkas*. Ses hommes étaient effondrés en apprenant sa mort. Ils ignoraient encore ce qui s'était passé. Ils n'ont opposé aucune résistance, mais il n'était pas à bord. Sa demeure aussi était vide.

– Et Anthée ?

– Il était enchaîné à fond de cale. J'ai hésité à le

ramener, mais les Thuléens étaient plus nombreux que nous. J'ai préféré t'en parler d'abord.

– Aucune importance ! Nous savons où le trouver. J'ai promis à notre allié, Bhorlée, le plaisir de le tuer lui-même. Contentez-vous de surveiller l'*Arkas.*

Il se mit à marcher de long en large en grommelant.

– Tout marchait parfaitement bien. J'avais même réussi à abuser cet imbécile de Faerkos. Mais je suis sûr que ce maudit Titan nous a joué un tour à sa façon.

– Il est mort ! affirma Merohüs. Que peut faire un cadavre contre nous ?

– Seigneur, personne ne pourrait résister au poison que nous lui avons fait ingurgiter, renchérit un vieux bonhomme au visage de fouine. Nous avons constaté son décès par nous-mêmes.

Lyukhas se tourna vers lui et lui adressa un regard torve.

– Tu ne connais pas la capacité de résistance de ces créatures, Raellys. Cela défie l'imagination.

A ce moment, un serviteur gratta à la porte.

– Seigneur, le capitaine Slenthor est là.

– Eh bien ! qu'il entre.

Le commandant de la garde royale se présenta.

– Seigneur Lyukhas, le phareïs veut te voir immédiatement dans la salle du trône.

Le conseiller blêmit, puis répondit :

– Dis-lui que j'arrive immédiatement.

Slenthor s'en fut. Lyukhas se tourna vers Merohüs.

– Tout cela ne me dit rien qui vaille. Que nos hommes se tiennent prêts. Il faudra peut-être agir plus vite que prévu.

– Les troupes de Bhorlée ne sont pas encore là, fit remarquer l'autre. Il est trop tôt.

– Elles ne feront qu'une bouchée de l'armée. Les Lusites sont cinq fois plus nombreux. Ils seront à Leoness dans la journée, demain au plus tard. D'ici là, nous devons donner le change aux prêtres et à la garde royale. Mais s'il le faut, nous nous emparerons de la Shrinta. Les troupes restantes nous sont acquises, hormis la garde royale.

Il serra les dents.

– Cependant il vaudrait mieux l'éviter. Le combat de la Jovahtia aura lieu demain. Lorsque j'aurai tué Basérès, je serai élu phareïs. Alors la garde et les prêtres ne pourront faire autrement que se plier à la volonté de leur dieu. Nous éliminerons ensuite ceux qui résisteront.

Quelques instants plus tard, il pénétrait dans la salle du trône, largement éclairée par le soleil naissant. Basérès était assis sur le fauteuil royal, entouré de ses conseillers. Les grands dignitaires de la religion, dirigés par Faerkos, avaient pris place, selon la coutume, à la droite du dieu-roi. Le visage impénétrable du grand-prêtre observa l'arrivant. Nulle émotion ne se lisait sur ses traits. Assise à côté de son père, Attalante jeta un regard de haine à Lyukhas.

– Approche ! jeta Basérès avec une violence contenue.

– Tu m'as fait demander, noble Phareïs.

– Tu dois savoir pourquoi. Tu es accusé de meurtre sur la personne du seigneur Astyan, et sur celle de notre neveu, Frahden. En outre, je t'accuse personnellement d'avoir fomenté un complot pour renverser la religion de Leoness.

Mais Lyukhas avait déjà préparé sa défense.

– Basérès, es-tu devenu fou ? s'insurgea-t-il.

– Comment oses-tu ? N'oublie pas que, jusqu'à ce soir, je suis encore le souverain de cette cité, et le représentant vivant de Yawehah !

– Et toi, n'as-tu rien trouvé d'autre pour éviter le combat qui doit nous opposer demain ?

Basérès marqua un instant d'hésitation. La riposte perfide de son adversaire l'avait touché. Le visage de Faerkos demeura impassible. Le roi poursuivit, d'une voix moins assurée :

– Je ne crains pas de t'affronter, Lyukhas. Mais je connais à présent tes ambitions. Ce n'est pas le trône que tu désires, c'est l'instauration d'une nouvelle religion.

Lyukhas éclata d'un rire strident.

– Tout ceci n'est qu'un tissu de mensonges, noble Phareïs. Et tu le sais parfaitement ! Tu cherches à me faire accuser de crimes que je n'ai pas commis parce que tu espères ainsi gagner du temps. Tu veux m'éliminer, parce que je suis le seul capable de te succéder.

– Tu mens ! Qu'as-tu fait du corps du seigneur Astyan ?

Lyukhas explosa :

– Par Yawehah, il faut cesser cette comédie ! Mes hommes le recherchent activement depuis hier. Ils y ont passé toute la nuit. Il n'est pas dans la Shrinta, ni sur son navire. Je suis persuadé quant à moi qu'il n'est pas mort, comme il a voulu vous le faire croire ! Vous connaissez tous les pouvoirs surnaturels de ce démon : voyant que tout était perdu, il a imaginé un subterfuge pour se soustraire à notre justice. Il savait qu'il allait être arrêté. Et, tout puissant qu'il est, il n'aurait pas résisté à nos Tourmenteurs !

Il s'adressa au grand-prêtre :

– Faerkos, je ne désire qu'une chose, c'est que la loi de Yawehah soit respectée. Ces accusations sont sans fondement. À moins que Basérès n'ait réussi à t'abuser, toi aussi ?

– Astyan a été empoisonné, rétorqua le grand-prêtre.

– Je le sais ! Mais qui l'a empoisonné ? Moi, ou Basérès, pour me faire accuser, parce qu'il sait que je le vaincrai demain, et qu'il a peur ? Je n'avais aucune raison de tuer un homme que je ne soupçonnais même pas, et qui allait quitter la ville. Pour moi, Astyan n'était pas un obstacle.

– C'est faux, s'exclama Attalante. C'est toi qui l'as tué ! Tu savais qu'il allait s'opposer à toi.

L'autre riposta immédiatement :

– Depuis quand les femmes ont-elles le droit d'assister au Conseil ?

– C'est moi qui porte l'accusation, Lyukhas. Tu as fait tuer Frahden et Astyan. Et tu as déclenché une guerre entre les Lusites et nous. Les Lusites de Bhorlée, qui sont tes alliés !

– Que cette femelle sorte ! hurla Lyukhas. Elle n'a aucun droit d'intervenir dans les séances royales. Voulez-vous offenser Yawehah ?

L'argument ébranla les prêtres. Faerkos déclara :

– Princesse, lc seigneur Lyukhas a raison. Vous devez quitter la salle.

– Jamais ! Vous ne comprenez pas qu'il se joue de vous !

– Qu'elle se taise ! hurla Lyukhas.

Faerkos fit un signe aux gardes.

– Ramenez cette femme dans ses appartements, dit-il.

Les soldats vinrent chercher Attalante. La jeune femme se débattit, mais elle ne pouvait résister. Dès qu'elle fut sortie, Lyukhas insista :

– Écoutez-moi bien ! Je suis innocent des crimes dont m'accuse Basérès. Demain, selon la loi de la Jovahtia, je l'affronterai. Et le plus puissant des deux deviendra le nouveau phareïs. Yawehah lui-même jugera si je suis digne ou non de l'incarner. Je ne désire rien d'autre.

Le visage du roi était devenu livide. Lyukhas s'adressa aux prêtres :

– Basérès sait que je suis plus fort que lui, et que je le tuerai. Il utilise la douleur de sa fille et les derniers événements pour tenter de se dérober au combat. Car, si personne ne le défie, il conservera le trône. N'est-ce pas la loi, vénérés prêtres ?

– C'est la loi, répondit Alpheros.

Faerkos prit la parole.

– Dieu jugera par lui-même. Demain, vous lutterez l'un contre l'autre devant son autel, ainsi que l'exige la coutume. Yawehah s'incarnera alors dans le corps et l'esprit du plus puissant d'entre vous. Que chacun se retire dans le temple afin de se préparer à ce combat.

Lyukhas s'inclina, puis s'en fut. Basérès s'approcha du grand-prêtre.

– Ce monstre a raison, je ne possède aucune preuve. Mais toi, Faerkos, prends garde. Demain, il me tuera certainement, et il deviendra le nouveau roi de Leoness. Alors tu te retrouveras seul face à lui. Prie Yawehah pour qu'il t'accorde la clairvoyance.

Faerkos riposta :

– Yawehah ne peut se tromper, Basérès. Si tu as dit la vérité, il t'accordera la victoire.

Le phareïs eut un sourire désabusé, puis lui tourna le dos. Il allait sortir lorsque Slenthor, le capitaine de la garde, pénétra dans la salle du Conseil.

– Noble Phareïs ! J'apporte de mauvaises nouvelles. Les Lusites ont réussi à repousser nos troupes. Celles-ci ont été obligées de se replier sur la capitale. L'ennemi sera bientôt en vue.

Basérès pâlit.

– Que l'on convoque le reste de l'armée, dit-il. Nous devons organiser la défense de la cité.

Dans sa chambre, Attalante était partagée entre les larmes et le doute. Certaines paroles de Lyukhas la hantaient. Il redoutait les pouvoirs d'Astyan. Et sa peur paraissait sincère.

Peu à peu, au-delà de la colère, un espoir fou s'empara d'elle : son mari n'était peut-être pas mort. Si c'était le cas, elle devait tenter de le rejoindre, et d'abord retrouver le navire et les Thuléens. Ensemble ils décideraient de ce qu'il faudrait faire. Elle passa une cape et sortit prudemment de ses appartements.

Dans les galeries régnait une activité fébrile. Des hommes d'armes couraient en tous sens. Elle profita de la confusion pour gagner la sortie du palais, puis descendit jusqu'à la grande porte ouvrant sur la Couronne. Là, des guerriers quittaient les lieux en rangs serrés. Cependant le cordon de gardes surveillait attentivement le flot des soldats. Elle haussa les épaules ; après tout, elle était encore la fille du phareïs, et libre d'aller où bon lui semblait. Elle s'avança à son tour. Aussitôt, quatre gardes lui barrèrent le chemin, commandés par un gros bonhomme au regard sombre.

– Je suis désolé, Princesse. Il t'est interdit de quitter la Shrinta.

– Mais pourquoi ? Je suis la fille du phareïs, écartez-vous ! ordonna-t-elle.

– Je le sais. Mais j'ai ordre de te ramener dans tes appartements.

– Qui en a donné l'ordre ?

– Le grand-prêtre Faerkos lui-même.

Stupéfaite, Attalante ne sut comment réagir. Faerkos faisait-il lui aussi partie du complot ? C'était impossible. Sa loyauté envers son dieu était indéfectible. Puis elle comprit : Lyukhas avait dû le convaincre qu'elle était la complice d'Astyan.

– Suis-moi, Princesse !

Attalante hésita. Si elle demeurait dans la Shrinta, elle était perdue. Sitôt élu roi, Lyukhas l'accuserait de trahison et la ferait immoler sur l'autel de Yawehah. Elle devait forcer le barrage. Sa rapidité à la course pouvait l'y aider. Mais les gardes étaient nombreux. Elle fit semblant d'accepter son sort, puis, au dernier moment, elle frappa simultanément les deux gardes qui l'encadraient et se précipita vers la Couronne. Le gros homme réagit immédiatement.

– Rattrapez-la !

Attalante avait déjà franchi la porte. Elle se rua vers la venelle la plus proche. Mais, avant d'atteindre celle-ci, elle devait traverser une vaste place, désertée par les passants en raison des événements. Elle jeta toutes ses forces dans la course. L'embouchure de la ruelle se rapprochait. Soudain une douleur aiguë lui déchira la cuisse droite : une flèche l'avait atteinte. Elle hurla et roula sur les pavés couverts de poussière. L'instant d'après, les gardes pointaient leurs lances sur elle, lui interdisant toute fuite.

– Emmenez-la ! tonna leur chef.

Tandis que les guerriers l'emportaient, la prédiction de Balasha lui revint à l'esprit, dominant la souffrance : « L'homme qui t'aimera sera cause de ta mort ! »

38

Du fond de son sommeil douloureux et rempli de cauchemars, Astyan perçut tout d'abord un long hurlement, une sorte de clameur effrayante, qui s'estompait, puis reprenait l'instant d'après. Une nausée incoercible le saisit. Au loin, très loin, il entendit une voix s'écrier :

– Il a bougé !

Tout en restant présents, les hurlements cessèrent de lui déchirer les tympans. Il ouvrit les yeux. Plusieurs visages anxieux étaient penchés sur lui. Puis il se tourna sur le côté et se mit à vomir. On le soutint, des mains se glissèrent sous sa tête, sous ses épaules. On lui tendit un gobelet d'eau fraîche qu'il avala par petites gorgées. Une fatigue incommensurable lui broyait les membres.

– Que les dieux soient loués, dit une voix qu'il connaissait bien.

Haldrean ! Ainsi, il avait réussi. Le vieil homme lui prit la main.

– Tu es sauvé, Seigneur ! Aucun homme n'aurait pu accomplir ce que tu as fait.

Au prix d'un violent effort, le Titan se redressa sur sa couche. Derrière le vieil initié, il reconnut Markus, Marasthos, ainsi que Stolfios et ses frères. Peu à peu la mémoire lui revint. Après le départ d'Attalante, il avait retrouvé ses esprits. La douleur devenait de plus en plus forte ; il avait compris qu'on l'avait empoisonné. Il avait trouvé en lui la force de lutter contre les toxines, mais il savait qu'il ne parviendrait pas à survivre sans aide. Il lui fallait quitter le palais et rejoindre Haldrean, qui trouverait peut-être l'antidote au poison. Alors il avait appelé Stolfios et lui avait demandé d'organiser son évasion vers les Fravennes. Puis, ralentissant par concentration le métabolisme de son corps, il s'était plongé volontairement dans un état de mort apparente, afin de laisser croire à ses assassins qu'ils avaient réussi.

– Nous étions bouleversés pour la princesse, expliqua Stolfios, un homme de stature puissante, au poil roux. Le phareïs lui-même a cru à ta mort. Nous-mêmes, nous n'étions pas rassurés, malgré ce que tu nous avais dit. Nous pensions que tu étais réellement mort. Mais nous avons agi comme tu l'avais ordonné. Au matin, après le départ des autres serviteurs, nous t'avons enveloppé dans des couvertures, et nous avons profité du départ de l'armée pour quitter la Shrinta. Personne ne nous a posé de question. À l'heure qu'il est, ils doivent te rechercher partout. Mais jamais ils n'oseront venir ici.

– Je vous remercie, mes compagnons. Sans vous, Lyukhas m'aurait certainement déjà achevé. Mais il ne perd rien pour attendre. Quant à toi, Haldrean, je te dois la vie. Tu es parvenu à trouver l'antidote.

Le vieil homme ouvrit des yeux stupéfaits.

– Non, Seigneur. Je n'ai rien pu faire. J'ignorais la nature du poison que l'on t'avait fait avaler. Je t'ai veillé toute la journée et la nuit dernière. J'étais désespéré. Je pensais que tu allais mourir. Mais tu as survécu. C'est ton corps lui-même qui a lutté.

Astyan marqua un instant d'étonnement. Puis il se souvint. Un cauchemar terrifiant, au cours duquel il combattait un feu intérieur qui lui rongeait les entrailles. Inconsciemment, il avait réagi ; son esprit s'était polarisé sur le venin mortel coulant dans ses veines. Mentalement, il avait isolé les particules létales, puis il avait dissocié leurs molécules. Il ne ressentait plus à présent qu'une immense fatigue. Mais une pensée le réconfortait : ses pouvoirs, une fois de plus, s'étaient manifestés, alors même qu'il était plongé dans un état léthargique.

Soudain il se redressa.

– Attalante ! Où est-elle ?

– La princesse est demeurée dans le palais, Seigneur, répondit Stolfios. Nous ne pouvions pas la ramener avec nous.

– Il faut que je retourne là-bas !

– Mais tu es trop faible ! dit Haldrean. Et puis, il s'est passé beaucoup de choses pendant ton sommeil.

– Dis-moi !

– Les Lusites marchent sur la ville. Ils sont très nombreux. Hier, l'armée est partie les combattre, mais elle a été repoussée et s'cst repliée sur Leoness. D'après ce qu'on dit, la moitié des nôtres auraient été tués.

– Il faut que je délivre Attalante.

– Les gardes de Lyukhas sillonnent la cité. Si tu traverses le Thagos, tu seras reconnu et ils t'abattront aussitôt. Tu n'es pas en état de te défendre.

Mais le Titan n'écoutait plus. Bandant sa volonté, il se leva. Les murs de la masure se mirent à tourner. Stolfios et Marasthos se précipitèrent pour le soutenir.

– Tu ne pourras rien faire sans notre aide, Seigneur, déclara le colosse.

– Il te faut reprendre des forces, insista Haldrean. Stolfios a rapporté tes armes. Mais tu ne pourras pas t'en servir dans cet état.

La rage au cœur, Astyan se rallongea. Le vieil homme avait raison : il lui fallait encore patienter quelques heures. Les dernières traces de poison avaient été éliminées ; la fatigue résiduelle provenait du formidable effort psychique qu'il avait accompli pour détruire la liqueur létale dans ses veines. Il récupérerait vite. Mais surtout, il lui fallait établir un plan d'attaque. Lyukhas le croyait mort ; cela constituait un atout non négligeable. Il prit Haldrean par les épaules.

– Un cataclysme se prépare, mon vieil ami. Je l'ai constaté en étudiant les lignes de fracture des derniers séismes. Et je le pressens. Il est imminent.

– Je le sais, Seigneur. Je ressens quelque chose d'étrange dans l'air et dans le sol. Mais ce n'est pas tout.

Il lui montra, à travers la porte, les ruelles étroites et sales des Fravennes. De partout jaillissaient des formes sombres et furtives, qui fuyaient, comme prises d'affolement.

– Les rats désertent la cité, dit sombrement Haldrean. Et les chiens ne cessent de hurler à la mort.

Astyan tourna les yeux vers la porte. Ainsi s'expliquaient les clameurs angoissantes entendues pendant son délire.

– Il faut sauver la population des Fravennes, dit Astyan. Préviens les tiens : ils doivent quitter la ville et se réfugier sur les hauteurs.

– Je l'ai fait, Seigneur. Mais beaucoup veulent rester. Ils n'ont aucun endroit où aller.

Marasthos intervint :

– Seigneur, tu ne peux attaquer les troupes de Lyukhas à toi tout seul. Mes compagnons et moi, nous sommes prêts à t'aider. Pendant ce temps-là, les femmes et les enfants partiront se mettre à l'abri. Vers le sud, il y a des marécages ; c'est là que se réfugiaient les nôtres lorsque les gardes osaient encore pénétrer dans les Fravennes.

– Merci, Marasthos, tu es un véritable ami.

– Mes hommes ont réuni leurs armes. Ils n'attendent que ton ordre. Mais reprends des forces d'abord. Demain nous marcherons sur la Shrinta, et nous taillerons ces pourceaux en pièces.

– Demain...

Haldrean ajouta :

– Lyukhas ne pourra agir tant qu'il ne sera pas devenu le nouveau pharéïs. Or c'est demain que commence le nouveau cycle de Zorohous. Le combat pour le trône aura lieu au milieu de la journée.

– Alors que l'ennemi est à leurs portes, ils ne pensent qu'à accomplir leurs rites imbéciles, gronda le Titan. Les pauvres fous !

– La loi de Yawehah est sacrée pour les prêtres, précisa le vieil homme. Si elle n'était pas respectée, le dieu déclencherait sa fureur contre la cité.

Astyan soupira. Le monde semblait avoir plongé dans la démence la plus totale.

– Quels capitaines sont partis combattre les Lusites ? demanda-t-il.

– Tes compagnons, Ganyhm, Larkhos et Maaldred, répondit Marasthos. C'est Lyukhas lui-même qui leur a confié le commandement de l'armée.

– Évidemment, il a envoyé les plus fidèles guerriers à la mort. Il a conservé près de lui tous ceux qu'il a gagnés à sa cause.

Il ferma les yeux, respira profondément.

– Vous avez raison, je dois reprendre des forces. Je vais dormir un peu à présent. Ensuite apportez-moi de quoi manger. Dès demain, nous irons prêter main-forte à l'armée régulière et détruire ce repaire de serpents.

Marasthos et ses compagnons se retirèrent. Seuls restèrent Haldrean et Markus. Astyan dit au vieil homme :

– Si nous sortons vivants de cette aventure, j'aimerais que tu acceptes de m'accompagner dans le voyage que je veux accomplir.

Les yeux d'Haldrean se mirent à briller.

– Ce serait pour moi un grand honneur, Seigneur. Mais qui prendra soin des gueux des Fravennes après mon départ ?

– Ton fils Markus ! Ne lui as-tu pas enseigné tout ce que tu savais ?

L'intéressé intervint :

– Le seigneur Astyan a raison, père. Tes forces déclinent. Tu t'es toujours dévoué pour les autres ; il est juste que tu penses à toi désormais.

– Découvrir l'empire des dieux anciens... murmura le vieil homme. J'accepte avec reconnaissance, Seigneur. Mais tu devrais dormir à présent.

Astyan sourit et ferma les yeux. Pourtant il ne put trouver le sommeil. Trop d'idées se bousculaient dans son esprit. Son intuition lui soufflait que le coupable n'était autre que Lyukhas, mais il ne parvenait toujours pas à comprendre ses motivations. Il disposait de toutes les chances de devenir phareïs...

Puis soudain tout s'éclaira. Lyukhas voulait s'emparer de Leoness. Il n'avait aucune intention de respecter les lois de la religion de Yawehah. Astyan pesta intérieurement : il avait été stupide de ne pas s'en apercevoir avant. Mais il lui manquait un élément, qu'il venait de découvrir.

Il savait à présent *qui* était Lyukhas.

39

Le lendemain, le jour naissait à peine lorsque les habitants de la Ville-Basse assistèrent à un phénomène étrange : en quelques instants, les champs et la forêt semblèrent s'embraser de milliers de taches de lumière. Ils ne comprirent pas sur le moment que les hordes ennemies s'étaient munies de torches. Dans la nuit finissante résonnaient des hurlements à glacer le sang.

Un mouvement de panique s'empara de la foule. Abandonnant les masures situées à la périphérie, les citadins refluèrent vers l'intérieur de la ville, où l'armée, revenue à marche forcée dans la nuit, avait pris position. La veille, elle avait dû céder le pas devant le nombre des Lusites, et avait décroché.

Bhorlée était satisfait. Près du tiers de l'armée de Leoness avait été exterminée. Il avait décidé de laisser les survivants s'échapper et avait octroyé une nuit de repos à ses guerriers avant la curée finale. Et ce matin, il était aux portes de la ville, comme le lui avait demandé Lyukhas. Le jour même de la Jovahtia...

Lorsqu'il vit s'allumer les milliers de torches, il poussa un rugissement de triomphe.

Depuis son plus jeune âge, il avait vécu dans l'ombre de ce frère à la force surnaturelle, qui l'avait toujours écrasé de sa personnalité, lui donnait des ordres, le reléguait au second plan. Lui, lui qui possédait l'art de commander les guerriers, de les enivrer de haine envers cet ennemi qui depuis des générations enlevait les Lusites pour en faire des esclaves. Anthée avait toujours estimé qu'une paix était possible entre les deux peuples. Il pensait qu'il fallait opposer à Leoness une puissance capable de lui faire peur, et exiger ensuite la libération de tous les esclaves. Il avait utilisé son éloquence et son pouvoir de persuasion pour réunir toutes les tribus en un même peuple. Il avait doté les Lusites de nouvelles armes, comme l'arc et la lance à pointe de métal, dont le secret avait été apporté par des esclaves en fuite. Mais il n'avait pas compris que désormais, la nation lusite unifiée représentait une puissance indomptable.

Bhorlée avait insisté pour qu'une attaque de grande envergure fût lancée contre la cité maudite. Mais Anthée avait refusé. Il préférait attendre et entamer des négociations avec les Leonessiens. Selon lui, la guerre n'apporterait que mort et désolation.

Bhorlée avait cédé, et feint de se ranger à l'avis de son aîné. Mais il n'avait plus rêvé que d'une chose : éliminer ce frère encombrant et devenir le nouveau roi des Lusites, un roi devant qui les Leonessiens plieraient. Malheureusement, Anthée exerçait une fascination sur les chefs des différentes tribus. Il n'avait aucune chance d'être écouté.

Et puis, quelques lunes auparavant, il y avait eu la rencontre avec ce personnage étrange, Lyukhas, qui lui avait proposé une alliance. Lui aussi voulait renverser le dieu-roi de Leoness, et instaurer sa propre religion. Il lui avait offert de l'aider à se débarrasser d'Anthée, en échange d'un soutien militaire. Bhorlée avait accepté immédiatement. Il avait organisé, avec le concours de chefs qu'il avait gagnés à sa cause, des attaques meurtrières contre plusieurs villages frontaliers, créant ainsi un climat d'insécurité. Il avait également, à la demande de Lyukhas, tendu une embuscade à l'escouade de ce jeune noble, neveu du phareïs. Grimé de manière à ressembler à Anthée, il avait pris un plaisir particulier à torturer et mutiler les prisonniers, à leur arracher la peau, afin que les Leonessiens prissent peur des Lusites, et conçoivent une haine féroce contre leur roi. Puis, toujours selon les vœux de Lyukhas, il avait épargné un homme afin qu'il raconte ce qu'il avait vu.

Lyukhas avait tenu parole : Anthée était tombé dans le piège tendu par l'armée de Leoness. Il avait été capturé, et sans doute exécuté par le phareïs. Et lui, Bhorlée, était devenu tout naturellement le roi des Lusites. Lyukhas lui avait fait savoir qu'il devait attaquer immédiatement après cette bataille. Il avait escompté que les deux armées d'Anthée et d'Astyan s'anéantiraient mutuellement ; en cela, il s'était trompé. Ce maudit Astyan avait vaincu son frère. Mais cela n'avait aucune importance. Les troupes que lui avait opposées Leoness étaient bien inférieures en nombre ; il avait suffi d'une journée pour les contraindre à se replier vers la ville.

Une ville qu'il allait enfin envahir. Lyukhas lui avait fait promettre de ne supprimer que l'armée fidèle à Basérès, en épargnant au maximum les habitants. En échange de quoi, les esclaves seraient libérés. Mais pouvait-il interdire à ses guerriers de piller au passage quelques riches demeures ? L'odeur du sang et de la fumée lui emplit les poumons ; il brandit l'énorme hache à pommeau d'or que Lyukhas lui avait offerte en gage d'alliance et ordonna l'assaut. L'instant d'après, la vague de feu se mit en marche vers la cité, dans un vacarme épouvantable.

Épuisé par ses deux jours de combat sans sommeil, Ganyhm ordonna à ses guerriers de demeurer sur place. Il fallait tenir bon : les renforts n'allaient pas tarder à quitter la Shrinta pour les rejoindre. Quelques habitants courageux se joignirent à eux. Mais la grande majorité, terrorisée, s'enfuit vers le port. Certains avaient aperçu, de loin, des têtes de guerriers plantées au bout des piques ennemies.

Dans l'appartement de Lyukhas, Merohüs exultait.

– Seigneur, dit-il, nos alliés ont vaincu. Ils ont taillé l'armée en pièces. Maaldred a été tué ; Larkhos et Ganyhm tentent de contenir les envahisseurs, mais ceux-ci ont contourné la cité par le nord. Ils ont déjà investi une partie de la Ville-Basse et se dirigent vers le port.

– Parfait ! Larkhos et Ganyhm vont être saisis en tenaille. Nos partisans vont les prendre à revers.

Les deux hommes se rendirent sur la terrasse, d'où l'on embrassait toute la métropole, depuis les ruelles serrées de la Couronne jusqu'aux vastes étendues de la Ville-Basse. Au loin, le port étirait ses quais et ses longs entrepôts. Un grondement formidable, reflet des batailles qui se déroulaient déjà à la périphérie depuis l'aube, montait de la cité.

– Fais prévenir Bhorlée que son frère se trouve sur l'*Arkas*. Qu'il se débarrasse de lui, et qu'il brûle ce maudit navire ! Ainsi, s'il est encore en vie, Astyan ne pourra pas s'enfuir.

Lyukhas éclata d'un rire sonore.

– Ce soir, Leoness nous appartiendra, Merohüs. Il ne nous restera plus qu'à nous débarrasser des prêtres pour y faire régner notre ordre nouveau. Nous intégrerons les Lusites afin d'en faire des soldats ; nous assainirons les Fravennes ; nous construirons de nouveaux navires de combat ; et nous nous lancerons à la conquête de nouvelles cités. Le monde apprendra à trembler au seul nom de Lyukhas.

Enivré par son ambition démesurée, il ne remarqua

pas, au-dessus de la ville, l'étrange formation nuageuse apportée par les vents soufflant des terres. Pas plus qu'il ne se rendit compte de l'aspect inhabituel de l'air, qui semblait se gonfler d'une poussière impalpable, d'une vague couleur jaunâtre. Il ne s'inquiéta pas non plus du léger frémissement du sol, qui fit vibrer le dallage sous ses pieds.

– Va, Merohüs. Que mes ordres soient respectés. L'heure du combat approche ; les courtisans doivent s'impatienter de savoir qui sera le nouveau phareïs.

Il respira profondément, puis dégaina son sabre et le fit tournoyer.

– Il me tarde de tailler cet imbécile de Basérès en lanières.

Quelques instants plus tard, Lyukhas accédait à la plate-forme supérieure de la pyramide, où se dressait l'autel de Yawehah, surmonté de la statue humaine à tête de taureau. La place était assez vaste pour accueillir les nobles de rang élevé, au nombre d'une vingtaine. Lyukhas s'était déjà assuré de la fidélité d'une douzaine d'entre eux. Les autres, indécis, attendaient l'issue du combat. Mais il ne faisait aucun doute qu'ils se rallieraient à lui après sa victoire.

En revanche, il savait qu'il n'avait aucune chance de convaincre Faerkos d'abandonner la religion de Yawehah pour adopter la sienne, qui ferait de lui un nouveau dieu vivant. Un dieu qu'il ferait appeler Lokhar, du nom de celui qu'il avait déjà été voici bien longtemps, mais que les Titans avaient détruit. Il n'avait pas oublié les enseignements de son maître, le divin Ophius : un maître qu'il avait toujours respecté, redouté pour ses colères, mais qui n'était plus aujourd'hui. Seul son esprit hantait encore les replis obscurs des régions désormais interdites de l'esprit. Aujourd'hui, il était le seul survivant de ceux que l'on avait appelés les Géants. Peu à peu il recouvrerait ses pouvoirs. Alors le monde plierait devant sa volonté.

Un sourire de carnassier éclaira son visage lorsqu'il s'avança au centre de l'arène, où l'attendait déjà Basérès. À ses côtés se dressait la silhouette sombre du grand-prêtre. Faerkos prit la parole :

– Noble Basérès, et toi, noble Lyukhas, aujourd'hui s'achève le cycle de Zorohous, demeure du roi de tous les dieux, le divin Yawehah. Il vous a inspiré le désir d'être son incarnation vivante pour la durée d'un nouveau cycle. Ainsi que l'exige sa loi, vous allez combattre tous deux, jusqu'à ce que la mort décide du vainqueur. Ce dernier deviendra le nouveau phareïs.

Le grand-prêtre écarta ensuite les bras, et invoqua le dieu dans un langage mystérieux. Puis il recula et déclara :

– Nobles Seigneurs, que la volonté de Yawehah s'accomplisse !

Basérès observa son adversaire. Malgré la force qui avait été la sienne autrefois, il savait n'avoir que peu de chances contre un homme de trente ans plus jeune que lui, qui possédait lui aussi l'art des armes. Les deux combattants tournèrent un moment l'un autour de l'autre. Lyukhas tonna :

– La fin de ton règne est arrivée, Basérès. Dans quelques instants, ton sang abreuvera le sable de cette arène.

Le roi dédaigna de répondre. Soudain il porta une attaque fulgurante. Mais Lyukhas la para sans difficulté et riposta. Pendant plusieurs minutes, le combat demeura indécis. Les deux hommes n'avaient conservé qu'un pagne serré autour de la ceinture. Comme le voulait la coutume, le sable devait se teinter du sang du vaincu, mais aussi du vainqueur ; ainsi celui-ci s'offrait-il à son dieu, dont il deviendrait l'incarnation, la représentation vivante.

Peu à peu, cependant, Basérès perdit pied. Ses muscles le faisaient atrocement souffrir. Tandis qu'il repoussait les attaques de plus en plus violentes de Lyukhas, les paroles d'Astyan lui revenaient en mémoire : les dieux ne pouvaient se montrer si cruels, et exiger ainsi la vie de leurs créatures. Seul l'homme était responsable de ces rites barbares. Mais lui-même les avait fait appliquer avec une ardeur proche du fanatisme. Parce qu'à cette époque, il possédait le pouvoir. Il se sentait investi, au plus profond de lui-même, de la volonté et de l'esprit de Yawehah. Aujourd'hui, son dieu l'abandonnait ; bientôt son corps serait découpé en pièces que les courtisans s'arracheraient, afin de conserver une part de celui qui avait été leur dieu pendant trois cycles. Si Lyukhas se contentait de le blesser, il devrait alors se mutiler lui-même, et attendre la mort qui se glisserait en lui tandis que son sang s'écoulerait. Une mort atroce, douloureuse, inhumaine...

Il ne lui offrirait pas ce plaisir. Rassemblant ses dernières forces, il feinta, puis se rua sur le sabre de son adversaire. Mais ce dernier avait prévu l'attaque suicide du roi : il esquiva, effectua un tour complet sur lui-même, et frappa sauvagement son adversaire dans les reins. Basérès, la colonne vertébrale brisée, s'écroula sur le sol. L'air lui manqua ; ses jambes lui refusaient tout soutien. Lyukhas posa le pied sur le dos du roi, qu'il maintint immobilisé au sol. Il éleva les bras vers le ciel et se mit à hurler à pleins poumons le nom du dieu :

– *Yawehaaah* !

Sa clameur fut alors reprise par les courtisans. Lyukhas se pencha sur Basérès et souffla :

– Tu es vaincu. À présent, tu vas devoir faire preuve de courage.

– Sois maudit, Lyukhas. Je connais ton ambition. Mais prends garde ! Les dieux qui gouvernent ce monde te briseront si tu les défies.

Faerkos s'avança vers le blessé.

– Yawehah a jugé, Basérès ! La coutume doit être respectée jusqu'au bout.

Le roi serra les dents. Il avait toujours su que cela finirait ainsi. Il l'avait accepté lorsqu'il désirait devenir souverain de Leoness ; mais aujourd'hui, il comprenait toute la signification stupide de ces rites barbares.

– Que l'on m'amène devant l'autel, répondit le roi d'une voix douloureuse. Je ne peux plus marcher.

Faerkos fit un signe à deux prêtres liges. Ceux-ci se saisirent de Basérès et le traînèrent devant la statue du dieu. Le grand-prêtre lui tendit son sabre ; Basérès s'en saisit, assura fermement sa main sur la poignée. Il se tourna vers l'assemblée, redevenue muette. À l'extérieur, il devinait la rumeur des combats qui ravageaient les rues de sa cité. Il eut alors un sourire de dérision : jamais il n'aurait dû être là. Il allait mourir, alors que sa place était à la tête de ses armées, pour repousser un envahisseur dont il savait qu'il avait conclu un accord avec son vainqueur. Attalante avait vu juste ; Leoness allait tomber entre les mains des barbares. Il se tourna alors vers la statue à tête de taureau et clama, rassemblant ses dernières forces :

– Yawehaaah ! Je te renie !

Puis, avant que les prêtres ne pussent intervenir, il se trancha la gorge avec une violence telle qu'il se décolla la tête à demi. Les courtisans poussèrent des cris de dépit : le phareïs n'avait pas respecté les rites de mutilation. Il avait de plus insulté Yawehah. Parmi les croyants fanatisés, certains se mirent à trembler ; le dieu n'allait-il pas se venger ? On se rendit alors compte de la lourdeur étrange de l'air, de ces nuages sombres qui peu à peu dévoraient la lumière.

Basérès, à demi inconscient, sentit à peine sa main droite se séparer de son bras. Puis il sombra dans un tourbillon vertigineux qui l'emporta au-delà de la vie, loin de toute souffrance. Il sut alors qu'Astyan avait dit la vérité.

Furieux, Lyukhas releva le sabre qui venait de trancher la main du roi et se tourna vers l'assemblée. Faerkos déclara :

– Nobles Seigneurs ! Voici votre nouveau phareïs ! Prosternez-vous devant lui.

Servilement, les courtisans obéirent. Puis ils vinrent entourer le vainqueur. Lyukhas écarta les bras.

– À présent, dit-il, allons combattre les Lusites. Chacun de vous sait ce qu'il a à faire.

Il se tourna vers Faerkos.

– Vénéré grand-prêtre, il vaudrait mieux que vous trouviez refuge dans le temple avec les vôtres. Les combats risquent d'être violents.

Faerkos acquiesça. Pourtant quelque chose dans le comportement du nouveau roi provoquait en lui un malaise inexplicable.

40

Jamais Bhorlée n'avait vécu des moments aussi enivrants. Ses hordes avaient réussi à déloger les défenseurs et déferlaient à présent sur la cité maudite, tel un raz de marée. Les habitants, terrorisés et incapables de se battre, fuyaient en tous sens. Chaque rue, chaque demeure conquise était systématiquement pillée, puis incendiée. Bientôt un ouragan de feu dévora les quartiers extérieurs. Les esclaves eux-mêmes, malgré leur appartenance au peuple lusite, n'étaient pas épargnés. Dans leur fureur aveugle, les assaillants ne faisaient aucune différence.

Un exaltant sentiment d'invincibilité avait envahi le roi sanguinaire, qui vociférait pour galvaniser ses meutes guerrières. Il fallait anéantir ce qui restait de l'armée ennemie. Cependant celle-ci résistait vaillamment, assistée par quelques habitants combatifs. La partie n'était pas encore gagnée. Ganyhm et Larkhos n'avaient pas oublié les leçons d'Astyan. Déjà, beaucoup de Lusites avaient péri sous les flèches des archers. Mais, si Lyukhas n'avait pas menti, ils allaient recevoir l'appui des Leonessiens dont il s'était assuré la fidélité.

Tout à coup les nuages sombres qui avaient envahi le ciel depuis l'aube éclatèrent ; un déluge s'abattit sur la cité, détrempant les guerriers des deux camps, transformant les ruelles en pente en véritables torrents, luttant contre les incendies. Mais cela ne ralentit en rien l'ardeur des belligérants.

Vers le milieu de la journée, un messager portant un signe de reconnaissance vint avertir Bhorlée que son allié avait, comme prévu, triomphé de Basérès.

– Le seigneur Lyukhas est désormais le nouveau souverain de Leoness, grand roi ! dit l'homme. Il va envoyer ses propres troupes pour te soutenir. Ses guerriers porteront un brassard noir, afin que les tiens puissent les reconnaître. Ils vont prendre à revers l'armée régulière.

– Nous boirons ce soir dans les crânes de nos ennemis, rugit Bhorlée.

– Le seigneur Lyukhas m'a aussi chargé de te dire que ton frère, Anthée, était prisonnier à bord d'un navire étrange, dans le port.

– Ainsi, mon cher frère n'est pas encore mort ! grinça le Lusite.

– Notre souverain a pensé t'offrir sa tête en cadeau de bienvenue. Il souhaite que tu détruises ce vaisseau et les hommes qui s'y trouvent.

– Voilà un présent qui me convient, gronda le roi. Bientôt il grillera dans les flammes. Remercie ton maître et avertis-le que ce jour nous apportera la victoire.

L'autre s'inclina, puis s'esquiva pour rejoindre la Shrinta par des ruelles détournées.

Bhorlée, les yeux brûlants de haine, lança ses hommes en direction des quais, où personne ne lui opposa la moindre résistance. Artisans et mendiants fuyaient devant ses hordes. Partout éclataient des incendies, des corps jonchaient les pavés. Ivre de l'odeur du sang et de la fumée épaisse qui s'étendait sur la cité, le roi ne remarqua pas le flot de nouveaux combattants qui investissaient la Ville-Basse, mené par un colosse monté sur un cheval blanc : une armée de gueux armés jusqu'aux dents, qui avait traversé l'estuaire pendant la nuit et s'était massée sur la grève.

Sur les deux mille guerriers partis affronter les Lusites, il en restait à peine plus d'un millier. Ganyhm et Larkhos, désespérés, livraient combat rue par rue, sans pouvoir reprendre le contrôle de la situation. Leur compagnon Maaldred avait été tué la veille par les Lusites. Devant un ennemi six ou sept fois supérieur en nombre, ils ne pouvaient espérer tenir longtemps. Avant le soir, ils seraient tous massacrés. Ganyhm ne comprenait plus rien : le reste de l'armée aurait déjà dû intervenir. Il restait encore plus de deux mille hommes à l'intérieur de la Shrinta. Il avait dû se passer quelque chose.

Enfin, vers le début de l'après-midi, il vit de nouvelles troupes sortir de la Couronne. Ses guerriers se mirent à pousser des hurlements de soulagement. Mais ils déchantèrent immédiatement : bien loin de venir les secourir, les soldats de la garnison se joignirent aux Lusites. Effarés, les hommes de Ganyhm n'eurent d'autre solution que de rompre le combat et de s'enfuir vers les quais, dans le désordre le plus total. Nombre de guerriers, stupéfaits et incrédules, tombèrent sous les coups de leurs anciens camarades.

Ganyhm et Larkhos comprirent alors la trahison de Lyukhas. Peu à peu les hordes ennemies les repoussèrent vers la rive du Thagos. Soudain une nouvelle armée surgit derrière eux, en provenance des quartiers sud des Fravennes, forte de plusieurs milliers de gueux armés jusqu'aux dents. Ils étaient pris en tenaille.

– Nous sommes perdus, dit Ganyhm à son compagnon.

– Non ! rugit Larkhos. Regarde !

À la tête des gueux surgit un cavalier dans lequel ils reconnurent leur chef, Astyan, qui les avait menés à la victoire quelques jours auparavant. Le Titan sauta à bas de sa monture et les rejoignit.

– Mes compagnons ! Je suis heureux que vous soyez encore en vie. Lyukhas s'est emparé de la Shrinta et a lancé ses troupes aux côtés des Lusites. Mais il n'a pas encore vaincu. Tous ceux des Fravennes vont combattre à vos côtés.

Il leur présenta Marasthos et ses seconds.

– Nous ne possédons plus d'armes comme celles que nous avons utilisées à Varestan, mais nous sommes désormais plus nombreux qu'eux. Nous allons les repousser.

À la vue d'Astyan, les guerriers leonessiens retrouvèrent l'espoir. Galvanisés par sa présence, et forts de l'appui des hordes des Fravennes, ils se lancèrent dans la bataille avec une énergie nouvelle. Une étrange fraternité s'instaura instantanément entre les soldats et les parias de la rive méridionale, qui d'ordinaire se haïssaient. Cette fois, ils étaient contraints de s'unir contre un ennemi commun. Un sentiment inconnu naquit en chacun, celui d'appartenir à un même peuple. Les choses ne seraient plus jamais comme avant à Leoness.

Peu à peu les hordes lusites, qui ne s'attendaient pas à une pareille riposte, furent repoussées hors des quartiers sud de la Ville-Basse. Astyan avait retrouvé ses forces, et une seule idée le guidait : délivrer Attalante de la Shrinta, où Lyukhas la retenait prisonnière. Il savait que ce dernier la ferait exécuter immédiatement après son triomphe. Il devait tout tenter pour la sauver. Entraînant ses hommes avec une fougue dévastatrice, Astyan se dirigea vers les portes de la Couronne.

Les Lusites qui se dressèrent devant lui firent les frais de sa colère. Aucun adversaire ne pouvait lui résister. Culbutant les ennemis les uns après les autres, il parvint devant la Couronne, encore aux mains des troupes rebelles à la solde de Lyukhas. Il reconnut parmi eux Merohüs, qui interdisait l'entrée de la ville intérieure.

Soudain, à ses côtés, Stolfios lui montra la direction

du port. Une fumée épaisse s'en élevait ; déjà, plusieurs navires étaient la proie des flammes.

– Il est peut-être encore temps de sauver ton navire, dit son compagnon.

La mort dans l'âme, Astyan rétorqua :

– C'est impossible. Je ne peux pas abandonner Attalante. Mais ces chiens vont me payer ça très cher.

Brandissant son épée d'orichalque, il se rua sur les troupes de Merohüs. Celui-ci, déconcerté par l'apparition du Titan qu'il croyait mort, n'opposa pas une grande résistance. Avant qu'il ait pu comprendre, l'épée d'orichalque lui fendit le crâne en deux. Privés de leur capitaine, les guerriers de Lyukhas se rendirent, ouvrant la ville intérieure à Astyan et ses compagnons. Ceux-ci se précipitèrent jusqu'à la porte de la Shrinta, où les gardes reculèrent devant leur nombre. Le gros sergent, dévoué au nouveau phareïs, celui-là même qui avait empêché Attalante de s'enfuir, tenta de s'opposer au Titan, pour lequel il avait toujours éprouvé de la haine. Astyan n'eut aucune peine à le désarmer. L'autre sentit le froid du métal couvert de sang se poser sur sa gorge.

– Où est ma femme ? tonna le Titan.

– Dans le palais, bredouilla le sergent. Mais tu ne peux plus rien pour elle. Notre nouveau phareïs l'a condamnée à mort. Elle a tenté de s'enfuir. Elle va être égorgée sur l'autel de Yawehah.

Il eut un ricanement cynique, qu'il n'acheva pas ; sa tête sauta sans qu'il s'en rendît compte. Suivi de ses compagnons Astyan se précipita vers le palais, culbutant au passage une escouade de guerriers qui tentaient de l'arrêter. La pluie n'avait pas cessé. À mi-chemin, une nouvelle troupe se dressa devant lui, sortant d'un petit bâtiment. Il reconnut le capitaine de la garde royale.

– Seigneur Astyan ! s'exclama Slenthor.

– Où est la princesse ?

– Là-haut, Seigneur ! Hier, elle a tenté de s'enfuir.

Mais elle a été blessée et reprise. Je n'ai rien pu faire pour la sauver. Lyukhas a vaincu Basérès. Il est devenu le nouveau phareïs. Il n'a eu aucun mal à convaincre les prêtres qu'elle était votre complice. Ils s'apprêtent à l'immoler à notre dieu Yawehah.

– Et pendant ce temps, les hommes de Lyukhas se sont alliés aux Lusites pour écraser ce qui restait de l'armée de Leoness !

– Je le sais, Seigneur. La garde royale a été désarmée et consignée dans ses quartiers. Cela ne me plaisait pas. Alors, avec mes compagnons les plus sûrs, je me suis enfui et j'ai récupéré des armes. De la terrasse, nous avons assisté au déroulement des combats. On ne voyait pas grand-chose, à cause de la tempête, mais j'ai compris la traîtrise de Lyukhas. Ses troupes ont attaqué les nôtres dans la Ville-Basse. Malheureusement, nous étions trop peu nombreux pour intervenir. La quasi-totalité de la garde a rallié le camp du nouveau souverain. Il ne me reste plus que la vingtaine de fidèles que tu vois ici. Nous avons été contraints de nous cacher, car les guerriers de Lyukhas contrôlent le palais.

– Ils ne le contrôlent plus. Nous les avons vaincus.

Ganyhm, qui avait suivi Astyan, s'exclama :

– Lyukhas a trahi Leoness. Nous sommes prêts à le prouver devant les prêtres !

– Venez ! s'écria le Titan. Il n'est peut-être pas trop tard.

Ils investirent le palais ; aussitôt, une escouade de gardes s'interposa. Mais rien ne pouvait résister à la colère d'Astyan. Leurs têtes volèrent sur les dalles. Escaladant les escaliers et galeries menant au sommet de la pyramide, il déboucha bientôt sur la plate-forme où, le matin même, Basérès avait trouvé la mort.

La statue à tête de taureau dominait les lieux de sa masse noire, qu'illuminaient parfois les éclairs de la tempête. Un vent violent soufflait en rafales, projetant des trombes d'eau. Au centre de l'arène de sable transformé en boue étaient réunies une quarantaine de personnes : les fidèles de Lyukhas, ainsi que quelques prêtres. Le nouveau phareïs était assis sur le trône qu'il venait de conquérir, abrité sous un dais. Sur l'autel se dressait Faerkos. Devant lui, les membres entravés, Attalante était allongée sur la pierre sacrificielle. Une large blessure ruisselant de sang avait déchiré sa cuisse. Le grand-prêtre, un poignard dans la main, invoquait la statue du dieu.

Astyan constata avec soulagement que la jeune femme vivait encore. Mais il ne pouvait franchir l'arène ; les amis de Lyukhas lui faisaient face, les armes à la main. S'il attaquait, Attalante serait tuée aussitôt. Les mots de Balasha lui revinrent aussitôt en mémoire : « L'homme qui l'aimera sera cause de sa mort ! »

– Arrêtez ! cria-t-il avec angoisse, tandis que ses compagnons investissaient les lieux.

Faerkos se retourna, stupéfait.

– Tu es revenu d'entre les morts ! Quelle est donc cette sorcellerie ?

Lyukhas se leva et hurla :

– Il est trop tard, Astyan. Je suis le nouveau phareïs. La princesse a prouvé sa trahison en tentant de s'enfuir. Emparez-vous de lui !

Mais le Titan n'était pas seul. Autour de lui apparaissaient des guerriers, des gueux, et des soldats de la garde royale, à la tête desquels se tenait Slenthor.

– C'est toi le traître, Lyukhas, tonna Astyan.

Il s'approcha de lui et le fixa dans les yeux. Les nobles, indécis, s'écartèrent. Astyan poursuivit :

– Lyukhas ! Ou bien devrais-je plutôt te donner ton ancien nom : Lokhar ? Lokhar le Géant, qui voulait restaurer à Leoness les croyances monstrueuses et imbéciles de ceux que l'on a appelés les dieux maudits !

Le phareïs pâlit et porta la main à son sabre. Astyan

s'adressa à Faerkos, en pointant le doigt sur le nouveau souverain.

– Car la prophétie n'avait pas menti. Voici le dieu maudit resurgi du néant, qui voulait asservir Leoness, quitte à la détruire pour assouvir son orgueilleuse volonté de domination !

Puis il s'exprima en atlante et cracha, à l'intention de Lyukhas :

– J'aurais dû te reconnaître plus tôt. Mais il est vrai que nous n'avons jamais eu l'occasion de nous rencontrer autrefois. Tu fus tué par Athor, devant lequel tu fuyais comme un lâche, n'est-ce pas ?

L'autre éclata d'un rire cynique et répondit dans la même langue :

– Il s'est écoulé beaucoup de temps depuis cette époque, Astyan. Et tous deux nous avons perdu nos pouvoirs. Mais aujourd'hui, je suis devenu le roi de cette cité. Mes partisans sont prêts à t'abattre comme un chien. Et Faerkos n'attend que mon ordre pour égorger ton épouse. Tu as perdu, Astyan !

Abasourdi, le grand-prêtre hésitait. Il ne comprenait pas la langue employée par les deux hommes. Lyukhas l'interpella.

– Faerkos ! Remplis ton office. Que la volonté de Yawehah s'accomplisse !

Le Titan hurla :

– Nooon ! Écoute-moi, Faerkos ! Lyukhas t'a trompé. Ses troupes se sont alliées aux Lusites pour anéantir ce qui restait de l'armée de Leoness.

– C'est faux ! riposta le roi d'une voix mal assurée. Ta présence prouve au contraire que tu es leur complice, et que tu as repoussé mes troupes fidèles pour t'emparer du palais par la force. Faerkos ! La princesse et cet homme doivent mourir. Ou redoute la colère du dieu !

– Non ! clama une nouvelle voix.

Ganyhm s'avança.

– Noble Faerkos, ce qu'a dit le seigneur Astyan est vrai. Lyukhas a envoyé ses propres troupes contre nous. Si les gens des Fravennes n'étaient pas venus à notre secours, nous serions tous massacrés à présent.

– C'est exact, renchérit Slenthor. Nous avons assisté au déroulement des combats depuis la terrasse. Lyukhas a trahi Leoness. Il doit mourir !

La tension avait atteint son paroxysme. L'arme était prête à plonger dans la gorge de la jeune femme. Le grand-prêtre marqua un instant d'hésitation, puis baissa son poignard.

– Lyukhas, est-ce la vérité ?

– Tu me dois obéissance ! Je suis l'incarnation vivante de Yawehah. Tiens-tu à déclencher sa fureur contre Leoness ?

– Tu dois me croire, Faerkos, tonna Astyan. Cet homme que vous avez choisi pour roi n'est autre que l'un de ceux que vous avez appelés les dieux maudits. Des dieux que j'ai combattus jadis, à l'époque où existait encore cet empire légendaire que l'on appelait l'Atlantide.

– L'Atlantide... souffla le grand-prêtre. Mais...

– Emparez-vous de lui ! hurla Lyukhas à l'adresse de ses partisans.

Une confusion totale s'installa. Certains courtisans, fanatisés par leur maître, se ruèrent sur Astyan et ses hommes. D'autres, moins nombreux, reculèrent. Les prêtres, inquiets, se réfugièrent sur le rempart qui ceinturait la plate-forme.

Profitant du désordre, Lyukhas bondit sur l'autel, bouscula Faerkos et brandit son sabre. Tandis que le grand-prêtre s'écroulait sur le sol, le Géant éleva son arme au-dessus du cou d'Attalante, qui hurla de terreur.

C'est alors qu'un grondement formidable fit vibrer les entrailles de la terre.

41

Au cœur de la pénombre glauque de la tempête, on eut soudain l'impression que l'air avait pris une consistance gluante, étouffante. Des vibrations formidables firent trembler l'édifice, faisant résonner les entrailles.

– Yawehah se venge ! glapit un prêtre terrorisé.

Les courtisans, affolés, se mirent à hurler. Le palais tremblait sur ses bases. Un éclair éblouissant illumina la scène d'une lueur apocalyptique, et alla frapper, au loin, le dôme du temple. Les rafales de pluie redoublèrent d'intensité.

Un instant déséquilibré, Lyukhas se reprit. Ses partisans empêchaient Astyan de le rejoindre. Il se pencha sur la jeune femme entravée et déclara d'une voix démente :

– Tu n'avais pas compris que je t'aimais, Attalante. Tu n'aurais jamais dû épouser ce chien. À nous deux, nous aurions bâti un empire dont nous aurions été les maîtres.

La fureur déformait ses traits. La pluie battante diluait son maquillage, marbrant son visage de traînées noirâtres. Les yeux injectés de sang, il ajouta :

– Tout est perdu à cause de lui. Tu ne seras jamais à moi. Mais tu ne seras pas à lui non plus !

Il lui saisit les cheveux et lui mordit les lèvres

jusqu'au sang. Elle hurla, parvint à se dégager et lui cracha à la figure. L'autre s'essuya, poussa un rugissement démentiel et leva son arme.

– Nooon ! hurla le Titan.

Il ne pouvait intervenir. La meute des partisans de Lyukhas lui barrait le passage. Mais Astyan refusait la mort d'Attalante. De toute son âme, de toutes ses forces.

Personne ne comprit ce qui se passa alors. Déstabilisée par les vibrations du palais, la statue du dieu Yawehah se disloqua. L'énorme tête de taureau se détacha du tronc et glissa vers le sol. Une clameur monta de la foule. Déconcerté, Lyukhas se retourna. Il poussa un cri d'horreur, voulut s'échapper. Mais la tête monstrueuse le cloua au sol, lui écrasant les reins et l'abdomen.

Bousculant ses adversaires épouvantés, Astyan traversa l'arène et bondit sur l'autel. Lyukhas, les yeux vitreux, tendit la main vers lui comme pour le broyer. Puis il retomba sur le sol tandis qu'un flot rougeâtre jaillissait de sa bouche ouverte sur un dernier rictus de haine. Tremblant, les vêtements dégoulinants, Faerkos se releva et s'exclama :

– Yawehah ! Yawehah s'est vengé !

Astyan trancha les cordes qui entravaient Attalante et la prit dans ses bras. Elle était à demi inconsciente. Il constata qu'elle avait perdu beaucoup de sang.

– Attention, la statue s'écroule, hurla Larkhos.

Le grondement avait redoublé de violence. Autour d'eux, l'univers entier semblait se déformer. L'air était devenu irrespirable. Portant la jeune femme dans ses bras, Astyan gagna l'escalier extérieur menant vers l'esplanade. Ses compagnons le suivirent, imités par Faerkos et ses acolytes. Les courtisans, hébétés par la mort brutale de leur seigneur, hésitèrent ; l'effigie du dieu, déséquilibrée, bascula soudain sur eux, les broyant sous les décombres. Des cris d'effroi et de douleur retentirent. Échappant au massacre, trois d'entre eux parvinrent à grimper jusqu'à l'escalier et se lancèrent derrière les compagnons d'Astyan.

Sous la masse de la statue colossale, l'arène se fissura, puis creva la structure même de la pyramide, qui commença à se disloquer. Dévalant les degrés de pierre, les fuyards sentirent les marches vibrer sous leurs pieds. Enfin ils atteignirent la terrasse.

– Le palais s'effondre ! Écartez-vous ! hurla le Titan.

Tout le monde se mit à courir en direction des remparts. Ils n'eurent que le temps de se mettre à l'abri : derrière eux, le monument s'écroula dans un vacarme infernal, soulevant un nuage de poussière que les tornades de pluie emportèrent.

Quelques silhouettes hagardes surgirent des décombres. Les survivants s'étaient regroupés autour du Titan. Il y avait là Slenthor et ses fidèles, Larkhos, Ganyhm et Marasthos, accompagnés de guerriers et de truands, tous unis par la même détresse. Faerkos et ses prêtres avaient également réussi à s'échapper. Parmi eux se trouvaient les trois nobles qui avaient soutenu Lyukhas.

Mais le cauchemar n'était pas terminé pour autant. Sous leurs pieds, le sol continuait de trembler. À l'autre extrémité de l'esplanade, la grande statue à tête de taureau vacilla, puis se brisa en plusieurs blocs qui basculèrent dans le vide. Une clameur d'épouvante jaillit des poitrines des prêtres.

– La prophétie ! La colère du dieu ! murmura Faerkos, blanc comme un linge.

Au nord, le temple de Yawehah, frappé par la foudre, était la proie des flammes. Des groupes de prêtres liges le fuyaient. Muets de stupeur, les spectateurs impuissants virent le toit de l'édifice se déformer, puis s'écrouler dans un fracas d'enfer.

Portant toujours Attalante évanouie, Astyan s'approcha des remparts dominant la cité. L'apocalypse s'était abattue sur la ville : des crevasses s'ouvraient un peu partout, disloquant les artères, broyant les maisons, les entrepôts, abattant les statues. La pluie diluvienne combattait les incendies allumés par les pillards ; les gens tentaient de fuir, assaillants comme défenseurs.

Faerkos, tremblant de tous ses membres, s'approcha du Titan, s'agenouilla et déclara d'une voix suppliante :

– Seigneur Astyan, tu as déchaîné ta colère contre Leoness, comme tu le fis autrefois pour Yshtia. Je te conjure d'épargner notre cité.

– Je suis désolé, Faerkos, ce n'est pas moi qui ai provoqué ce tremblement de terre.

– Mais si vraiment tu es l'un des dieux anciens, tu peux l'arrêter ! Tu en as le pouvoir ! Le vieil Haldrean affirme que les Titans étaient puissants et bons.

Astyan ne répondit pas. L'eau qui ruisselait sur ses joues n'était pas uniquement due à la pluie. Un terrible sentiment d'impuissance le tenait. Au loin le port n'était plus qu'un brasier, comme nombre d'autres lieux de la ville.

Tous les efforts accomplis depuis son arrivée à Leoness, près de deux soleils plus tôt, étaient réduits à néant. À cause de la folie destructrice de quelques individus dévorés d'ambition, il avait tout perdu. L'*Arkas*, fruit de plus d'une année de travail, n'était plus qu'un brasier au milieu des galères de commerce. Ses compagnons avaient été tués par les Lusites. Une sourde colère monta en lui, qui s'éteignit aussitôt : encore une fois, la cupidité et la volonté de puissance de quelques fous avaient déclenché une apocalypse dans laquelle des milliers d'innocents avaient trouvé la mort. Aurait-il encore possédé ses pouvoirs, il ignorait s'il aurait eu le désir d'arrêter ce cataclysme, qui ressemblait à une vengeance, un terrible avertissement de la Déesse-Mère contre la démence des hommes.

– Tu dois faire quelque chose, gémit Faerkos à ses pieds. Oublie ta colère et épargne notre cité.

– Je n'ai pas de colère, répondit le Titan d'une voix sourde.

Désespéré, il regarda ses compagnons : tous les visages étaient tendus vers lui, attendant un miracle. Autrefois, à Poséidonia, il avait à plusieurs reprises uni son esprit à celui d'Anéa pour endiguer les fureurs des séismes qui de temps à autre menaçaient de détruire la cité. Mais il était seul désormais, et il ne possédait plus le moindre pouvoir.

Cependant avait-il le droit de s'avouer vaincu, et d'abandonner tous ces gens qui croyaient en lui ? Devant ses yeux passèrent les visages de tous ceux dont il avait partagé la vie : la petite Sikky et son chien Tucos, Jossem, ce vieux pirate au grand cœur, le charpentier Phernaïm, Haldrean et tous ceux des Fravennes qui avaient combattu à ses côtés, les artisans de la Ville-Basse...

Il s'agenouilla et déposa Attalante sur le sol détrempé de l'esplanade. Plongeant en lui-même, il implora le secours d'Euneor.

– Père, je t'en conjure, donne-moi la force ! murmura-t-il.

Les autres s'écartèrent lentement, fascinés par le rayonnement qui émanait de lui, puis s'agenouillèrent à leur tour. Dans un ultime effort, Astyan chassa le doute insidieux qui lui broyait l'esprit. Il ne demandait rien pour lui. Mais il devait sauver cette ville et ses habitants.

Un éclair vint frapper ce qui restait de la pyramide. À travers les trombes d'eau, certains crurent apercevoir la silhouette d'un énorme loup noir émergeant des ruines. Astyan sourit et se concentra : Euneor avait répondu à son appel. Peu à peu il lui sembla se dédoubler, s'évader de son propre corps. En lui s'intégrait lentement la structure même de la ville, ses fondations, les collines qui l'entouraient, le fleuve débordant de son lit en vagues furieuses. Bien au-dessous se forma l'image d'une large plaque tectonique continentale affrontant le plateau profond de l'Océan. C'était du combat que se livraient ces deux géants qu'était né le tremblement de terre. Dans un état de supraconscience, il imprima sa volonté aux forces aveugles de la Terre, redistribuant les lignes de pression, équilibrant les deux mastodontes. Il n'aurait su dire combien de temps dura cet affrontement gigantesque. Enfin, à bout de résistance, il s'écroula dans l'herbe détrempée.

Alors le grondement de la terre en furie s'estompa, le sol s'arrêta de vibrer. La tempête elle-même se calma. La pluie cessa, l'ouragan tomba. Un silence impressionnant s'installa sur les ruines de la cité, succédant comme par miracle à la fureur des éléments. Abasourdis, les compagnons d'Astyan se relevèrent, firent quelques pas incertains. Puis une immense clameur monta de toutes les poitrines.

– Il a réussi ! exulta Ganyhm.

On se précipita autour du Titan et de sa compagne. Épuisé, Astyan se redressa. Attalante ouvrit les yeux, lui sourit. Il la prit contre lui.

– Rien n'est inéluctable, petite, murmura-t-il. La vie triomphe toujours de la mort. La prophétie s'est accomplie, mais les dieux n'ont pas exigé ta vie.

– Je suis... vivante ? s'étonna-t-elle.

– Et Lyukhas est mort.

Il la souleva dans ses bras et tous deux contemplèrent la ville dévastée, dans laquelle erraient des fantômes indécis, surpris d'être encore en vie. Çà et là s'élevaient encore les fumées de quelques incendies. Le sol était jonché de corps inertes, mais la grande majorité des habitants avait été épargnée.

Alors la masse nuageuse se déchira, illuminant l'estuaire du Thagos. Là, à quelque distance du rivage, se dessina la fine silhouette d'un navire qui avait échappé au désastre du port.

– L'*Arkas* ! s'exclama Astyan.

Lorsque le tremblement de terre s'était déclaré, Bhorlée avait hurlé sa joie. La Terre, dont son frère affirmait qu'elle était sa vraie mère, la Terre lui venait en aide. Ses hordes sauvages avaient été prises à revers par une troupe de gueux qui avaient su galvaniser les habitants. Le port, où il devait retrouver son frère pour le tuer enfin de ses propres mains, s'était refermé sur son armée comme une nasse. Il avait incendié les navires, les entrepôts. Et soudain le monde avait basculé dans l'horreur ; des fissures s'étaient ouvertes dans le sol, disloquant les quais, broyant les édifices. Alors la panique s'était emparée de tous. Les siens avaient tenté de fuir, comme les Leonessiens honnis.

À présent il errait dans les ruines, au milieu de ses guerriers. Il leva les bras au ciel et hurla son cri de guerre. Les lueurs des incendies se reflétaient dans ses yeux lorsqu'une silhouette se dressa devant lui.

Anthée !

Reconnaissant leur ancien souverain, les Lusites pétrifiés baissèrent leurs armes.

– Qu'as-tu fait, mon frère ? clama le colosse.

L'autre ne répondit pas. Laissant éclater sa rage, il brandit la lourde hache dont le métal gardait encore des traces de sang et se rua sur Anthée.

Mais il ne put l'atteindre. Soudain une crevasse s'ouvrit sous ses pieds ; déséquilibré, il chuta sur le sol. La faille s'élargit ; surpris, il bascula dans la fissure jusqu'à mi-corps. Son arme lui échappa des mains et disparut dans les entrailles de la Terre. Anthée s'approcha de lui, voulut tenter de l'extraire de son piège.

L'instant d'après, la crevasse se refermait, écrasant Bhorlée comme un insecte. Il ne subsista de lui que la main tendue vers ce frère qu'il avait tant haï.

42

La nuit était tombée sur les ruines de Leoness. Après la tempête et le cataclysme, un ciel d'une pureté de cristal, constellé d'étoiles, surplombait la ville, illuminée par la lueur bleutée de la pleine lune. On aurait dit que les éléments voulaient faire oublier leur colère.

Partout, les survivants s'organisaient. Mêlés pour la première fois les uns aux autres, les nobles, les plévéiens et les habitants de la Ville-Basse s'étaient unis pour lutter contre le séisme qui avait dévasté leur cité. Partout, on extrayait les corps ensevelis sous les décombres, on distribuait de la nourriture, des couvertures. Pas une demeure n'avait résisté au séisme ; les quelques toits encore en place menaçaient de s'effondrer. Alors on s'installa dans les rues, sur les places, et on alluma des feux, autour desquels s'installèrent sans distinction toutes les classes de la société.

Regroupant les guerriers éparpillés dans les ruines, Slenthor, Ganyhm et Larkhos avaient pris en main la réorganisation de l'armée. Privés de leurs chefs, les gardes qui avaient rallié la cause de Lyukhas avaient rendu les armes. De nombreux Lusites, incapables de fuir, s'étaient joints aux sauveteurs. Malgré le carnage de la journée, personne n'avait plus aucune envie de se battre ni de se haïr. La fureur brutale de la Déesse-Mère avait réuni tout le monde dans la même détresse. Une fraternité nouvelle s'installait entre les ennemis ; la Terre avait rappelé à ses enfants qu'elle pouvait tous les anéantir sur un simple caprice. Les crevasses ouvertes dans ses entrailles n'avaient pas fait de différence entre Lusites et Leonessiens. Alors on préférait se serrer les coudes, et on s'unissait pour relever ce qui pouvait l'être, pour porter secours aux blessés, pour nourrir les enfants terrorisés.

Astyan avait ramené Attalante à bord de l'*Arkas*. La blessure de la jeune femme était profonde, mais le vieil Haldrean, qui avait enfin osé sortir des Fravennes, lui avait apporté les soins nécessaires. À présent elle reposait dans la cabine de commandement, sous la garde de Sikky et du chien Tucos.

Accoudés à la lisse, Astyan et Païdras contemplaient la cité détruite, éclairée par les lueurs de quelques incendies résiduels, les innombrables feux de camp et les milliers de lampes à huile que les sauveteurs promenaient dans les décombres.

– J'ai vraiment cru que tu étais mort, Seigneur, dit Païdras. Ce matin, des guerriers sont venus inspecter le navire pour te rechercher. Ils ont dit que tu avais succombé à une maladie inconnue, mais que ton corps avait disparu. J'ai espéré alors que tu leur avais joué un tour à ta façon, mais je n'en étais pas sûr.

– Il s'en est fallu de peu, répondit le Titan. Heureusement les dieux veillaient sur moi. Que s'est-il passé ensuite ?

– Les Lusites ont attaqué la Ville-Basse. J'ai averti Anthée de ce qui se passait. Il est devenu comme fou ; il affirmait que jamais il n'avait voulu cette guerre. Puis il a compris que son frère Bhorlée l'avait trahi et il m'a supplié de le libérer. Il voulait tenter d'arrêter les combats. Je me suis méfié de lui, mais il avait l'air sincèrement bouleversé. Alors j'ai fini par l'amener, enchaîné, sur le pont. Les Lusites avaient déjà envahi le port ; ils jetaient des torches enflammées sur les navires, incendiaient les entrepôts. Il me fallait sauver le bateau. J'ai fait larguer les amarres et nous avons quitté le quai. Que pouvais-je faire d'autre ?

– Tu as parfaitement agi, mon compagnon. Sans toi, le vaisseau aurait été détruit, comme les autres.

– Tout à coup Anthée a brisé ses chaînes. Cet homme est d'une force peu commune. J'ai cru un instant qu'il allait s'en prendre à nous. Mais il a sauté à l'eau et rejoint la rive. Je ne pouvais me résoudre à partir avant de savoir ce que tu étais devenu. C'est pourquoi j'ai jeté l'ancre au milieu de l'estuaire. Le navire a été fortement secoué lors du tremblement de terre, mais il a vaillamment résisté. C'est un excellent vaisseau.

Le lendemain, un soleil étincelant s'était installé sur le pays. À la lumière du jour, les ravages étaient encore plus impressionnants. L'acropole royale n'était plus que ruines ; la Ville-Basse était littéralement rasée. Seule la Couronne semblait avoir résisté, mais la muraille qui la protégeait s'était écroulée en plusieurs endroits.

Dans la matinée, un homme se présenta devant l'*Arkas* : Anthée. Astyan le fit monter à bord.

– Je suis venu te remercier de m'avoir épargné, Astyan. Et aussi de m'avoir accordé ta confiance.

– Ta cause était honorable. Dans mon pays, l'esclavage n'existait pas.

Le colosse baissa la tête.

– J'ai été aveugle, déclara-t-il. Pas un instant je n'ai soupçonné la haine de Bhorlée, ni ses basses manœuvres.

– Tu n'as pas été le seul, répondit le Titan avec un sourire. Nous ne sommes pas infaillibles. Que ce soit pour nous une leçon d'humilité.

Le roi posa la main sur le bras du Titan.

– J'aurais aimé avoir le temps de mieux te connaître, Astyan. Nous aurions beaucoup à apprendre de toi. Mais tu dois partir...

– Et ton peuple va avoir besoin de toi.

– Oui ! J'ai repris le contrôle des miens. Les Lusites se sont joints aux Leonessiens pour porter secours aux survivants. Il n'y a plus d'esclaves désormais ; la haine a vécu entre nos deux nations.

Il soupira.

– Il fallait peut-être une catastrophe comme celle-ci pour que nos peuples comprennent qu'ils avaient intérêt à s'accorder.

Plus tard dans la journée, Faerkos demanda à parler à Astyan.

– Seigneur, je sais que tu vas bientôt quitter Leoness.

– Nous partons demain. À présent que la paix est revenue, je n'ai aucune raison de rester plus longtemps. Et ne viens pas me proposer de devenir le nouveau phareïs. Tu sais ce que je pense de vos mœurs sanguinaires !

– Il ne s'agit pas de cela, Seigneur. Je tremble encore à l'idée que j'ai failli tuer ta propre épouse, à cause des lois de la religion. Mais ta sagesse, alliée aux derniers événements, m'a ouvert les yeux. Je voulais que tu me pardonnes. J'ai été aveuglé par ma foi.

– Je te pardonne, Faerkos. Je crois que nous commettons tous des erreurs. L'essentiel est que nous sachions en retirer les leçons.

– Je désirais aussi te remercier : tu as sauvé Leoness de la destruction totale. Mais il n'en reste pas grand-chose. C'est aussi pour cela que je voulais te rencontrer. J'ai une requête à formuler.

– Je t'écoute.

– Grâce à tes pouvoirs, tu as épargné la vie d'une

grande partie de ses habitants. Mais ils ont tout perdu. Déjà, beaucoup fuient vers les montagnes. Regarde cette cité : la prophétie l'avait annoncé, Leoness devait être détruite. Personne ne sera capable de la relever de ses ruines. La religion de Yawehah s'est écroulée avec les idoles qui le représentaient. Le dernier phareïs est mort avant même d'avoir régné. Dans quelques générations, la ville sera désertée et retournera à l'oubli.

Il se tut un instant, puis poursuivit :

– Cette nuit, nous nous sommes réunis, mes frères et moi, pour parler de toi. Les prêtres représentent les seuls gens instruits de Leoness. Mais nous n'avons aucun avenir ici. Notre religion va s'éteindre, peut-être parce qu'elle n'était pas le reflet de la vérité. Nous avons beaucoup à apprendre de toi. Tu nous as montré une autre façon de vivre, où l'esclavage n'existe pas, où les ouvriers reçoivent un juste salaire pour leur travail, où l'homme conserve le sens de l'honneur et de la dignité. Cela me semblait une hérésie au début, mais j'ai constaté que l'argent que tu avais investi avait circulé parmi les artisans. Le commerce s'en est trouvé amélioré. Je crois que nous avons été aveuglés par des certitudes établies depuis des siècles, des siècles pendant lesquels nous avons peu à peu oublié le savoir de nos ancêtres, une connaissance qu'ils tenaient de ces Atlantes dont tu as parlé.

Astyan sourit. Il avait déjà compris. Le grand-prêtre, embarrassé, ajouta :

– Si tu dis vrai, il existe de nouvelles terres, où pourraient avoir survécu les descendants de ton peuple. Avec eux, nous pourrions rebâtir une nouvelle civilisation.

– C'est aussi mon but, Faerkos.

– Ce navire est grand. Il pourrait emporter quelques passagers supplémentaires... si tu étais d'accord.

– Mais tu sais ce que disent les légendes. Tu me les as rappelées toi-même, souviens-t'en : « Le Grand

Océan se termine au bord d'un gouffre sans fond, où Yawehah a rejeté pour toujours les dieux maudits qu'il a vaincus jadis... »

– Je ne sais plus que croire. Nous avons tout oublié de l'art de la navigation. Il est peut-être possible de traverser l'Océan, et de retrouver cet empire disparu.

– Ou bien d'autres terres où auront survécu les Atlantes. Il y a plus de cinq mille ans, il existait de nombreuses colonies sur les grands continents situés de l'autre côté de l'Océan. Et au-delà de ces continents existe un autre Océan, encore plus grand que celui-ci.

Faerkos le regarda avec des yeux ébahis.

– Un autre Océan, dis-tu ? C'est impossible !

Astyan le prit par l'épaule.

– Le monde est beaucoup plus vaste que tu ne le penses, mon ami. Le voyage sera peut-être plus long que prévu. Mais je suis persuadé que nous finirons par trouver ce que nous recherchons.

Le grand-prêtre saisit le bras d'Astyan.

– Alors quelle réponse dois-je donner à mes compagnons ?

– Qu'ils préparent leurs bagages. Des vêtements et de la nourriture. Le strict minimum.

– Ils sont près d'une centaine, en comptant leurs épouses.

– Ce navire pourrait en contenir le double.

Les yeux du grand-prêtre se mirent à briller.

– Merci, Seigneur !

– Mais attention, il faudra vous initier aux manœuvres. Chacun de vous devra effectuer sa part de travail. Et je ne veux pas entendre parler de rites sanguinaires comme ceux que j'ai découverts ici.

– Nous ne te décevrons pas, Seigneur Astyan.

Tout à coup Attalante sortit de la cabine, soutenue par Sikky. Un large bandage recouvrait sa cuisse. Ému, Faerkos s'inclina devant elle.

– Princesse, pourras-tu jamais me pardonner ?

La jeune femme sourit.

– C'est déjà fait, Faerkos. Nous avons vécu un cauchemar dont nous nous sommes réveillés. La vie a triomphé, cela seul compte.

Le lendemain, une foule curieuse accompagna les prêtres qui se dirigeaient vers les quais. Chacun portait les quelques affaires qu'il avait sauvées du désastre. Parmi eux se trouvaient une quarantaine de femmes, épouses des religieux. Astyan nota la présence d'Alpheros, le second de Faerkos, qui commandait la légion des prêtres liges. Le personnage lui déplaisait souverainement : c'était un homme encore jeune, mais aux cheveux d'un blanc de neige ; taillé en hercule, son regard d'un bleu glacial ne reflétait aucun sentiment. Le Titan devinait en lui un individu dangereux, déshumanisé par sa croyance. Mais il était délicat de lui refuser l'accès de l'*Arkas.* Il se promit de le surveiller.

Les prêtres ne furent pas les seuls passagers à embarquer. La petite Sikky ne voulait pas rester à Leoness.

– Attalante et toi, vous êtes ma seule famille, déclara-t-elle. Avec les putains de tempêtes qu'on va se récolter, qu'est-ce que tu deviendras sans moi ?

Astyan prit la fillette dans ses bras.

– Crois-tu que j'avais l'intention de t'abandonner, ma petite crevette ?

Outre Haldrean, qui avait fait ses adieux à son fils et à ceux des Fravennes, un autre personnage se présenta le matin du départ.

– Marasthos ! Que veux-tu, vieille canaille ?

– Je me suis dit que la vie allait me sembler bien triste après ton départ, Seigneur ! Et puis, Leoness ne sera jamais plus comme avant. Les plévéiens ont tout perdu.

Que veux-tu que je leur vole ? Alors s'il te restait une petite place à bord pour un truand de mon espèce...

– Une petite place ? Avec tes mensurations ?

– Tu auras besoin d'un gars costaud pour veiller sur la princesse.

Astyan faillit éclater de rire devant la mine suppliante du colosse.

– C'est d'accord. Tu peux monter à bord.

Dans l'après-midi, la foule se réunit sur le port pour saluer le départ de l'*Arkas*. Ganyhm, Larkhos et Slenthor se tenaient au premier rang. La veille, Ganyhm avait été élu roi par les guerriers et les habitants ; il avait la réputation d'être un homme juste et d'esprit ouvert. Devant l'ampleur de la tâche qui l'attendait, il avait demandé à ses deux compagnons de l'assister. Un embryon de gouvernement s'était déjà reformé.

Cependant, lorsque le navire se fut éloigné des côtes, Astyan comprit que Faerkos avait vu juste : la cité ne survivrait pas. Le site serait encore soumis à d'autres tremblements de terre. D'ici à quelques générations, les habitants auraient quitté la ville pour s'installer dans les terres. Ils se mêleraient alors aux Lusites dans lesquels ils finiraient par se fondre. Et la prédiction serait réalisée.

Astyan savait qu'il ne reviendrait jamais à Leoness. Au-dessus de lui le vent faisait claquer les voiles. Une enivrante odeur d'algue lui gonflait les poumons. Attalante vint se blottir contre lui.

– Cette fois, nous sommes vraiment partis, dit-elle.

43

Contrairement à ce qu'avaient redouté les passagers, l'Océan, comme pour faire oublier le cataclysme qui avait ravagé Leoness, ne dressa aucune tempête contre l'*Arkas.* Cinglant plein ouest, le navire parcourait près de vingt-cinq angles par jour, selon les estimations d'Astyan. À cette allure, Avallon pouvait être rejointe en six jours.

Au début, malgré l'enthousiasme du départ, les prêtres et leurs compagnes scrutaient anxieusement l'horizon, à la recherche du moindre signe annonciateur de gros temps. Mais les vents eux-mêmes se faisaient rares ; dès le troisième jour, ils tombèrent complètement. L'Océan revêtit alors un aspect huileux, qu'agitaient parfois de légers friselis. Les oiseaux marins avaient depuis la veille renoncé à suivre le vaisseau ; seuls quelques nuées de pétrels le survolaient encore, à haute altitude. Païdras se résolut à utiliser les turbopropulseurs, à faible régime. On ignorait combien de temps durerait le voyage, et il valait mieux éviter de gaspiller l'anthracite.

Un soir, il rejoignit Astyan et Attalante dans la cabine de commandement. Le Titan était en train de bavarder avec Faerkos qui, depuis le départ, se passionnait pour le monde que lui décrivait son hôte. L'Atlante glissa discrètement à l'oreille d'Astyan :

– Seigneur, puis-je te parler ?

Astyan sortit avec lui sur le pont. La lune inondait l'Océan d'une lueur argentée. Les voiles désormais inutiles avaient été amenées. Seul le ronronnement régulier de la chaudière troublait le silence de la nuit.

– Seigneur, déclara Païdras, je me méfie de cet Alpheros. Les deux mécaniciens, Pahenko et Thrydias, m'ont dit qu'il rôdait souvent autour des machines. Il leur a posé de nombreuses questions.

– N'est-ce pas normal ? Les Leonessiens n'ont jamais vu de turbopropulseurs.

– C'est vrai. Mais il n'y a pas que cela. Il semble exercer une grande influence sur la majorité des prêtres liges et de leurs épouses. J'ai surpris une conversation entre deux d'entre eux qui réparaient les voiles. Ils reprochent à Faerkos de se désintéresser de la religion de Yawehah pour adopter celle de l'Atlantide. Ils disaient que leur dieu risquait de se venger, comme il l'avait fait à Leoness. Ils ont même ajouté qu'Alpheros devrait peut-être prendre la place du grand-prêtre.

Astyan ne répondit pas immédiatement. Alpheros l'inquiétait lui aussi : il demeurait attaché au culte de Yawehah d'une façon fanatique. La veille, au cours du repas, il avait regretté tout haut qu'il n'y eût pas d'esclave à bord de l'*Arkas* ; on approchait de la fête de la Fertilité, et la Terre réclamait le sang qui lui était dû. Astyan avait répliqué qu'il était hors de question d'envisager le moindre sacrifice humain à bord de son navire.

– Vous devrez abandonner ces pratiques cruelles lorsque nous aurons atteint l'Atlantide.

Faerkos avait renchéri :

– Astyan a raison, Alpheros. Les immolations sont

une aberration. Les dieux n'exigent pas que les hommes versent leur sang pour eux.

– De toute façon, nous sommes ici en pleine mer, avait ajouté le Titan.

Alpheros n'avait pas répondu.

Astyan passa le bras autour des épaules de Païdras.

– Il faut nous montrer prudents avec cet homme. Je vais prévenir Marasthos de garder un œil sur lui.

Le lendemain, dès l'aube, le ciel se couvrit de nuages lourds. Un vent contraire contraignit l'*Arkas* à louvoyer pour poursuivre sa route.

– La colère de Yawehah ! gronda Alpheros qui se trouvait à côté du Titan.

– Mais non ! Il s'agit seulement d'une grosse tempête.

L'autre serra les dents et s'en fut.

La tourmente se déchaîna dans l'après-midi. Des ténèbres inquiétantes s'étaient étendues sur l'Océan, parfois déchirées par des éclairs aveuglants. Terrorisés, les passagers s'étaient réfugiés dans l'entrepont, vomissant leurs entrailles à qui mieux mieux, sous le regard amusé des marins thuléens.

Dans la cabine de commandement, Haldrean, Attalante, Sikky et le géant Marasthos tremblaient de peur. Ils n'avaient jamais quitté la terre ferme.

Seul Faerkos, dont la curiosité avait vaincu la crainte, demeura auprès d'Astyan qui tenait la barre. Le calme apparent du Titan le stupéfiait : non seulement il n'éprouvait aucune frayeur, mais il semblait s'amuser beaucoup. Par moments, des trombes d'eau submergeaient le pont du navire, puis s'évacuaient par les sabords. Faerkos hasarda :

– Alpheros avait peut-être raison, Seigneur Astyan. Nous allons tous périr.

– Rassure-toi, compagnon, ce n'est pas ce coup de

chien qui enverra l'*Arkas* par le fond. J'ai affronté jadis des tempêtes bien pires que celle-ci.

En effet, le vaisseau réagissait parfaitement aux assauts de l'ouragan. Cependant Astyan dut admettre que le *Galea'ch*, détruit lors de l'incendie du port, n'aurait pas aussi bien résisté à un tel grain. Quant aux grosses galères leonessiennes, elles se seraient disloquées sous les coups de boutoir des lames furieuses.

Vers le soir, la tourmente s'était un peu calmée. Un puissant ouragan soufflait encore, mais le ciel commençait à se dégager à l'occident. Un soleil couleur de sang illuminait la traîne nuageuse de splendides reflets d'or. Astyan se tourna vers Faerkos.

– Ne t'avais-je pas dit que mon navire viendrait à bout de cette tempête ?

– J'ai pourtant bien cru que le moment était arrivé pour moi de rejoindre Yawehah. Je crois que je serai incapable de rien avaler avant plusieurs jours.

– Cela va passer ! Mais ces tempêtes expliquent que vos marins ne se soient jamais aventurés au-delà d'une certaine limite. Vous ne saviez plus construire de navires capables de leur résister. Cela prouve que l'humanité peut acquérir certaines connaissances technologiques, mais aussi les perdre si les circonstances s'y prêtent.

Astyan se tut. Sa réflexion l'amenait à penser que, si une civilisation avait survécu à l'engloutissement de l'Atlantide, elle avait sans doute tout oublié des connaissances antiques. Dans le cas contraire, elle aurait établi depuis longtemps des contacts avec les cités du continent oriental. Une vague inquiétude s'empara de lui. Et si les légendes disaient vrai... Peut-être ne subsistait-il plus rien de l'Archipel.

Il chassa ces idées sombres pour se concentrer sur le pilotage. Bientôt il en aurait le cœur net.

Soudain une voix hurla sur le pont :

– Najhyrogh ! Najhyrogh !

Il interrogea Faerkos du regard. Le grand-prêtre avait pâli.

– Najhyrogh ! C'est une vieille croyance de Leoness. Ainsi désigne-t-on le serpent géant qui garde les abords du gouffre insondable bordant l'Océan.

Confiant la barre à Païdras, Astyan se précipita sur le pont. Un prêtre lige montrait l'horizon d'un doigt tremblant ; autour de lui s'assemblait un petit groupe, au bord de la panique. Astyan découvrit alors, à grande distance, trois formes noires qui apparaissaient et disparaissaient sous les vagues. Parfois l'une d'elles rejetait un puissant jet d'eau sous pression. Il éclata de rire.

Les autres se tournèrent d'un bloc vers lui. Alpheros se mit à hurler.

– Voyez : il rit ! Il rit de notre mort prochaine !

– Tais-toi, oiseau de mauvais augure ! Et ouvre tes yeux ! Najhyrogh n'existe pas ! N'êtes-vous donc pas capables de reconnaître des baleines ?

– Des baleines ? s'étonna une jeune femme.

– Oui. Autant que je puisse en juger, nous sommes en présence de trois grands rorquals bleus, le plus gros animal du monde. Mais aussi l'un des plus doux. Vous ne risquez absolument rien.

Il interpella Païdras et lui ordonna de mettre le cap sur les cétacés. Les passagers, peu rassurés, se serrèrent les uns contre les autres.

– Il nous conduit à la mort, s'égosilla le prêtre.

Le Titan bondit sur le pont et s'approcha de lui.

– Tu n'es qu'un imbécile, Alpheros ! Ces animaux ne sont pas dangereux, au contraire. Regardez-les et admirez-les. C'est un spectacle rare de pouvoir en contempler d'aussi près.

– Le seigneur Astyan a raison, renchérit Fehron. À Thulea, nous connaissons bien les baleines. Il nous arrive même d'en chasser une de temps à autre. Une seule nous fournit de quoi nourrir la moitié de la ville, et alimenter les lampes d'éclairage.

Lentement, l'*Arkas* se rapprocha des énormes mammifères. Leurs masses gigantesques évoluaient avec une grâce étonnante au sein de l'élément liquide. Parfois une queue monumentale jaillissait, puis soulevait des gerbes d'écume en retombant dans les flots.

– Il y en a d'autres ! s'écria la jeune femme avec enthousiasme. Elles sont plus petites.

– Ce sont des mères avec leurs enfants, précisa Astyan.

Il indiqua à Païdras de changer de cap afin de ne pas effrayer le troupeau. Peu à peu les cétacés, indifférents à la présence du navire, s'éloignèrent vers le couchant.

Peu après, un bruit étrange se fit entendre, qui semblait provenir de partout à la fois. C'était comme une mélodie indéfinissable, entrecoupée de sifflements plus aigus. Les religieux, angoissés, se mirent à trembler.

– Ce sont les hurlements des âmes des défunts, s'écria Alpheros d'un ton lugubre. Ils viennent nous chercher.

Attalante et Sikky rejoignirent Astyan sur le pont. Le Titan prit sa femme contre lui. Elle était un peu effrayée, mais son mari la rassura aussitôt.

– Le chant des baleines ! expliqua-t-il. C'est ainsi qu'elles communiquent entre elles.

La jeune Leonessienne s'adressa à ses compagnons :

– Vous voyez, il n'y a pas lieu de s'inquiéter. Jamais je n'ai rien entendu de plus beau.

Astyan poursuivit :

– Leurs appels s'entendent à plusieurs angles de distance. Les trois mères de tout à l'heure doivent avertir leurs amis qu'un drôle de poisson croise dans les parages.

– C'est nous, le poisson ? demanda Sikky.

– Oui, ma petite crevette.

La gamine éclata de rire. Alpheros, furieux, se retira, entraînant avec lui les prêtres et leurs compagnes.

Plus tard, alors que le soleil s'était couché, Astyan rejoignit Attalante dans la cabine réservée au capitaine. C'était leur seul lieu d'intimité sur le navire. La jeune femme se ressentait encore un peu de la blessure reçue quelques jours plus tôt ; les chairs s'étaient cicatrisées, mais les muscles demeuraient douloureux en profondeur. Cependant cela n'atténuait en rien son ardeur amoureuse. Ils avaient vaincu le sort qui l'avait condamnée. Avoir frôlé la mort de si près lui avait donné un redoutable appétit de vivre. Un appétit que constata une nouvelle fois Astyan lorsque son épouse se jeta sur lui et l'entraîna sur la couchette.

Mais il était dit que les envies coquines d'Attalante ne seraient pas satisfaites cette nuit-là. Ils s'étaient à peine enveloppés dans les couvertures que l'on gratta à la porte.

– Seigneur, fit la voix de Païdras, Marasthos voudrait te parler. C'est très grave, paraît-il.

Astyan soupira et se rhabilla à la hâte.

Dans la cabine de commandement, où Fehron avait pris la barre, Marasthos attendait, en proie à une vive agitation.

– Seigneur ! J'ai surveillé Alpheros, comme tu l'as ordonné. Après ton départ, il s'en est pris à la petite Nyna, celle qui admirait les baleines tout à l'heure. Il l'a frappée et l'a emmenée, avec les autres, à l'avant du navire, là où ils logent. Je me suis introduit dans la cale, sous leurs quartiers, et j'ai écouté. Je n'ai pas entendu tout ce qu'ils disaient, mais j'ai cru comprendre qu'ils parlaient de Yawehah, et de sacrifice. Et j'ai peur pour Nyna.

44

– Par les dieux ! Oseraient-ils immoler l'un des leurs ? s'exclama Astyan. Venez !

Il saisit ses armes et gagna l'avant du navire, suivi par Païdras et Marasthos. Il pénétra dans le gaillard, et descendit jusqu'aux logements des passagers, qui couvraient toute la largeur du vaisseau, juste au-dessus de la cale où étaient entreposés les vivres. Une grande salle y desservait une douzaine de cabines plus petites où s'étaient installés la majeure partie des prêtres et leurs compagnes. Les autres, moins nombreux, logeaient sous la dunette, à l'arrière. Astyan et ses compagnons entrèrent dans la salle. Un homme se dressa pour leur interdire le passage, mais il se retrouva sur les fesses avant d'avoir pu comprendre. Le Titan aperçut alors, à la lumière des torches à huile, le corps nu de Nyna, étendu sur une planche. Les pieds et les poings liés, elle tremblait de peur devant le large poignard qu'Alpheros brandissait au-dessus d'elle. Tout autour, quelques dizaines de prêtres et leurs compagnes psalmodiaient une litanie à la gloire d'Asdemeth, déesse de la Fertilité. N'ayant pas trouvé de plantes à épines, ils s'étaient fabriqué des fouets à pointes de métal avec lesquels ils s'étaient fustigés les uns les autres. Les griffures sanguinolentes qui zébraient leurs torses nus avaient exacerbé leur hystérie. Un flot de colère envahit Astyan :

– Ça suffit ! hurla-t-il.

Furieux, Alpheros l'apostropha :

– Arrière, démon ! Cette fille doit être sacrifiée à Yawehah. Même si nous ne sommes pas sur la terre, celle-ci souffre toujours pour nous offrir ses fruits. Tu n'as aucun droit d'interrompre une cérémonie sacrée.

Astyan se rua sur l'officiant, lui arracha son poignard et le gifla à toute volée. L'autre s'écroula sur ses compagnons. Des armes apparurent dans plusieurs mains. Une douzaine de Thuléens, prévenus par Païdras, firent irruption dans la salle. Astyan clama :

– Que personne ne bouge !

Il trancha les liens qui entravaient la jeune femme. Marasthos se précipita vers elle et l'emporta jalousement à l'extérieur. Il y eut un mouvement pour les rattraper ; Astyan fit tournoyer sa longue épée. Impressionnés, les rebelles reculèrent.

– Tu commets un sacrilège, vociféra le prêtre, au bord de l'hystérie. Yawehah te fera payer ton crime.

– Silence ! J'ai tous les droits sur ce navire. J'avais interdit les sacrifices humains. Alpheros, tu as désobéi à mes ordres : je te condamne à rester enfermé à fond de cale pendant le reste de la traversée. Quant à vous, vous allez me remettre toutes les armes dont vous disposez.

– Jamais ! hurla Alpheros.

Il harangua ses compagnons.

– Qu'attendez-vous ? Ils sont moins nombreux que vous !

– Prenez garde ! tonna Astyan.

Il s'avança et posa sa lame sur la gorge du prêtre, qui se tut.

– Je n'hésiterai pas à te tuer, Alpheros, comme tu voulais le faire pour Nyna. À présent, vous allez obéir.

Dans le cas contraire, je considérerai vos actes comme une mutinerie, et j'appliquerai la loi atlante : les rebelles seront abandonnés sur une île déserte, sans eau ni nourriture.

Il y eut quelques mouvements d'hésitation. Païdras s'approcha de l'un des Leonessiens et tendit la main. L'autre lui donna son arme. Peu après, ses compagnons s'exécutèrent. Les Thuléens récupérèrent ainsi des poignards, quelques sabres, et des lances à trois pointes.

– Alpheros, suis-moi !

Écumant de rage, le prêtre obéit.

Quelques instants plus tard, il était enfermé dans un réduit que l'on avait débarrassé de ses marchandises.

– Que Yawehah te maudisse, Astyan, s'époumona Alpheros lorsque le Titan quitta la cale.

Son cri se répercuta dans le ventre du navire. Dans la cabine de commandement, Marasthos avait enveloppé Nyna dans une épaisse couverture. Lorsque Astyan parut, il dit :

– Seigneur, on ne peut pas la laisser retourner avec ces fous. Ils vont la tuer.

Le Titan faillit éclater de rire devant la véhémence du colosse.

– Et surtout, tu as très envie qu'elle reste près de toi.

– Ça, c'est à elle de décider, répondit-il, le visage rouge.

Amusé, Astyan observa le truand. Cette grosse brute de Marasthos était bel et bien tombé amoureux. Il s'adressa à la jeune femme :

– Nyna, il y a de la place pour toi sous la dunette, si tu le désires. Marasthos ne demande pas mieux que de te protéger.

Elle eut un sourire pâle.

– J'accepte, Seigneur. Jamais je n'ai eu aussi peur de ma vie.

– Que s'est-il passé ?

– Alpheros est devenu comme fou lorsque nous avons regagné nos quartiers. Il a dit que je l'avais ridiculisé, et il m'a frappée. Puis il a rappelé que nous étions à l'époque de la fête de la Fertilité, et que Yawehah se vengerait si nous ne lui offrions pas un sacrifice humain. La tempête d'aujourd'hui n'était qu'un avertissement. Les autres ont pris peur, et c'est moi qu'ils ont désignée, parce que je trouvais que les baleines étaient belles. J'ai l'impression qu'Alpheros n'a pas toute sa raison, mais les autres le craignent et lui obéissent.

Averti par Païdras, Faerkos les rejoignit.

– Je suis désolé, Seigneur Astyan. Je n'étais au courant de rien. Mais il faudra se méfier d'Alpheros. Je sais qu'il a monté ceux du gaillard d'avant contre moi, parce que je remets en cause les principes de la religion. Ils sont plus de quatre-vingts. S'ils décidaient de se révolter...

– Nous avons pris leurs armes. Dorénavant, ils resteront désarmés. S'ils ne se montrent pas plus dociles, je prendrai les mesures qui s'imposent. Je ne peux me permettre de courir le risque d'une mutinerie à bord.

Contrairement à ce que redoutait – et espérait – Alpheros, Yawehah ne déchaîna pas sa fureur contre l'*Arkas*. Au contraire un bon vent s'était levé, qui permit au navire de filer plein ouest sous un ciel immuablement bleu. La tempête du quatrième jour n'était plus qu'un mauvais souvenir. Cependant les relations demeuraient tendues entre les Thuléens et les partisans du prêtre fanatique. Faerkos avait tenté de les convaincre qu'ils étaient dans l'erreur, et que la destruction de Leoness devait les amener à remettre leurs croyances en question, mais il avait essuyé un échec cuisant. Autour de lui s'étaient regroupés une vingtaine de ses compagnons, plus ouverts, qui ne demandaient qu'à redécouvrir les connaissances des anciens. En fait, une véritable scission s'était opérée au sein de la communauté leonessienne.

Astyan avait demandé à Marasthos de redoubler de vigilance. Le Titan savait qu'il ne pouvait compter que sur ses trente Thuléens, qui lui vouaient une admiration inconditionnelle. En revanche, il ignorait comment se comporteraient les prêtres qui avaient rejoint le groupe de Faerkos en cas de conflit. Le grand-prêtre lui-même paraissait fiable ; cependant, même dans le cas où son groupe se rangerait à ses côtés, ils ne seraient qu'une soixantaine en tout, contre plus de quatre-vingts dans l'autre camp. Le seul avantage dont ils disposaient était leur connaissance du combat, que ne possédaient pas les prêtres.

Deux jours plus tard, aucune terre n'était encore apparue. Une sourde angoisse commençait à gagner le Titan. À plusieurs reprises, il avait fait le point par rapport aux étoiles et à la position du soleil : d'après ses calculs, Avallon aurait déjà dû être en vue.

Vers le milieu de la journée, un étrange phénomène attira son attention. Au loin s'était formée une nuée sombre et mouvante, qui semblait évoluer au-dessus d'un point particulier.

– Les édrynnes ! murmura un Leonessien, le visage décomposé par la frayeur.

Astyan se souvint de la légende entendue dans l'auberge de Myskhaos, à Leoness, qui parlait d'oiseaux monstrueux à tête humaine. À l'aide de sa longue-vue, il observa la nuée.

– Ce ne sont que des pétrels, dit-il.

Toutefois, le comportement des volatiles était incompréhensible. Ils tournoyaient sans fin au-dessus des flots, dans un ballet désespéré.

– On dirait qu'ils cherchent quelque chose, suggéra Faerkos.

– Oui ! Sans doute la terre qui se trouvait là autrefois, répondit Astyan d'une voix blanche.

Il fit mettre le cap sur le nuage vivant. Selon son estimation, il évalua le nombre des pétrels à plusieurs dizaines de milliers. Tandis que le navire se rapprochait, il remarqua que nombre d'entre eux, sans doute épuisés par leur manège, finissaient par se laisser tomber lourdement dans les flots bouillonnants, teintés d'écarlate. Il comprit alors que les prédateurs marins, requins et autres, attirés par l'aubaine, opéraient là un véritable carnage. Ils ne laissaient aucune chance aux malheureux oiseaux de reprendre des forces.

Astyan donna l'ordre de poursuivre la route.

Le lendemain enfin une ligne bleue apparut à l'horizon. Depuis la veille, le malaise d'Astyan ne l'avait pas quitté. Aussi poussa-t-il un soupir de soulagement lorsqu'il découvrit, au loin, une île importante. Puis une deuxième apparut, plus au nord. À ses côtés, Faerkos murmura :

– Akhorya ! J'étais sûr que ces îles n'existaient pas.

– Akhorya ? s'étonna Astyan.

– C'est ainsi que l'on nomme l'archipel de la légende, expliqua Haldrean. Celui qu'ont retrouvé les anciens.

– Est-ce là tout ce qui reste de l'Atlantide ? murmura le Titan.

Peu à peu les côtes se précisèrent, désolées, déchiquetées par les traces d'anciennes éruptions volcaniques. De hautes falaises sombres, d'origine basaltique, plongeaient à pic dans les flots, entrecoupées çà et là de vallées encaissées menant vers les hauteurs. Une végétation luxuriante s'y était réfugiée, alors que les montagnes semblaient quasiment arides. Cependant, malgré la beauté insolite des lieux, ils ne ressemblaient en rien aux anciens rivages d'Avallon.

La mort dans l'âme, Astyan fit réduire la voilure. Lentement, poussé par un vent léger, l'*Arkas* contourna l'île par le sud. Debout à la proue du navire, Astyan tentait de reconnaître un lieu, un vallon, une montagne familière, une odeur. Mais tout avait été bouleversé, remodelé par la fureur de la nature.

Il savait que l'Archipel se situait sur la dorsale océanique, là où les plaques tectoniques se rencontraient et s'affrontaient. Les sismologues atlantes avaient étudié le phénomène pendant des millénaires. Plusieurs fois, Anéa et lui avaient conjugué leurs puissances mentales pour endiguer les coups de colère de la Déesse-Mère ; mais jamais ils n'avaient pensé que la grande île d'Avallon pût ainsi disparaître sous les flots. Il s'était déroulé ici un cataclysme dont l'ampleur défiait l'imagination.

Il sentit à peine les larmes qui ruisselaient sur ses joues. Il comprenait enfin qu'il avait poursuivi un rêve, une chimère inaccessible. Il avait construit un navire puissant et léger, capable de surmonter les fureurs de l'Océan, pour revenir dans son monde natal. Mais ce monde n'existait plus. Il s'était englouti à jamais sous les flots, à une époque si lointaine que les hommes en avaient perdu le souvenir.

Les légendes disaient vrai. Seuls quelques illuminés comme le vieil Haldrean entretenaient encore le souvenir de l'empire fabuleux qu'avait été l'Atlantide. Les paroles d'Anéa résonnaient dans sa tête : « Gaïa elle-même aura changé de visage... »

Une main se glissa dans la sienne. Attalante. Il la prit contre lui. La gorge nouée, il dit :

– Il y a très longtemps, ici, quelque part, s'élevait la plus grande et la plus belle ville du monde. Ses toits étaient recouverts d'or. Un grand fleuve la traversait, à partir duquel on avait creusé des centaines de canaux sur lesquels les amoureux se promenaient dans des barques à fond plat. Partout s'étendaient des parcs magnifiques, plantés d'arbres géants dont certains avaient plus de trois mille ans.

Il serra les dents pour contenir sa douleur. Une foule d'images lui revenaient à la mémoire : la Kaïrnâ où Anéa et lui se retiraient lorsque leur vie s'achevait, les millions de roses qui ornaient les jardins, les chats majestueux, le somptueux palais des Orchidées avec ses deux sources, l'une chaude, l'autre froide, les enfants insouciants qui jouaient dans les parcs, les fêtes merveilleuses du solstice d'été, au cours desquelles tous les habitants en liesse envahissaient les larges artères pavoisées... Poséidonia était si belle, si vivante, illuminée d'une lumière qu'on ne rencontrait nulle part ailleurs.

Attalante le prit dans ses bras et essuya tendrement ses larmes.

– Je n'aurais pas dû revenir jusqu'ici, murmura le Titan. Mais il fallait que je sache. Et pourtant, au fond de moi, je crois que je m'attendais à ce que je viens de découvrir.

Païdras s'approcha. Lui aussi avait les yeux rouges. Astyan lui ouvrit les bras.

– Nous avons échoué, mon fidèle compagnon. Poséidonia n'existe plus. Notre monde a disparu pour toujours.

– Je crois que nous sommes un peu fous, Seigneur, répondit l'Atlante. Mais il ne faut pas regretter d'avoir tenté cette aventure. L'Atlantide survivra toujours dans la mémoire des hommes. La Terre est vaste, et nombre des enfants de l'Archipel ont dû rebâtir de nouvelles civilisations, ailleurs, sur d'autres continents. Un jour, nous retrouverons ces descendants.

– Mais pas ici ! déclara Astyan. Cette île est inhabitée. Je n'aperçois aucun village, aucune barque de pêche.

– Si ! s'exclama tout à coup la jeune femme. Regardez !

Elle désignait, au creux d'une vallée encaissée, une agglomération minuscule, faite de masures de bois, dissimulée par une forêt qui s'élançait à l'assaut des pics montagneux. Un espoir insensé fit battre le cœur des deux hommes.

– Nous allons débarquer, Païdras, déclara Astyan. Amène l'*Arkas* au plus près de la côte.

45

En raison des hauts-fonds, il était hors de question de s'approcher trop près. Après avoir ordonné à Fehron de consigner le clan d'Alpheros dans ses quartiers, Astyan fit mettre deux barques à flot. Il emmena avec lui Attalante, Païdras, Faerkos et Haldrean. Le vieil homme, malgré son âge, avait tenu à poser le pied sur ce qu'il considérait comme la terre de ses aïeux. Durant les quelques jours qu'avait duré la traversée, Haldrean et Faerkos avaient longuement bavardé ; un début d'estime, peut-être d'amitié, était né entre eux. Leur curiosité commune les avait rapprochés.

Une demi-douzaine de Thuléens armés les escortaient. On ignorait quelles seraient les réactions des autochtones.

À première vue, l'apparition du navire les avait effrayés. Le village, composé d'une vingtaine de baraques grossières, était vide lorsque les navigateurs débarquèrent. Sur la grève dormaient une dizaine d'embarcations rudimentaires, taillées dans des troncs d'arbre évidés à la hache et au feu, et équipées de balanciers. Quelques chiens de petite taille demeuraient encore sur place, aboyant à pleins poumons.

Astyan et ses compagnons s'avancèrent au milieu du hameau désert. De la fumée s'échappait de foyers installés à l'intérieur des cabanes, par un trou creusé dans le toit. Visiblement, les habitants ignoraient l'usage du métal, ou même de la poterie ; les ustensiles abandonnés sur le sol étaient tous découpés dans du bois de hêtre ou de chêne. Ils découvrirent aussi quelques haches de pierre polie, moins fines que celles que fabriquait le vieil Akhoun, le tailleur de pierre de Trois-Chênes. Astyan soupira : le cataclysme qui avait frappé l'Atlantide avait-il donc été si terrifiant, pour qu'une civilisation telle que celle de Poséidonia ait régressé à ce point ? À moins que les habitants de cette île n'aient aucun rapport avec les Atlantes...

Mais un élément troublant le détrompa. S'avançant vers l'intérieur des terres, Astyan fit soudain une découverte étrange. Dans une clairière isolée se dressaient plusieurs monticules de forme pyramidale ; au centre gisait une grande pierre sombre grossièrement aplanie.

– Par les dieux, balbutia Haldrean. Regardez !

Sur la dalle reposait un corps humain, vidé de ses entrailles. Les membres inférieurs avaient déjà été enveloppés dans des bandelettes. Visiblement, le travail avait été abandonné à la hâte.

Faerkos gronda :

– À quels rites cruels se livrent donc les gens d'ici ?

– Ce n'est pas un rite cruel, rétorqua Astyan, vivement ému. Ils embaument leurs morts.

Le souvenir de la Kaïrnâ lui revint à l'esprit. Il expliqua :

– Les Atlantes faisaient de même avec nous, les Titans, lorsque nous arrivions à la fin de notre vie. Ils momifiaient nos cadavres, puis les conservaient dans une grande pyramide jusqu'à notre résurrection suivante. Cette pratique prouve que les indigènes de cette île sont nos descendants.

Il se tourna vers la forêt.

– Ils sont là, dans la forêt. Ils nous observent, mais ils ont peur de nous.

– Que faisons-nous ? demanda Païdras.

– Nous allons quitter ce lieu sacré. Ces gens ont droit à notre respect. Ils vont bien finir par se montrer. Nous ne sommes pas venus en ennemis, et la curiosité finit toujours par l'emporter sur la peur.

Revenus dans le village, les marins se disposèrent en ordre de bataille, mais en dissimulant leurs armes. Il valait mieux parer à toute éventualité. Astyan ne s'était pas trompé : peu de temps après, une silhouette se profila dans l'épaisseur de la forêt, armée d'une lance primitive, dont la pointe se composait d'un éclat de basalte grossièrement taillé. Astyan s'avança vers l'arrivant, les mains tendues.

– Viens ! Nous ne te voulons aucun mal.

L'homme, de stature plutôt grande, s'approcha de quelques pas, la lance en avant. Ses cheveux gris trahissaient un âge certain. Il se mit à parler dans un langage rapide et incompréhensible. Stupéfait, Astyan crut pourtant reconnaître certains vocables. Il répondit, lentement, en atlante.

– Quel est ton nom ?

L'homme marqua un moment d'étonnement, puis répéta :

– Le nom...

Il posa la main sur sa poitrine.

– Palhar, dit-il. Moi, Palhar ! Moi, chef du village. Ici terre de Ty-Bran.

Une émotion intense saisit Astyan. Il existait, sur la côte occidentale d'Avallon, une petite cité du nom de Tybérande, dont la consonance rappelait vaguement celle du village indigène. Avait-elle un rapport avec ces lieux ? Dans ce cas, cela signifiait que toute la partie orientale du royaume avait disparu sous les flots.

Palhar pointa le doigt sur le Titan.

– Toi ? Le nom ?

– Astyan !

– As-tyan, répéta-t-il.

– C'est incroyable, dit Païdras. On dirait qu'ils ont conservé le langage atlante.

– Oui, mais déformé par des millénaires de transmission orale. Cependant nous devrions arriver à nous comprendre.

Il s'adressa à nouveau au chef.

– Nous sommes des amis.

– Amis ? Pas esprits ?

Amusé, le Titan sourit.

– Non, nous ne sommes pas des esprits. Nous ne voulons que l'amitié des tiens. Dis-leur qu'ils n'ont rien à craindre de nous.

Palhar se tourna vers la forêt, et, dans son langage bizarre, hurla quelques phrases. Peu à peu toute une population se risqua prudemment hors des sous-bois. Les hommes sortirent en premier, puis les femmes suivirent, protégeant des enfants à demi nus. Tous étaient vêtus de peaux de chèvre sauvage tannées, certains de vêtements tissés et teintés. Ils étaient un peu plus de deux cents. Tout en eux rappelait les Poséidoniens : il y avait parmi eux une majorité de blonds aux yeux bleus, et leur taille ne le cédait en rien à celle des Thuléens. Cependant une trentaine d'entre eux étaient de race noire. Astyan songea immédiatement à Aralu, l'île méridionale de l'archipel du Soleil, dont la population avait la peau de cette couleur. Il ne faisait aucun doute à présent qu'il se trouvait face aux descendants des Atlantes.

Le soir, Astyan et ses compagnons avaient réussi à lier un contact amical avec les indigènes. Les Guanachos – tel était le nom de la peuplade – s'imaginaient que le monde se réduisait à leur archipel. Ils expliquèrent à leurs invités qu'il existait huit autres îles, dont la plupart se situaient là-bas, très loin vers le couchant. Mais celle-ci était la plus grande. Lorsque le Titan leur expliqua qu'il arrivait d'une terre immense, située vers l'endroit où le soleil se levait, ils éclatèrent de rire. Chacun savait qu'il n'existait rien d'autre en dehors des îles. L'Océan s'étendait partout, jusqu'à l'infini.

Faerkos, à qui Astyan traduisait les paroles des Guanachos, était stupéfait.

– Voilà une histoire qui mérite réflexion, dit-il. Chacun imagine le monde à travers son propre point de vue. Nous pensions quant à nous que l'Océan se terminait sur un gouffre sans fond. Ces gens s'imaginent qu'il n'a aucune fin, et qu'il n'existe rien d'autre.

Palhar entama ensuite une longue histoire, de laquelle il ressortait que sa tribu descendait d'un peuple beaucoup plus ancien, qui autrefois avait habité sur ces îles.

– À l'époque, dit-il, elles étaient toutes unies les unes aux autres. Elles ne formaient qu'une seule terre. Un jour, la fureur des dieux s'est déchaînée sur le monde. L'Océan et les volcans se sont livré un combat féroce, où notre pays tout entier fut englouti, excepté les îles. Les légendes disent que les habitants s'enfuirent et ne revinrent jamais. Nos ancêtres étaient les esclaves des hommes qui dominaient le pays ; lorsque se déclencha la colère des dieux, ils les ont abandonnés ici. Nos ancêtres se sont réfugiés dans les hautes montagnes, mais les montagnes bougeaient et éclataient. Un grand nombre des nôtres périrent. Puis il y eut la Longue Pluie, qui submergea les plaines. Depuis, la fureur des dieux s'est apaisée. Mais, de temps à autre, ils grondent encore sous la terre. Alors les montagnes crachent le feu.

Astyan songea à l'Héphaïs, dont l'énergie alimentait autrefois Poséidonia.

– Nous aimerions voir ces montagnes, expliqua-t-il.

Palhar le considéra avec stupeur.

– Mais il n'y a rien là-haut. C'est le domaine des dieux. Ne risques-tu pas de les provoquer ?

Devant l'insistance de son invité, il finit par accepter.

Le lendemain, Astyan et ses compagnons entreprirent l'ascension de la vallée qui menait en pente raide vers les monts de l'intérieur. Une atmosphère douce et humide baignait les lieux. Au creux de la vallée s'élevaient des hêtres, des lauriers et des genévriers, mêlés à de la bruyère. Intrigués, les indigènes accompagnèrent les visiteurs avec des cris de joie.

Les Guanachos élevaient quelques chèvres qu'ils avaient réussi à apprivoiser, et chassaient le cochon sauvage. Ils se nourrissaient aussi de coquillages et de poissons, ainsi que des baies qu'ils cueillaient. Cependant leurs cultures restaient très sommaires. Hormis quelques champs de blé à demi sauvage, d'orge et de seigle, ils avaient tout oublié de l'art agricole.

Il fallut une certaine dose de courage au chef, Palhar, pour suivre Astyan et ses compagnons sur les montagnes volcaniques. Comme il l'expliqua, cette terre était sacrée. Les Guanachos[1] ne s'y risquaient jamais, sauf à l'époque des grandes marées de la nuit courte, où ils montaient sacrifier une chèvre en l'honneur des dieux. L'animal était projeté dans la gueule d'un volcan

1. Ce nom est directement inspiré des Guanches, une peuplade des Canaries, connue dès l'Antiquité, mais dont les origines restent indéterminées. Grands blonds aux yeux bleus, doués d'une rare habileté, ils furent retrouvés – et en grande partie exterminés – par les Espagnols au XVe siècle. Ces Guanches affirmaient être les survivants d'un grand peuple anéanti bien longtemps auparavant dans une catastrophe terrifiante. Ils adoraient une divinité immense (l'Esprit infini des Atlantes ?), qu'ils appelaient Achahurahan. Comme les Égyptiens, ils momifiaient leurs morts.

afin de se concilier ses bonnes grâces. Mais cela ne l'empêchait pas de tonner parfois ; alors la terre tremblait et les Guanachos redoutaient que leur île ne s'enfonçât sous les flots.

Akhorya, ainsi que l'avait nommée Faerkos, bénéficiait d'un climat très doux. Le temps y changeait sans cesse. Des pluies diluviennes alternaient avec un soleil resplendissant, faisant naître sur l'Océan des arcs-en-ciel superbes. Peut-être fallait-il voir là l'origine de la légende selon laquelle les dieux avaient scellé ainsi leur alliance avec les hommes.

À mesure que l'on montait, la végétation se faisait plus rare. Bientôt les arbres s'espacèrent, puis disparurent, pour céder la place à de vastes étendues de bruyère. Puis une herbe rase la remplaça, balayée par des vents puissants et chargés d'odeurs marines. Au-delà du col fermant la vallée s'ouvrait un panorama fantastique, recouvert d'une pierre sombre, d'origine basaltique, qui confirmait la nature volcanique de l'île. Devant eux se dressait un cratère de forme curieuse, né des caprices de ses colères. Parcourant le plateau rocailleux, ils découvrirent plus loin deux grands lacs aux eaux d'une pureté extraordinaire. Les eaux de l'un étaient bleues, celles de l'autre luisaient de reflets d'émeraude. Une vive émotion s'empara du Titan : il se souvint des boucles d'oreille qu'Anéa avait offertes aux divinités du lac afin qu'elles lui accordent leur assistance. On avait ensuite raconté que c'était la couleur des émeraudes qui avait ainsi teinté les eaux du lac. Il rapporta l'histoire à Palhar, qui s'empressa de la confirmer.

– On dit que cette femme fut la dernière des princesses de l'ancien empire, précisa-t-il. Mais comment peux-tu connaître cette légende ?

Astyan hésita, puis déclara :

– Il y a bien longtemps, dans une autre vie, je fus l'époux de cette princesse.

Palhar eut un mouvement de recul.

– Alors... es-tu l'un de ces dieux malfaisants qui transformèrent nos aïeux en esclaves ?

– Non ! À l'époque dont je te parle, il n'y avait pas d'esclaves, ni de divinités mauvaises.

Soudain le regard de Palhar s'illumina. Il tomba à genoux.

– Une très vieille légende parle d'autres dieux plus anciens, qui régnaient sur le monde. Alors tu ne peux être qu'Atlas, celui que l'on a surnommé : le Pilier du Monde. Le dernier des Titans.

– Je suis celui-là, répondit Astyan, bouleversé. C'est le nom que l'on m'a donné après la victoire sur les Géants.

– Que le grand Hurahan, le dieu du ciel, soit loué. Tu es revenu.

Il se releva et se mit à haranguer la foule des Guanachos. Une clameur enthousiaste gonfla la poitrine des indigènes. Astyan sentait à peine les larmes qui ruisselaient sur ses joues. Ainsi, ces gens étaient tout ce qui restait de l'orgueilleuse Atlantide...

Lentement, il se dirigea vers le lac vert. La couleur de ses eaux ne pouvait être dû qu'à un phénomène minéral. Mais elle confirmait qu'il se trouvait bien sur ce qui restait de son royaume englouti. Un caprice de la nature avait conservé ces deux lacs, qui autrefois ornaient le cours du fleuve, aujourd'hui sertis tels des joyaux dans leur écrin de volcans. D'un pas lourd, il s'avança vers la rive, se pencha sur l'eau et...

Soudain le monde sembla chavirer autour de lui. Un vertige le saisit, tandis qu'un tourbillon l'emportait vers ailleurs, vers une autre dimension. Attalante le vit s'effondrer sur le sol et poussa un hurlement.

46

Plongé dans un état à mi-chemin entre l'inconscience et une supraconscience, Astyan ressentit les vibrations telluriques des lieux comme des douleurs émanant de son propre corps. Ces terres désolées se souvenaient encore des blessures reçues plusieurs millénaires auparavant. Ce fut comme si une immense clameur provenue du fond des âges avait trouvé écho dans la mémoire du Titan.

Poséidonia lui apparut. À la manière d'un esprit impalpable, il parcourut les artères de la cité disparue. Une sensation d'étonnement se glissa en lui. Bien sûr il reconnaissait les lieux, la courbe majestueuse du fleuve, les canaux, la rade immense. Mais la ville semblait avoir changé de visage ; les magnifiques palais tombaient en ruine, des inscriptions obscènes défiguraient les fresques grandioses en bas relief, les statues d'or avaient disparu, la plupart des canaux étaient envasés, visiblement laissés à l'abandon depuis des générations. Les parcs en terrasse autrefois si beaux étaient retournés à l'état sauvage ; les grands séquoias avaient été abattus. Le tronc gigantesque de l'un d'eux gisait encore, dévoré par les mousses et les lichens. Tout un peuple interlope survivait ici, vêtu de haillons, les yeux hagards et fiévreux, dus sans doute à l'abus des drogues.

Soudain une troupe de gardes armés de lance-éclairs surgit des fourrés et encercla un groupe. Les gueux tentèrent de s'enfuir, affolés ; des lueurs éblouissantes jaillirent des armes, décimant les pauvres hères. Un chariot apparut ensuite, sur lequel les gardes chargèrent les cadavres et les agonisants. Bouleversé, Astyan suivit le convoi, qui regagna la ville et pénétra dans un quartier qu'il connaissait bien. C'était celui des abattoirs. Stupéfait, il vit les gardes remettre leur lot de corps humains à des individus énormes, aux trognes rouges. S'introduisant dans les lieux, une onde d'horreur lui parcourut l'échine : il comprit, devant les larges établis rougis de sang, l'usage immonde que l'on voulait faire des malheureux. Une terrifiante impression l'envahit. Que s'était-il passé pour que les Atlantes en fussent venus à manger de la chair humaine ?

Écœuré, il s'écarta des lieux et se retrouva dans la grande artère qui menait du port au palais des Orchidées. Une foule nombreuse se pressait sur la voie, autrefois si belle ; mais les arbres qui la bordaient avaient été arrachés, eux aussi. Au milieu de groupes d'hommes et de femmes magnifiquement vêtus, maquillés à outrance, erraient des gens à demi nus, aux regards résignés, qui portaient de lourdes charges, sous le fouet des contremaîtres.

Plus inquiétant encore, la lumière merveilleuse qui jadis baignait la cité avait fait place à une atmosphère ténébreuse, comme si un nuage de plomb s'était installé sur la ville et la campagne environnante. Des odeurs abominables assaillirent ses narines, relents des égouts que personne n'entretenait plus, remugles des abattoirs, fumées âcres qui sourdaient des taudis qu'étaient devenus les immeubles d'habitation. Affinant sa perception, Astyan découvrit qu'un autre phénomène, invisible celui-là, rongeait lentement la cité, comme une lèpre impalpable. Un nom s'imposa aussitôt à lui : l'uraan, ce métal radioactif dont l'utilisation exigeait un maximum de précautions. Examinant de plus près les visages des passants, il s'aperçut que nombre d'entre eux étaient frappés par un mal mystérieux qui les dévorait lentement. Leurs visages se marbraient de plaques rouges, de plaies purulentes.

Abasourdi, il se déplaça jusqu'au palais des Orchidées. Mais le superbe édifice menaçait de tomber en ruine. Dans les jardins vagabondaient des silhouettes vêtues d'habits aux couleurs chatoyantes, entourées de jeunes gens des deux sexes entièrement nus, aux corps marqués par la maladie – sans doute des esclaves eux aussi, qui se tenaient à la disposition des caprices des maîtres des lieux.

Dans des cages, il découvrit quelques-unes des créatures hybrides qu'il avait combattues lors de la guerre contre les Géants. Plus bas, à proximité du fleuve, dans le cirque où Anéa et lui offraient régulièrement des attractions à l'intention de leurs invités, un combat à mort opposait de pauvres hères à des créatures mi-hommes, mi-crocodiles, pour le plaisir d'une foule bigarrée qui hurlait de joie à chaque fois que l'un des esclaves tombait sous les crocs des monstres. Sur la tribune d'honneur était assis un homme de haute taille, le visage bouffi par l'alcool et les drogues, entouré d'une cour servile. Il n'eut aucun mal à reconnaître les schèmes mentaux de l'individu, même si son visage n'était pas celui qu'il avait connu.

– Ophius, murmura-t-il.

Il tenta de déceler la présence d'Ashertari, mais celle-ci n'apparaissait nulle part. Élargissant ses tentacules psychiques, il ne parvint pas à la localiser dans la cité.

Ainsi, son intuition ne l'avait pas trompé : les Géants avaient fini par vaincre les Titans, et ils étaient devenus à leur tour les princes de l'Atlantide. Un empire qu'ils avaient livré à leur soif de domination et de pouvoir, et aux savants, qui avaient enfin pu donner libre cours à leurs folles entreprises, sans souci des conséquences. Il en avait le résultat sous les yeux : un monde en décomposition, condamné à pourrir lentement sous ses propres déjections, dans une atmosphère puante et sombre. Un environnement dont les gens ne semblaient même plus avoir conscience. Il comprit que le phénomène n'avait pas eu lieu soudainement ; il s'était étendu sur plusieurs générations, engageant l'Archipel dans un processus irréversible qui le menait vers sa perte.

Une lumière crépusculaire coulait des cieux, qui l'avait amené à penser que sa vision avait lieu pendant la nuit. Il s'aperçut qu'il n'en était rien. Au-dessus de l'épaisse couche de nuages, il devina, très loin, la présence du soleil. Mais la pollution dégagée par la zone industrielle à demi abandonnée de Poséidonia avait généré sur Avallon des ténèbres quasi permanentes.

Dégoûté, Astyan s'écarta de la ville et, suivant le cours du fleuve, il remonta vers le nord, à la vitesse de la pensée. Il traversa ainsi le lac vert, puis le lac bleu, dont les eaux avaient viré au gris métallique en raison du sinistre manteau nuageux.

Obliquant vers la vallée de Nysa, jadis réputée pour la qualité de ses vins, il découvrit ce qu'il en restait : des coteaux entiers retournés à l'état sauvage, où couraient encore quelques ceps chétifs, portant des grappes de raisin dévorés par la vermine.

Plus haut, il se dirigea vers la centrale nucléaire qui alimentait la cité. Comme il l'avait supposé, celle-ci était à l'abandon, laissant échapper vers l'extérieur son fluide létal et invisible, qui avait anéanti toute vie dans un large rayon autour d'elle.

La mort dans l'âme, il se rendit sur le plateau de l'Héphaïs. Mais celui-ci avait depuis longtemps rompu les barrages implantés par les Atlantes. Libéré, le volcan laissait s'exprimer sa colère en de vastes coulées de lave qui dévoraient la plaine où des bergers à cheval élevaient auparavant des troupeaux magnifiques. Les animaux étaient retournés à l'état sauvage. Mais la maladie les avait touchés eux aussi, et leurs silhouettes trahissaient des malformations abominables. Sous ses yeux hallucinés apparurent des aurochs à deux têtes, à cinq ou six pattes...

A la place de la forêt de Floorande s'étendait un désert de végétaux en décomposition, un magma informe où survivaient quelques espèces de reptiles. Mais les grandes salamandres avaient disparu.

Tentant d'échapper à l'enfer, Astyan se projeta à Kamaloth. La ville de Maerl et de Vivyan avait elle aussi été conquise par les Géants. La même atmosphère glauque y régnait. Il ne restait plus de l'observatoire du mage Ghaffary qu'un amas de ruines informes.

Porté par une volonté qui n'était pas la sienne propre, mais celle des dieux qui avaient engendré les Titans, Astyan s'éloigna de la cité, longea les côtes. Par endroits, il découvrit que subsistaient des poches sur lesquelles le nuage de mort se déchirait pour laisser passer un soleil pâle. Là, dans ces havres de paix, survivait une population industrieuse, qui s'activait autour des carcasses en construction de grands navires de bois.

Les Noetes ! Ainsi, Haldrean avait dit vrai. Ces rebelles avaient fui les villes pestiférées par l'œuvre des Géants et, inspirés dans leurs rêves par les dieux, avaient fabriqué des vaisseaux capables de les emporter vers des contrées plus hospitalières. Ainsi étaient nées de nouvelles cités, qui plus tard s'appelleraient Thulea, Leoness ou Thagranne. Et Yshtia.

Soudain la vision s'estompa. Lorsqu'enfin elle se précisa de nouveau, les Noetes avaient disparu. Il ne subsistait plus de leurs chantiers que des monceaux de troncs d'arbre, quelques tentes de peau...

Alors Astyan fut transporté sur Poséidonia. La cité fabuleuse semblait vibrer sous les coups de boutoir d'un monstre extraordinaire. Intégré aux fondations mêmes de la grande île, Astyan ressentit jusqu'au plus intime de sa chair le formidable travail qui s'était déclenché bien au-dessous du niveau du sol. Il savait depuis longtemps que les plaques tectoniques qui soutenaient le fond de l'Océan s'écartaient insensiblement l'une de l'autre. Mais là, sous l'impulsion conjuguée des esprits divins, pris de colère devant l'anéantissement de leurs enfants par les Géants, les deux colosses se brisèrent, ouvrant un vide monumental sous la base d'Avallon. D'un seul coup, les volcans se réveillèrent et explosèrent, projetant leurs débris à des hauteurs vertigineuses. En quelques instants la cité sembla imploser, tandis qu'un raz de marée inimaginable remontait le cours de l'Acheloos. L'île s'enfonça sous les flots bouillonnants, emportant avec elle la ville et ses canaux, ses palais, son fleuve et tous ses habitants. Puis la terre en furie dégorgea un magma de lave en fusion, qui livra une bataille acharnée aux assauts de l'Océan. Seules subsistèrent, au-delà de la cité, les chaînes des hautes montagnes, avec les lacs bleu et vert, où quelques poignées de survivants avaient trouvé refuge. Les ancêtres des Guanachos.

Astyan savait à présent pourquoi et comment l'Atlantide avait disparu. Il poussa un long hurlement de douleur, qui se répercuta à travers le temps et l'espace.

Lorsqu'il ouvrit les yeux, Attalante était penchée sur lui. Son visage reflétait une profonde inquiétude. Il ne la reconnut pas immédiatement et murmura, en atlante :

– Cette terre est maudite !

Elle ne comprit pas. Païdras traduisit.

– Il délire, répondit la jeune femme. Son front est brûlant et il est secoué de frissons.

Astyan respira profondément. Il devait faire le vide dans son esprit. Fallait-il tenir rigueur aux dieux de leur fureur ? Ils avaient voulu offrir un paradis à une espèce qui ne le méritait pas, et qui s'était livrée à la dépravation la plus totale sous l'impulsion de ses mauvais instincts. Dans leur folie et leur orgueil démesuré, les hommes avaient rejeté les Titans, pour se tourner vers des êtres qui les avaient entraînés jusqu'à leur perte. Alors les dieux avaient laissé s'exprimer leur colère, et anéanti l'Atlantide – en sauvant une partie de la population, destinée à reconstruire ailleurs, dans des pays vierges, une nouvelle civilisation. Les Noetes emportèrent avec eux le souvenir d'un âge d'or où la paix et l'amour avaient régné pendant plus de six millénaires. Malheureusement, parce qu'ils n'étaient que des hommes, encore très proches de l'animalité, leur esprit restait aussi marqué par le goût du pouvoir et de la richesse. Les dieux l'avaient compris, qui avaient pris la décision de ne plus jamais intervenir directement dans le destin de l'humanité.

Peut-être commettons-nous une erreur, avaient-ils dit sur l'île mystérieuse de Xhadan, la première fois qu'ils avaient rencontré leurs enfants, les Titans.

Prostré par l'horreur de ce qu'il avait découvert, Astyan ne remarqua pas que la nuit était tombée. Ses compagnons, n'osant intervenir, avaient allumé un feu avec les quelques morceaux de bois qu'ils avaient pu trouver. Resserrés les uns contre les autres en raison du froid, ils attendaient.

Attalante essuya le front couvert de sueur de son mari. Il lui prit la main et l'attira contre lui ; il avait tellement besoin de sentir sa chaleur...

Ces îles perdues au cœur de l'Océan profond ne conservaient même pas la trace du souvenir d'Anéa, ni celle des cités merveilleuses qui autrefois y avaient régné. Il lui fallait réapprendre à vivre dans un monde nouveau, inconnu, où l'Atlantide n'existait plus. Il ne lui restait plus qu'une poignée d'hommes fidèles, un navire, et une compagne, dans les yeux de laquelle il lisait tout l'amour du monde.

Enfin il se redressa.

– C'est fini, ma petite princesse. J'ai trouvé les réponses que je suis venu chercher. Je n'ai plus rien à faire sur ces îles désormais.

– Que vas-tu décider ?

Il ne répondit pas immédiatement. Voyant qu'il avait recouvré ses esprits, les autres se rapprochèrent de lui. Il y avait là son fidèle Païdras, Haldrean, quelques marins thuléens, parmi lesquels Kerwynn et le vieux Baalder, et le grand-prêtre Faerkos. Tous croyaient en lui. Il était devenu leur chef, leur guide ; il n'avait pas le droit de les décevoir. Mais les aventures qu'il avait vécues depuis son départ de Thulea lui avaient fait comprendre que son rêve était vain. Le passé ne renaîtrait jamais de ses cendres. Alors il lui fallait repartir vers un avenir incertain, dont il ne savait pas où il le mènerait. Il se tourna vers ses compagnons et déclara :

– Écoutez-moi ! Nous possédons un navire puissant. D'autres terres nous attendent. Nous allons passer la nuit ici, et demain, nous repartirons vers l'ouest. Il existait autrefois un continent immense à près d'une lune de navigation. Les dieux nous guideront.

Ils acquiescèrent avec enthousiasme.

Épilogue

Le lendemain, Astyan et ses compagnons regagnèrent le petit village de Ty-Bran. Le Titan avait l'esprit vide ; cette île, née de la colère des dieux, lui était devenue totalement étrangère.

Les Guanachos organisèrent en l'honneur de leur dieu retrouvé une grande fête. Ils auraient aimé qu'il demeurât parmi eux. Mais il leur expliqua qu'il existait, ailleurs, d'autres enfants de l'Atlantide qu'il devait retrouver. Ils n'osèrent insister : les désirs d'un dieu étaient sacrés. En réalité, Astyan ignorait désormais quel destin serait le sien. Il était parti de Thulea avec l'espoir de retrouver bientôt son royaume, mais son île avait disparu. Il avait découvert que la brillante civilisation atlante avait cessé d'exister depuis des millénaires. Et avec elle la femme qu'il aimait plus que tout, Anéa.

S'éloignant de ses compagnons, il fit une longue promenade solitaire le long de la plage. De hautes vagues venaient battre les pieds de ce qui avait autrefois été des montagnes. Il faillit céder au désespoir. Il était devenu un homme sans racines, sans terre d'attache. Pourtant, il savait que sa route ne s'arrêtait pas là. Il avait retrouvé la vie dans un monde ignoré. Mais il appartenait à ce monde. Un univers farouche, qu'il lui restait à découvrir. Et il possédait pour cela un atout extraordinaire : ce navire fabuleux qu'il avait eu le temps de construire avant l'anéantissement de Leoness.

Tout à coup, vers l'est, une cohorte de nuages résiduels vint s'accrocher à la falaise, qui s'estompa sous une pluie battante. Alors les feux du soleil couchant allumèrent trois arcs-en-ciel magnifiques. Astyan se figea sur place. Peu à peu une vision étrange se superposa à la côte désolée d'Akhorya ; un fleuve immense lui apparut. Bien longtemps auparavant, il avait remonté son estuaire, où pénétraient parfois des baleines. Il connaissait ce lieu : une côte indomptée, des peuplades primitives hantant les forêts profondes de l'intérieur. Il murmura :

– Le pays des Arcs-en-ciel !

Attalante, qui l'avait rejoint, demanda :

– Que veux-tu dire ?

– C'est un pays situé dans le Nord du grand continent occidental, où l'hiver dure plus de sept lunes. L'une des plus belles régions du monde.

Il la prit dans ses bras et l'embrassa longuement.

– Plus rien ne me retient ici, ma petite princesse. Je ne désire pas retourner vers les terres orientales. Entre Thartesse et Leoness, j'y ai trop de mauvais souvenirs. Alors nous allons nous rendre là-bas, vers l'ouest. Peut-être y découvrirons-nous d'autres enfants de l'Archipel, avec lesquels nous pourrons reconstruire une nouvelle civilisation.

Attalante se serra très fort contre lui et murmura :

– Quel que soit le pays vers lequel nous irons, il sera beau, puisque tu y seras avec moi.

Le lendemain, sous un soleil resplendissant, l'*Arkas* quittait les rives sauvages d'Akhorya, salué par les hurlements enthousiastes des Guanachos.

Cinglant plein ouest, il emportait Astyan et ses compagnons vers l'inconnu.

FIN

Système de mesures atlante
(longueurs et distances)

Le système de mesure des distances atlante avait pour référence la circonférence de la Terre à l'équateur (soit quarante mille kilomètres).

Par ailleurs, ils utilisaient un système hexagésimal, c'est-à-dire de base soixante, que l'on retrouvera plus tard chez les Assyriens, à qui nous devons encore aujourd'hui la division des heures en minutes et secondes. Les opérations sur la base soixante offraient de multiples possibilités de calcul et d'innombrables mesures secondaires, dont nous ne présentons ici que les cinq plus importantes.

L'équateur terrestre mesurait 3 600 « angles », ce qui permet de déduire qu'un angle valait 11,111 kilomètres.

1 angle = 10 milles atlantes = 60 plèthres	= 11,111 km
1 mille atlante = 6 plèthres	= 1,111 km
1 plèthre = 30 coudées atlantes	= 185,18 m
1 coudée = 20 pouces	= 61,72 cm
1 pouce	= 3,09 cm
1 brasse	= 1,50 cm

Table

DU MÊME AUTEUR

La Malédiction de la Licorne
Le Rocher, 1990, 2001
et Gallimard, « Folio SF », n° 242

La Porte de bronze
Le Rocher, 1994

Phénix
Le Rocher, 1994, 2003
et Gallimard, « Folio SF », n° 224

Les Enfants de l'Atlantide
vol. 1 Le Prince déchu
Le Rocher, 1994
et « Points Fantasy », n° 1440

Les Enfants de l'Atlantide
vol. 2 L'Archipel du soleil
Le Rocher, 1996
et « Points Fantasy », n° 1483

La Première Pyramide
vol. 1 La Jeunesse de Djoser
Le Rocher, 1996
et Gallimard, « Folio », n° 3193

La Première Pyramide
vol. 2 La Cité sacrée d'Imothep
Le Rocher, 1997
et Gallimard, « Folio », n° 3194

La Première Pyramide
vol. 3 La Lumière d'Horus
Le Rocher, 1998
et Gallimard, « Folio », n° 3370

Graal
vol. 1 L'Ombre du prophète
Le Rocher, 1999
et Gallimard, « Folio SF », n° 236

Graal
vol. 2 Le Sacrifice
Le Rocher, 1999
et Gallimard, « Folio SF », nº 236

Antilia ou La découverte de l'Amérique antique
Le Rocher, 1999

La Fille du diable
Le Rocher, 2000

Le Roman de la belle et la bête
Le Rocher, 2000

Le Secret interdit
Le Rocher, 2001

Moïse et le pharaon rebelle
Le Rocher, 2002
et Gallimard, « Folio », nº 4267

La Lande maudite
Le Rocher, 2003

Le Tigre de Tasmanie
Presses de la Cité, 2003

Les Enfants de l'Atlantide
vol. 4 La Terre des morts
Le Rocher, 2003

La Dame d'Australie
Le Rocher, 2004

La Légende de la Toison d'or
Le Rocher, 2005

La Fille de pierre
Presses de la Cité, 2006

Princesse Maorie
Presses de la Cité, 2006

RÉALISATION : IGS-C.P. À L'ISLE-D'ESPAGNAC (16)
IMPRESSION : BRODARD ET TAUPIN À LA FLÈCHE
DÉPÔT LÉGAL: OCTOBRE 2006. N° 86125 (37458)
IMPRIMÉ EN FRANCE